这些炽热的文字深切缅怀那些先辈们

洼地

WADI

孙凤鸣 著

山东城市出版传媒集团·济南出版社

图书在版编目(CIP)数据

洼地/孙凤鸣著. —济南:济南出版社,2021.12

ISBN 978 - 7 - 5488 - 4904 - 9

Ⅰ.①洼… Ⅱ.①孙… Ⅲ.①长篇小说—中国—当代

Ⅳ.①I247.5

中国版本图书馆 CIP 数据核字(2021)第 274713 号

洼 地

孙凤鸣 著

出 版 人	崔 刚
责任编辑	李圣红 陶 静 董慧慧
封面设计	张 倩
出版发行	济南出版社
地 址	济南市二环南路 1 号
邮 编	250002
印 刷	三河市同力彩印有限公司
成品尺寸	165mm×230mm 16 开
印 张	24.75
字 数	300 千
版 次	2021 年 12 月第 1 版
印 次	2023 年 12 月第 2 次印刷
书 号	ISBN 978 - 7 - 5488 - 4904 - 9
定 价	89.00 元

目录

1　历史上的今天 / 2

2　窗外飘起了雪花 / 11

3　石榴红了 / 18

4　光阴歇在洼地荒芜中 / 30

5　洼地一片也有春 / 39

6　暗室里宁静下来 / 53

7　枣树开着细小的花 / 62

8　一条水渠在静静流淌 / 72

9　鬼子进村啦 / 78

10　月牙儿休息啦 / 83

11　从昨夜星辰中走出 / 88

12　天地之间有明亮的星 / 95

13　在洼地里奔袭 / 99

14　两个少年在飞跑 / 112

15　一个身影从窗外闪过 / 118

16　香喷喷的稀粥端上桌 / 132

17　一个雾蒙蒙的早晨 / 136

18　天光一下暗下来 / 143

19　战地黄花 / 150

20　又是个晴朗的早晨 / 160

21　迷雾在悄悄逃离 / 166

22　村子飘起了炊烟 / 180

23　洼地没有驿站 / 194

24　背影融进黄昏 / 199

25　大洼深处有故事 / 206

26　想念那大洼荒风 / 231

27　跨越大洼福地 / 235

28　小而温暖的天地 / 244

29　人间哪有圆满的事 / 257

30　信仰不灭 / 267

31　想抓住最后一束稻草 / 274

32　月亮挂在葡萄藤上方 / 286

33　老城墙拆除了 / 292

34　四合院没了 / 302

35　盛夏流火 / 314

36　风儿从车轱辘中穿过 / 320

37 生命的足迹 / 333

38 大洼风景在心头 / 338

39 蹚过水洼是坦途 / 347

40 秋雨滋润土地 / 361

41 那棵软枣树 / 367

42 洼地生机无限 / 386

后记 / 388

那个时代一去不复返了。那样的人生或那样的遭遇，历经沧桑，愈发清晰可叹。无论是昨日风尘，还是今朝雨雾，都一味飘摇在广袤土地上。于是，有了从洼地中走出的一辈人以及三姐妹的故事。

　　自始至终，黎冬心存感激。因为，妈妈讲述的过去，就像一杯生命之水那样亲切、金贵。

　　历史只是一抹影子，不管时空如何变换，最终都会与你相伴相随。

1 历史上的今天
LISHISHANGDEJINTIAN

晚霞映在天上，流光溢彩。

黎冬坐在敞开的车库门前的马扎上，望着小孙儿在平坦的水泥空地上玩耍。夕阳照着祖孙俩，平淡无奇的夏日在这个傍晚仿佛有了诉说不尽的往昔情怀。

姥姥病榻前的目光使她心动，她依然记得，那是一位重病老人的爱怜。童年的心简单而质朴，虽然那时的她还不理解姥姥辛酸的一生，但她仍然从那目光中读出了怜爱，尤其姥姥干瘪的嘴里呼出的那声——冬，冬儿！

如今她也到了当奶奶的年龄了，然而，姥姥的过去仍然像一个猜不透的谜。在教室的讲台上，面对一排排年轻的学生们，她不止一次地走了神。姥姥当年就像他们这个年龄，正是花样年华，封建制度的约束没能阻止她一个人跑到庙会上去看热闹。年关刚过，寒风刺骨，一个个穿着臃肿的男人好似庙会戏台上一根根缠了黑粗布的木桩子，在冷风中迈着迟缓的步子。

他们走过去，或者停下来，却不曾有一个人的眼神停留在她裹了一层层头巾的脸上。这或许使她失掉一多半的信心了。当年的那一刻，姥姥也许这样想：这些个儿臭爷们，一个比一个难看，蓬头灰脸的，不知道几日没洗过，还自作多情呢。本姑娘不稀罕，如若我的头巾一揭，定准该死的全像一窝蜂似的黏上来。妈妈说："冬儿，你姥姥年轻时好俊的人儿啊，水灵灵的眼睛、黑黑的头发，走起路来像风吹杨柳……可惜我没生在那个年代，错过了一睹姥姥年轻时风采的机会。"

黎冬走下讲堂的时候，历史课仿佛不是讲给台下的学生们听的，倒像是在追溯母亲讲给她的姥姥在那个庙会上怎样与姥爷邂逅又相爱的故事。

妈妈说，姥姥的模样很周正，只可惜一双脚却缠得极不周正，长宽都超标，脚底的四个趾头不是齐刷刷倒下，而是有扁有紧，扯带得整个脚都歪歪扭扭的。姥姥自嘲，叫它"松紧脚"。小时候，老人给紧紧地缠，姥姥就偷偷地松，紧、松、紧、松，一来二去就造就了这双怪模怪样的脚。妈妈说，时至今日，我们还能看到那种标准的小脚，的确"横砖不到头"，距你姥姥去世已有近半个世纪，距孙中山先生实施的劝禁缠足也已过去一百啦。妈妈的眼里含着泪花，讲述给她听，似乎那不是几十年前的事儿，倒如同伸手可触的昨日。

那一天，庙会上人来人往，天空灰蒙蒙的，日光黯淡，落日渐渐坠落在那座戏台的后面。姥姥挪动寒风中站了许久的"松紧脚"，向没在黑影里随风飘摇的那一堆幕帷靠近。她把厚厚的头巾缠在头上，只露出一双眼睛，盯紧了从侧面看上去像个智障人一样的二花脸，他正在戏台上弯腿跑，小锣"哐哐"敲出一步步合拍的脆音，跑累了，他便屈着膝在戏台中央唱。姥姥挂了一层霜的眼睫毛眨巴一下：没啥好看的！正欲走开，她用余光瞭到台下乱了起来，闹哄哄的，像有一帮男人在打架。出了什么事？脑筋还没等转过弯来，一个男人跌跌撞撞扑到了她身上。"兄弟……兄弟帮我一把！"男人哀求着，几乎倒下去。她一把扶起他，身后一群地痞追上来了，大声喊道："魏振基，你给我站住！"就在这时，一杆插满草靶子的糖葫芦举过头顶从她身边走过，接着是像一扇小屏风似的琉璃人，后面紧跟着一堆蹦蹦跳跳的孩童和东张西望的家长。其中一个说："人不见了。"另一个在嚷："他跑不了。""追！"他们的那位头目大喊。

戏台后面的阴影里，有两个脑袋左盼右顾，他们看到趟起一阵尘土的乱脚向县城的东城门那边追去。举着琉璃人的汉子傻愣愣地站在原地，怒目瞪着那群一股恶风似的坏蛋，黏糖做的琉璃人撒了一地，像镜片一样泛着冷光。再往上看，小屏风似的架子上只歪三斜四地挂着几个摇摇欲坠的残片儿。插满糖葫芦的草靶子躺在地上，红艳艳的一串串，蒙上了一层尘土。那些孩子们早跑散了，大人们呢，好像惊弓之鸟，无可奈何地追寻着。

姥姥说："这下没事啦。"

被救的陌生人胆怯地嚷道："他们会不会追回来？"

"不会！那些浑蛋跑到城门外边去了。"

"真的不会？"

"看把你吓得！你惹了祸吗？你是什么人？他们为何打你、追你呢？"

"谢谢啦。"

"你不说，我可要走啦。"

"等等！兄弟，我是铁营魏家庄的，叫啥，你可能听到了，我可不是坏人，真的。"

"那么，为啥和那些地痞搅在一起？"

"去年庙会我输了钱，今年得赌回来，我赢了他们所有的钱！就为了这个。"

"真的吗？"

"兄弟，你说话怎么有点像女人呀？"

"我本来就是女人嘛。"

姥姥蓦地揭下了头巾。小伙子愣了，在他面前的是一张水灵灵的俊秀的脸。

嚯! 这么俊! "明儿, 赶明儿我就叫媒婆到你家去, 我要娶你!" 说着, 他拍拍鼓鼓的衣兜。

媒婆说: "你的闺女愿意嫁到魏家吗? 铁营洼里没有一户人家不知道魏府的殷实, 就连县衙门都避让三分, 老佛爷这会子清静了, 不然她老人家也会看好这门亲事……"

戴着狐皮帽、嘴角下一个黑痣子的媒婆子, 抽着铜管长烟袋, 双腿盘坐在圈椅上, 一只手里捏着鼓鼓的烟丝荷包, 那根一头系在烟管上一端连着扎紧的烟包口的线垂直地闪着幽光, 仿佛一条揣测姻缘、预示未来命运的红线。一口烟吐出来, 飘向对面, 她的白眼球随之一瞟: "你说呢, 李老汉?"

沉默……

土屋里没有别人, 门半掩着, 一只猫轻轻迈着步走进来, 带进了一缕阳光, 那束细光照在她黑底红花的鞋面旁。只听见吧嗒吧嗒喝烟嘴的响声, 那边女人的厚嘴唇比这边男人的薄口喝得响, 烟雾混淆了光线, 除却一只猫爪轻轻跳上锅台外, 没有一点声息。在这之前两杆烟袋几乎同时伸到脚跟下磕了磕, 圈起荷包, 头冲南, 搁在了桌面上。

猫的一只爪在掀锅盖。灶下没生火, 一铁锅高粱饼子还贴在锅帮上。李老汉想到了午饭的事, 孩她娘这会子又不在跟前, 眼看那道亮光就要直直地照到桌案的正下方了, 这可咋办呢?

"李老哥, 咱不能这么空待着, 说句话啊。" 媒婆子瞧一眼方桌上的那一札方纸包, 一共三层, 用麻绳扎着, 这些点心是她亲手提来的。

"在这里吃晌饭吧, 我去喊孩她娘!" 李老汉正欲起身, 媒婆摆摆手, 将一只绣花脚伸到桌下, 它在那抹光影外依然透出一丝幽光, 另一只还盘在上面, 鞋底的针脚密密麻麻冲着李老汉:

"不用啦, 吃饭这事不用多商量, 还是商量商量咱们的亲事吧!"

"是、是，我和她娘合计合计，应该……聘礼呢？"

"这好说，包准……你瞧着吧，过几天送过来，一大桩……"

说着，这时候那只猫终于挪开了锅盖，它含起一块高粱饼子，敏捷地跳下台面，从那束光影里蹿出去，它的屁股在门槛后面一晃不见了，半露的锅盖下隐约露出一层惨淡的血红。

姥姥十七岁嫁到魏家，娘家姓李，她便叫魏李氏。黎冬听妈妈说，那个年代的人结婚早，由不得自己，听父母之命，媒妁之言，就这么敲定了。就连她结婚的时候也不过十八岁光景，可我爸当年是一名抗日战士、地下党员，她也没有啥后悔的。

黎冬问妈妈："那么大姨、二姨呢，她们多大结的婚？我好像听说大姨的男人很窝囊，一直在家种地。二姨夫就强多了，似乎是一名县里的干部。再说说姥姥吧，我想听。"

"谁说你大姨夫窝囊，人憨厚着呢，不过比起你大姨来，确实有那么一点愚钝。"

"你姥姥嘛，在村子里也算个能人，别看她的'松紧脚'没有其他女人'漂亮'，可做起事来利利落落、大大方方。你姥爷弟兄四个，他排行老二，为人老实。一大家人过日子，就难免勺子碰锅沿，可你姥姥偏偏又是个大脾气的主儿，受不了时她就围着村子转，一圈又一圈。你大姨说，那叫'气迷心'。后来家还是分了，因为人口太多。你姥姥总共生了十个孩子，最后只剩下你舅舅、大姨、二姨和我。"

黎冬说："真够幸运的，换了今天，十个孩子都能活下来，我想象不出那该多热闹啊！"

母亲说："热闹？傻孩子，痛苦着呢。你知道吗？那年月，多生一个孩子就多一份负担。因为家境穷，而且医疗条件差，所以，到了第四个男孩出生的时候，你姥姥真有些害怕了。前面三个都夭折了。老大，先天不足、营养不良，只活到两岁多。那小脸还没有猫脸大，夏天还好说，任其在地下滚，可到了冬天只有偎在炕上，真是拉屎拉尿一炕头。临咽气的时候，他的小手还紧紧握着野菜饽饽。老二长到五岁的时候，老三已经两岁，肚子里又怀上了老四。姥姥感到很郁闷，挺着大肚子来到院子里，找个阴凉坐下来。夏日的午阳灼热地炙人，头顶是一蓬茂密的葡萄藤，鸡在脚下啄食，柴门外吹过一阵阵热风，风儿似乎停住了脚步，燥热袭上来，她拿起破蒲扇呼打，夏风歇息了的脚步后面是一通男人急促的脚步，正向柴门奔来。柴门被撞开，姥爷怀里抱着老三，几乎扑倒在天井里。姥姥一阵惊怵：'咋啦？'只见姥爷蹲坐在地上，老三仰面朝上，奄奄一息。姥爷张着嘴喘粗气，断断续续地说：'他娘……老二、老三……下湾洗澡……呛水啦……有人喊我去……我只抱回来老三，老二、老二他……没找着……'"

妈妈皱皱眉头，讲述的语调缓下来，那是悲伤回溯后的哽咽。姥姥讲给她的，那天她都讲给了我。黎冬又一次在讲台上啜泣了，抽泣的后背下是一排排静默的学生，黑板上映出了一张流泪的脸。粉笔字仿佛跳跃在额头上，不知手下写出的是字还是泪。妈妈又开始讲了：

"老二终于没能找回来。村外的水湾里常常漂浮着杂草、牛粪、死鸡、野鼠，却不见孩子的腐尸。他沉底了吗？被鱼噬掉了吗？姥姥每到傍晚就站在水湾边发呆，刚刚出了满月虚弱的身子在秋风中战栗：'啊，老天呀，这是咋啦？老三也没能存活下来……'被救以后，老三人虽然活过来了，然而却腹泻不止、两眼呆滞、流涕抽风，不出两个月就夭折了。老四那时正躺在炕头的沙袋里，嗷嗷哭叫，奶水不足，营养不良。姥姥也没有办法，月子里吃不到足够的鸡蛋和小米粥，家里的母鸡下的蛋连带亲戚送的加起来也为数不多，何况还指望这点鸡蛋换点零花钱呢。没有法子，只好大人吃高粱玉米饼，孩子吮玉米高粱奶。"

"那么，老五呢？还有后来的几个？"黎冬问妈妈。低头垂泪的脸渐渐扬起来，她决心要把那堂课教授下去，台下、后背后面是一双双渴望的眼睛，她能感觉得到。然而，妈妈低沉的声音又清晰起来：

"老五就是你现在的舅舅，家里唯一活下来的男孩。老六、老七是你大姨和二姨，老八、老九就是双胞胎的我和我的妹妹。妹妹仅活了几个月，因为挑食难喂养，只吃一点鸡蛋羹、喝一碗玉米粥，穷苦人家怎么养得起呢。渐渐消瘦，小脸蜡黄，一层稀稀的黄毛活像雏鼠一样。你这个没存活的九姨临死的时候，静静地躺在你姥姥的怀里，睁着大眼睛，呼吸一点点地弱下去，死神攫去她的那一刻，瞪着的双眼里只有母亲凄凉而木讷的泪痕。我反倒很幸运，虽然也是先天不足，但是生命力顽强，什么都吃，只要能填饱肚子就行。到老了才知道，童年的磨难会在你血液中留下难以消融的隐患，无论精神上的还是肉体上的。它们会在梦里向你展现并影响你的一生。"

妈妈，怪不得你一直体弱多病呢，但你拉扯大了我们兄弟姐妹五个，够坚强的。黎冬望着母亲瘦削单薄的肩头，像看到一把锋利无比的剑，它正从多年历练的刀刃上呼唤苍劲而多舛的人生。

那节课上得太沉重，包括她和讲台下的学生。铃声响起的那一刻，她从沉迷中觉醒，有了一个大胆的设想：我要把这些统统写出来，留给后人，留给子孙，留给未来蹉跎的岁月。从那时起，母亲讲的她不单记在心里，而且写在纸上，就如同课堂上面对孩子们的渴望而抚平了多年的创伤一样。

她握着笔，眼睛直直地望向母亲："那么老四和老十呢？他们怎么死的？这里边也会有和老二、老三同样悲惨的命运吗？"

"有，但不尽然。"妈妈说。她看到母亲的背后有一束君子兰正在开放，花朵犹如从密集的长长叶片中吐露的艳红的梦中血，它在独自沉迷，在窗台上、在夏日、在风尘中。

妈妈转向窗外，阳光打在她的脸上，透过窗口，墙角的一棵软枣树摇起了枝叶，晃动的阴影掠过，在她沉思的脑海中凝结。妈妈继续说，老四活到十岁，那时你舅舅也已经七八岁了，你大姨和二姨大概一个四岁，一个两岁，而我们俩却正在你姥姥的肚子里怀着呢。你姥姥常说："荣儿，你和你妹妹折腾得我真够呛啊，十冬腊月，那会儿怀了你们八个多月啦，下不了炕，又吃不进东西，炕头上放一个瓷盆，一个劲儿吐酸水呀。那天夜里，我觉得要生了，一阵疼痛上来，踢翻了瓷盆，'咣当'一声半盆酸水倒到泥地上，还哧哧地响呢。你姥爷听到了，急忙跑过来，已经生了，而且是俩，血流了一被褥，等到本村的接生婆赶过来的时候，我早已昏了过去。不足月，我没寻思能把你们养活……"

那会儿离年关没有几天了，好像已过了小年，庄稼人过年图个平安吉祥，物质和精神都匮乏的年代，年关就如一种与生俱来的作息，串串门、拜拜年、磕几个响头、放一挂鞭、贴副对联、吃顿饺子、供灶王爷而已。柴门外，挑在竹竿头的那挂鞭噼噼啪啪响在正月初一飘浮着年味的寒冷又寒怆的空气中，红对联映在天空下，默默守望这户人家的喜怒哀乐。因而，凄凉的柴门内外沾上了一丁点儿喜气。

年初一，权当产房的土炕上睡着母女三人，炕边的房梁下阴气沉沉，一家人围着矮桌吃饺子。姥爷吃吃停停，终于他放下了筷子，瞅一瞅你舅舅、大姨、二姨狼吞虎咽的吃相，再瞅一眼几乎吃光饺子的三只空碗，叹一口气，伸手抓起自己碗里的饺子分别丢在那三只空碗里，他说："慢点儿吃，爹这里还有。娘那碗在灶台上，她一会半会儿吃不下，凉了就不好吃啦，待会儿统统分给你们！"他忽而记起了什么："老四呢，为何还未见他回来？"姥姥回道："老四自己说到村中大户人家魏义仁的大门前看放鞭炮，多着哪，一挂挂都挑在竿头上，举竿的人全站成了一排。"突然一个黑影从门外天刚放亮的院落里撞了进来，像摸着黑的两只手在眼前摸索，摸进了房里，站住了，他的一双眼血肉模糊，鼻梁两边是一道道血痕，弯曲的双臂静止在半空中："爹、娘！"他在呼喊，又如同在求救，声嘶力竭。"锁柱你咋啦？"你姥爷像板凳底下忽然着了火似的跳了起来。

花朵印到窗玻璃上，似乎在瞭望那硕果累累的枝头。妈妈将往事讲在了历史的今天，那些风雨飘摇的日子。黎冬记下了那些难忘的瞬间，只是她看到母亲含辛茹苦的脸一天天变老，仿佛她的一支笔和一双眼随着一同慢慢变老。

"后来呢？"她忍不住问道。

"后来，"妈妈说，"后来锁柱的眼睛瞎了。"她一声叹息："哎，脓包糊住了眼窝，渐渐开始腐烂，都生了蛆。从那时起他就没出过屋子，像一只病猫蜷曲在炕角里。你姥姥每每回忆起来就说：'我的心都要碎啦！'"

怎么造成的呢？黎冬悲伤的泪水哗哗落下来。

那一天，你四舅跑到财主门前看放鞭炮，挤在围观的孩子们中间，空中正在燃放的半挂大鞭落了下来，掉在他的脚边，好像是熄了火，一点儿火星也没有。他弯下身扑过去，正欲抢到就跑，伸出的双手还没等够到，半挂大鞭猛然炸响了，就在他的眼睛四周。热浪将他掀翻，他仰面跌到地上。那些穷孩子们见状都吓跑了，是他自己摸索着找到了家门。

老四一天天消瘦下去，黑夜在他天真的童年里无休止地延伸。直到有一天，开春的暖风刮进阳光照射的房门，半掩着的门内空无一人，大人们都下地去了，你舅舅领着你大姨和二姨跑到曾淹死老二的湾边玩耍。姥姥放心不下老四，放下手中的农活，急匆匆地往家跑。她想，老四三天没能进食了，躺在那儿一动不动，老天啊！她加快了脚步，气喘吁吁地撞进家门，见老四还躺在那里。她伸出一根指头放他鼻孔那里，谁知他鼻子里没了气息，摇一摇他的身子，他硬挺挺地倒了下去。完啦！姥姥欲哭无泪，悲痛欲绝，因为老八、老九还躺在野外的地头上呢，她们穿着沙袋裹着棉被正睡在荒风瑟瑟的田埂上。

悲凉！黎冬呼一口积压在心中的郁气。她望着窗外那株随风飘摇的软枣枝丫，暗下决心：在这个和平幸福的年代，我要做点有意义的事。

2 窗外飘起了雪花
CHUANGWAIPIAOQILEXUEHUA

那一年，大涝，方圆几十里的铁营洼像落进了海里。那一个个村落就似海中孤岛，一片片庄稼地只露出高粱玉米的穗头，漂浮在水面上，连飞鸟都失去了踪迹。这里似乎成了蛙声的天下，还有四处蹿游的鱼。

魏家庄是其中的一个村庄。村街在水湾中飘摇着几垛麦秸、五根牛桩、三只死鸡、一层粪便。庄稼人都出不了门，面对脚下的水和不断飘逝的雨望洋兴叹。

一户门前滴雨的屋檐下，有四颗小小的脑袋探出来，他们是舅舅、大姨、二姨和母亲。姥爷的一只手伸了过来，拨开四张小脸儿，他要到村街那里去。走出院门的那双脚一下滑落，趟着齐腰深的污水，像划船一样双臂用力展开，一步步靠近那垛麦秸。他从上面扯下一抱浸湿的麦秸，一步步地趟回来。房内泥地上搁下菜板，将麦秸剁成末儿，倒进锅里，添些雨水，烧开，搅好的玉米面盛在碗里，撒到滚开的水里，用一只生锈的长铁勺搅一搅，盖上锅盖。灶内的柴火保持着温火，就这么慢慢熬。这就是一天一家人的伙食。一日三顿饭，说不定吃啥呢，只要能吃的都拿来装进锅里或蒸或熬，直到有一天连天井里那两棵榆树的皮都不见了。"我到湾边的那片梨树林去。"姥爷说。打开的破粮柜、盛米缸都已经空了，他望一眼炕边坐着的姥姥枯槁的脸，瞅瞅地下正在滚爬的四个孩子，说道："最糟糕的是看来今年又颗粒不收了……""那有啥办法呀，"姥姥接过话来，"只好走一步说一步啦。"

灾难过后，一片萧瑟，又发生了瘟疫，村子里死了许多人，没人抬，尸体腐烂了，奇臭的味道弥漫在空气中，连狗儿都躲在窝里用爪子捂起了鼻子。那时已是民国时期，可百姓如同清末一样民不聊生。就连魏义仁这样的大户也勒紧了裤腰带，夜里不点灯，不再雇长工，忙时临时找短工，孩子们晚间读书借着月光，老婆和姨太太脸上不再涂脂抹粉了。姥爷说："这日子不得安生，大户也成了穷户，穷户成了要饭的，要饭的只有冻死饿死的份儿了。挨过了这些日子，把孩子们安顿好，我就去南面扛活去，不再种那些该死的涝洼地，一年到头忙死、累死，还养活不了家……""你走了，一家老小咋办啊，你在还有根顶梁柱呢，老十刚没啦，我这身子虚着哪。四个孩子都张嘴要吃的，可怎么得了。我看还是等一等，只要身上有了力气，咱们一起开荒，多种点粮食，积少成多嘛。依我看，村南的那片地就是洼点儿，可不太碱啊。要不咱俩试一试，你看咋样？"

后来，地真的开成了，虽然低洼不平、土质不肥，可终于打出了粮食。妈妈说："高粱穗子红如火，棒子槌儿黄似金，秋后风起收一斗，霜天冻地苦寒心。""好诗！"黎冬颇有感慨地说。是首好诗，但不是我作的，这首诗是一位和姥爷姥姥一同开荒种地的村里败落的穷秀才作的。那天，他站在地头上，身上特意穿着压箱底的旧长袍，眼望着庄稼地，手捻着高粱穗，秋风扫过他苍老的脸庞，无比喜悦地吟出了这首诗。没有读过几天书的姥爷十分感动："秀才老哥，把它写下来，我留着，做个念想。"

妈妈下了床，走到木箱那儿，翻出一张纸，发黄的宣纸上面的字迹娟秀凝重，墨痕的笔锋透出岁月沧桑。她从母亲手中接过来，宛如一程历史的足迹。"冬儿，"妈妈说，"姥姥留给了我，我再传给你，好好保存。"

那几年过得很踏实，起码有了粮食糊口，不用再去啃树皮。村民们也在效仿，一户户接连拿起了开荒的锄头，渐渐地粮田连成一片，似乎荒凉大洼里生长出了一片绿洲。财主魏义仁看中了它，用三十块大洋买下那片地，开荒的十户人家一家得到三块大洋。那年月三块大洋可不是小数，够一家老小吃半年的。姥爷拿了钱，掂量在手上，有了它就好办了，他说，既能糊口又能买粮种，还能置办些开荒家什，开了春，等土地解冻了再去开一块。

又一块荒地开出来，种上了庄稼，姥爷姥娘累死累活地干了一春，眼看着庄稼一天天拔高长大，又遇上了大旱，全都枯萎了。棒子叶就像露地杂草，黄而脆，荒风刮过，刺刺啦啦。高粱的穗头干干瘪瘪，扫炕的笤帚也没这么稀拉。姥爷站在地头，唉声叹气，面如土色。有一个人立在了他背后，他没有回头，依然呆望着那片枯萎的庄稼。突然背后的人说："振基兄弟，这就是天命，天命不可违啊，你有再多的能耐也得靠天吃饭！"

姥爷仍然直立着，望着那片枯萎，含着那窝心酸，那些话好似又一阵荒风吹过荒地的无奈。

不要太固执、太心酸，正所谓：旱来涝去平常事，天不作美人自担，敢问苍穹何为患，自有悲苦在世间。

姥爷终于回头了，脑筋从荒芜废墟落到实实在在的活人身上，即使不回头，他也知道那个人是谁。他意外地发现，今天秀才没有穿那件旧长袍，深陷的眼窝告诉他，那首诗即使作得再好，他也不曾有留作念想的念头。

姥爷不经意的一瞥，看到姥姥远远地蹲坐在土坡那儿。

后来，穷秀才还是为他写下了一首《渔家傲》：

渔家傲

荒田忽见稻禾黄，五旬老骥踏迹访。愁煞主家空一场。莫自殇。旱天涝地饮惆怅。洼原千日荒天旷。魏家庄外颜风狂。醉卧炕头有遗怆。管他蹉跎苦日长。

"这个我留下，"姥爷说，"不为别的，只为仁兄深知弟弟的苦心。"姥姥拿过来，上下打量一番："你懂吗？他爹，你不过读了两年书，还是背着干粮去，空着脑子回，私塾先生都说你不是个材料呢。""这你就不懂啦，别看我只念了两年书，那可是读过四书五经的，要不是家里穷，我准能再读几年，像秀才这样满腹诗书呢。你没瞧到上面写着荒天旷、莫自殇、苦日长吗？就是说，咱庄稼人虽命苦但志不短，倒在炕头喝二两，醉蒙蒙的，忘了那些糟烂事，一觉醒来，说不定出门捡个大元宝呢。""瞎说！"姥姥看不过去，"啥玩意？喝二两、捡元宝？亏你想得出，哪有这样的好事啊，还不如说天上下元宝呢，你乐着捡吧，啥都别干了！"

"好啦，好啦，二位，不要争执，争执没意义，诗是诗、事是事、实是实嘛。"

哈哈哈……姥爷姥姥笑得前仰后合。

"你个酸秀才……"姥爷自知说漏了嘴，赶忙纠正，"老哥哥真会逗乐子，好个顺口溜……"

姥姥搡了一把姥爷，冲着酸秀才一咧嘴："诗不错，事不错，实在不错啊……留着……"她把那张纸卷起来，塞进怀里。

三个人离开了那片荒田往家走。夕阳照着洼地，亦步亦趋，因为这里没有路，三双脚走着坑坑洼洼的野地，跨过蒿草丛生的荒原，绕过泥泞潮湿的池塘边缘，爬上硬土如石的乱堆高坡，眼前就是村子，几声狗吠呼出了村子的宁静，仿佛它本不在天空底下，只是神仙一拂袖，不知从什么地方转世而来。

"家里坐坐吧，轩奕哥。"姥姥说。

"不啦，弟妹，我还有事。"秀才回答。

"啥事这么要紧，不肯进屋吃顿饭吗？"

"那本《道德经》我还没有抄完。"

"不管什么'经'，吃了饭再说。"

"这个、这个，不妥！"

"啥'拖不拖'的，你和振基喝二两，我一会儿去打酒！"

两人将秀才硬拖进了家门。

梨花酒，村里一户人家自酿的，祖传秘方，活血不上头；青菜，庭院里自种的，一年四季只有冬天不生长，下酒肴；高粱粉，半块大洋囤积的，一米缸，糊熟当饭吃。这三样东西在简陋的饭桌上摆开，酒香、菜香、饭香，苦日子自有苦中甘甜啊，用最简单的方式款待尊贵的客人。

穷秀才素日不沾酒，不是因为不喜欢，而是因为买不起。这会儿，三杯下肚，推让的话不说了，脸腮绯红滔滔不绝地说起来：

"振基兄弟，你是个好人，好人并不一定有好报，恶棍也可能得恶福。世态炎凉、人心叵测、怨天尤人、无济于事，耍泼作恶、老天不应，命运当头没有公理，百姓日子得过且过。你看我，本可以当大官，县府衙门我都不放在眼里，谁曾想，愿好不如事好，命薄更添运薄，无父母，身下少妻儿，形单影只闯江湖，魔鬼撞门叫不开……"

"好学问！"半辈子没沾酒的姥姥面如桃花、心似飞燕，她端起一盅酒，"轩奕哥，咱碰了这盅酒，你就是俺家的穷亲戚啦，常来常往，谁也不嫌谁！"

"说得是！"姥爷也端起酒盅。

"咣咣咣！"三声响，都带了点酒劲的手连碰了三下。

"兄弟、弟妹，"他说，"我再给你们作首《浣溪沙》吧。"说着，开始吟起来：

颓屋炕下一壶酒，三人围坐情怀开。不知去年有喜日？今朝买醉旧亭台。吾思旧事梦寥廓，荒芜洼里有人来。

你舅舅、大姨、二姨和我都很好奇，依偎在姥爷姥姥身边，瞧热闹。

"轩奕哥，你抽空教教这仨孩子吧，静荣还小，待两年再跟你学。茂田、静芝和静兰成天价傻玩，大了会有出息？"姥姥说。

"是也，昔孟母还择三居矣，莫要荒废孩子的前程！"穷秀才满口之乎者也。

"啥是啊也呀的，老哥肯教吗？"

"教也！别人家的童儿不教，魏家孩儿肯！"

那些年学的那点东西都是秀才教的，妈妈说，你舅舅、大姨、二姨学得很认真，我那时还小，只跟着轩奕伯读了三年书，他就死了。出殡的那一天，场面很凄凉。父母叫我们披麻戴孝。你姥姥说这是'一日为师，终身为父'。

天上飘着小雨，地下刮着寒风，是个很沉闷的日子。洼地里没有路，只有望不尽走不完的荒原。装穷秀才的棺材，还是姥姥用仅剩下的一点钱为他置办的。抬棺的人也是姥姥出钱雇的。不是自家的亲人，那些汉子走几步歇一歇，雨水滴落进透气的棺盖，死人都嫌天凉了。没有祖坟，临时挖好的坑在村西五里地外灌满了雨水。秀才躺在里面已不知人间冷暖，他去寻找他的归宿去了。

你姥姥说，那个穷秀才一生没娶过媳妇，没有儿女，也没有多少亲戚，一直一个人过活。他本来家境富裕，半道上父母双亡，家道中落，再加上他只喜欢舞文弄墨，不善操持家务，后来只落得穷困潦倒，不但没当上官，反而一篇文章惹怒了官府，还蹲了五年牢。出狱后说不上媳妇不说，就连平常日子都过得十分艰难。死后，家里没有一件像样的衣服、被褥，书籍却留下一满箱。

"那两首诗词呢？"黎冬问妈妈。

“不在我这儿，在你二姨手上。”妈妈说。

“你们跟穷秀才读了几年书，他没收过学费吗?”

“从来没有。”

“那么他靠什么生活?”

“他不是还有三块大洋嘛，平时姥姥也会补贴他一些粮食。不过后来那些钱也基本花光啦，虽然他不喝酒、不抽烟，却非常乐意买古书、买笔墨、买字画。”

“那些字画呢?”

“据说被人窃走了，在他死后。”

“可惜啦，若留到现在可是无价之宝呢。”

“你觉得古董比人命还值钱吗，冬儿?”

“我没这么想，妈妈。”

窗外飘起了雪花。她们常常交谈的那间卧室里仿佛遗存着历史的厚重，就像外面坚实的冬天。黎冬感觉出母亲一生的苦难，她那时已近暮年，母亲看到了女儿的成熟，在促膝交谈之间。

3 石榴红了
SHILIUHONGLE

　　不知从什么时候起，舅舅懂事了。他是家里的长子，又是唯一活下来的男孩，知道怎样替大人分担家务。他毕竟十多岁了，虽长了一副高高瘦瘦的骨架，但也有一把力气。灶下缺柴了，他领着三个妹妹到野外搂柴火；缸里少水了，他挑起扁担去村头老井里打水；铁锅里贴玉米饼子，他在旁边拉风箱；天暗了，他摸着黑爬到窗台上点油灯。

　　有一天，秋风起，妈妈记得，大姨、二姨也记得，妈妈说："你舅舅领着妹妹们到村外，那里靠近湾边有一处梨树林，几棵高大的白杨长在林子的外边，落叶像蝴蝶飘飞而下，小脚丫踩在上面窸窸窣窣，焦黄的枯叶铺满地面。"舅舅说："扫！"他手里握一把大扫帚，我们手上一人一把搂草的耙子，我们在前面搂，他在后面扫，不一会儿，落叶堆成了垛，好大的一堆。舅舅说："伸下布单！"三条布单分别从我们的怀里拽出来，铺在地面上。舅舅机警地竖起耳朵："等一等！那边好像有动静，这片梨树林是财主魏义仁的，咱别招惹他们，收完快走！"一个黑影突然从篱笆墙里钻出来，然后是三个，四个影子迎着落日走来，身后的两条看家狗踩着他们的脚后跟，一路嗅着地皮，如同闻到了猎物的味道。

其中一个问道："在干啥呢？"

走近了，舅舅认出问话的正是财主的二少爷，三少爷跟在他的身后，另两个似乎是财主看家护院的小丁，手里握着木棒，走一步在另一只手心里拍一下。

四人站成一排，虎视眈眈地盯着眼前的拾柴人。

"不知道这片林子是我们家的吗？怎敢在这里扫树叶！"二少爷瞪起了眼珠子。

"可这是林子外边！"舅舅并不示弱。

"外边？外边也是我们的！"

"它姓啥啊？你姓魏，我也姓魏，凭什么说是你们的！"

"还敢顶撞，不许，就是不许！"

"我就扫啦，你能咋着？妹妹们，装！"

"穷小子……"

忽然一根木棒向枯叶堆挥过去，紧接着另一根也挥过去，落叶飞旋起来，似一朵朵黑蝴蝶在飘舞，迷乱舅舅、大姨、二姨和我的眼睑，然后是一只脚、另一只脚踢过去，将剩余的全部踢飞。突然有一声喊从篱笆墙那儿传来，接着一个高个儿青年飞奔而来。

"福禄，干什么？不许欺负人家！还有你，福贵，装腔作势，快道个歉！"

"哥，他们……"

"不要说了，赶紧赔不是！你们不道歉是吧，你们不道我道。"说罢，他走到舅舅跟前，"茂田兄弟，对不住啦，你们扫你们的，这地方是大家的，但扫无妨。"

他拽起两个弟弟的胳膊，一边一个，推搡着走远了。

"他是谁呀？"二姨问哥哥。

"财主的大少爷，魏福良，"舅舅说，"看来他和他们不一样，妹妹们重新扫！"

田粮入仓的时节，深秋将至。财主家出大丧，魏义仁死了，据说死于胃疾。村里人暗下嘀咕：别看老财主家有万贯，会过着呐，家宴上从不见山珍海味，就是平常一日三餐也不过粗茶淡饭。三小子嘴馋，常常偷来父亲的钱跑到邻村肉铺里买烧鸡吃。老财主察觉了，将他吊起来打："你个不争气的败家子，钱是天上掉下来的吗，不吃苦中苦哪得人上人啊！啪！一柳条抽在腚上，还偷否？再偷打断你的筋骨。""不敢啦，不敢……"儿子在求饶。肚子皮露出来，裤腰挂在膝盖上，大冷天就这么冻着。财主丢掉"鞭子"，房门咣当一关，气汹汹地走了。财主婆子悄悄溜进来，一下抱住了儿子的腿："小啊，三小呀，娘没本事，连自己的儿子都保护不了，你爹他太狠啦……"她踮起脚，想解开绳索，可是够不着，她忽然看到角落里有一把柴刀，拿来，纵身一跃，绳子是砍断了，儿子的手指也被削掉两个，撒了一地血。二少爷魏福禄不知从什么地方蹦了出来："福贵，咋啦？这么多血呀！"他看到弟弟的两根断指，断指从指甲盖那儿齐刷刷地折断，老天爷！他从自己的棉衣里子撕下一块布，缠起断指，拽起瘫在地上的弟弟："老爹砍的吗？走，找他去！"

财主婆子天旋地转，两腿一软，眼前一花，扑哧跪倒在地。北风吹动房门，门扇打在墙上，咣当、咣当……

福禄领着福贵，撞进父亲的卧室，他正倒在带帷幔的床上，带进的一股风掀动帷帘，微微飘摇。床上的人正陷入阵阵胃疼当中，听到响声，他并没有爬起来，双手按着肚子，侧着身，缩着腿，痛苦地低声呻吟。

"爹！"福禄一声喊。

床上的人仍然没有动。

"爹，你起来！"福禄再喊一声。

床上没有一点声响。

他们走过去，站到了床边，揭掉了裹布。老财主这才翻了身，朝南的脸转向北，迷糊的目光中一下出现了两根血糊糊的断指，他的视线与床沿同高：我的天！他一骨碌爬起来，突然的变故袭来，吓得胃也不疼了，脑袋却忽然失去了意识。等他醒过来，已是三天之后。没有人在身边，空荡荡的房子里阴气氤氲。从此，老财主一蹶不振，再没有爬起来，五天过后，一命呜呼。

成丈的白布挂满院门、房檐和过道，往里走，悲哀的气息迎面扑来，厅堂外，白布帐从头顶上、腰胯边迷漫。舅舅领着妹妹们躲到一座假山石的角落里朝里瞅，左边跪着一排披麻戴孝的子孙，他们的头都紧叩在地面上；右边有一堆女人跪的跪、蹲的蹲，歪三斜四地挤在一起，身上的孝衣不太合体，恰似棉花堆里东倒西歪插着一蓬蓬黑乎乎的人头。老财主的棺木担在条凳上，搁置在北房门前，挽纱孝衣簇拥着它，这是停尸祭葬的第三天的早晨，等一会儿，归西人的灵柩就要起灵下葬了。这将是一个宏大的仪式，起码在魏家庄这穷乡僻壤是如此，人们都不曾见过这等场面，院门外的街道上、院门内的空地、墙边、通往厅堂的廊道周围都有三三两两看热闹的村民。他们不吱声，也不议论，只是瞧，专心致志地瞧。忽然，唢呐声响起，鞭炮在庭院外炸响，哀婉的音调伴随着剧烈的恸哭开始了出殡的前奏。有人高喊号子："起棺、上肩、开步、择路、通往西天……"

出殡的队伍在村子里转过一圈，唢呐在头前引领，后面是净身白纱的孝子贤孙，走几步跪一跪、叩叩头，直到村西的老槐树下停下来，又开始了祭拜仪式。街当间搁一方桌，摆着贡品，一束香燃在檀香炉里，袅袅青烟像一把羽扇摇摆在天地之间。

姥爷突然出现在人群里，他挤到跟前，拉起舅舅的手，说："走，这有啥好看的，茂田，带上妹妹们，回去！"挨近家门的时候，唢呐声又响起，一路朝向西坡，老财主的归宿就在那儿，一顶棺材和一凹湿坑将掩埋他的肉体和灵魂，从此，陪葬在他祖宗们身边，守望一片死气沉沉的大洼。生前的欲望和死后的眷顾只有在这荒野坡上徘徊了。妈妈说，老财主的下场很可悲，他被气死后，祖传的家业几近败落。老大福良离家出走了，听说去外地参加了八路军。老二福禄拐带着老财主的三姨太——他的后母私奔了。老三福贵继承了家业，一个摇摇欲坠的烂摊子，强撑起一个大家族的后继，以前的荣耀已是往日烟云。

　　黎冬听着母亲的回忆，颇有点儿浮想联翩。以往在课堂上，她讲的那些历史课是写在书本上的历史，遥远的古韵在向她和听讲的学生们召唤，无法像母亲所讲的那样活灵活现、记忆深远。

　　母亲说，那一年，你大姨已经十七岁，从小订下娃娃亲的耿家来催婚了。耿老汉手里提着一袋点心，腰里揣着一块银元，走进了咱们的家门。他坐在圈椅上，那包点心搁在旧方桌靠近北墙挂像的旁边，一只手捂着腰肢，好像那儿隐隐作痛。你姥爷递给他一根烟袋，铜锅里已经塞满了烟丝，他腾出那只捂腰的粗手接过来，另一只去掏腰包，摸出火镰，这时，烟袋嘴已含在口里，上下牙咬着它，使不上劲的两片嘴唇兜着风，好让呼吸从牙缝间穿过。噌，噌，噌！火镰打着了，把冒着火星的烟棉摁进烟嘴，用劲嘬，吧嗒、吧嗒，一口口青烟顺着漏气的嘴喷出来。他不说话，眼睛眯缝着，呆若木鸡地坐在那儿。即使他不说话，你姥爷姥姥也知道他来干什么，只是心照不宣罢了。晌午了，他没有想走的意思，两道目光直瞅着坐在烟雾缭绕中你大姨正在拉风箱的后背。那后背还很单薄，稚嫩的双手握紧风箱杆不停地拉，咕嘟嘟、咕嘟嘟……你大姨不知道自己就要嫁人了，她仍然还是个孩子。那种好奇心却似乎在引逗她，为人妻到底是一番啥滋味呢……我在炕沿上瞅着圈椅上坐着的那个瘦老头，心想，他赖在这儿不走，真讨厌！我的肚子在咕咕叫，他不能在我们家吃午饭吧？锅里糊了饼子、蒸了虾酱、馏了地瓜，还有一碗大葱炒鸡蛋放在锅沿上呢。"咚咚咚……"我的两只脚后跟在使劲敲炕壁，斜眼瞅着他，想把他吓跑。

"老哥，过来吃点饭吧。"爹说。

烟雾弥漫中他走向矮方桌，身上的黑衣在昏暗光线里像一堵黑墙移动着，紧闭的房门和灰蒙蒙的窗纸外透进的一丝光亮只映在那张老脸上，老脸坐了下来，冲着那壶嗞嗞响的酒。锡壶里的酒烧热了，有一只手倒进一个小瓷盅。"老哥，喝一盅，暖和暖和，外面天寒地冻的，劳你还亲自跑一趟。"爹说。滋溜！酒喝干了。又倒上一盅，滋溜！又干了。再倒一盅。一连五口酒，他的肚子开始热乎起来，嗓子眼儿渐渐有了想说话的冲动。他伸筷子夹一口黄澄澄的鸡蛋，咬一口白生生的葱白，眼睛潮潮地望着父亲和母亲："亲家，我这样叫你们不嫌弃吧，反正早晚成亲家，你看我笨嘴笨舌，孩他娘催我来，我还有点不情愿，不情愿也得来呀，你们多担待，咱孩子们的婚事也该办了吧，都老大不小了……"

想娶我大姐，你们家为何不送彩礼过来呢，我当时这样想，虽没有亲历，但我见得多了，别看我只有十二岁。

"彩礼，彩礼随后就到！"他这会儿正在嘬着旱烟袋，"穷户人家拿不出多少，可也要像个样啊，你们别嫌弃。"

"打小定下的娃娃亲，错不了，又不是啥外人，邻村住着，知根知底，啥彩礼不彩礼的，两家人走走，谁也不嫌弃谁，只要孩子们好就行啊！"父亲说得很干脆。

"是呢，"母亲说，"静芝这丫头虽说姊妹当中她是老大，可她年纪还小，不太懂事，若嫁过去，恐怕要给你们添麻烦，不如等两年……"

"不用等啦。"耿老汉抢过话来。不知他喝了多少酒，黄褐色的脸变成紫红色，那个瓷酒盅又举到了嘴边，并不心急喝，拿一双醉醺醺的眼神瞅着你姥姥，头一歪，红脸膛又盯着正在温酒的锡壶，然后从刚刚放好酒壶的一只大手瞄到你姥爷木木怔怔的脸上，问姥爷："你说呢？兄弟，咱又不是外人，趁早把婚办了，也放下一桩心事。我那儿子是老生子，说起来也

快到而立之年了，他们生了孩子，我就有了后，你们也添喜了不是？两全
其美的事……"他一扬头，干了那杯酒。筷子伸出来，哆哆嗦嗦的手想要
夹菜吃，筷子在碗沿来回蹭，终于够起一块炒鸡蛋，还没等送到嘴里，半
路上滑下来，啪嗒掉在地上。

踢踏、踢踏、咚咚咚……我又在敲炕壁，敲得比上回还响，我的怒气
都集中在两只鞋后跟上，这次不是想吓跑他，而是庆幸看到了一个想夺走
我姐姐的糟老头的醉态，他的样子真傻，脸上没了光泽，好像刚从热锅里
捞出来的退了毛的死猪头！

"静荣，消停点！"

母亲的一双眼瞪过来。

腊月里，农闲时节，大姨嫁过去了。妈妈说，婆家对她很好。

此刻，爸爸在窗外浇着那棵软枣树，还有靠墙的一排正在盛开的月季
花。天井里落进中午的阳光。石榴红了，缀满枝头。蜜蜂嗡嗡飞，从这朵
花飞到那颗石榴上，有几只采足了花蜜，展翅飞出院墙外。干休所的大院
里安静、祥和，老人们的气息依稀飘荡在空气中。这是一片静默的森林，
只有一棵棵大树才氤氲深厚久远的神韵。妈妈说，大姨出落得高挑而且白
生，她在耿家门里挑起了大梁。因为婆婆腿脚不便，公公又是个胆小怕事
的主儿，她的男人只知下地干活，家里的大小事他从不过问。你大姨嫁过
去三年多，没有生孩子，公公婆婆只是悄悄盼着，嘴上不说，老两口心里
在琢磨：咱这儿媳妇人虽好，也能干，就是不会生孩子，"不孝有三，无后
为大"，往后咋办呢？

一天夜里，老两口睡下了，油灯熄灭的东间屋子里传出低低的叹气声。
西间房里小两口听得真切，火苗忽闪在窗台上，熏染破旧的窗纸，油灯的
煤油几近熬干，大姨心酸的泪水滴落，那抹昏淡的灯光下的暗影折射出她
积久的心事。她的头从枕头上转过来，眼睛紧盯着正在直目望着房梁的自
家男人："哎，咱现在再来一次，你得加把劲儿才行。"事过了，她感到

很满足，往日他可不是这样的，软不拉塌、急急火火，没等到位，他已经完事了，她想。那边枕畔响起呼噜声，她望着那盏就要烧干的油灯，火苗忽明忽暗，散发刺鼻的灰烟，无法入睡，身边打呼噜的男人倒睡得很熟。这时候，深夜爬进了窗棂，仿佛那些黑暗之中蕴藏着她苦苦的期盼。

清早起来，一家人刚吃过早饭，你大姨站在灶台旁刷锅，婆婆踮歪着一条腿靠了过来。婆婆弯腰挨在她身后，眼神透过她摆动的弯肋落在那把转圈的饮帚上。锅刷完了，污水被扫进一只瓷盆里，留着喂猪或鸡。她知道婆婆在背后，也知道她在那儿看啥。昨晚，婆婆一定听到了什么，她不问，我也不说。于是，她转过身来，一手搀起婆婆瘦弱的胳膊："娘，咋站在这儿，我扶您到里屋去！"

自从大姨嫁到邻村耿家集以后，姥姥时常挂念大闺女。农闲的时候，为了解闷，就去听大鼓书，不但在本村听，还追到邻村。搂着我坐在最前排，说书的都认识她，总先招呼："大娘，您又来啦！"多年积累下来，姥姥便有了一肚子的书：四郎探母、百岁挂帅、十二寡妇征西、岳母刺字、秦桧卖国、呼延庆打擂、哪吒闹海、牛郎织女、王宝钏住寒窑……

说书的又来到村里，住在了老财主的老宅院里。魏福贵脸上很神气，他穿着马褂、脚蹬马靴在庭院里溜溜达达。听书的村民自带板凳、马扎坐在了空场上。这是财主的前院，墙角下有一棵参天老槐，枝叶如盖漫过房顶，摇落树叶的枝条树干葱茏积久年轮。人们都静静地坐着，等待大鼓书开始。母亲仍然搂着我坐在最前排，雕花条桌已摆好，上面有一只鼓、一根棒，还有一面扇。我在妈妈怀里不安生，扭过头，朝后看，我在寻找哥哥和姐姐。他们一同跟着来了，为啥不见人呢？扫过那一堆杂乱的人头，我的目光落在门楼那两扇敞着的带铜扣的红门那儿，刚刚我望到哥哥和二姐的影子一闪，紧接着是两个秃头壮汉闪了过去。我在妈妈怀里挣歪着，她一把将我调正了："安稳点儿，挣歪啥呢，大鼓书就要开始啦，你看——一条长袍立在了那儿，左手打着板子，右手上的细棍凭空落了下来，咚……咚咚咚……"

说些啥,我根本没有听进去,母亲的两条胳膊紧紧地搂着我,我感觉到了她平稳的呼吸和专注的眼神,还有两只倾听的耳朵。

啊……一句尾音拖得很长,然后是咚咚两声鼓响,这一段说完了,休息一下,再说另一段。

就在这时,我急急地说:"姐姐……"

"姐姐咋啦?"母亲的神情松弛下来,两只手伸到脑后重新盘着头。

"哥哥?"我又说。

"哥哥不是和姐姐在一块吗?你这孩子,安静点儿,一会儿鼓书又要开始了。"

"哥哥、姐姐不见了!"

"不见了?他们不是在后面吗?为何不见了?"

"我看见两个光头拖走了哥哥、姐姐。"

"光头?净瞎说!"

"我瞧见了,真的瞧见了!那几个光头像坏人。"

"在哪儿?"

"大红门那儿。"

"走,过去看看。"

姥姥站起来,她柔软的大手握着我稚嫩的小手,领我朝外走。马扎落在那儿,一会儿回来重新听书。

刚挤出人群,一个少妇迎面跑过来,散开的头发随风乱舞,大襟袄的盘扣撕裂着,露出渗白的里子,她一下抢到姥姥面前,着急地说:"振基嫂子,不……不好啦,你的小……小子和丫头被土匪绑走啦……"

姥姥看清了蓬头散发的女人,这人正是振基三叔家的小儿媳妇,她的嘴角还流着血呢,额下印两个黑眼圈,一条袖口翻着白花花的棉花。

"兰凤,到底咋啦,你慢慢说!"姥姥正要扶住她,她一条腿已经跪在了地上。

"嫂子，你知道的，我也喜欢听书，怕漏了段子，急忙忙赶过来。我正要跨进大门呢，高墙底下突然传过来一通杂乱的脚步声，我一下子停下来，歪头朝那边望。外村跑来听书的吗？不像！怎么还拉拉扯扯的？后来总算看清啦，外墙根下有几个秃头在拖两个孩子，孩子的嘴巴被布条封住，几只粗胳膊死拉硬拽拖拉着猛劲蹬歪着的四条孩子腿，尘土扬起来，一只鞋子掉到地上。不好！我想，准是出事啦，仔细一瞅，被拖的男孩和女孩怎么越看越像振基嫂子家的茂田和静兰呢。大白天胆敢绑人！我举着马扎子跳下台阶，奋力冲过去：'住手！秃崽子……'我只觉得脸上、腿上、腰上一阵刺疼，脑袋瓜儿晕起来，天旋地转，跌倒了。等我醒过来，扣子掉了、袖子破了、棉袄撕裂开、脸上流着血、后脑勺嗡嗡响，我的腰呀，老天爷，像断了似的……"

"什么人干的？你看清楚他们的脸了吗？兰凤！"姥姥都急红眼了。

"没看清。我稀里糊涂遭了一顿打，等我爬起来，人早跑啦。"

"造孽啊，该死的，挨千刀的！"

"你别急，嫂子，我倒是看清了油光铮亮的三个秃头！"

"嗐！秃头多啦，上哪儿找人去，这可咋办……"

那场大鼓书继续说着，听众都全神贯注。小财主魏福贵穿着他的马褂、蹬着他的马靴仍然在庭院里溜达。然而，在他看似平静的肥胖的脸上闪过一丝不易察觉的奸笑。

自从哥哥、姐姐被绑架后，我在家里很寂寞，很担心，像一下子长大了似的。母亲再也不去听大鼓书了，父亲坐立不安，每日跑出去托人打听孩子的下落。十多天过去了，杳无音信。

兰凤婶婶的身体在慢慢恢复，她有时跑过来安慰母亲，眼圈儿还是黑的。度日如年啊。那些日子我真正体会到了世态炎凉、人生无常啊……虽然那时只有十几岁。

"是不是财主干的？"黎冬问。

"谁知道呢，又没有证据，但从种种迹象看倒有可能。绑匪应该清楚我们家没有钱，还是因为扫树叶曾经和小财主魏福贵结过梁子，虽说不是什么大仇，但这人心眼小、阴险毒辣，为一点小事会记恨你一辈子。他的老子死后，那一日我和哥哥姐姐去看热闹，躲在他家假山后面，正巧他憋了泡尿，从白布棚底下爬起来去上茅厕，经过假山石时发现了我们，他鼓着肿眼泡子劈头就骂：'狗崽子，你家没出过丧吗？贼头鼠脑的瞧啥，穷小子！'"

"狗！你们全家一窝狗，老狗死啦，狗崽子也活不长！"哥哥毫不示弱、针锋相对。

"你他娘的！"小财主魏福贵急了眼，正欲冲上来打人，他大哥福良的声音从跪卧的白布棚那儿传来："福贵，不许放肆！解完尿赶紧回来。"

一场冲突虽然暂且化解了，但小财主的心里始终留存着一股怨气，他要伺机报复。他们家有钱有势，欺负像咱们这样的穷苦人家恐怕连眼睛都不眨一眨呢。母亲的语调很沉重。这时一曲《南泥湾》飘过来，高音喇叭就装在那座锅炉房烟囱的半腰，全干休所大院里的人家都能听得到。歌声盖过了风声，院落里寒流在无声地敲打窗户，灰蒙蒙的乌云不见天光，暮色苍茫，唯有那近乎天籁之音在飘荡。

后来，妈妈听着那和悦之音，又说："人终于放回来啦，可身体都变了样，原本高高瘦瘦的哥哥走起路来摇摇晃晃；二姐圆圆的脸如同被刀削过，下巴都尖尖的了。"母亲与父亲都心疼得不得了。母亲问哥哥："你们怎么被绑走的？藏在哪儿？给过饭吃吗？"哥哥那副瘦嶙嶙的骨架倚在炕墙上，有气无力地说："眼睛被布条捂着，嘴巴也被捂着，我俩挣扎，可没有用。后来被拖上了一辆驴车，再后来就被藏在一道夹墙里。夹墙里白天像黑天、黑天更是黑天，只有有人送水送饭的时候，夹墙上亮光一闪，有一只手递进一只盘子，盘子里盛两块高粱饼、两碗水，不过那亮光一天只闪一次。

我计算着时间，用魏先生教给的方法……从这次鸡叫到下次鸡鸣应该就是一天，而且是早上，当听到狗儿群吠时应该就是傍晚，轩奕先生说过，那是野狗咬月呢。墙光一共闪过十七次，应该被关了十七日了，虽然墙光有时两天闪一次，或许一天闪两次，但是鸡鸣和狗吠是有规律的，因为动物在时间观念上是强过人类的……"

"茂田，你还没被关够吗？说起来头头是道。"母亲觉得好气又好笑。

"从开头我就清楚，他们奈何不了我们什么，只不过想折磨折磨人哩。对啦，我好像隐隐约约听到了墙光开启的那只手后面低低的谈话声，听到了一个人的名字——魏福贵！"

"是啊，是啊。"二姐说，"我也听到了那些人在说什么'贵哥''小少爷'。"

"这下跑不了啦，找他去！"父亲猛地从凳子上站起来。

"他爹，找谁去？你就这么去找小财主，他能承认吗？他说就是他干的，咱们能拿他怎么样呢？仇恨的种子还是留在心里吧。俗话讲：留得青山在，不怕没柴烧；君子报仇，十年不晚啊！"

4 光阴歇在洼地荒芜中
GUANGYINXIEZAIWADIHUANGWUZHONG

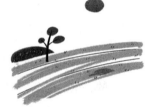

　　1937 年，抗日战争全面爆发。1938 年，大姨的第一个孩子出生了，是个男孩。这一年是戊寅年，就给孩子取名：戊寅。

　　日子在劳碌和鼓书的说唱声中过去，姥姥五十岁那年，鬼子来了。姥姥说，那天村子上空来了两只嗡嗡响的大飞艇，有锅盖那么大，转了几圈就飞走了。人们说，那是鬼子的大飞机，接着，便见村民纷纷向南逃，他们告诉姥姥："快跑！"姥姥舍不了家，心想：我一个老婆子怕啥？在肩胛骨挨了狠狠两枪托子之后，她也决定要逃了。

　　最险的是那次，她听到后面鬼子的喊声："站住！不站住就开枪了！"她却累得喘不上气，就道旁秫秸屋坐下去，心想：爱咋咋吧！子弹嗖嗖地穿透秫秸擦着头皮飞过去，鬼子却没有继续追。她说那是老天保佑她，她一辈子行好，没做亏心事。

　　黎冬虽然没经历过那个硝烟弥漫的战争年代，但耳濡目染，一点一滴从老人们嘴里似乎洞悉了那场抗日战争的持久与惨烈。她说:"妈妈,您再讲得细致一些,尤其是有关咱们家族的遭遇,窥一斑而知全豹嘛,一家一户、一兵一卒、一村一寨、一山一水,连起来便折射出一个国家的生死存亡。"

那时候,瘦弱多病的母亲已过古稀之年,说起话来有气无力,然而,在她心中依然坚持一种意愿,那就是将自己或家族种种遭遇全部倾诉给女儿,不为别的,只为纪念。于是,她继续给女儿讲故事。

那一年,你大姨的儿子一周岁,我也快十五岁了。你二姨已十八岁,她也要嫁人了。虽然婚事已定下了三年,但由于兵荒马乱,男方迟迟没来迎娶。人又长得漂亮,放在家里实在让人担心,只好用锅底灰把脸抹黑,梳上盘头,权当丑媳妇。白天不着家,蹲庄稼地,有时回来拿东西,听得过道里孩子跑,就惊出一身冷汗。

姥姥说:"兰儿,咱不出去啦,就藏在院子的地窖里吧,夜里再上来。"从此,黑咕隆咚的地窖就成了二姨的藏身之处,"花姑娘"在躲避四处觊觎的豺狼呢。

时至腊月,冯家来信了,喜贴上写着:己卯年腊月初八,良辰五更,迎亲。

腊月初八,弯月还没下去,雾气却升上来。荒郊野坡,五更近,一抹人影郁郁潜行。黄鬃马鼻喷寒气,大花轿颠颠簸簸,吹唢呐的默默低吟,冷流冻地随着空轿走。一个黑影悄悄跟在队伍后面,如同尾随羊群的一条狼。

村子就在眼前,远远听到了迎接的鞭炮声"噼噼啪啪"……迎亲的人马临近了。打头的唢呐吹出欢快的曲调,马背上的新郎佩戴的红花斜挎在胸前,颤悠悠随着马蹄抖,早已铺好的红毯就在马头下,轿子放下了,一头向着地、一头斜尾朝天。围观的村民当中有一个鬼鬼祟祟的脑袋露出来,新娘蒙着红盖头、迈着娇步,一边挎着一个伴娘……

"太君，打探清楚啦，大大的'花姑娘'！"那个神秘的人说。

冈村小队长的小胡子在厚唇之上一撇："何时返回？就在皇军设好的埋伏那里？"

"这个、这个……太君，大概午时……"汉奸探子额头上溢出了一层汗，摘下棉帽，用手背抹着脸。

太君瞪起眼珠子："经过那里吗？"

"哪里？那里？大概会、也许会、一定……"汉奸吞吞吐吐地回道。

"混蛋！你的……熊！"

炮楼的屏风后面突然闪出一个人，暗花绸褂在黑裹腿的上面随风一飘，阴沉着一张凶险的脸："秃鹫，再去探！"

"哎！主人，就去。"

"叫师爷！"

"是！东家……不、不、不，啊，师爷！"

"蹬、蹬、蹬"一通下楼梯的脚步声。一只手从银烟盒里取出一根烟，递到冈村队长的嘴边："太君，我的这些家丁都是饭桶，没经过调教，还仰仗您大人指点，敝人定将效忠皇军，肝脑涂地！""魏福贵，你的大大地好！"

秃鹫又进村了。他把朽腐般恶臭的气味污染了干净的村落。娶新媳妇的轿子走了，仿佛没留下可探的任何足迹。汉奸急傻了眼，一溜烟儿骑上脚踏车，左摇右摆，活像贴地滑翔的乌鸦。

唢呐声响起，在枯草漫地的途中。娶亲的队伍走累了，提提精神，同样是为了驱鬼避邪。二姨摘下了盖头，用一只手挑起轿帘，从软座上朝外望。一片荒凉，满目萧瑟，她的心口怦怦跳动。因为激动？因为感动？抑或别的？她不知道。这个特殊时刻人一生只有一次。婚姻会给人带来什么样的命运？她也不晓得。窗帘落下来，屁股在座位上挪了挪，舒一口平缓的气儿，从衣袋摸出一面小镜子，照着。圆圆的镜面有圆圆的脸盘，白皙的肌肤晃亮沉闷的空气，轿壁暗红的色调染一层动人的心潮。啊，这是我吗？那个盘头皱脸、蹲庄稼地、卧寒窑、睡地铺心惊胆战的姑娘哪儿去了？唢呐音停止，荒凉的风将余音送出去很远，人马歇息在一个废窑的周围。天色大亮了。走过这片大洼腹地，冯马寨村就在前面的洼地边缘，那里的洞房在恭候着，拜天地父母祖宗的仪式的桌椅与亲人在期盼着，晌午以前，花轿就要到达。

一个飘忽的黑影像恶魔一样追随而来，他的脚踏车要比马蹄人脚走得快。在一处避风的土坎那儿，秃鹜放倒洋车，卧下去，露出一面秃顶和两只贼眼偷偷窥视。偷窥一会儿，他扶起洋车，蹁上去，一溜烟跑了。

二姨始终坐在轿子里，她好奇地打开盖头，将一双不能沾地的穿着绣花鞋的脚揽在怀里暖一暖，空旷的风如一把冷剑挑动着帘儿，慵懒的人们歪倒在避风的废窑那一面，马咀嚼着干草，马上的新郎蹲在马屁股底下在抽第三锅烟。时间？在这无路无道的荒野中没有时间，光阴歇在洼地荒芜中，唯有头顶时隐时现的那轮昏阳才是探路借光行进的召唤。然而，他们没有歇够，因为脚下的洼地太难走了，没有哪一双脚能在荒凉中找到一条正确的路，只有行一段停一刻，然后再行再停再走，仿佛是在乱途中迂回。

新郎在抽第四管烟。他的心里暗喜，原来新娘的身材这么好！模样吗？一定也错不了，说不定像夏日下的荷花一样美呢。我，冯家辰三生有幸、艳福不浅呵！一个穷人家的子弟能娶上一个这么如花似玉的媳妇，真是老天有眼啊！人家说，娇妻难相守哇，我这副德行，既没貌相，又没银子，还没学问，她能跟我一辈子吗？不管怎么说，多亏了我那在魏家庄魏义仁家里做家丁的表哥啦。他说："家辰表弟，想娶媳妇吗？你也不小了，可就你这相貌、家境恐怕……不要紧，我认识魏家庄的魏振基老汉，他家有个二闺女，标致着哪，我托媒人去说……"那年家辰十八岁，静兰十二岁，婚事定下了，待到人都长大了，再迎娶。可婚事一拖再拖，后来又错过了三年。都怪这兵荒马乱的日子，还有该死的日本人。要不然，我早抱上儿子了，天天搂着香喷喷的媳妇胖墩墩的儿子睡大觉呢。

"砰！"一声枪响，就如同平地炸雷似的，惊得窑下的人都竖起耳朵，惊慌失措。那匹黄鬃马腾起了前蹄，在虚空中迸发一声长啸。

花轿在寒风中颤抖。几个鬼子兵正端着枪猫着腰一步步靠近。有几个黑衣汉奸躬着腰、握着盒子枪从两边包抄而来。

情况十分危急。

母亲说，当时二妗子缩进兰凤婶儿怀中抖成一团，身旁的两个舅舅、两个妗子都像是遭了雹子打，将脑袋缩进腿窝，蜷成一个蛋似的一动不动。突然，"砰！"又一声枪响，隐隐约约又有一队人马出现了。他们三下五除二，很麻利地下了小鬼子和汉奸的枪。那个躲在荒草丛中的秃鹫见势不好，仓皇逃窜，他的身后另一个汉奸跌跌撞撞、连滚带爬尾随而去。

"老乡们，都出来吧！我们是区小队的抗日战士，来营救你们的。"一个个头不高、黑脸庞、腰挎双枪的年轻人一面喊话，一面走向那顶花轿。途中，他走到蹲卧在黄鬃马屁股后面的新郎跟前停下来，说："老乡，哪个村的？"

冯家辰抬起了头，两眼盯着他和蔼的脸，慢慢站起身来，忽然伸出一只手："同志，谢谢你们啦！"

"不谢。大家都是抗日的，咱们是一家人嘛。"

"怪事啦，队长同志，你们怎么知道我们被打劫了？"

"有人报信。"

"谁呢？荒郊野岭的，鬼子怎么知道我们在这里歇息呢？这条道可是不常有人走啊，再就是那个报信的必定是位知情人！"

"信是从鬼子炮楼里送出来的！"

"炮楼？你们见到送信人了吗？"

"那倒没有。信是由一个串乡卖烟的孩子送过来的。"

"又是怪事！孩子？难道是……"

"好啦，老乡，你们没事就好，过去看一看新娘伤着了没有。"

花轿内二姨依然蒙着盖头，从一双绣花脚上面搭在膝盖上的平静的小手看出来，她并没有太惊慌。这会儿，胸部微微起伏，香甜的呼吸颤动花轿，也是微微的。轿门帘挑起又放下，两个男人默默对视一下，眼神中饱含着祈福。

那个小个子男人真神气，尤其是站在那儿手按腰间双枪的姿态。他是谁？听口音不像当地人，恐怕也远不了，还能再见到他吗？母亲说："我站在破窑上，远远地望。"黎冬将妈妈的回忆记下了，并写在了纸上。她曾问过母亲："他是谁啊？"妈妈没有立刻回答，只是说往下听吧！

"浑蛋！"鬼子小队长在逃回的两个汉奸脸上一人一耳光，"坏了我的好事，该死！"小胡子气得在楼上转，皮马靴踏得木地板咯吱咯吱响，指挥刀在胯边敲打屁股，蓦地停了下来，抓紧刀鞘、握住刀柄，哗地抽出了刀，刀光如闪电一样在两个汉奸脸前划过……"他，是他！"秃鹫指着身边的汉奸，"先开了枪，要不就快刀斩乱麻，早把新娘子抢回来啦。""你！"鬼子的刀刃冲向哆哆嗦嗦的那个汉奸的脖子，刀尖直指呼呼跳动的血管。汉奸的脚下湿了一片，他吓得尿了裤子，结结巴巴地说："走火啦，走火啦……太君……"小胡子猛地举起了军刀。就在这千钧一发之际，魏福贵从屏风后面又闪了出来："太君，太君，息怒、息怒，留得青山在，不怕没柴烧，我们过后接着去抢就是了。""胡说！"鬼子虽然放下了刀，但小胡子翘得朝上了，"过后？小米煮成干饭了！"屠刀并没有入鞘，尖刃戳在木板上，一用劲儿，挑起一片木屑，吓得师爷退后一步，两个狗汉奸抱起了头。魏福贵连忙退到屏风底下，又迈步向前，说："太君，中国'花姑娘'大大的有，我们再去找！""哪里？快去！"鬼子嘘口气，刀入鞘，掏出烟盒，拿出一支。师爷赶忙朝前一步，划着火柴，给小胡子点上。汉奸们像木头桩一样立在那儿，秃鹫的秃顶上溢出一层汗珠，"走了火"的那位裤子湿着，裤裆里面凉飕飕的。小胡子队长嘴里吐着烟，没握烟卷的那只手在他们眼前一挥："开路开路的!"师爷站在鬼子身后，赶忙接话说："你们下去吧，再去打探! 记住，目标魏家庄一带。"

一个小酒馆里，靠窗，半截布帘遮挡住街面行人窥探的视线，一顶秃头和一撮黑发在透亮的那一半玻璃间隐隐约约露了出来。窃窃私语的两个人面前，一碟花生米、一盘拌黄瓜、一碗冒着热气的白朵丸子汤，外加一壶焐热的烧酒搁在桌上。

秃头先说话了："兄弟，新婚惬意吗? 想必一定很过瘾，那么细嫩的媳妇。你表哥我还单着哪，女人的滋味可是老久没尝到了。"

"表哥，不怕您笑话，我这阵子老是心惊肉跳，房事多受扰啊，狗日的日本鬼子!"

"窝囊货! 有啥好怕的，有我给你们通风报信，你还怕啥? 这可是掉脑袋的事，他妈的小胡子的军刀都架到我脖子上啦。"

"和尚哥，难为您啦，多有感谢!"

"谢啥呢，都是自家人。不过这些日子你们还要小心呢，小胡子贼心不死，正要四下里寻找猎物呢。"

"狗日的日本球!"

"我也是没办法，兄弟，讨口饭吃吧，给日本人卖命真他妈不是好过的。咱铁营洼方圆十几里，鬼子老嚷嚷：'这里……这里的一定藏着土八路，土八路的一定要消灭!' 要是鬼子真的来扫荡了，当哥的我怎么面对乡亲们? 汉奸、汉奸! 定会被老百姓骂死。"

"那您就脱离狗日的们，此处不留爷，自有留爷处!"

"难啊，上了贼船，下船难呀。何况我是跳进黄河也洗不清了。"

"和尚哥，莫要悲伤，总有办法……"

说话的工夫，一壶酒喝完了。再要一壶，"跑堂的，打一壶酒来!"

店小二手里捧着一壶酒跑过来，酒壶放在桌面上，空出来的两只手在棉衣前襟处擦两把，低头哈腰："您慢用!"

　　酒保走开了，和尚望着他的背影，手却伸到半截布帘上方往下一按，秃头露在玻璃上，一只眼也斜着朝外看，大街上行人稀少，对面布店的门边一个托着盒子卖烟的小男孩低着头倚在墙壁上，布店老板娘端着一盆污水走出来，往街面上"哗啦"泼出去。男孩的头一下子抬起来，他看见胖女人一颤一颤朝里走的肥屁股、街那边印在窗玻璃里的秃头。他望着那顶秃脑袋会心一笑，秃头伸出一只手朝他摆一摆。

　　"家辰，你新娶的媳妇娘家是不是还有一个妹妹？她多大啦？"

　　"表哥为何突然问起这个？多大呢，我也说不清，看模样十五六岁吧。"

　　"没啥，表弟，叫她们留点神就是啦。"

　　"知道了，表哥。对啦，听说鬼子最近要扫荡，真的吗？"

　　"真的假的不一定，回去多留点儿神！"

　　二姨在新房子里。她在纳鞋底儿，盘腿坐在炕上，粗布单一簇一簇的织花上是红衣绿裤的新娘。窗纸上贴着红喜字。一双绣花鞋在炕沿下。红绸被叠放在炕上靠里的墙边。一只木箱打开着，里面盛着她做闺女当媳妇的件件"宝贝"。她在等家辰回来。说是等，却并不着急，只是心里有一丝丝牵挂。因为他出去一整天了，眼看就要天黑了，窗上的喜字模糊起来，屋子里阴冷寂寞。她下了炕，拉开房门，吱扭，院子里悄然落下一抹黑。北屋里亮起了煤油灯，老两口围着一盆炭火取暖，大儿子斜倚在墙角里，在冰凉的炕席上咧嘴笑。家辰娘抄手望着他，家辰爹抽完烟将烟袋锅伸到鞋跟下磕一磕，唉，他叹一口气，腰间别好了烟杆，也抄起手。袖口里面还没有暖和起来，家辰爹说："家辰娘，老大痴呆，老二总算娶了一房好媳妇，老天保佑啊。"铁铲在火盆里翻着，将烧不透的煤块翻上来，家辰娘说："真是好媳妇，祖宗积德啊。"两张映红的脸仿佛有了暖意。她隐约听到了西房那边慢慢掩上了房门。"狗日的日本鬼子差点坏了咱家的大事，亏了区小队啦，要不然，咱家要蒙奇耻大辱！"冯老汉说着又打着火镰点上一袋烟。"可不是嘛，祖宗积德啊，要咱们逢凶化吉。"家辰娘说着话儿，依然抄着手，她感到暖洋洋的，有点昏昏欲睡。老头子磕烟锅的响声惊动了她，她把眼皮睁开，从袖口里抽出一只手去翻盆里几近烧透的炭，翻着翻着，突然说："那个区小队长是哪里人啊？听说还是个光棍呢。听说是姓李，还是姓啥来着？那一天，救了咱儿子媳妇后，他们悄悄走啦，也没留下个话儿，可咱亲家那边好像有人知道他，说是同乡，他村里有个集，叫啥李集还是李家集呢。这人叫啥？兰凤，还是蓝风？她比那个人大，可在集市上见过多回，那时人家才十多岁，好像在念书呢。不知咋的，几年后为何跑到咱这兔子都不拉屎的穷乡荒洼里来了？""为了抗日！"家辰爹说。他瞅瞅脚下的火盆，一层炭灰覆在上面，烧红的煤块依然在下面蹿出淡淡的火苗，房间里渐渐凉了下去。家辰娘不再翻动它，抄着袖子愣了一会儿神，然后眼睛望向对面的老头子，看到他又举起烟杆，摸出火镰去打火，这时，她突然说道："盆里不是有火嘛！""那火太呛，有股煤气味。"火镰打着了，将嗞嗞冒着火星的棉团摁进烟锅，冯老汉接着说："多亏了亲家那边送来的这点炭块啦，要不然到哪里去取暖呢。"新房里也有一个火盆，却没有点燃。二姨爱干净，恐怕煤烟熏染了新被褥、新窗纸、新枕头、新衣裳。她坐在炕头照旧纳她的鞋底，绣花鞋耷拉在炕沿下，煤油灯搁在窗台上，窗台比炕台高，高灯下亮。二姨认真地纳完最后几针，剪断棉线，在灯下仔细地瞅那些密密麻麻的针脚，上面有数不清的时光、道不清的心绪，好似新婚的日子凝结成一个个结实又密集的点儿。纳完的鞋底硬邦邦的，掰起两头抻一抻，它就像一块折不断的日子，可是穿在脚下随着脚步与土地的摩擦，再结实的针脚也会踏平磨烂。

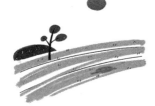

　　家辰还没有回来，眼看就要后半夜了，二姨和衣躺在炕上。红绸被只搭在腰间，斜身朝向窗棂的腿、胳膊和手都有寒气在飕飕地吹。她并没有睡着，脑子里翻江倒海，她想努力平静下来，寻觅一袭甜蜜的回忆，无论是童年的、少年的，哪怕是刚刚过去的新婚之日。终于，一个瘦弱老翁的身影蹦了出来，恩师轩奕大伯的一张脸在冲她笑："静兰，你就像一束静默郁香的幽兰，天生丽质，经过尘世的磨砺、光阴的涂染，将来，你会在万千芬芳中开出娇艳的花！"我懵懵懂懂地笑一笑，他也高高兴兴地笑一笑，然后吟了一首《虞美人》：

　　洼地一片也有春，不知闺中人。幽兰芳香倒不尽，原自寒庭裹衣求索真。古台处处老骥心，不舍一光阴。也有童儿凤愿在，把个旧事新交道不尽。

　　吟罢，他把目光转向大姐，阴暗的房间里老脸仿佛接住了户外的阳光，简陋的四壁、寒酸的桌椅反而给人意想不到的温暖。他手捧着的《宋词全集》在我眼里有一种历史的渊博，还有书案上那些退了色、开了线的《论语》《史记》《诗经》《道德经》等，都弥足珍贵。他不吸烟，不喝酒，没有家室，反而叫他的人生毫无牵挂、自由自在。我那时就想，老师是怎样一个人呢，童年的视角里，倘若有一个人能在精神的层面上给人以熏陶，那么就是他了，我长到十来岁还从没有如此的清醒。他把那本厚厚的书翻过去几页，眼睛在上面瞄了一眼，微笑着对大姐说："静芝，林中的仙草，自然的精灵，采撷来是药，放回去成仙，万物自有妙用，凡事磨砺成材。听好啦，送你一首《满庭芳》。"

"暮色黄昏，仙芝泪痕，一点新绿有神。采撷留意，自是后来人。万物霜天竞渡，莫凄凉，荒洼纵深。书斋外，童儿祈乐，香案已成魂。当归，寒灯亮，伏案细读，不知有晨。漫漫求索路，博个欢心。老汉微授何如？自思量、师生情真。感伤尽，此去万里，恐难见浮云。"

他暂时合上了书，重新打开，浏览一眼，轻声问道："静芝，感觉如何？""很好！老师，只是不太懂。"大姐乖巧的小舌头露一露唇，做个鬼脸，"我何时会懂呢，老师？又何时会作呢，老师？"他把摊开的"诗集"在她面前晃一晃："会懂的、会懂的，只要你读完了这本书，就不但能懂而且会做啦！"大姐眨眨眼，点点头，表示听懂了。

妹妹的一双眼直直地瞧着那本书，在她好奇的目光里，老师这次该给我作诗了吧。大姐、二姐都得到了那么美的诗，一首是"美人……"，一首是"芳草……"。我的呢？该是什么呢？她一边想着一边左盼右顾，看看这边的二姐，又瞅瞅那边的大姐，似乎屁股底下起了燥，坐不住了。但她始终不曾站起来，怕老师不悦。她又想，那些不是"美人"和"芳草"，都应该是"词牌"，多么好听呀，轮到我该是……"静荣！"老师在叫她。她还没等想明白呢，老师的一双可敬的目光已经向她望过来："四个里边你最小，也最瘦弱，你的荣耀在哪儿呢？在天边，在脚下，还是在成长的过程中？人虽小，志气莫须短，就似那首诗：离离原上草，一岁一枯荣。野火烧不尽，春风吹又生。小草亦解人情，荣辱自在眼前。送你一首《采桑子》：离草连天碧空遥，一半势坤，一半健道，万里红尘一点娇。歌罢还须情愫续，一步一瞧。无痕有缘，寒暑漫地志真遁消。"

静荣眯着眼睛听着，她仿佛听出点儿什么来："老师，'采桑子'比'美人……''芳草……'好吗？我好像觉得诗词里我是一位'听天由命'的人，是吗，老师？""嗯，你怎么听出来的？小小年纪就已经认同'宿命'了吗？我不是曾经说过嘛，诗是诗、事是事、实是实，你要记住，无论在什么情况下，艰难跟前不低头，富贵当面不自骄。做人要有骨气！"老师说得一字一顿，妹妹听得认认真真。"知道了，老师。"妹妹说。

院子里仿佛有动静，油灯几乎熬干了，窗纸的红喜字一明一暗，深夜已经探进了头，它在悄悄溜进来。二姨翻一下身，面朝墙壁，红绸被积蓄的热量在那侧翻的瞬间带走了，钻进来一股刺骨的冷风，她感到了彻骨的寒冷，蜷曲身子，保存热量，慢慢又感觉出温暖。老师的诗词格律意境已烂熟于心，张口就来，词有时虽然是吟给别人的，但那里边渗透了他自己的甜酸苦辣、喜乐哀愁。那些童年的记忆多么难忘，尤其是那段与老师在一起的时光，虽然只有短短的几年，但足以使我享受一生。这时，似乎睡意仍未袭来，蒙眬中，老师蓄着一撮胡子的下巴从书本上抬起来，胡须花白了，在我们眼里那是智慧的象征。大哥坐在板凳上，焦急地等待着，送给我的那一首呢？老师何时会吟出来？他想，我是姊妹中唯一的男人，又是老大，我的那一首也许与她们的有所不同。我并不怎么看中虚荣，只有老师送的我才喜欢。茂田！老师的目光终于投向我了，他依然托着那本书，胡须一会儿抬起一会儿低下，他似乎在寻找合适的一首诗。忽而，他微笑着的面容开始吟了，只想出一句，感到不妥，于是低头思索着，下巴上的胡须静止在那儿，好似也在沉思。忽然，老师抬起头，平端在双手上的"词集"啪的一下合起来："茂田，听仔细啦，给你作一首《西江月》。"

引——老翁有兴，花甲偶遇新交。叠峦难分岭，好，素昧倾思把书教，是为同志，砥砺情操。心儿逍遥。父母多情，儿女乖巧，自觉来日少，赠予留言见笑。

西江月

阔失多年无痕，老骥唯记今宵。无言有感会来世，都乃相别旧交。我欲乘风西去，可惜难弃童骚。雄鸡一啼晨曦早，归隐来兮未老。

灯熄了，窗台映出自然的夜色。红喜字仿佛爬进浩渺的虚空中，星星镶在它周围。她儿时的记忆渐渐变成了童年的梦，梦仍在继续，心潮无边。一觉醒来，天已亮，她发现自己男人躺在身边。

"混蛋！混蛋！"冈村小队长大发雷霆了。"花姑娘"没捞到，他要集合兵力准备春季大扫荡："目标铁洼子的一带，统统枪毙！"

鬼子、汉奸都出动了，在夜幕掩护下，大队人马直奔魏家庄、冯马寨一带而去。

那时，姥姥家已成了八路军的交通站，离鬼子的据点不过十来里。区小队的黎队长和队员们都聚集在姥姥家里，半夜里，大家正在熟睡，忽听屋后墙根被人踹得咚咚响，那是二姨从婆家跑来报信。姥姥赶紧跑到院子里，二姨隔着院墙喊："鬼子扫荡了，包围了村子！"大家赶紧进了地洞。刚安顿好，便听到外头叫门，姥姥壮着胆子去开。灯影里一群扛枪的人簇拥着一个矮个小胡子闯进来。鬼子开了腔："老太太，不要怕，'花姑娘'的有？"姥姥悬着的心一下放松了许多，便模仿着鬼子官儿的怪腔回答："太君，'花姑娘'的都上婆家去了。"鬼子不甘心，进屋搜查。地洞里的人们紧张起来，屏住呼吸，凌乱的脚步声似乎就在他们头顶上。鬼子搜了一通，"花姑娘"果然没有，只有一个咳声不止的老头子倒在炕上，喉咙里痰声呼呼啦啦。那是有痨病的姥爷，鬼子们捂着鼻子走了。他们哪里想到，"花姑娘"虽然没有，而十几个荷枪实弹的八路军却藏在屋下地洞里，而洞口就在那病老头的身下。

小胡子和颜悦色，认为姥姥就可以把"花姑娘"拱手相送，不是色令智昏，也是痴心妄想。姥姥想，弹丸之地垂涎幅员辽阔之地，却又希望人家都做"大大的良民"，真是强盗自有强盗的逻辑。但鬼子们忘了，中国不光有辽阔的土地，还有岳家军、杨家将，有岳母刺字和亲自上战场的佘太君。母亲说，姥姥本是个很胆小的人，一条小肉虫子就能把她吓得嗷嗷叫，这世道逼人胆大啊！

地洞里昏暗潮湿，空间有限，十几个人挤在一起，那位黎队长腰别双枪就靠在我的身边。母亲说，他身上的汗味儿直冲我的鼻子。突然洞口柴门被拉开，一个声音说："鬼子走了，大家都上来吧！"舅舅就在洞口，第一个跳出来，眼睛渐渐适应了外面的光线，他看到母亲和二姐站在那儿，门外的春光映亮她们的后背，姥姥从容的目光望向舅舅和他身后一个个跳出来的人。二姨打着裹头，一身黑衣，猛然望去，酷似谁家财主忙活做饭的老婆婆。这时，黎队长走过去，握起姥姥的双手："辛苦啦，大娘！"他转头看见了二姨："这位是……""噢，我的二闺女静兰。"姥姥顿一下接着说，"对啦，鬼子扫荡进村的消息就是她通知的。""看样子像是出嫁啦，她怎么得到情报的呢？鬼子可是封锁得很严啊。"黎元队长怔怔地看着二姨不动声色的脸。"我男人！"她突然说。"你男人？他是干什么的？"队长问。"庄稼人。"二姨回答。"你男人？他是怎么获得消息的？""和尚告诉的。""和尚又是谁呢？""鬼子据点里的汉奸。""啊！"黎元大吃一惊。二姨说："一句两句说不清，听我男人说，他早就想投靠八路了，只是觉得自己造孽太多，怕共产党人不接受他。可他自己说，实在不能再忍受鬼子残害咱百姓了……""是这样，我明白啦。"黎队长着实感到有些意外，但他想到，我党的政策是统一一切抗战的力量，只要真心抗日，不分早晚，不计过去，应该争取此人，为抗战工作服务！他说："妹子，回去和你男人说，我要见见这个叫和尚的人。"

眼前的双枪男人够神气！妈妈一边将从黑暗通向光明的眼球睁得大大

的，一边寻思，反手弯腰还没忘记把最后一位爬出洞口的队员拽上来。"二姐！"她呼喊着跑向二姨。换了别人，恐怕认不出她来，可从小在一起的情分，母亲一眼就认出了自己的姐姐。姐姐搂着妹妹，目光望向炕头，痰声呼呼啦啦的姥爷弓背弯腰一直守护在那儿。

还是那个小酒店。这里距冈村的中心据点只有几百步远。鬼子巡逻队的皮靴在石子路上踏过，像凭空落下一通冰雹似的。那个布店老板娘出门泼水，眼睛直直盯着对面，半截窗帘下总是变换着形形色色的人头。她的一盆污水还没有泼出去，忽然窗边一个身影站起来，似乎腰间鼓鼓的，像藏了啥东西！盆子一斜，脏水倾洒在自己绣花鞋上，红面黄花的鞋面立刻成了大花脸。"哎呀！狗娘屁！"她骂一句脏话，脏话就如同沾在她裤角上的污秽一样恶心。今儿吃饭的是什么人呢？那个人腰上好像是别了盒子枪，八路吗？那边就是皇军的据点，好大胆啊！这个外地女人边跺脚边琢磨，然而她的两眼却一直盯着那扇窗。帘子后面的两个男人在握手，握罢各自坐回座位上，这会儿，她只能看到左边一个平头、右边一个秃头了。

"这地方是你选的，还有什么不放心的？"

"我是这里的常客，我的身份外人不知道，这里的老板还是我的亲戚，只有他清楚，但他不会说出去。"

"那些情报都是在这儿作为中转站传出去的？"

"是这样。看来您就是黎队长了？久仰久仰！"

"别客气，咱们都是中国人，只要真心抗日大家都是一家人。"

"我的身世太复杂，这个，家辰最清楚，您可以从他那里了解了解。"

"不必啦，我们都了解清楚了，你做过魏福贵的家丁，当过土匪，干过绑架，现在是鬼子冈村小队长手下的伪军，是这样吗？"

"罪过，罪过！可我是真心想抗日啊。"

"良心发现了嘛！"

"我被迫走上了邪道，那都是为了混碗饭吃，无奈啊！可我也是穷苦人出身，也有中国人的良心，经过这些年终于明白了，人，不能造孽太多，天理不容啊，悬崖勒马，赶紧回头，要不然，对不起祖宗啊……"

"你已经有了悔过表现，这说明你还是个有良心的中国人。下一步，你还需留在鬼子据点里，继续把情报传出来，我们需要你，共产党、八路军团结一切可以团结的力量，从而形成强大的抗日统一战线。"

"明白了，黎队长。"

"有什么困难吗？"

"没有，黎队长，传递情报我有我的途径，很保险。"

"继续使用，但记住，一定要谨慎小心。"

"会的，会的，放心吧，黎队长。"

和尚的秃头转了个方向，眼睛望向窗外，视线越过帘子上端，落在依然站在那儿的那个外地女人身上，心里琢磨：这个女人好可疑，只要我出现，她总是鬼鬼祟祟地瞭望，似乎一直在窥视着进出这个酒店的客人，假装出门泼水，贼眼却瞄向窗口、窥视店门，一副阴险的样子。得告诉鸽子，让他留心，以后不要再站在布店门边了，接头的地方也要换家酒店。那个女人在朝门口走，一手提着瓷盆，肥腚就在盆子边上扫来扫去。糟烂货！他骂一句。走到门旁的肥屁股突然停下，头和腰身转过来，斜脸歪目再朝窗口瞟一眼。他看见了半张涂脂抹粉的脸，活像在行走的僵尸，嚼在嘴里的一口饭差点儿吐出来：噢！

"怎么啦，和尚？"

"队长，您快看那个女人！"

"在哪儿？"

"窗外，对面布店门口。"

黎元看过去的时候，胖女人已经半截身子在门里，倚着门框扫视着大街。

"看到啦，一个胖女人，你发现她有什么问题吗？"黎元在窗帘上露出半边脸，鼻子以下有布帘遮住，目光炯炯。

"很可疑！她总像在窥探啥玩意儿。"

"你要尽量查清她的底细，不然对我们会有很大威胁。"

"我也这么想，黎队长，叫鸽子去打探，这一带他不但熟而且有一帮小兄弟。"

"鸽子是谁？"

"我的传信员，一个小朋友，他跟我多年了。"

"可靠吗？"

"可靠！那些情报都是由他传给你们的。"

"现在人在哪儿？"

"那儿！"

和尚指一指布店门口的外侧，小鸽子脖子上挂着一条线，烟盘顶在胸前，正在叫卖："烟卷，烟卷！"

胖女人听到喊声，肥屁股一撅，溜了进去。

"以后这个联络点不要用了，换个可靠的地方。还有，鸽子也要转移，在市井当中，仍以卖烟卷为掩护。"

"晓得啦，黎队长，一旦找好新的联络地点，我就叫鸽子及时通知你们。"

"好吧，就这么办！"黎元站了起来，望望窗外，街道上偶尔有行人匆匆走过。午后的阳光洒向酒店的屋檐，背阴的南墙下鸽子飞走了，布店的房门紧闭，玻璃帘像一堆死鱼眼，闪着残光。他随手将一张纸币丢在饭桌上，向门外步去。

"老板，结账！"

和尚仍然坐在椅子上，腮蛋和秃顶都有点儿微红，他把那张纸币翻转，隐约有几个数字在角落上，他记下了，随手拿起一块抹布将墨迹未干的字抹去。

夜幕降临。一个胖女人沿着据点护城河的河岸走，脚步疾驶，贼头贼脑，来到木桥边，一盏马灯忽然照亮她慌慌张张的脸。"谁?"拉起的吊桥那边一个端枪的伪军大声喊。"我!"她将身子缩在木桩的阴影里，探出银钗的头。"口令?"对面在喊。"铁鸡!"口令传过去。"木驴!"那边听清了，随即应答一句。吊桥徐徐落下，她迈着颤歪的小脚挪过去。"干什么的?"城门拱顶下面又走出来一名伪军。"搜搜她的身!"立在城墙上面荷枪实弹的人在嚷。一双粗手伸到女人的腋下，顺着曲线滑下去，摸到脚跟那儿，两条打着裹腿的腿站起来，从后背的赘肉那儿抓住了肥硕的胸，小肚子一下贴紧了女人的肥腚。两条胳膊伸直朝上的女人娇滴滴地说："老总，痒啊!""找谁?"搜身的人放开了手。"魏福贵!"女人整整衣襟，捋一捋平滑油亮的头。"噢，师爷? 你们啥关系?"另一名伪军。"我是他的四姨娘!"女人回答。"四姨娘? 什么四姨娘，你男人有四个老婆吗?"那名曾摸过她绵软身子的家伙色眯眯地盯着这位风韵犹存的娘们儿。"那又怎么啦，年轻人，你若有钱，你也可以娶四个老婆的!"女人毫不示弱，拿一双描过眼影的媚眼望着他。"好啦! 什么乱七八糟，老子没工夫和你瞎扯，进去吧!"

这座鬼子的中心据点就处在县城的边缘，四面用一条深沟围起来，宽度如一条小河，往里走，就是那条熙熙攘攘的大街，梨园酒店与魏氏布店遥遥相望，那个胖女人从布店后门溜出来走到吊桥下不过两袋烟的工夫，现在她正在朝据点深处走了。那座最高大的炮楼应该就是重要的指挥枢纽，冈村队长和我家福贵一定就在那儿，她边走边想。突然，有两只大狼狗冲过来，缰绳拽得牵狗的鬼子踉踉跄跄，眼看就要扑到女人身上了，一个鬼子大呼一声："谁?"两条狗儿几乎同时停住，坐在了女人面前，绳索耷拉到地上，狗鼻子喘着粗气，长长的舌头伸出来。"干什么的?"钢盔下是一双气势汹汹的眼。"太君、太君，我的，自己人，找冈村队长有事相告。"女人的魂似乎都吓掉了，情急之下，她居然还能把话儿说完整。巡逻的鬼子似乎并没有看出破绽："开路开路的！"狗拽着牵狗的巡逻兵走远了，钢盔反射着两点灰白的灯光，她远远地望一眼，伸手拍拍心坎乱跳的胸脯，缓缓气儿，朝那座炮楼疾步走去。

"太君，这就是我曾经和您说过的，我的四姨娘，我在城里安插的底线，打探八路的行踪，今夜她有情报禀报太君。"女人惶恐的眼瞧着继儿子谨慎的嘴，一路找上来太不容易了，却不知这个小胡子看重我的情报不。自从嫁到魏义仁家，老东西只活了六个月，害得我守寡到如今。日本人来了后，后儿子帮我张罗起那个布店，他说："姨娘，盯着点儿，对门那个酒店很可疑，很可能是八路的接头地点，还有周围的动静，一有可疑情况马上到据点来禀告皇军。"可这些日子我并没有看出有什么可疑，只不过那个和尚倒确实有点可疑，他多次与陌生人吃饭，每次都坐在那半截窗帘下，似露非露的面孔让人琢磨不出他们在谈论什么。叫人更加怀疑的不只是左边总是坐着半露的光头，右边不断变换角色，好像是预定好的接头信号啥的，还有白天那个好像腰间别枪的人，更像土八路。和尚曾是俺们家的一条看门狗，后来跟主子投靠了日本人，这个情报要是告诉眼前这个小胡子队长，会不会连累福贵呢？幸亏我嫁到魏府没几天，魏家庄一带没几个人认识我，可那个和尚必定是认出我啦，他会不会恶人先告状呢？

"喂，漂亮女士，你的有什么情报？"鬼子队长一双色眯眯的眼和一撮黏糊糊的小胡子一起兴奋起来，努起的厚嘴唇向前凑。"太君，"她一面开口说一面将恐慌的腰肢朝后弯，"太君，是这样……"

她把看到的、怀疑到的一切统统告诉太君。

"什么，和尚？"鬼子的一对小眼睛瞟了一下身旁的所谓军师，"腰上插枪的是八路吗？那个酒馆的一定大大的可疑。"鬼子队长侧身指向一直笔挺地站在楼梯口的那个鬼子："你的，去把小和尚关进大牢，去搜查酒馆，把掌柜的抓回来！"

"明白！"鬼子兵紧碰脚跟一下，迅速消失。

"咦！'花姑娘'……"

"哎呀！太君……"

小胡子伸手去搂，女人惊慌地朝后躲。

"'花姑娘'，皇军不好吗？"

"皇军好！可人家在守寡呀。"

"什么的守寡？快快过来！"

在"乖儿子"的劝说下，她陪小胡子睡了一宿。魏福贵心里明白，这个风骚女人早就是自己的囊中之物，管他妈的什么四姨娘！

梨园酒店查封了，酒店老板被抓走了，关在同和尚相邻的牢房里。然而魏氏布店的门脸依然挂着玻璃帘，胖女人照旧进进出出的，她挑门帘的肥手似乎比以往任何时候都有底气，原因是她得到了皇军的恩宠。

"砰！"一块砖头穿过那些闪亮的圆珠子狠狠地砸在木门上。

"砰！"又一块砖头，这回不但敲响了门板，而且击碎了玻璃球，帘子中间形成一个大洞，玻璃珠滚洒下来，散落一地。

突然，店门打开，那个破洞里悄悄钻出一个女人的头，她在四下瞭望，就在关了门的酒店拐角看见一个男孩的后背急速闪过。"小兔崽子，原来是你！等着，我叫皇军小胡子队长收拾你！"女人的头缩了回去。

姥姥家的北屋里，围着一张破桌坐着几个人。黎元队长手里托着烟杆，吐出的烟雾还在他头顶上缭绕。副队长刘言喜手里也举着一管烟，只是端着，并不去嘬烟嘴，烟锅里没了火星，仿佛已经熄灭了。他一直在打量对面坐着的新来的区小队政委，此人高高瘦瘦、白净脸，一副文弱书生模样。黎元旁边的通信员马小驹从皮文件包里取出那张纸条，捋平了，递到黎元手里，说："队长，叫魏政委看看吗？"黎元点点头，然而，目光在那张纸条上快速扫视一遍：

黎队长：

我有可能暴露了身份，梨园酒店和酒店老板苏柄斧也在危险之中，那个魏氏布店的女人深夜潜入鬼子据点，很可能去找魏福贵告密，让小鸽子看到了，并一直跟随她。小鸽子身手敏捷，想方设法翻墙找到正在熟睡的我，我叫他把这张纸条交给你们。不要管我，我自有办法应对，只是地下党员苏柄斧岌岌可危……

代号：八三五一七 即日

黎元把纸条折一下，眼神跟手臂同时递往对面，魏政委站起身正要接那张纸的当儿，房门突然被撞开，小鸽子跌跌撞撞跑进来：

"黎队长，不好啦，家辰叔被抓走了！还有……"

"不要惊慌，鸽子，坐下来慢慢说。"黎队长指一指身边的长凳，"你咋找到这儿来的，鸽子？"

"二婶……"鸽子回身去望房门，后面紧跟着走进来的二姨。

大家的目光一下子惊怵起来，瞧着她：披头散发的脸上血迹斑斑，一只鞋跑丢了，衣襟撕裂，盘扣儿耷拉着，隐约裸露出面容上蜡黄的底色。

"这是咋啦？闺女！"姥姥急呼呼跑过去，扶住有气无力快要跌倒的二女儿。

炕头上哧溜下来的大姨随在母亲的背后，一只手还握着没纳完的鞋底，另一只手赶忙挽起妹妹的胳膊，同母亲一起挽扶着二姨朝炕边走。

妈妈说，我正在灶下生火，准备晚饭呢，看到这一切，惊愕在那儿，点燃的柴火烧着手了，急忙塞进灶膛。你姥爷忽然急咳几声，喉咙里痰声呼呼啦啦，从炕里边艰难抬起头，望着受伤的女儿。黎冬问妈妈："舅舅呢？"妈妈说，他不在，出门了。后来，才知道舅舅在路上遇到了汉奸鬼子，敌人见他高高大大的，年纪轻轻，又有点儿斯文，疑心是外地来的八路，盘问他是哪庄的，叫啥名，老人家是谁？舅舅编了一套，带鬼子去了邻庄。进了张老汉的家，见面就叫爹。张老汉心领神会，忙说："他是我儿啊，逮他干啥？"敌人不相信，把舅舅和张老汉一起抓了，押回据点，关进牢房。

"这么说来，我们已有五人被鬼子关进了牢房。"黎冬有点儿情绪紧张，"组织上不想法营救吗？"

妈妈说："是啊，得想办法营救。"那一天，你二姨被汉奸打伤，侥幸脱险。二姨夫却被几个光头汉奸逮去了。又是那个恶女人，她不但给鬼子通风报信，而且领着汉奸闯进了冯马寨冯家辰的家。这一切都被尾随胖女人的鸽子看到了。幸亏他机灵，绕开汉奸，早一步翻墙进屋告诉他们敌人就要来抓人，可一切已经晚了。你还记得那位刚来的魏政委吗？说来也巧，他就是财主魏义仁的大儿子魏福良！老财主死后，他离家出走，在外地找到了八路军，加入了共产党。后来，组织上又把他派到家乡来做抗日工作，任铁营区小队政治委员。

大姨有些日子没回娘家了，在婆家她忙里忙外，代替婆婆主持家务事呢。耿槐林的哥哥一直没能找上媳妇，还打着光棍，人都快四十了，这事她得张罗；儿子三岁了，要吃要喝，这事她也得操心；还有婆婆的腿，多年的老寒腿，吃了多年中药，总是不见好，快要瘫到炕上叫人伺候了；再者，今年又遇大涝，整个铁营洼像那年发水灾一样，出门都要划船，眼看着即将成熟的庄稼全淹在地里，颗粒未收。公公人老实、心眼小，常常蹲在门槛上抽烟袋，默默不语，一个人望着南屋上边一片乌云压顶的天空发呆。生活的磨难、日子的艰辛，大姨过早地变成了没娶儿媳妇的当家婆婆，那年她还不到三十岁。难得今儿空闲，带着儿子回娘家，她也想爹娘啊！家常话儿还未聊上几句呢，偏偏又遇上了这么倒霉的事，她心里真不是滋味。她痛恨这场战争，痛恨不长眼的老天爷，痛恨鬼子汉奸的残忍无道。不过，大姨仍然是一位意志坚强的女性，她不会向命运低头，更不会苟且偷生，她要用自己的办法面对生活中的坑坑洼洼。

　　大姨从木箱底找出一身未出嫁时穿的衣服帮二姨换上，舀一盆清水给她擦脸、梳头。二姨渐渐恢复了往日的俊俏，只是额头那儿留下几道伤痕，下巴上肿了一块，青紫色的，像是从娘胎里带来的胎记似的。大姨捧起妹妹的脸庞关切地瞧。姥姥说："睡一会儿吧，闺女。"炕里边靠墙睡着姥爷，他面色青黄，仰面朝天，喉咙里痰声呼呼噜噜。他身边睡着二姨，静若秋水。

　　黎元说："这家人太不容易啦，咱们区小队一定不能忘记老百姓的恩情。"魏福良点点头，说："这家人，我早就熟悉，善良的人家。"姥姥从一开始就不明白，魏福良咋就成了区小队政委了呢，他可是财主的儿子，财主和狗日的鬼子一个鼻孔出气，欺压百姓、残害忠良，就像他弟弟一样，她想，这里边必有蹊跷！想着，姥姥的眼神不经意望过去，目光中有一束敌意。她的目光被魏政委接住了，也被理解了，于是他说："大娘，人各有志，我不像福贵那样替日本人卖命，危害乡邻。他是他，我是我，只要有良心、救危国难、伸张正义，财主家也可以出共产党人的。我从小就立志做一个善良的人、正直的人、为百姓造福的人，只要心怀理想，一切都有可能，这似乎与出身无关！"

　　姥姥听了这番话，似懂非懂，然而，心里渐渐热乎起来，她仿佛看清了他的心理，微笑的目光渐渐融化之前的敌意。她走到灶台边开始忙活起晚饭。我在旁边拉风箱：嘟哒嘟哒，锅里的水开了，锅盖四周热气沸腾的空气中飘浮着一股高粱饼子及蒸虾酱的味道。

　　魏政委心里有种暖意在上升，他重新审视这间老屋，心想：为何始终不见他们家老大呢？他人去哪儿了？锅盖刚刚掀起，姥姥整个人裹在热气中，我停住了拉风箱，热浪慢慢散去。这时，我听到魏政委问：

　　"大娘，怎么不见茂田兄弟呢？"

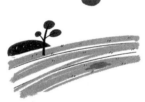

　　一间阴森恐怖的审讯室。十字架上绑着酒店老板苏柄斧，身上布满鞭痕，十个手指已被铁钳夹烂，脸上一道道血迹，痛苦的表情掩不住内心强大的精神支柱折射出的坚定信念。

　　湿滑的台阶上走下一双黑色的长皮靴，后面紧跟着两只褐黄色短帮军鞋，踏踏的脚步声走到一张黑乎乎的条桌旁停住。刑具一件件堆放的桌脚下，那双高筒靴来回踱着步，突然有一个声音说："土八路的交代了吗？"皮靴停在那盆火焰通红的烙铁旁，有一只手把它举起来，撅着小胡子的脸盯着向外喷洒热浪的那块红铁，一步步走到十字架下，冈村在嚷："喂，好汉，睁开眼的，看看这是什么的干活？"绑在十字架上的人在这吼声中慢慢睁开血迹模糊的眼睑，同时，那块烙铁也渐渐朝他轻蔑的脸靠近，他感到了炽烫的铁块就在脸边，他不屑的目光在鬼子狰狞的脸上只停留一会儿，便眯起了眼睛。翘起小胡子的嘴震怒了，随后便听到一阵带着烤肉味的嗞嗞声和一声痛苦的大喊。然后，死寂般的密室散发出地狱一样的恐怖，受刑的人再度昏厥过去。

"太君，土八路的死硬死硬，这样审讯不是办法，不如换个方式，比如软硬兼施、欲擒故纵……"不知什么时候，阴险的"师爷"已站在了小胡子身后。

"你的有什么办法？"鬼子一手掷掉那块带长柄的烙铁，掏出雪白的手帕在手心里捻。

这时，站在角落里的和尚看到那张阴险的脸凑到小胡子的耳朵边打喳喳，他虽然听不到，但心里明白危险就要上身了。他左右撇两眼看守自己的两名高个儿伪军，心想，之所以能来这个地方，必定与那个女人、魏福贵和被绑在十字架上奄奄一息的苏同志有关。自己虽说还不是共产党，但早已干起了共产党人号召的事，在这个兵荒马乱的动荡年代，良莠不齐、各怀心态，我要为国家和人民做点有益的事，这不只是自己的良心发现，还有苏老板经常和我这样说，他看我还是个有良心的中国人，从我常来酒店喝酒以及与他交谈中渐渐发现我现在的身份很利于为自己人做些投送敌方情报的事，在鬼子的眼皮底下潜伏下来，就像灯下黑一样，容易被敌人信任，可这次……不要怕，他们还没能找到确实的证据，那个女人只不过捕风捉影，如果冈村真的相信她，我早就被上刑了。然而苏柄斧被用刑，完全是敌人的计谋，整死一个中国人就如同拍死一只蚂蚁一样容易，如果他说呢，鬼子就会得到意外收获。冈村凭直觉认定他就是共产党，酷刑之下，必有孬种。他这样自信，却不知共产党人是铁打的、钢造的呢。而对我呢，他们不着急动手，在折磨我的意志，让我目睹严刑拷打，他们以为我便会不打自招。他看到被绑在柱子上的受刑者松绑了，绳索刚刚解开，老苏便毫无知觉地瘫在地上，两名打手拖起来，丢到那边阴暗的角落里。吱嘎！忽然上面传来铁门打开的声音，一道亮光射进来，阴森森的台阶如同一层层地狱释放的死亡之光，悲惨的灵魂将在这邪恶的光与影中泯灭。

三个人影就像鬼魅一样染进一阶阶仿佛在移动的阶梯之中。飘忽到尽头，一盏昏灯照亮了走在前面人的脸，啊！怎么是他？家辰啥时候也被鬼子抓了？看来那个女的早就盯上梨园酒店了。老苏曾告诫我：留意对面布店，那个风骚女人很可疑！有一次，他说，女人假装到店里来订外卖，冲着柜台里的伙计说："小伙子，你们老板呢？叫他出来，我想认识认识他，都是邻居，有事好拜托不是！"我挑开柜墙后面的门帘向外看，她一双贼眼看来看去，装作在酒店里散步似的，当眼光投向这边来时，门帘放下了，我从缝隙间望出去，看到她目光盯紧门帘，说："小老板，里面住着谁呀？你们掌柜的是不是姓苏？听说是外乡人，为了生计来到这里做买卖，据说日本人也常来这酒店订席来着，你楼上的雅座有几间？带我上去瞧瞧，请客送礼咱有银子啊……"我始终没有走出去，避在门帘后面听动静，脚步声上了楼，一轻一重，重的是那胖女人的脚，轻的是我们小伙计瘦弱的身子。

"喂，朋友，这边的来！"冈村在喊他。

刚刚适应了这阴森森环境的冯家辰吓得一哆嗦，他胆怯地向那边望，冈村挂着军刀立在血迹斑斑的灰砖地上，身边的不就是魏家庄财主的小儿子吗？他为何也在这里？那个像十字的木桩子阴森森的，我恐怕等会儿就会绑在上面！迈着轻飘的脚步朝前走，没戴手铐的双手习惯了拱在胸前，那把日本军刀就好像架在了脖子上似的后背躬出来，缩起脖子，当快要走到小胡子面前时，他猛然挺起了腰，怕啥呢，看你这个熊样，他想，拿出中国人的骨气来！

"你的，什么的干活？"冈村的军刀在皮靴下朝他挑了挑，眼睛里射出一道嘲弄又鄙夷的邪光。

"太君，他就是冯马寨冯义财的小儿子冯家辰，涉嫌私通八路，常去酒店与苏柄斧接头。还有，太君，他的小媳妇大大的'花姑娘'。"

冈村的脸上微笑着，白手套在刀柄上原地转两把，皮靴突然朝前跨一步："你的土八路？"

"太君，他的土八路！"狗汉奸魏福贵在主子的屁股后头伸出一条胳膊，指尖指向被询人的鼻子。

"喂，朋友，你的女人大大的漂亮？"

"美人坯子，太君，她娘家就是我们村的，她的哥哥也被抓来了，统统的土八路！还有一个老头子，他的家可能就是八路的窝点。"魏福贵一副恶心嘴脸，狗仗人势。

冯家辰似乎很平静，眼睛望着十字架，他看到了上面的血迹，那条绳索像一条蜷曲的毒蛇攀附着，那边有一团黑影在慢慢挪动，看清了，是一个人，刚刚用过刑的人，那人血肉模糊，似乎想爬起来，然而却又倒下去，躺在地上一动不动了。他的心中一怵，恐惧升上来，很快又降下去。狗日的鬼子！他心中暗骂，老子豁出去了，看你们能把我咋样！

魏福贵又在冈村耳朵根上打起喳喳，然后他一步步走到冯家辰面前，阴险地笑着，这副笑脸让冯家辰浑身起鸡皮疙瘩。他把脸扭过去，不正眼瞧他。可那张露着奸笑的嘴说：

"兄弟，你有啥想不开的？单找皇军作对，是要吃亏的！好汉不吃眼前亏，太君说了，只要你交出你的女人，一切都不计较。你要知道，你的家和你媳妇的娘家都在皇军这里挂了号，你要识相，不然，一个都跑不了！"

"哼！"家辰从一只鼻孔里吼出一口气。

"老实点！敬酒不吃吃罚酒，这里的刑具可不是吃素的，你瞧那边，那个人，看见了吗？你想和他一样吗？"

"随你便！"家辰吐口痰在地上，昂起了头。

魏福贵瞧一眼那摊肮脏物，火了："他妈的，穷小子！你真想找不肃静吗？不给你吃点苦头，就不知道老子的厉害，来人！"

"慢，慢……"冈村制止了他，那把军刀挂在了腰上，弧型刀鞘紧贴黑皮靴，似有一股邪气在鬼子胯下萌生，"他的，优待优待！"

狗军师心领神会，一双媚眼在小胡子面前眨了眨："来人，把他带到上面去！"押送家辰的两名汉奸恭敬地冲着冈村和"师爷"一弯腰一点头，其中一个推一把家辰："走！"

暗室里安静下来。角落潮湿的方砖那边依然站着和尚，他身边的两名看守无精打采，其中一个打起了哈欠，抹一把鼻涕，再打一个，像是毒瘾犯了；另外那个在偷偷窃笑，淫欲荡在脸上，不时地伸手去摸一摸裤裆，仿佛正在和姘妇睡觉呢。和尚很不以为然，这帮土匪！他想，没一个好东西，吃喝嫖赌、奸淫掳掠他们都占全了，只有老子我洁身自好，自那以后，从不干伤天害理的事。他想起了苏柄斧曾经教诲自己："和尚，你看似很坏，其实善良，你自愿不与汉奸鬼子同流合污，这其实很难。因为你身处的环境本身就是险恶的，要想在狼群中悯惜小羊，就如同在土匪窝里对人施舍一样。要记住，斗争很残酷，抗战很艰难，形势很紧迫，工作环境很险恶，党考验你的时候到了，现在抗日战争已进入持久阶段，万不可掉以轻心，存在轻敌心理，斗争是复杂的，道路是曲折的……""他妈的！老子还要在这耗多久？"他听到那个身边的伪军轻轻地骂了一声，"这些该死的土八路就像茅坑的石头又臭又硬，坏了本爷的好事！"另一个的脸上淫荡消失了，出现的是一副急不可耐的嘴脸。恐惧与邪恶充斥在这间阴暗的地下室内，从阴森森的屋顶到染血的脚下，噩梦在流淌。受刑的人这时已佝偻在墙角下，然而，嘴角依然挂着视死如归的微笑。

小胡子有点不耐烦了，半点钟还没等来受刑的猎物，他亟待噬血的兽性使他气急败坏，挥舞起了军刀："快快地！"

"就到，就到。"魏福贵低头哈腰，一脸奴才相，就连他身上幽光闪闪的绸缎大褂都仿佛是主子施舍的一张狼皮。他将一副人面兽皮凑过去："太君，那个预备押来的傻大个儿就是极漂亮'花姑娘'的亲哥哥，叫魏茂田，我总觉得他不太像共产党，但肯定给八路干过事。只这一条，就是死罪。"冈村插一句："什么？"吓得他慌忙说："见机行事，见机行事。还有那个老头子，也炸不出啥油水，打死算了，免得节外生枝。您说咋样，太君?"

"哟,你的鬼点子大大的。"冈村这算是夸奖,还是嘲笑呢?

"再就是和尚那小子,下一步该轮到他了,您说应该怎么办?"

"和尚?"

"是啊,太君,这小子阴得很,若不是他曾跟过我们魏家,我早就把他收拾了。"

"你的,还念旧情?"

"不是旧情,太君,是没有足够的把握,他是不是共产党的底细还很难说,只凭他常去酒店吃饭……再说,那个女人也有点不靠谱,虽说她曾是我的四姨娘,但她见风使舵,是否想讨好太君也不得知。"

"女人的很有味道,大大的舒服,你的吃醋了的干活?"

"不敢……不敢,我只是替太君着想来着,只要太君乐意,我会叫她常过来陪您。"

"不过,八路的行踪仍要悄悄地探查,真正的共产党要统统地消灭!"

"是的是的,统统……"

"哐当!"就在这时沉重的铁门又一次打开,门口突然出现两个人影,一个高,一个矮,他们并排着走下台阶,五花大绑的身体后面有一条粗绳抓在一名汉奸手上,阴森潮湿的台阶在他们脚下延伸,似一级级通往地狱的死亡之路。然而,两人面不改色,反倒是那只握绳索的手在颤抖,这人便是秃鹫,他第一次来到这样的地方,仿佛将要受刑的不是别人,而是他自己。他忘记了迈步,直挺挺地立在台阶中央,绳索突然绷紧了,而且愈来愈紧,蓦地脚下一滑,连滚带爬地跌了下来,他惊慌失措的臭嘴刚好啃着茂田舅舅的脚后跟。

那声闷响打断了魏福贵还未说完的话,他正气汹汹地朝上望着呢,忽然的变故使他心惊肉跳。稍微平静了一会儿,他匆匆走过去,飞起一脚,这一脚正踢在尚未爬起来的秃鹫的肋骨上,秃鹫就地一弹,然后趴着一动不动了。

冈村有些恼怒，似乎丢了脸面，撅起小胡子，训道："统统的废物！"

和尚在那边看得真切，觉得好笑，秃鹫被吓成这个样子，他却未曾料到。也难怪，自己头一次来这地方，当时也感到毛骨悚然呢，只有意志坚强、不惧生死的人才大义凛然，就像苏同志他们。他在阴暗的角落极力搜寻着苏同志，他看到了一团蜷曲着的阴影，仿佛有一张疲惫的脸倚靠在墙上，露出平静而坦然的笑。他在这里站得太久了，似乎暗室的一切已沉淀心底，不以为然。反倒是身边那两位看守有点儿按捺不住，一个不断流鼻涕打喷嚏，另一个烦躁不安。

"押过来！"冈村在吼。

十字架在抖动，绳子勒进了肉里，皮鞭沾上了水，打手一鞭又一鞭地抽过去，舅舅的胸前、双腿一道道血印凸起，有一鞭打在了脸上，顿时，额头、鼻梁和下巴斜着出现一道血迹，眼前模糊了，挥舞皮鞭的黑手仿佛变成漫天乱舞的毒蛇，渐渐地，他什么也看不见了，一片漆黑，慢慢进入昏迷状态。

一盆冷水击醒了舅舅，他看到眼前站着三个人，中间的鬼子戳着军刀，目光凶残；旁边站着魏福贵，一副幸灾乐祸、得意扬扬的嘴脸；后面的打手赤臂握紧鞭子，一身横肉，胳膊上面满是乱七八糟的纹理。一个留着一撮小胡子的脑袋凑近了，眼珠子滴溜溜地乱转，似乎再验证一下鞭痕，过了一会儿，他脖子又缩回去，那把军刀重新抵在地上，白手套握紧刀柄，脸上开始露出邪恶的笑："啧啧，可怜的人，早早地交代，皮肉之苦的统统不需要了，你的，八路？要不就是土八路？共产党的机关在什么地方？你的统统说出来！"

"是啊，茂田兄弟，你要识相就不会有今天啦。咱们是同乡，我在皇军面前给你说过好话，你不领情，反倒执迷不悟。如果你再受罪，我可是爱莫能助了。看看你这模样，爹娘看了会多伤心呢。还有你那三个漂亮妹妹，皇军若是真的生气了，她们一个也跑不了的，快快交代吧！"魏福贵打出了同乡牌，假惺惺地劝导着。他哪里知道，舅舅在皮鞭暴戾之下什么都想清楚了，包括如何应付鬼子、对付汉奸。

"啊！"舅舅大喊一声。随着一声喊，鼻梁上结痂的伤口重新流出鲜血。

"喂！你在路上干什么？还鬼鬼祟祟的，是不是给八路传信去？"

"传啥信啊，俺一个老百姓，哪懂得啥八路七路的，俺去走亲戚！"

"去哪家亲戚？哪个村的？快说！"

"二表叔家，后尹村的。"

"他姓什么？干什么差事？"

"姓尹，大号'尹去病'，庄稼人，都快六十了。"

"我为何没听说你有个二表叔，别忘了咱们是同村，胡说！"

"哪敢呢，你也别忘了，你住深宅大院，咋能了解庄稼人的家事呢？"

魏福贵愣住了，没辙了，心里明白，虽是同村，但打心里瞧不起那些穷小子。自己娇生惯养，从不和穷人的孩子交往，就连读书念字家里都有专门请来的先生。可他早就对魏家三姐妹垂涎三尺，只是无从下手。还有，那一次策划的绑架也未能如愿，唯恐事情闹大了，不可收拾，这才放人了事。我要慢慢折磨他、利用他，既能满足心愿，又能讨好冈村，一举两得。想到这里，他说："真的吗，兄弟，你早说就不会有皮肉之苦了，我是想放你一马的，只怕太君不乐意。"

他望一眼冈村，小胡子仿佛正在那儿聚精会神地听，对于那一瞥，有点儿心领神会，只不过神志和语言都有些慢半拍似的："嗯，噢，来人，松开他！"

舅舅被架到一个角落里，每迈一步身上的鞭痕都像抽筋扒皮似的疼痛，然而，他忍住了，慢慢倚墙坐下去，靠近正处于半昏迷中的苏柄斧。他扭头关切地看舅舅一眼，疲惫和伤痛使他渐渐闭上眼睛。蒙眬中，有一个声音说"同志，同志"。同志？啊，好亲切啊，我在哪里？是什么人在呼唤呢？眼前好像仍有一条条毒蛇在飞旋，一张恶毒的脸闪过去，接着是一张阴险的嘴在说话，十字架上绑的是谁呢？看上去奄奄一息、遍体鳞伤。舅舅慢慢地睁开眼睛，看到一张有烫伤的脸在对他微笑，一下意识到刚才是苏同志在呼唤，他努力伸出一只手，去握苏同志的手——这只手血肉模糊，指甲都脱落了，他心里一紧，托起一瞧，五根手指扭曲变形了。"狗日的鬼子真他娘狠毒！不是人！"他暗暗骂一句。老苏感到了那只手的温暖，目光有泪花在闪，他就是通过这含泪的眼睛默默与舅舅交流。"啊……"那边突然传来极其痛苦的叫喊，"操你祖宗八辈，老爷啥也不知道，打死也……"那声音忽然黯淡下去，一时间一片死寂。暗室房顶的一角传来滴水的声音：滴答、滴答……

一个沉重的躯体被扔到了另一个角落里，那躯体就像一记无生命但有质量的重锤，掷地有声。张老汉被活活打死了。

滴水的声音清晰，它就来自和尚身后的那个角落，似乎很清脆悦耳，然而，他觉得那无疑是一首令人厌恶的催命曲，滴答、滴答……在万籁俱寂中没有什么比这更叫人心碎的了，于是，他平静地想着：下一个就轮到我了。

7 枣树开着细小的花

ZAOSHUKAIZHEXIXIAODEHUA

　　黎元坐在姥姥家的北屋里，愁眉苦脸，胳膊肘支着方桌面，一个劲地抽烟袋。刚才鸽子报来的消息更使他坐立不安。鸽子说："黎队长，茂田叔和张大爷也被鬼子抓走了，下落不明，您可得抓紧想法子啊。"魏政委说："是呀，得想一个万全之策，不然，他们会受尽折磨的啊。不如这样，黎元同志，我去根据地联系吕团长，请示一下，叫上级派支小部队配合我们行动，一定要营救成功！"黎元说："好啊，魏福良同志，那边你熟悉，开展思想工作你拿手，我们不但争取上级的支持，而且还要对敌展开政治思想攻势，削弱敌军战斗力，瓦解鬼子进一步蚕食边区的企图，乘虚而入，一举拿下北极店据点。"魏政委说："好！我化装成百姓，想法进入据点，去找三弟，看看能不能说服他，帮我们做点事。如果不能，就麻痹他一下。这样，我们就可以找机会出其不意地打击敌人。"黎元说："好啊，来，我们合计一下。"

　　我看到你姥姥躲在炕里边偷偷地掉眼泪。冬儿，你知道吗，你舅舅和二姨夫生死未卜，在那样的年代敌强我弱的形势下，要想营救成功谈何容易。这时，我看到你大姨走到黎队长身边，她说："夜长梦多，你们合计得咋样了？营救，算我一个！""还有我！"我从灶台下跳起来，双手暂时离开风箱杆，炉火失去了风的吹拂，一下黯淡下去。我急忙坐下，双手重新拉起风箱，炉火呼地喷出鲜红的火焰，一锅水开始沸腾了。有一只手掀起了锅盖，热气随之弥漫。"小妹，"声音从我身后传来，黎队长不知何时站在那儿，掀起锅盖的那只手爱抚地按着我的肩膀，他接着说，"你还小，这次行动就不要参加了，做好后勤也很好啊，让哥哥姐姐们去消灭那些可恶的敌人。"我有点不服气："谁说我小，我都快十七了！"你姥姥端着一个碗走过来："行了，行了，静荣，不许胡闹，听黎元哥哥的话，在家好好待着。"说着，她把那碗搅匀的棒子面倒进锅里。妈妈很有点自豪地说："玉米粥，就在我稚嫩但坚定的双臂下熬熟了。"

　　这里是敌占区，敌人北极店据点离抗日根据地 50 多里，抗日根据地的肖华司令员带领部队大大打击了敌人的嚣张气焰，深得群众的拥护爱戴。他听了团长吕良山的汇报，决定派一支小部队支援黎元他们，这支八路军队伍简称七小队，战士全是老红军，作战勇敢，经验丰富，一次刘程吉战斗就打出了名气，使鬼子闻风丧胆、威风扫地。

　　七小队悄悄住进了魏家庄。这会儿，七小队队长蒋志刚、指导员綦田源和区小队队长黎元、政委魏福良会了面，寒暄几句，便开始商量攻打北极店据点营救被困同志的战斗方案。

　　夜幕无边，它笼罩着魏家庄，也笼罩着姥姥家悄无声息的院落。

　　一个完整周密的作战计划就在这夜深人静、天寒地冻中形成。

　　第二天一大早，大街上走来两个人，一男一女，男的是魏福良政委，女的是大姨魏静芝。这会儿，太阳还没有露脸，清晨的寒气从脚底生起，昨日的夜色依然笼罩荒洼野地。男人着一身新衣，毡靴踏在冻土上囊囊有声；女人也穿一身新衣，红袄绿裤花盖头，穿透迷雾，行色匆匆。有一支小部队此时正踩着冰面顺着河道北坡悄悄靠近鬼子据点。

政委一身富户人家打扮，但见那顶毡帽前方的一颗绿宝石熠熠生辉。他心中暗喜，就这模样不但能骗过了诡计多端的三弟魏福贵，而且不会被毒辣阴险的鬼子队长冈村识破。那天，他一人来到据点桥头，站岗的伪军一眼就看出这人似乎是位富商，赶紧隔着吊桥打招呼："来人是哪一路的？要过桥吗？"另一名伪军站在绳索木柱下一边搓手一边哈气，还一边盯着毡帽上的绿宝石看。"是的，是的，老总，我过去找我三弟，请给个方便。"政委不露声色，沉着稳定。"三弟？他是哪一位啊？请先生明示。"问话的汉奸已开始解绳索了。政委不慌不忙地回答："魏福贵啊！"汉奸有点儿惊诧："司令？魏司令在里面那个大炮楼上，您稍等。"

吊桥放下来的时候，魏政委迈着沉稳矫健的步伐顶着那颗绿宝石亮光闪闪地走过去。

魏福贵见了政委惊呼一声："大哥！您咋来啦？嗨，这些年您都干啥去了，想得兄弟好苦啊……"他口若悬河一个劲儿说着，冷不丁发现大哥和从前不太一样了，不但这身行头扎眼，而且浑身仿佛散发着儒商阔贾的气质。他心里暗想：多年不见，大哥一定是在哪儿做大买卖了。于是，他想到了自己的后路，这样替日本人卖命不是长久之计，不如提早规划一下以后的归宿，万一日本人站不住脚了，自己好有一个隐身而退混饭吃的地儿。

"大哥，这些年在哪儿发财呢？看情形在做大买卖哦？"

"三弟，什么发财，只不过做点茶叶生意，弄些盐巴紧通货而已，不足挂齿！"

"哎哟，这还不算大买卖？羡慕死小弟了，抽空也带俺走一遭，叫为弟的开开眼，你知道日本人这碗饭不好……"

正说到这儿，他听到了皮靴上楼的声音，赶紧打住，换了个腔调：

"大哥，皇军威武，太君仁慈，咱要为大东亚共荣做点儿事，你来吗？

我们弟兄携手干他一场，怎么样呢？"

政委也听到了皮靴声，他心里明白，这一定是老鬼子冈村到了，顺藤摸瓜，他也模仿着那个腔调说："是啊，三弟，听说你在这儿很露脸，又是啥军师呀司令啊什么的，当哥的自愧不如，只知做点小买卖，若有太君用得着的地方，鄙人必将肝脑涂地、在所不辞！"

"喂，你们两兄弟聊得大大投机！"话音未落，一只皮靴已经跨上了平台。

冈村站在楼板上，没挎军刀，马裤呼扇着，如凶猛的眼镜蛇。

魏福良一步跨过去，表示友好的手握一下冈村夯拉在胯下的那只老手，说："太君，您好！我的，魏福良，魏福贵的大哥是也，干点小生意，让冈村队长见笑了。"

"我的知道。"小胡子淡然笑了笑，说道。然而，那只垂着的手始终没有抬起来。冈村说："我的没有见笑，是友好的笑，你的在做什么生意的干活？"

"茶叶、盐巴，还有布匹。"

"大大的好！给皇军弄点来，我们的正需要。"

"好说，好说。"

"钱嘛，我叫魏司令付给你，要大大的优惠，你的明白？"

"明白，明白，啥钱不钱的，只要太君喜欢就是了。"

"唔，你的很会说话，我的晚上摆宴招待你！"

"谢啦，太君。"

皮靴声又嘎嘎响起来，正在下楼的冈村淡淡地一笑，他招呼楼梯口站守的鬼子："喂，去，去弄桌酒席！"

声音没有了，炮楼里一片沉寂。

兄弟俩都很清楚，鬼子要物资是不会给钱的，哪怕是伪军司令的亲哥哥。魏福贵自有自己的鬼点子，一来他要靠哥哥稳固自己的现有地位，二来冈村不给钱也罢，但仰仗皇军的势力必定会替哥哥扩大销售市场，自己说不定还会捞上一笔。再说，也有了一条可靠退路，无论怎样，不会吃亏，只会赚便宜。

然而，魏政委早看出了三弟的鬼打算，看来预先的推断没有错，三弟死心塌地替鬼子卖命，他是绝不会为八路做事的。没想到的是多年未见，他竟变得如此利欲熏心、贪婪弃义。他想，亲兄弟呀，不是顾念亲情，就是大义灭亲，两者必居其一，为了革命事业，为了百姓安危，为了抗战胜利，必须做出正确选择，我已经背叛过一次腐朽家庭了，这一次定要为民除害。于是，魏政委说："三弟，还是一个人过吗？弟妹故去多年了，没想续弦？"

"大哥，一个人过自在，其实我身边不缺女人，干吗自寻烦恼呢？你咋样，成家了吗？"

"成了，你嫂子东乡人，家境富裕，又有祖业，开钱庄的。"

"哎呀，真风光！看来你离家是离对了！"

"哪里话，我也是不得已，谁不知家中好啊。不过，一生的路靠自己选择，走不走得通，老天说了算，你说呢？"

炮楼里依然静悄悄的，唯有兄弟二人的谈话像天边飞来的一只喜鹊、一只乌鸦各有各的啁啾。经大哥这么一问，魏福贵真有点语噎了，不如不回答，他另找话题："哪一天嫂子有空啊？我想见见她。"

冷不防的问话让政委出乎意料，该怎么办呢，对了，不如顺水推舟、将计就计："好啊，腊月初二正赶上钱庄歇业，我带她来看你，你看咋样？"

他定睛看到大哥在掐算日子呢，一脸认真的样子，急忙回答："好啊，大哥，就这么定了！"

前面就是鬼子据点了，魏政委远远地望见了那座城楼，城门外的吊桥和往常一样，斜挂在半空中。旭日即将升起，破晓的天光透着半透明的浮云，浮云下边渐渐有朝霞腾起。他一边快步走一边想，进炮楼的第二天，天刚蒙蒙亮，他便一骨碌从床上爬起来，透过炮楼的洞口，看到那边还竖着大大小小好几座炮楼，前后左右四排灰瓦房围着一座大院子，院中有枯枝落叶的白杨，朦朦胧胧的天网和影影绰绰的岗哨，那地方是什么所在？我们的人会不会关在里面？这时，身后有脚步声朝这边走，他想，正好，站着别动，有意将这座庭院指给来人看，套套他的话，说不定关自己人的牢房就会水落石出，有了目标对今后的营救至关重要。

"大哥，这么早就起来了，在瞧啥呢？"三弟已站在了他身边。

"哎，昨晚喝高了，肚里难受，头脑发胀，在这儿吹吹凉风。"

"看上去，冈村够热情，但是你不知，大哥，他是有所图的，只要是中国人的钱、中国人的货，继而中国人的一切，他通吃！这些日子小弟算看明白了，东洋人自觉高人一等，飞扬跋扈，从不把中国人当人看。他娘的，我是没办法，不然我是决不会吃这碗饭的。可那些土八路也够蠢，一群愚民，靠他们能干出啥屁事，能叫这一盘散沙似的国家改朝换代吗？前几天，抓来几个所谓土八路，拷问起来，一个比一个嘴硬，都他娘的快咽气了，还死撑着，愚蠢！你看到了吗，那边那座四合院的大北屋地下就是密室，专门审讯共产党土八路的，里边的刑具可真他娘的狠毒，进去就没有几个活着出来的。这不是，前几天用刑的几个人死了一个、废了一个、伤了一个，还有一个优待了。大哥，你还记得给咱们家做家丁的和尚吗？这小子吃里爬外，给八路当底细，可一通拷打，他就是不承认。我看到两边腮蛋子上都有烙印，肉都好像烫糊了，你说要真是八路底细他能不说吗？也可能冤枉了这小子。老鬼子生气了，命令道：'混蛋！统统关起来！'"

他说了这么多，似乎听的人并没有太多反应。大哥对这些可能不关心，因为他是商人，他想，商人与军人最大区别在于猎取对象不同，商人企求利益最大化，而军人盼望的是早一天当上将军，行当不同，但目标一致。他感到自己并不算一个真正的军人，日本人也不是真正的军人，他们不过一群掠夺者，从大洋的那头跑到这片广阔大陆上，为的什么？绝非这群掠夺者自称的什么皇道乐土、友邻亲善、大东亚共荣。这一点他早就清楚。然而，他大哥最清楚老三骨子里生就一副倚强凌弱、为虎作伥的本性，那么当汉奸就应该是自然而然的事了。政委已经看透了这一点，只是不动声色静静地望着那一片灰蒙蒙的死亡之地。

魏福贵悄悄地在他耳边说："看，他们在换岗，似乎很神秘。"有几个身影在天网下面慢慢移动，消失了两个，又出现了两个，长枪模糊成两个锄头似的。魏福贵又悄悄地说："等会儿就会有一队巡逻兵。"

政委都记下了，默默地算着时间。这时，楼梯响起橐橐的皮靴声，震动着炮楼圆形的墙壁，嗡嗡的如井底落下一阵来路不明的石头。他想：准是那个老鬼子到了。

就在这一瞬间，魏政委极目向下边一瞥，他发现那张所谓的天网，漏洞百出，摇摇欲坠，像极了一张不知从何处抢来的打鱼捞虾的破网，昏沉沉地笼罩着一个悲惨世界。

那支小分队已经在离城门 500 米远的地方集结，战士们以沟坡为掩护埋伏在荒草当中。这条护城河与自然河道相连，源源不断的活水就是从这里注入护城河，河道蜿蜒向东，而护城河从此拐了一个弯，顺着城墙笔直向北。这是一处十分理想的埋伏点，鬼子的哨兵看不到这里，只要那边发来信号，七小队就会以迅雷不及掩耳之势冲进城门。

值班的伪军发现了魏政委，恭恭敬敬地打招呼："喂，来人是魏先生吗？司令交代过，今儿您和嫂子要来，叫我们好好接待，不许怠慢。"魏政委向身后的大姨使了个眼色，大姨反身一摆手，一辆独轮车从后面推过来，上面装满食物和酒。一重一轻的脚迈上吊桥，踏着吱嘎响的木板走，后面紧跟着一只车轱辘。刚才问话的那个伪军扛着枪悄悄挨到放绳索的伪军耳边："兄弟，你猜车上装的啥？"听话的那个诡秘地一笑："装的啥？酒肉呗！""你咋知道？"他把那杆长枪在背上颠了颠，眼珠子瞄向那辆车。"这还用说嘛，你就等着吧！"他的手离开了拴吊绳的桩子，笑眯眯地迎上去，

"慢点，慢点儿。"

当政委的双脚跨过吊桥时，他望见城墙的垛口那儿露出一个个贪馋的脑袋，那是守门的伪军班。正是时候，他想，把他们都喊下来："弟兄们，都下来喝酒啊！"

一块大油布铺在了地下，没有桌椅，伪军们都盘腿坐在上面，有的捧着罐子喝酒，有的端着碗喝，有的在啃鸡腿，有的抱着猪头咬，看那样子似乎多日不沾酒肉了。有一个伪军醉醺醺地站起来，怀里抱着酒罐，晃晃荡荡地将它朝前一推："魏先生、大嫂子，谢谢你们的酒啦……酒、酒、酒……"他一下跌出去，罐子砸到地上，"咣当"酒洒了一地。是时候了，政委正要示意推独轮车的那个区小队战士陈小虎发信号，不料，忽然从城门里边走来两个端枪的鬼子兵。"喂！什么的干活？"鬼子兵用刺刀去挑那一个个东倒西歪的伪军，有一个仍没有喝醉的一下子爬起来，点头哈腰地冲着鬼子兵："太君，太君也来一碗？大大地……"话还没说完呢，他手中的碗被锋利的刺刀挑飞了，吓得他一屁股坐到地上，刺刀伸了过来，亮闪闪的铁家伙就在他鼻子底下。突然，鬼子大吼起来："饭桶，统统的饭桶！"就在这时，一把锋利的匕首亮光一闪，抹了两个鬼子兵的脖子，鬼子兵倒下去，区小队战士陈小虎把那柄染血的匕首在裤腿上抹一抹，按照政委的指示快速跑到护城河南岸，从怀中取出一支"二起脚"，点燃，嘭……咔！那清脆的第二响在空中炸开，这就是信号。埋伏在护城河下的七小队和隐蔽在据点南坡的区小队同时出击，跨过吊桥，冲进城门。

黎元说："这一仗打得很漂亮。"魏福良不无遗憾地说："可惜，让那个老鬼子跑了，还有我那个该死的三弟，狗汉奸！不然，收获会更大。"黎元说："是啊，这是我们不曾预料到的，炮楼下面有一条秘密通道，它一直通往野外，那个大坟茔就是出口。他们像死人一样爬出洞穴，带着一身腐朽的气味，消失在漫漫荒野中，我们的战士追赶了十多里，仍不见踪影。狗日的，你们跑吧，就是跑到天边，正义之剑早晚会把败类击穿！"七小队队长蒋志刚说："说得好，当我们的战士倒在从那个隐蔽的碉堡射出的机关枪密集的子弹下时，我真的愤怒了，狗东西来吧，一定要炸掉它！我正欲抱着炸药包冲上去，一个战士飞奔一样跃过尸体扑向碉堡，他浑身缠满手榴弹与鬼子同归于尽，太壮烈了。我后来才知道那名战士叫陈小虎。"大家都有些伤感，为战友的牺牲而惋惜。这时，二姨从炕上坐起来，捋一捋蓬乱的盘头，开口说："下次战斗我也要参加，黎元队长给个任务吧！"黎元说："不要急，你伤刚好，身子还虚着呐。"二姨回："早好了！你看……"说着她站起身，在炕上转了两圈。队长说："好啊，够勇敢，你要是真想参加，交给你个艰巨任务，那个布店的臭女人就交给你了，我们许多同志的被捕受难都是由于她……"大姨说："是啊，当我们找到苏柄斧同志时，人已奄奄一息，在生命的最后一刻，他平静而坦然地说：'同志们，可盼到你们了，我仿佛做了一个梦，看到咱们梨园酒店门前的旗柱上挂着鬼子的钢盔、三八大盖、日本军刀和一面肮脏的白旗……'其他人也找到了，他们被分别关着，除了妹夫外，伤势都不轻，可家辰也没有苟且偷生，枪声一响，他知道一定是自己人来了，抄起室内的一把方凳，悄悄摸到门外看守的身后，砸倒了两名鬼子，朝枪响的方向跑，就在第一座炮楼那儿遇上了正在朝里冲的区小队。他引领战士们绕开第二座炮楼和第三座炮楼密集的机关枪扫射，冲进四合院，直奔牢房，一排子弹从掩体后面射出来，有两名战士倒下去，又是一阵扫射，封锁住了通往牢房的路径。战士们只好停止进攻，隐蔽在那几棵大树后面，堆起的麻袋上有两挺鬼子的机枪，四顶钢盔下隐约可见鬼子凶狠的目光。怎么办？硬冲是不行了。就在这时，家辰说：'黎队长，派两名战士跟着我！'那边有一条阴沟从伙房通往这边，他们顺着沟渠爬过去，找一处狙击点，瞄准目标，两杆钢枪在神枪手的食指下射出愤怒的子弹，射穿了鬼子的后背。"大姨抹了把眼泪，接着说："张大爷死了，尸体没找到。和尚断了一条腿，大哥身上的鞭伤都有些发炎了，狗日的日本鬼子，一定会遭报应的!"

屋内东墙下有一张临时搭起的小床，舅舅躺在上面，伤口已用草药敷过了，他高大的身躯在厚厚的棉被下瑟瑟发抖。室内没有火炉，只有灶下的柴火。我一边拉风箱一边回头瞧着那张简陋的小床。战争真残酷，非人道的杀戮漫延整个世界，我当时就想，何时是老百姓的出头之日呢？和平幸福的时光只存在于我异想天开的睡梦中。我恨自己不快快长大，就像你大姨二姨那样，什么时候能为抗战、为生存而奋战？我敬佩像黎元大哥这样的战士，若嫁就嫁这样的人。

冬儿，母亲的夙愿终于实现了。后来，我十八岁那年的冬天，我们结婚了。没有隆重的婚礼，没有像样的嫁妆，也没有热闹的场面，只有一张陈旧的床和一间陋室。兰凤婶说："我把你俩撮合在一块，这是老天的安排，不要感谢我，这是你们的缘分。何为缘分？缘分就是彼此心灵沟通，就是你情我愿，就是像我们百姓家的喜缘都有一根红线相牵。我这个媒人当得很值，因为我了解你和你的家事，也了解他和他的家事，所谓穷苦人都有菩提心嘛。""太好了，妈妈，"黎冬不无感动地说，"你和爸爸的结合，是战争年代、苦难日子里一盏深夜温煦的灯，照亮了彼此，照亮了家庭，照亮了灵魂深处一如既往的旅途。"

外面下雨了，多情的春雨，淅淅沥沥，让人染一丝丝乡愁。黎冬回忆着妈妈的话，望着熟睡的孙儿，妈妈屋外的那棵软枣树在雨中开着细小的花，还有墙边爸爸亲手种下的一棵棵月季，花朵沐雨临风，在夜晚的窗灯下摇曳，她都看到了，在心灵的召唤中。

8 一条水渠在静静流淌

YITIAOSHUIQUZAIJINGJINGLIUTANG

　　街道在灰蒙蒙的晨阳下延伸，两边的商店还没有营业，门脸的竖板是一道道静谧的守望。鸽子悄然潜行，越过那些无声的门板，向魏氏布店靠近。他的身后，有人打开门里的锁，一块卸下的木板后面露出一个东张西望的脑袋，他看到了掠过去的孩子的背影，没有在意，像往常一样一块一块地卸着门板，不多会儿，那些不同商铺的不同门脸都开始咣咣当当地卸起来，你这时间望过去，街道两旁死气沉沉的店铺换成了明亮透彻的商品。唯独有一户铺房的门脸仍然黑着，和其他店铺相比，这一家仿佛依然做着黑夜的梦。一个矮小的身影贴到门板的缝隙听着里面的动静，毫无声响。忽然，有一只绣花鞋踏出的响声被他捕到了，慢慢靠近店门的女人的脚仍不曾体察到一张无形的网正在张开，小鸽子在门板前朝后一摆手，随即有两男一女迅速包抄过来。门板打开的瞬间，一只粗壮的胳膊伸过去，大手一下抓住女人瘦削的肩，女人啊呀一声，那只大手立即捂住她的嘴，门外一个声音说："你是谁？你们老板在里面吗？不许叫喊，老实交代！"瘦女人大喘着气，瞧瞧那只松开的大手，目瞪口呆。"说！"一个低沉的呵斥传到耳朵里，吓得这女人浑身发抖。她有气无力地说："我，我，我就是一个小伙计，帮，帮着老板看店。""里面还有谁？""还有一个女伙计。"她似乎平静了许多。"没有别人了？""有，还有一对老夫妻，不过他们平时不出门，总在房间里躲着。""老夫妻？""是啊，老板说他们是她的三姑和姑夫，家中有祸事在这里躲两天，好像、好像今天就走。"女人怔怔地看着门外的四个人，其中还有一个孩子，她不知他们的来路，也不知为何抓住她不放，心中渐渐又升起恐惧，哆哆嗦嗦地说："好汉，我没做啥亏心事呵，该说的都说了，老哥们放过我吧！""只要你老实，我们就不会伤害你。""是……是。""我再问你，那对老夫妻长啥模样？他们不曾说过话吗，哪儿口音？"男人的问话直截了当，斩钉截铁。瘦女人赶忙回答："长啥模样？看上去有点儿怪，像化过妆似的。老头子不说话，但他的眼神露着凶相。老女人倒是开口说过话，好像是本地口音。""这就对啦！"男人的这句话吓得她心中一颤。但她不知其中缘由，乖乖地缩着脖子待着。

副队长刘言喜说："静兰，有新情况，你们看怎么办？"

侦察员赵征远心急火燎地说："怎么办？赶紧派鸽子回去报告黎队长啊。"

二姨似乎心中有数，镇定自如地说："不行，来不及了，不如我进去，探探虚实再说，我是女的，她们也许不会怀疑。"

"好吧，你先进去，我们在这儿埋伏，一有情况就立刻冲过去。喂，你！前面带路，不许耍花招。"刘征远从腰间拔出盒子枪，用枪头点一点那个哆哆嗦嗦的瘦女人，"走！"

女人的绣花鞋刚迈出去几步，就听得里面有喊声传来："谁在那儿？是你吧，翠花？"

那双穿绣花鞋的脚突然停下来，站在原地回答："是啊，当家的！"

里面没了动静，也没见有人走过来，一时的沉寂只听得见心在蹦跳。

"不好，冲！"副队长甩开大步第一个冲过去。那边出现了两道门，一扇向东，一扇朝北，都与脚下的过道相通，这条走廊阴暗窄长，从大门走进几步朝左一拐的那扇门是通往商铺的，布店正中也有一扇向北的大门，只有接待顾客时才打开，他们不会藏在那儿，那么这两扇门是通往哪儿的呢？事不宜迟，他的脚一下踹过去，通向南面的那扇门被咣当踢开，眼前出现了一个深深庭院。进到院子里，他忽然觉得失去了方向，就在这时，后面传来静兰的喊声："副队长，你看，那边有一架梯子！"还没等他反应过来，静兰几步跑过去，攀上竖梯，朝外一望，高墙下边，一条水渠在静静流淌，看过去沟渠外面是一片原野，棒子秸一棵棵焦黄零乱地堆着，占据一片开阔地。她把眼光收回来，忽而发现沟旁有一团什么东西，一定是他们逃跑时掉下的。静兰打算翻下去看看，她顺着高墙溜下来，走过去捡起一瞧，竟然是一副女人的假发！她气得猛劲朝地下一摔，正要拿脚去跺，忽然听得从墙头那边传来刘言喜的一声喊："静兰妹妹，不要砸烂它，把它带过来！"

"这下好了，狗日的都跑了。"刘副队长憋着一股气，不甘心。二姨说："进去找找看，他们慌忙逃窜，一定会落下点什么。"那扇朝东的门被撞开，他们站在门边向里望，哇！好大一个客厅，往里瞧，连着走廊似乎还有三间套房，他们来到最里面的一间，这里隐蔽阴暗，北墙上有一扇小小的窗，昏暗的光线落在下面的一张红木大床上，雕花床头镶玉床帮，看上去富贵华丽，大户人家的藏品、封建土豪的印证，二姨对它们有一种莫名的鄙视。走过去，弯腰看，二姨说："床下有东西，像是一口皮箱。"拉出来，打开瞧，是一套日本少佐军服和一只"王八盒子"，一翻，军服中间有一封用日语写成的信。"渡边一郎中佐亲收。"副队长不知不觉念出了声。他马马虎虎认一点日语，这还是从前和一位日本朋友学的，那位日本朋友是一位反战人士，他带着对中华文化的崇敬来到中国，结识了刘言喜的父亲——一位学识渊博的教书先生，后来他们都被日本鬼子残忍地杀害。回想起那段往事，他每每心潮难平，立志抗战、报效国家、为父报仇，这就是他加入区小队的初衷。一晃五年过去了，他从一名战士成长为副队长，黎元队长的爱将，他感到自豪，可内心的伤痛难以抚平，只要日本鬼子不消灭，他一天都不松懈战斗的弦。

刘副队长说："带回去！"

这封尚未寄出的信，还有那套日本军服一定是冈村田原的，他化装成老头，魏福贵化装成老太太在这儿潜藏起来，他们之所以没有跑到渡边一郎的据点去，必定有原因。渡边的鬼子中心据点建在县城的边缘地带，距这里不过30多里。回去读读那封信，大概就清楚了。他一边想着一边命令道："走！回去，拎上箱子。"

经过那三套客房外的走廊尽头时，二姨发现向南还有一个小房间，门掩着，里面好像有动静，颤颤颠颠的声音仿佛是木桶敲着地板。二姨说："刘副队长，听！"

刘副队长嗖地拔出枪，示意他们闪开，然后猛地一脚踹开了门，门开处他惊愕在那儿。冲门的里边有一个年轻女子光着屁股坐在便桶上，哆哆嗦嗦，神色呆滞。

"什么人？"他忽然吼一句。

那女子愈发抖成一团。

"不要抖！提上裤子，我有话问你。"

女人提上裤，双手搂着腰，又坐回到便桶上。

"你是谁？为何在这儿？"待她平静下来时，刘副队长问道。

女人两眼眨忽着，紧张地说："俺、俺不是坏人。"说完这句就没了下句。

刘言喜见她仍有敌意，慢慢劝导："不要怕，我们是八路军区小队的，不会伤害你。只要你没做亏心事，魔鬼也伤害不了你。我再问你，你是哪儿人？在这里干什么？你都知道些什么事？"

"俺……俺原来是沧镇那地段的，随小姐来到这里，小姐嫁给当地魏家庄魏老爷做四姨太，没几日老爷死了，我家小姐便带着俺来这城里开布店，俺本是小姐的贴身丫鬟，俺不……不懂什么战事，俺……"

"好啦！不要啰唆，你们家小姐叫啥？"

"小名蝴蝶，大名'贾蝴蝶'，外号'花蝴蝶'。"

周围有嗤嗤的笑声。副队长把枪别起来，进一步地问："你的贾蝴蝶小姐做过啥坏事？你知道多少？"

"哎呀老总，俺大门不出二门不迈，能知道啥呢。"

"那对老夫妻……"

"噢，晓得晓得，他们在这儿住了有些日子，饭都是俺给他们送，俺看这对老头老婆婆贼眉鼠眼的很不顺眼。那一晚那个老色鬼硬把俺身子占了，还不止一次，贼毛胎！俺不敢声张，只好忍气吞声，小姐都让着他，何况俺呢。俺觉得很窝囊，就想偷听他们的谈话，看看他们到底是啥玩意。那一晚，俺端着两杯茶躲到门后，里面有声音，一个说：'咱老躲在此地不是长久之计。'另一个说：'你的不懂，这儿不好吗，有吃有穿有住，还有漂亮女人，逍遥啊。如果我们的跑到渡边一郎那里，如何交代？丢了炮楼散了队伍死了大日本皇军，必会军法从事，大大的划不来，不如等待时机，修身养性，一待东山再起。''太君高明！敝人一定誓死跟随，叫那些土八路统统见阎王……''你的大大的忠诚，不过我做了两手准备，给渡边大佐写了一封信……'噢，对啦，老总，俺忘记告诉你们了，俺叫配仙，家里人都叫俺小天仙，十三岁就离家了，今年都十八了……"

刘副队长不无感慨地说："这就对了。"

"啥对了？你们要抓俺！"

"不会，不会的，那个小翠花是什么人？她人哪？跑哪儿去了？"

"嗨，老总哥哥，她也是穷苦人家出身，俺的姐妹，这里的女伙计，看店帮忙的，可怜的人啊，她早吓跑了。"

刘言喜说："这封信终于看完了，虽然并不长。"

黎元问："咋样？"

"和那个女的交代的一样，他留了一手，这个狡猾的冈村田原。信里说，他很想亲自去中佐处谢罪，但身体中弹、伤势严重，只好留下，在一位同僚家中养伤，待伤病痊愈，定将归队。他这是掩耳盗铃。"

"我也这么看。不过再想抓到他，恐怕就难了，他已是惊弓之鸟！"

"也不一定，走着瞧，毒疮总有露头的时候！"

9 鬼子进村啦
GUIZIJINCUNLA

　　从根据地调来的七小队暂时留了下来，配合区小队以及县中队开展对日作战。冀鲁边区是一个平坦地带，它东临渤海，西连津浦，南望黄河，北接平津。这里鬼子据点林立、扫荡频繁，是敌人的大后方，也是抗日战争的主战场。一九四二年是抗日战争最艰苦的一年，虽然斗争残酷，但我们坚信敌人在做垂死挣扎，曙光就在前面。这段时期仗打得最多，八路军的对敌作战，渐渐由被动转为主动，内线作战转外线作战。敌人总结了一套所谓的经验："搜崖又清乡，肃清灯下影，注意化农装；巡回、穿梭、堵道口；远距离奔袭，紧撒网，慢拉绳、铁壁合围。"我们也针锋相对，采取"坚壁、清野，开展民兵、地道、地雷三大战术法宝"，在冀鲁边区展开和日本侵略者的持久战。

　　妈妈的话像说给黎冬听，又仿佛在缅怀那些艰苦卓绝然而伉俪共勉的岁月。母亲说，你的父亲，出生入死，几次身陷绝境，又几次浴火重生。

一九四二年深冬的一场大雪铺盖了方圆十几里的铁营大洼，这里，即使是生命力极强的生物在这极度恶劣的环境中也只能勉强生存，那么百姓呢，庄稼人呢，生活就更加艰难了。一个十分难得的融雪暖阳的早晨，姥姥抱着一床被走到天井里，搭到晾绳上，那是舅舅盖了几乎一冬染满血迹的被子。太阳西下，刮起了刺骨的寒风，姥姥收起被子，准备生火做饭，一瞅，灶边没有柴火，她到院子里走了一遭，一无所获。她想，坏了，那边小床上坐着伤病刚愈的儿子，这边大炕上躺着病重的老伴，还有整日价东奔西走的小闺女和女婿。晚饭没了着落可咋办？不行！我亲自跑一趟，也许村头那片梨园会有落叶枯枝可烧。梨园正在过冬，晚霞下，并不高大的梨树像一群仙风道骨的老者在仰望，西天和西风给它们染就一片铁灰，然而，摇落的残叶与折断的枯枝使它们更像卓然独立的老翁。

姥姥走一路捡一路，落叶枯枝渐渐填满了包袱。篱笆墙外，她站住了，是梨园的景色吸引了她，转眼，它们也变得苍老了，仿佛不经意间光阴夺走了它们的青春。她捋一捋花白的盘头，黯然神伤。仿佛还是昨日，她和它们一样苍翠盎然，可是，生命的流逝并未使她沉沦，反而使她更加坚强了。让她感到欣慰的是，她抚养的孩子个个有出息。大女儿已有两个儿子；二女儿正身怀六甲，不久，说不定一个漂亮的女孩就会呱呱落地；三女儿也有了自己心爱的男人，他们的结合披一身战地硝烟，分外芬芳；唯一儿子的婚事也订下了，还未进门的媳妇定是位贤惠勤劳的闺女，女方的父亲是一名区小队的老战士、炊事员，他负责全队二十来号人的伙食，既憨厚又利落，他把女儿嫁给魏家，心里再踏实不过了。他的老伴说：“亲家，闺女还小，不大懂事，你们就多担待吧！”“吆，哪里话，您见外啦，知根知底的，姑娘又这么出息，俺们真是打着灯笼也难找啊。”媒婆儿在旁插言道：“说的是呀，两好、两好，都是穷苦人，可都有菩萨心，这年代，兵荒马乱的，好姻缘难求哇，不叫咱们本是熟人，我也不会给你们撮合这档子事。缘分，都是缘分呵……”妇道人家在一块似乎有说不完的话儿。“俺家老头子陆世坤老实巴交的，还不是叫你们家三女婿照顾？可话又说回来，他也是一心打鬼子，白黑都难见到人。俺说了，打鬼子好，打走狗日的鬼子，咱老百姓就有好日子过了，咱庄稼人还图啥？不图啥，只图全家人和和气气、踏踏实实……"

一股西北风游荡在梨园的枯枝间，它旋起一地残叶，越过篱笆墙，扫过她凝目沉思的耳畔，去和那更加强劲的北风汇合。矗立着的苍老身躯随风摇动，打一次深深的寒战。她想，该回去了，茂田的婚事和老头子商量商量，就定在腊月二十八吧，临近新年喜庆。今儿是腊月初八，还有二十天，时间够紧的，还有许多事没着落呢。他爹几乎是个废人，让痨病折磨得连炕都快下不来了，还指望谁哪？对啦，家里有人，还有三个闺女和姑爷呢，让他们都帮把手，毕竟娶儿媳不比嫁闺女，烦心事多着呢，一项一项来，先……忽然，梨园那边的土坡上出现了一队鬼子和一群汉奸，猫腰端枪的鬼影踏破黄昏的宁静，正一步步朝村子逼近。她一下反应过来，迈开老迈的脚步，抛掉压肩的包袱，冲向袅袅炊烟飘动的村子……

老财主魏义仁积累的家业，一处村中心的四合院，这处老宅有高高的灰砖墙，波浪的灰瓦以及平坦的灰地砖，它像弃儿一样远离魏家的深宅大院，兀自坐落在一片泥土房之中。如今，它被魏福贵遗弃了，说遗弃，不太准确，是他顾头不顾腚，投靠了日本人，把个家业都荒废了，偌大一个庄园只留下一个王妈看门。他曾发过誓：老子早晚会回来的，重整家业、光宗耀祖，叫土八路穷小子们没好日子过，骑驴看唱本走着瞧！

"队长，据可靠情报，鬼子要来扫荡，日子摸不准，恐怕就在这几天。"副队长刘言喜坐在大北屋的方凳上凝视着脚下湿滑的青砖，他憎恨日本鬼子和没有骨气的汉奸，像魏福贵这样的卖国贼迟早会得报应。自从那一日布店搜捕，跑掉了那三个可恶的狗东西，他一直耿耿于怀，狗日的，跑了今天跑不了明天！他隐隐觉得，他们一定是投靠那个渡边一郎去了，因为别无其他地儿可逃。渡边这个老鬼子比冈村还阴险毒辣，他把清乡、扫荡、烧杀抢掠当作游戏，残害中国人，狗日的，终有一天……他忽然想到，渡边的实力比冈村要大，县城的据点聚集了鬼子一个中队、伪军一个大队，而且配有迫击炮和多挺歪把子机关枪，如果这次要来扫荡的是这帮人，那可要当心了。

"是啊，形势很紧迫，鬼子的北极店据点被我们端了，他们必定会来报复，我们要做好战斗准备。鸽子回来了吗？"黎元队长在宽敞的房间里踱着步。这个四合院成了区小队的临时活动点，因为他们不愿意打扰乡亲们，给村民带来负担，这个闲置的青砖老宅正适合区小队开展对敌斗争。自从那次北极店据点战斗以后，区小队得到难得的喘息，经过休整，战士们个个精神抖擞，准备迎接新的战斗。

"黎队长，鸽子还没回来，也许在路上了吧。"刘副队这时已站在敞开的房门那儿。南墙下的一棵老槐，树枝婆娑，在夜幕即将降临的那一刻显出一丝狰狞。那次战斗，他想，我们牺牲了五名同志。还有，和尚虽然断了一条腿，但却巧妙而机智地诱惑几名伪军架着他一起跑到渡边那边去了，并已潜伏下来。起初老狐狸并不相信他，然而，秃鹫站出来说话了："太君，我敢作证，和尚不是八路奸细，审讯的结果是这样，他的表现也是这样，我亲眼见他用刺刀戳杀了两个八路，他的大大的好兄弟，效忠皇军也是大大的……"

渡边用军刀的尖指着他："你的作证？"

"我的作证！"

"撒谎的，该死！"

"这我知道，我保证不撒谎，太君。"

"去养伤吧，带到后面的干活。"

渡边所说的"后面"其实是据点西北角一处隐蔽的禁闭室，门口有鬼子兵把守，大墙外面是一条封冻的河，一日三餐有人从门洞送进来，也就是说，和尚被看管了。

后来，渡边觉得和尚还有用，起码这家伙聪明能干，不像那些伪军稀里糊涂、笨头笨脑，如一群废物，和尚便被放了出来。正巧，就在这一天，和尚看到了仓皇逃来的冈村三人。守着这三人，渡边说："你的以后负责探查八路情报的干活！"一来这是进一步考验他，二来是顺便给三个逃兵一个下马威。"明白，明白。"三个家伙直点头。冈村说："渡边大佐，我的丢了据点，请求军法从事！""军法从事？那好啊。"渡边递给他一把锋利的匕首，"剖腹的干活！"冈村接过刀一个人走到里间去，扒下外衣，跪在地上，用他的白衬衫擦着那把闪光的匕首，擦拭过的那把锋刃用双手紧握并且慢慢举起来，一刹那，他的小肚子开始剧烈痉挛，迫使他一下睁开眼睛，喘息片刻，双臂在颤抖，软软地没了力气。这时，有一个身影悄悄走进来，站在他身后，后面的人看到那两条疲软的胳膊又开始绷紧了，只是举着，并不见扎下去，这样的架势又持续了好一会儿，像一尊丑陋的雕塑静止在那儿。"行啦！冈村少佐，穿好衣服，快快地起来。"那尊活雕塑忽然听到身后传来声音，不知自己是在人间还是地狱。"当啷"那把刀落到地上，等冈村从地上爬起来时，训斥的人已跨出了房门，然后，一句命令传了进来："少佐，将功补过，你带部队去扫荡魏家庄的一带，你们三个统统地去！"

夜幕降临了，今日的黑夜似乎有所不同，和往日相比，空气中除却寒冷外还隐隐透着某种险恶气氛。

突然，鸽子气喘吁吁地闯进来，紧接着是年迈而惶恐的姥姥，他们几乎同时说：

"鬼子要来啦！"

"鬼子进村啦！"

10 月牙儿休息啦
YUEYAERXIUXILA

　　黎元躺在野地里。冬夜悄无声息地覆盖着他染满血迹的躯体。远处的几声狗吠在空旷的夜空下传得很远，然而他还是一动不动。荒冷的风掠过，寒冷浸透脊背，一息尚存的鼻孔中结下一层冰，嘴巴微微张开，昏迷中他的意识开始渐渐苏醒。不知从何处溜来的一只獾静静地靠近，温暖的鼻尖凑向他冰凉的额头，就这样吻了几下，他慢慢睁开眼睛。这是啥东西？心头蓦地闪过一丝惶恐，但很快又平静下来。那只獾在他头顶上吱吱叫，并且迈腿向那边走，走两步停下来，扭头瞅着他，再走，再停住爪儿，扭回头，圆圆的眼睛中露出恳求的目光。他似乎一下明白了什么，翻身爬起来，晃晃悠悠站了一会儿，便慢步跟着那只獾走。夜色浓重，黑到伸手不见五指，然而，那只獾花白的四肢仿佛就是向导，指引他向脑中已失去方向的某一个方向走。他不知自己在哪儿，刚刚过去的那场激战像幻影似的在他眼前闪现。队伍呢？同志们呢？战友们在何方？鬼子的人马撤了，还是仍然盘踞在村中？在夜色的混战里，我仿佛看到了冈村田原的那张丑陋而凶恶的脸，还有魏福贵那双豺狼似的双眼。我举枪扫出一排子弹，双枪并用，鬼子像是被我打中了，倒下去的两个身影中有一个还仰面举着日本指挥刀。不料，歪把子机关枪开火了，雨点似的子弹打飞了残墙断壁上的泥土，我被压制在墙根下，身旁几个战友倒了下去，我感到自己也中弹了，腿上、胳膊还有肩膀在流血。刘言喜跑过来，扶起我："队长、队长！"就在这时，一队鬼子突然冲过来，紧急关头我大呼一声："不要管我，带领同志们冲出去！从那边胡同向村外撤。"那只獾还在前面走，这是到哪儿了，脑中闪过的场景暂时停下来，他定睛朝四下望，仿佛黑夜吞噬了荒野，荒野在他眼睛里变成了残酷无边的血。迈动的双脚踏在崎岖的冻土上，深一脚浅一脚，晃晃荡荡的足迹紧随在怪兽爪印的后面，它要领我去哪里？这是老天有意的安排吗？天无绝人之路，只要心存希望，孤单的生命将不再孤单，正义之路定会有慈善之光引领，上天动容了，它不肯丢下一个孤立无援、遍体鳞伤的战士——抗日的战士！他如此想着，渐渐腿脚有了力气。我是如何跌到野外的？战友们都被打散了，不过，刘言喜还是带领一部分同志冲了出去，我隐蔽在那截断墙底下，目送最后一名战士撤出胡同口，便一跃而起，端着双枪且打且跑，交战的双方都打红眼了。我看到残壁那儿有一个断了双腿的队员拖着残肢挺起胸膛扬起手臂，一捆手榴弹奋力掷出去——轰……后来，我就什么也不知道了。也不知乡亲们受到了多大残害，村庄遭到多大破坏，还有静荣的一家受难了吗？他这样想着的时候，心里在隐隐作痛。丈母娘也在那所房子里，她躲起来了吗？敌人像疯狗一样冲过来，包围了青砖大院，魏福贵手里握着一只所谓的文明棍，耀武扬威地抬手一指："看，这是我们家的房子，土八路胆敢占我祖业、坏我名声，弟兄们，围紧了，不叫一个穷小子跑掉！"他哪里知道，我们的人全部上了房，沿着北屋后面的墙迂回到一处民房的东北角正要往外跳，不料，被几名伪军发现了，他们大喊："土八路在房上，土八路跑到墙上去了！"然而，为时已晚，战士们迅速跳下墙头，冲进了一条胡同。就在那一瞬间，我掠过西山墙的目光看到了魏福贵急匆匆的脚步和一张穷凶极恶的脸。

那只獾开始放慢脚步，且一边嗅一边抬头望，看来它要带我去的地方大概就在附近吧。这是哪儿？我为何什么也没看到，黑夜的大洼只有依稀可见的荒草。战友们，你们在何方？一群鬼子扑过来了，钢盔下的布条像被恶风吹扬的尿布，端着歪把子机关枪的鬼子被我一枪放倒了，后面的鬼子兵立马原地卧倒，就在这喘息之机，队员们撤出了那座废弃的荒院，从接近坍塌的北屋墙缝间撤到另一座民房后面的断墙下。那边有一条胡同，可是已经被鬼子封锁了，这边是一片破旧的土坯房，然而敌人的机关枪早已架到了屋顶上，只有绕过这片残墙断壁从北面的那条胡同打开突破口，那里把守的只有几个伪军，比较好对付，我观察着地形和战场态势，可是刚才在破屋缝隙撤退的时候又有两名队友受伤了，得带上他们一起走。还有，静荣她娘和小鸽子撤出来了吗？那所青砖大院此时已被敌人占领，到底有多少人还没有冲出来呢？一排机枪子弹扫过来，又一排，两挺歪把子同时开火，冈村举着指挥刀，小胡子粘在气急败坏的嘴皮上，像一摊狗屎。魏福贵靠在主子身边，瞪着凶神恶煞的贼眼。刘言喜从残墙的另一端猛地挺起身，四十发子弹分别射出，出膛的不仅是子弹，还有对敌人无比的仇恨。狂扫之下，有几名鬼子倒下去，冈村和魏福贵也缩起了头。过后，老鬼子挥舞起邪恶的军刀，冲着断墙狂吼："混蛋！该死！"

前面好像有亮光，荒郊野外那只獾显得分外醒目，夜空黑得如锅底，一颗星星也没有，月牙儿就寝了，那只花白的影子仿佛在爬坡，他紧跟过去，刚才的回想悄然消失，吸引他的难道是那堆恍恍惚惚的篝火？如果是篝火的话。坡顶上他站住脚，这里似乎是座废砖窑，地形居高临下，如果在白天可以俯瞰广袤的洼地，然而，现在深夜，极目望去，只有黑暗连着黑暗。他一恍惚，那只怪兽不见了，倘若它真的存在的话。但是，他想，如果不是它，我怎么会来到这里，冥冥之中是何方神灵在指引？虽说共产党人不信鬼神，但刚刚发生的事让他百思不解。战火连天，民不聊生，这样的年代一切皆有可能。共产党人就是要救民众于水火，解于危难，揽心以抗日，展宏图为光明。他试着朝前走，一堆篝火燃在破窑的空地上，四周围坐着一群衣衫褴褛的人，火焰映照破败的四壁，窑口那儿一个抱枪放哨的战士似乎已悄然入睡了。这帮极度疲惫的人仍不知他的到来，然而他却兴奋得几乎高喊起来。

"队长，您跑到哪里去了？"通信员吕保田惊愕地望着窑洞口狼狈的黎元说。篝火的光映照在他血迹斑斑的身上，其他人都站了起来，随着第一个发现队长的人奔过去，将他团团围住。刘言喜拨开众人，走到黎元跟前，一下将他抱住："队长！"

刘言喜头上也有伤，一条破旧的纱布围着凌乱的头发，前额那儿有一块血痕，当他松开队长的时候，发现队长衣袖上裤腿上有几个灼热的弹孔，于是他关切地问道："队长，您受伤啦？重不重？让俺瞧瞧。""不要紧的，皮外伤，我这不是又回来了嘛！"黎元镇静地说。

黎元讲述了他如何找到队伍的过程，大家都认为很神奇。当人们又坐回篝火旁时，他的目光在默默清点着人数，角落里，避风处，有几名伤员躺在简陋的担架上，眼前的同志们个个精神疲惫。他突然看到了自己的妻子，她的眼里含着泪，面容却是十分的平静。她不说话，只是这么泪盈盈地瞅着他。"静荣！"黎元惊呼一声，声音很小，感情很深。其余的人都悄悄挪动位置，倚靠到窑壁上去，有的竟然倒地睡了。队长终于回来了，他们有了主心骨，紧张与疲惫的神经一下松弛下来，外面夜黑风高，窑内篝火正红。

"荣，娘呢，她没和你们在一起吗？"

"没有，元哥，我也正担心着呢。"

"你们是怎么冲出来的？"

"刘队长带着我们打开了那条胡同，干掉了几名汉奸，赶紧撤出村子，迅速向野外撤离……"

"鬼子仍在村子里吗?"

"不知道,也许撤了,也许没撤,狗东西好像埋伏起来了,因为枪声停了,大道上却未见鬼子的踪迹。"

"得想法儿摸回去,村里还有咱们的人,小鸽子也没见人影,还有你们的家人和乡亲们……"

"不行!老黎,你看咱们伤的伤、亡的亡,怎么回去救人啊?"

篝火旁的谈话惊动了副队长刘言喜和政委魏福良,他们正从窑洞口慢慢走过来。

11

从昨夜星辰中走出

CONGZUOYEXINGCHENZHONGZOUCHU

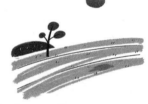

　　篝火给人带来暖意，守着它，让人心灵沉静。然而，魏政委还是有点儿坐立不安，他想到由于自己护送七小队回根据地并向军区首长汇报敌占区的抗日工作而错过了这次大扫荡，关键时刻离开了区小队，离开了同志们。这次扫荡使区小队损失惨重，乡亲们也遭了殃，我有不可推卸的责任啊。如果七小队没走，我不急于去找首长汇报情况，也许结果会不一样。因为七小队也是一支有生力量，会在这次鬼子清乡扫荡中发挥重要作用。我也会和同志们并肩作战，敌人的嚣张气焰定会被控制。那么，部队和乡亲们的损失就会小一点。他坐在篝火旁，歉意写在脸上，另外的三个人低头不语，支起的木柴烧透了，一下坍塌下去，一股烟灰升腾，下面的余火渐渐灭了，顿时，窑内暗下去，荒冷的风在窑口打起了呼哨，同黑夜一起游走。静荣突然站起身，悄悄地说："你们谈，我去找点柴火。"

　　四合院陷在深夜里，只有北屋厅堂透出一点微弱的光。一盏煤油罩灯的火苗调到最低，房梁上一只圆眼睛耗子瞅着那淡淡的光晕，翘起胡须嗅，它要爬下来找食物，四只灵巧的爪子悄悄靠近那座大柜橱，突然，橱门开了一条缝，平时，它都是从柜底的缝隙间钻进去，既费劲又难受，这下好了，可以轻轻松松爬到里面。它的爪子还没有迈动呢，不料，被一只脚踩住了尾巴：吱……死寂一般的房间里冰冷的空气抖了一下，火苗儿仿佛隔着灯罩蹿高了一截，其余的恐怕一切照旧，睡着的人依然睡着，在里间里四仰八叉，放哨的士兵在天井里靠墙打着呼噜，长枪搂在怀里，已经冻成了冰棍。另外，东房西房南屋里死尸般倒了一地。那只脚停住了一会儿，老鼠在鞋底下呻吟，听听没有动静，另一只才迈出来，受惊的老鼠趁机溜进橱门，贪馋的嘴这会儿或许在香喷喷的粮米前打战呢。一个矮小的身影悄悄摸到房门前，没上锁，厚实的门板被他慢慢拉开，探出头环视一下赶紧挤了出去，猫着腰飞跑到门楼那儿，三下两下爬了上去。他沿着斜屋顶弯腰跑，青瓦在脚下发出轻微颤抖，忽然他被一团黑东西绊倒，哧溜溜滑了下去，两条腿已在屋檐上悬空了，情急之中用双手猛地抓住了瓦棱，就那么荡悠着，半截身子在上，半截身子在下。那团黑东西站了起来，轻声问道："兄弟，来换岗的吗？"他听出来了，是一名伪军。那名伪军手握着长枪，枪托顶着倾斜的青瓦，小心翼翼靠过来，嘴里嘟囔着："笨手笨脚的，吵醒了老子，还得老子拉你！"他伸出那只没握枪的左手，塌下腰，慢慢弯起腿，就在两只手相触的一瞬间，下面的那只手蓦地用力一拽，"哎呀"一声，狗汉奸连人带枪跌下去，重重地摔到院子里。那声闷响过后，似乎周围并没有什么动静，悬空的那个人趁机又爬上去，翻过屋脊，从另一侧飞身跳到院外，落地的双脚砸到冻土上，一阵麻，疼痛攫住了他的两腿，使他一时没能站起来，眼睛里的夜色似乎更加浓重了，酸溜溜的鼻孔仿佛钻进一股生梨般的凉气，就在这喘息之机，他忽然听到院落里传来一声高喊："有人跑啦，在房顶上，快追！"

　　鸽子终于逃出来了。他躲在街头一堆冻烂的棉柴垛后面观察着周围的动静，街的那一头有一束亮光照过来，越来越近，光影打在柴垛上，他缩紧了身子，那束光移开了，在土屋顶上扫一遍，笔直地射向村外的土路。随着那束光，一队鬼子巡逻兵走过去，他们的屁股后面有一股恶浊的风跌落在黑夜里。他嘘一口气，暗想：振基奶奶躲到哪里了？她还没有逃出来吗？不行！得去找她，还有，队伍被打散了，他们现在安全了吗？不如到奶奶家瞧瞧虚实再说。

　　他悄悄摸到胡同口，奶奶的院门就在那边，从外面看似乎看不出啥异样，里面有可能埋伏着鬼子吗？不如从那边院墙翻进去，悄悄……突然，模模糊糊有一颗人头从门缝里探出来，他赶紧倚到墙根下，屏住呼吸，待到他快速地向那个方向一瞥的当儿，发现院门已关。那个人是谁呢？肯定有敌人埋伏，等着鱼儿上钩呢，这样贸然闯进去不是办法，不如这般……

　　不知从哪儿跑来的两条狗来到院门下，它们在用爪子抓门，叫两声，然后哧溜跑开，在街面再狂吠几声，围着烂柴垛疯跑。"有人！"从院落里传出一声喊，接着，大门被撞开，几个汉奸首先跳出来，端着枪、猫着腰，四下里搜索。天太黑，他们只在周围打转，其中一个悄悄挪向胡同口，来到街道上，蓦地，不知从何处窜出两条黑影将他扑倒在地，锋利的牙齿咬住了脖子，绝望之中手指扣响了扳机，砰！那边一个伪军应声倒下去，被意外击中，其余的都慌作一团，混乱中相互碰撞，最终个个都贴到了泥墙上，手中的那几杆枪似乎成了烧火棍子——哑巴了。因为他们既找不到目标，也看不到方向，哆哆嗦嗦、稀里糊涂，几双眼在和无情的黑夜对峙。这时，一道亮光从院门照出来，后面走出几名鬼子，光线打在一个个贴墙站立的伪军脸上，一个个贼眉鼠脑的。"八路抓到了吗？看把你们吓得熊样，一群饭桶！"光线移开，握军刀的鬼子官杀气腾腾地往那边走去。身后的那几个鬼子兵端着枪，刺刀被反光染一抹血腥的狰狞，皮靴与军刀是日本鬼子的颟态，还有那些脑后飘忽的肮脏的布条，它们共同组成一副真实又丑陋的形象。即使厉鬼到来，都会自愧不如。那道光照到街面上，一具尸体在光影下出现，什么的干活！鬼子军官愕了一下，慢慢靠过去，脖颈上裂开的口子、几乎凝固的血迹、痛苦圆瞪的眼球就在他眼皮底下，那道光忽然朝夜空抛去，愤怒的喊声同惨白的光一起泯灭在浩浩苍穹之中。

这时，小鸽子已经成功翻墙进了院子并且钻进了秘密地洞，还随手拈来一箩筐敌人的食物和饮用水。

说到这里，妈妈仿佛说不下去了，不只是和那个季节同样寒彻的风在敲打窗棂，还有不平凡的背后流动着和平世界里平凡的心灵感受。

她在房间内踱步，聆听远方飘来的乐音，那是朝阳攀升里的晨曲，迷雾消散后的清莹，大地苏醒中的旧梦，人心充盈中的幸福。干休所大院此刻沉浸在一片祥和之中，老人和孩子还有那些忙碌的人各自从昨夜星辰中走出，开始了一天崭新的生活。

许久没有听母亲讲述往事了，昨夜黎冬的耳朵里又灌满了历史沧桑。已过夜半了，她不得不住下来，安静地睡在妈妈的身边，暂且把可爱的孙儿和辛劳的丈夫留在家里，他们也许正做着美好的梦。关于过去的故事留存在心底，一个和平年代和一程艰难岁月同样在洗礼着我们，或许，人生旅途涂染血色跌宕，是光阴的激荡，也是历史的必然，这些似乎都不重要了，形而上的哲学中只有一条真理，那就是曲径通幽。

于是，她想到：用今天的思维去诠释昨天的故事，或者以过去的视角解析现在的思考，仿佛时空在切换，其实虚拟的不只是真实的历史，还有与生俱来的怀旧情怀。

妈妈停住脚步，突然说："姥姥他们都三天三夜食水未进了，姥姥饿得直犯晕，大姨抱着她的第二个儿子，小嘴含着母亲的乳头，已经没有奶水了，他就这么吮着，只要不出声就好。阴冷的空气挟着昏暗，二姨蜷曲在那儿，零乱的盘头垂下一绺黑发，盖住她憔悴的面容，疲惫从心底升起，波及瘫软的四肢。那一天，鬼子进村的时候，她带着丈夫家辰来看母亲，刚进门，突然枪声响起，屋子里只有伤势初愈的哥哥和抱着小儿子回娘家落脚的大姐及卧炕不起的父亲，不见母亲的身影。枪声密起来，她们并没有慌乱，二姨从容地点亮油灯，掀开炕席，揭开封闭地洞口的一块块青砖，手托着那盏灯，站在洞口边上，等到大姨把他们都搀扶进去过后，她才吹灭油灯，摸黑拉平炕席并将摆好砖块的木板封闭洞口。从外面看，一点痕迹没有，决不能将破绽留给敌人。"

"那么，奶奶是咋躲进来的呢？我记得您那晚和我在一起，鬼子包围了大院，将要冲进来的时候，我们的人都被打散了，奶奶也不知去向。我趁机躲进橱柜，藏在一堆粮食袋底下，一躲就是三天，待到鬼子的警惕放松了，我才想法脱了身。"小鸽子一边说着一边依偎着姥姥。姥姥伸出一只手，抚摸着他的头顶，有气无力地说："你想知道吗？这可是个秘密。""秘密？别说笑了，奶奶，在我牟鸽子脑袋里没有啥不明白的事儿。"他很有些不服气。"要不，要不你问问你静兰姑姑看，她也许会告诉你点什么。"姥姥故弄玄虚，惹得看不见的几张脸在昏暗中咪咪地笑。大姨说："别逗他了，他还是个孩子，静兰你就告诉他吧。"二姨说："想知道吗，鸽子？""啥叫想知道，不说散伙，我自己问奶奶！"

"其实，我早就发现鬼子来了，就在村边梨园那儿，急忙回村报告，咱们一前一后跑进了门，对吧，鸽子？"姥姥温暖的手在抚摸着他，硬撑着眩晕和饥饿把遭遇讲完——

原来姥姥在回村报信的路上遇见了抱着儿子回娘家的大姨，她气喘吁吁地说："鬼子来了！"大姨并没有惊慌，而是镇定地将怀里的孩子朝上撮了一下，抽出小屁股底下的尿布："娘，这个给您！"姥姥心领神会："你先回家，娘随后就来，静芝别忘了照顾好老爹和哥哥……"说着，姥姥便一溜烟跑向那个四合院。

大姨不慌不忙地走向街旁的水沟，放下孩子，找一块半头砖砸开厚厚的冰，挖两把淤泥涂在脸上、身上，将盘头弄乱，儿子的小脸和衣服上也抹一点，于是，活脱脱一个揽着孩子讨饭的身影出现在街道上。她右臂里托着孩子，左手下挂一根断枝，脚底下沉稳的步伐迈过街面上寒风吹皱的雾气，来到四合院的大门外。

鬼子正向四合院扑来，走在前面的魏福贵手里甩着那只所谓的文明棍，忽然狂呼一声："弟兄们，包围院子，架上机枪，不叫一个土八路跑掉！"伪军们簇拥在他身后，仿佛一下子挺直了腰杆，脚底下却慢腾腾、飘忽忽、你推我搡、左盼右顾。临近了，那座有着陈年遗痕的青瓦大院就在前方，冈村田原突然一挥手，摆成扇面似的队列呼啦停住，他举起望远镜在观察，发现房顶上似乎有东西在蠕动，但是看不清是什么，因为黑夜降临了，唯有西方的地平线还渲染着灰色的余光。村子里出奇地安静，连一声狗吠都没有，仿佛今夜不再有星辰，漫天滚动的寒流统治了一切，一切有生命的、喘息的、温煦的灵魂都悄悄蛰伏着，憧憬光明的一刻。既然看不清，就干脆杀过去，打他个措手不及！老鬼子暗算着，小胡子微微一抖，命令道："统统地围起来！"

有一队鬼子悄悄摸到院门下，黑影里忽然发现一个人，手电筒立即照亮了她的全身，怀里的孩子惊着了，一声啼哭吓得小鬼子后退两步。有一个鬼子端着刺刀靠过来："什么的干活？"看着像个要饭的，仔细一瞧，衣衫褴褛、浑身臭气。小鬼子吐着不太流利的中国话："走开、走开！"孩子止住了哭啼，那女人却说："太君，俺是要饭的，行行好，俺娘还在里面呢，俺本来看着这家像个大户，想讨点儿吃的。你瞧，太君，俺这孩子饿得直哭……"就在此时，厚重的朱门突然开了一条缝，从里面挤出一个人，手电筒的强光照射在她身上，只见一个老太太站在了门楼阔檐下面。鬼子们照样凑近了仔细瞅，老太太头上裹块尿布，脚底下蹬双烂鞋，手中有一只破碗，空的，眼睛在白光中眯缝着，她看不到光影外面的人，仿佛自己站在舞台上，方正的门楼就似正方的戏台。一瞬间，她回忆起庙会上那些戏装打扮卖力扭摆的身段，蒙眬中恍然不知身在何处，直到有一个粗暴的声音问道："喂，老太婆，里面有人吗？什么人？"那道光忽然消失了，消失得无影无踪，眼前渐渐呈现几个模糊的狰狞面孔，头上都倒扣着庄稼人炕下夜尿的尿壶似的，片刻之间心都提到嗓子眼了。但她并没有慌乱，定定神，舒口气，然后慢慢地回答道："有。都是些带枪的在睡觉呢。"

鸽子觉得很神奇，问奶奶："后来呢？"

姥姥说："后来？后来就来到这里了！"

外面那些鬼子汉奸是咋回事啊？他们好像早有准备哩，小鸽子平摊开瘦削的腿，用手去挠头皮。

"哎，别提了，俺们刚下了洞，鬼子就来了，狗日的埋伏在院子里，就等猎物上门哪。"

"你们咋知道呢？"

"不是你说的吗？"

大家一阵笑，鸽子有点儿不好意思，将两条细腿盘起来，歪头凑近姥姥的耳朵说：

"奶奶，咱们躲在这儿总不是办法，等到这些粮食吃完了该咋办呢？不如我想办法溜出去，去找黎元队长，把这里的情况告诉他们，再想营救乡亲们的办法，您看咋样？"

姥姥看着大姨，大姨瞧着二姨，二姨望着鸽子，她们的目光一交流，心有灵犀，异口同声地说：

"好啊！"

篝火重新旺起来。

静荣抖抖棉衣上的尘土，抄着手坐到黎元身旁，一阵刺痛袭上来，她举着手一瞧，有两根木刺分别扎在左手的食指和右手的掌面上，她一边抽下盘头上的银钗挑刺儿，一边说："老黎，不知咱娘咋样了，还有乡亲们。鬼子啥时候撤呢？"

篝火的那边，魏政委火光映脸，目光望着黎元，诚恳地说："老黎，我去一趟，那个四合院我最熟，想办法混进去，安个炸药包。只要炸药一响，敌人肯定害怕了，自然就会逃跑！"

黎元说："不行！太危险，你是政委，队上的事还需要你拿主意呢。再说我已派赵征远去侦察敌情了，等他回来再商量，你看这样如何？"

"老黎，事不宜迟，乡亲们都被困了这些天了，这次行动我自有办法！"说着，魏政委蓦地一下站起来，同时吩咐身边的副队长刘言喜，"找找看，炸药包带出来了吗？咱们一起去！"

静荣突然说："还有我！"

黎元拦不住，但确实也没有别的好办法。于是，他从篝火旁站起来，看着他们，语重心长地说："小心！"

半道上，他们相遇了，荒野中有五个人影。这时，星星出来了，乌云飘向了西天，三更时分，分明有一条崎岖的小路显出灰色，歪歪斜斜通往村子，野地里几个人合计了一会儿，便消失在无边黑夜中。

村头走来一对人，男的是刘言喜，女的是魏静荣，拐过那棵老槐，忽然听见一声喊，他们站住了。

"干啥的？不许靠前！"

断墙那儿走出两个人，端着枪的伪军慢慢靠近，隔着一米远，一高一矮的两名伪军贼眉鼠眼地打量着他俩，其中一个问道："进村干啥去？这里戒严了，任何人不得出入，除非自投罗网的土八路！"

"老总，你看俺们像八路吗？俺是回娘家看俺老爹的，他病了，病得不轻，整个人儿都黄土埋半截了。"

"他娘的，什么乱七八糟，回去！"

"老总，行行好吧，你瞧这大黑天的，再说俺怀里还抱着孩子，人命关天啊！"

"不行！再嚷嚷老子毙了你！"

"老总……"

"闭嘴！"

刘言喜刚插言就被打断了，他眼瞅着这两位人面兽心的败类，忽然心生一计。"老总"，说着他朝棉衣兜里摸，没等汉奸反应过来，手上已经捏着了一枚银元，"老总，你们很辛苦，这大冷天的，你瞧，这点钱就算犒劳你们了，本想拿它孝敬老丈人，买副棺材……"

银元泛着寒光，黑影里直射汉奸的贼眼，高个儿汉奸慢慢伸出手，一把抓过去，放到牙上咬一咬，撅起嘴唇吹一吹："就这点儿？"

"你瞧，总爷，俺庄稼人还有啥呢，除了这身破衣裳……"

"行了，行了！唠唠叨叨。"俩汉奸一对眼，一束贪婪之光泯灭在暗夜里，矮的那位接过银元，在手上掂两掂："你们说的是实话？胆敢撒谎，知道是啥结果吗？"

"不敢，不敢。"

"过去吧！"他们绕过那座废屋在坍塌的北山墙下停下来，房梁早已没有了，破败的四壁就像一个大口子，又似一只向天诉讨的破碗，不过是方的，有角有棱地塌陷在天地之间。天上，乌云重又飘回来，正欲遮挡那几颗明亮的星星，这时，他们借助即将淹没的那些星星的光亮，看到政委他们俩已悄然躲过了那两名放松了警惕的伪军正朝这边移动。

一截老树根从静荣的怀里掏出来，她将它丢到地上，然而瞬间的凝思使她仿佛真的做了一回母亲，当妈妈的感觉真好。她正恋恋不舍之际，刘副队长将它捡了回来："不要扔，留着还有用。"

五人又合计了一下，末了，政委说："后面的情况仍挺复杂，敌人很狡猾，形势很严峻，不要放松警惕，按计划行事！"

四合院里的敌人仍在酣睡，那盏昏黄的罩灯依然亮着，魏福贵却睡不着了，他眨巴着那只被打伤的眼，仿佛整个房间在旋转，他祖传的家业此刻就在鼻子底下，童年的记忆重现了。他看到自己就在这房间里玩耍，爷爷和父亲坐在外面的厅堂里抽水烟。一个丫鬟端着茶盘走进来，她说："老爷、少爷请用茶，老夫人吩咐，晌午饭改在下午三点，因为要节省，今年的收成不好，良田也成了荒地，还说，都怨那该死的天灾和战乱……"

"好了，好了，下去吧！"爷爷端起茶碗呷一口，猛劲搁在方桌上，接着说，"什么世道！朝廷刚隐退了，毛狗子就疯起来了，残害百姓，就连咱这大户人家都要望着荒凉过日子，唉！世态炎凉，提心吊胆呀！"

两杆水烟同时发出声音——咕噜噜、咕噜噜……

"爷爷，我要吃饭！"玩够了，方觉肚子咕咕叫，二哥也随着跑过去，一边一个搂着爷爷粗壮的腿，丝绸长衫凉飕飕的，清淡的烟在头顶上紫绕。

爷爷放下水烟，双手按住两个小脑瓜："孙儿，乖孙儿，这就吃、这就吃，先到院子里玩一会儿，你们看，北墙根的那棵海棠开花了吗？小蚂蚁都爬出来啦，找一找，有几只小蜜蜂趴在花朵上呢。"

饿急了，小手就是不松开。

"福禄、福贵不许闹，臭小子，到一边玩去，大人在说话呢！"父亲瞪着眼，手里托着水烟，他的丝绸大褂也一定是凉凉的，还有手指上的那颗绿宝石，和爷爷头顶上蓝莹莹的圆球儿，这些可通通顶不了饭吃。等我长大了啥也不要，只要鸡鸭鱼肉和大大白白的面馍馍，穷小子自然会给咱送来，叫那个成天价沏茶端饭扫地擦桌子的漂亮姐姐喂我！

爷爷仍然双腿未动，厚实的大手抚摸着俺俩的头发，水烟闲置在桌面上，那个瓶子里的水黄澄澄的，像鸡蛋羹，真想来一口。

"起来！"父亲发怒了。

随着拍桌子的一声响，大哥跑过来，拉起俺俩向屋外走。

"不许跑远了，就在庭院里，听到了没有？"

身后又一下拍桌子的声响：嘭！

轰——爆炸声突然响起。轰……接着又一声。

一块木板飞过来，击中了他的腿，腰带绷断了，裤子瞬间落下，沉湎在追忆中的脑袋还没等回过神来，就一下子蹲了下去。

紧接着又一块木板，擦着冈村的头皮飞过去，削掉了他的半只耳朵，"啪"的一声打在墙上。满脸血污的冈村小胡子都要吓掉了，他一骨碌坐起来，光着屁股发呆，忽然，他看到床下还有一个人，愣了半天突然喊起来：

"干什么的？哪里爆炸了？魏，你在做什么？白痴，你在拉屎吗？"

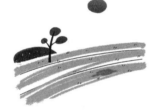

　　牟鸽子不无骄傲地说："北屋那个是我放的，我在那个橱柜里待了三天，连贪食的老鼠都认识俺了，炸药包放在那里最合适，我还接长了引线，好叫溜进南屋放炸药的刘叔叔尽快撤离。我没啥，高屋山墙挡不住俺，只当平地上跑马灯呢。"

　　黎元说："吹吧，吹吧，小鸽子，要是没有政委出点子，你能那么顺利地进去又出来吗？可是，我有点儿纳闷了，那个卖香油果子的担子哪儿来的？还有破帽假胡须？"

　　小鸽子望着政委，政委并没有立即回答，他只是笑，看着在天井里玩耍的静芝的儿子。

　　政委说："那些都是过去的事了，我当时还是个孩子，有一年冬天特别冷，从荒洼里刮来的寒风横扫整个村子，三弟嘴馋了，要吃香油果子，南面的人叫它油条，二弟也嚷嚷着要我带他去。可那一天卖香油果子的老头没有出摊，平时，他都是沿街叫卖的，大清早，人还睡在暖被窝里呢，几声梆子便惊醒了你的味觉——香油果子……"

说到这里，忽然有一个童音从院子里传来："娘，来人了！"

喊声刚过，便有几个急匆匆的身影踏进了房门，黎元和魏福良急忙迎上去："蒋队长、綦指导员，怎么是你们？啥时候到的？为何不提前通知我们一声呢？"

"老黎，不是不告诉你们，我们也是昨夜刚接到情报，今早就马上赶来了。"蒋队长一边说着，一边走到炕头。蒋队长问道："大娘，让你们受苦了，我们来晚了，乡亲们咋样儿啦？"

姥姥说："都过去了，你们来了就好了，小鬼子往后不敢轻举妄动，只是眼下年关说到就到了，乡亲们的粮食……"

蒋队长说："这个您放心，大娘，我们合计一下，七小队和区小队并肩战斗，决不让乡亲们挨饿。粮食，敌人是怎么抢走的，我们就怎样夺回来。看来，新年之前要有一场激烈战斗了！"

老鬼子冈村掉了半只耳朵，狗汉奸魏福贵断了一条腿，狼狈相儿让渡边一郎气歪了鼻子，残兵败将们躲在炮楼里心有余悸。

然而，贾蝴蝶却好好的，一点没伤着，大清早儿正搂着渡边中佐睡觉呢。外面的光线透过窗口涂染了白色的床单，使其呈现一抹惨淡的黄，两具裸露着的肉体在上面折腾了一番，气喘吁吁的男人还赖在虚汗沁沁的肥女人身上，她大喘着气，不知是由于兴奋还是被重力压的，她不敢出声，任一颗赖猫一样丑陋的头压在自己胸脯上。时间还早，两人就这么耗着，直到那束光照到了上面男人的身上，那颗赖猫似的头抬了起来：

"几点了，小蝴蝶？"

"大概早饭的时辰了。"

"起床吗？"

"起吧，太君。"

　　洗漱过后，两人坐在了靠窗口的那两把圈椅上，等待有人送早餐上来。

　　花蝴蝶很娇媚，涂脂抹粉的脸含情脉脉地冲向渡边，眼睛里有一丝顾影自怜的光。渡边点一支烟，慢慢吸。他的皮靴擦得锃亮，军服一尘不染，那两颗星别在脖子两边，不过头上的黄毛稀疏肮脏，像一团烂麻。

　　早饭送上来了。

　　渡边嘴里嚼着油条，他就好吃这一口，贪婪的嘴爱上了美味的中餐，似乎早就忘掉了家乡饭的味道。他是个适应能力很强的人，包括中国的传统和文化。

　　"四合院炸上天了，当时你在哪儿？害怕了吗？"

　　"哎呀，老天啊，俺在拉屎呢，亏了躲在那个坚固的茅房里，不然屁股都炸没了，太君。"

　　"知道是什么人干的吗？八路进村了吗？"

　　"倒没见着啥八路，不过，房上和院子里好像有不明身份的人在活动，难道是'区小队'或'七小队'，还是……"

　　"你没有参加战斗吗？"

　　"俺参加了，绸袄都被打了两个洞。"

　　"你的，很勇敢，有没有伤着娇体？"

　　"没有！老娘命大福大造化大，逢凶化吉自有老天保佑，不然咋陪太君睡觉呢。"

　　"唔？我们日本人效忠天皇，信奉武士道，皇军所到之处天地和睦、万民称臣，征服世界是大日本皇军的使命！"

　　"啊，啊……是呵，是呀，是也！"

　　聊天聊到这份儿上，蝴蝶有点儿惊慌失措了，再聊下去恐怕连自己的小命都要交出去了，她急忙说："渡哥哥，郎哥哥，咱们吃饱了，再躺一会儿？"

　　"来，让那些该死的败兵残将见鬼去吧！"

魏福贵的"文明棍"不见了，取而代之的是一支拐，单拐走路很费劲，不得不借助那条没断的腿亦步亦趋，左眼蒙一块黑布，用一条黑线拴在头上，这只眼并没有完全瞎掉，不过视力只能看到自己鼻子尖周围。他感觉很沮丧，脾气较以前暴躁了不少，看谁不顺眼，动不动就大发雷霆。他会单脚站立，抽出那支拐给你来一下子，嘴里还骂着："婊子养的!"以至于伪军们都不敢照他的面。没人搭理他，他也发脾气："都死到哪里去啦?"

一次，一名伪军终于壮着胆走到他面前，怯怯地说："师爷……哦，司令阁下，有人送来一份情报。"说着，他隔着一步之遥将一张纸递到他手上。

"人哪?"他问。

"啥人?"伪军兵反问。

"送信的人?"他实在有点不耐烦。

"走了。"

"哪儿去了?"

"不知道，俺只负责接收，不管盘问来路啊，司令!"

"一群废物，饭桶!滚!"

这名伪军赶紧转身撤退，可屁股上还是狠狠地挨了一下：啪!吓得他撒腿就溜，第二下打空了，身后的司令似乎找不到重心了，转了半圈，一个趔趄摔到地上。

这时，那个来交情报的伪军兵早跑得不见踪影。魏福贵一人坐在地上，试图站起来，可站了几次都没成功，他气急败坏地骂道："他娘的!"

平时他是怎样站起来的呢?比方说躺下或坐下后，看来得有人照料了，不过他的嘴和脑筋还很灵便。他读起了那份情报，从那张纸上跳跃的几行字他仿佛读出了兴奋，虽然用一只眼瞧：

吾乃铁营胡家庄一乡绅，平素效忠皇军，痛恨八路，因为共产党要共吾家产与妻等。早闻魏司令盛威，今将一情报呈上，即：八路区小队和七小队现在耿家集休整。上次贵部扫荡后八路得到重创，皇军威武，八路闻风丧胆，躲在乡里不敢露头，望冈村太君、魏司令率军突袭，一举歼灭之！

胡郎坤鞠躬敬拜

他坐在地上读完信，心中有一种冲动，该死的土八路把我害成这样，老子和你们没完！我不但伤了身，而且毁了家业，老子叫你们穷小子偿还！消灭八路正是好机会，待他们立足未稳，一举歼灭之。

然而，他的眉心那儿忽然蹙起来：这情报可靠吗？胡郎坤倒是听说过，这人和爷爷有点交情，只可惜未谋过面，不如派人到什么胡家庄打听一下，最好把此乡绅找来，当面对质。

"喂，贵，在看什么呢，地上不凉吗？"

他猛地从那张仔细瞅的纸上抬头，目光正好与冈村的相交，犹豫一下，又想站起来，屁股和一只胳膊猛地一用劲，人竟然站了起来，只是腰那儿一阵酸痛又差点坐下去。冈村一个跨步上前来，一把扶住他。冈村的那半只耳朵已拆掉了纱布，正戴着一块棉耳罩，半边脑袋的半只耳朵正冲着蒙黑布的坏眼，倘若旁人看见必会大惑不解：这是残疾人在开碰头会吗！可这是在鬼子据点里，没人不知道这对"冤家"的惺惺相惜、狼狈为奸。

魏福贵说："正巧，太君，有一份秘密情报，刚来的，您瞧。"

"吾乃……一举歼灭之。胡郎坤鞠躬敬拜。"冈村一口气读完，末了，他问："可靠？"

"正待核实。"

"胡……郎坤的，你的认识？"

"听说过，未见面，不过我知道此人，正琢磨着派人将他请来。"

"那么请吧。不过，事前不要报告渡边中佐，我们悄悄地行事，慢慢地计谋，静静地等待，等到万事齐备……"

秃鹫与和尚装扮成农民模样在洼地里奔袭。一路上，和尚不说话，跟在推独轮车的秃鹫身后，他们打算把胡郎坤这老家伙就用这推车推到鬼子据点去。这是走在朝胡家庄的路上，空车，方可艰难前行，如果载上人，又是偏坐在一边，光死沉不说，就那只木轮子能经得住荒野洼地的颠簸吗？

走在前面的秃鹫说："和尚，你来推，我有点受不了了，还有多远？该死的胡家庄，他娘的胡老头！""不远，前面就到了，回去算我的，你辛劳一会儿。看到那片高坡了吗？翻过去，就是了。"

"我娘啊！"

和尚想：那天，我把信交给了鸽子，他递到黎队长手上了吗，那里边可是记录着鬼子的行动计划以及敌人的行军路线哩。找个合适的埋伏点，给鬼子来个措手不及，七小队负责打埋伏，区小队趁势突袭敌人粮库，定能声东击西、一举成功。黎队长和魏政委的点子实在妙，拿老乡绅的一封信作诱饵，抓住敌人急于消灭八路军的心理，蛊惑鬼子，引敌人上钩。胡郎坤的那封信是真的，他本人的字迹，也是他派人送到鬼子据点的，只不过他是在逼迫的枪口下无奈写出的。他的一只眼斜睨着头顶上黑洞洞的枪口，哆哆嗦嗦地说："黎队长，八路老爷，饶命，我写，只要不杀我，叫我干啥都行，今后绝不敢再欺压百姓、残害乡里、私通鬼子，行行好，饶命，饶命！"

那杆枪几乎顶到了他脑门上，吓得他头上直冒汗。

"老实点！"一声呵斥突然传进耳朵，那人继续说，"听清我的话，按照我说的写，写好信派人送到鬼子据点去，交代送情报的人就说你本人身体欠佳，未能亲自前往，还望魏司令海涵。叫你的人送完信马上回来，不要磨蹭，也不要节外生枝，更不能与不相干的人接头。看情形，鬼子会半信半疑、举棋不定，很有可能派人来接你过去，以证实真伪。你听好了，你的家眷和家当包括你本人的小命都在我们手上，如有闪失，必遭厄运！听明白了吗？"

这是一招妙棋，也是险棋，把握就在分寸之间，不过黎元他们早已计划好了对策，一招不成再施一招：秘密杀掉胡郎坤，趁敌人内部混乱之时，区小队和七小队共同作战，直接突袭鬼子粮库。

三姐妹那天都聚集在一起，等待战斗任务。姥姥很担心，把提前准备好的干粮分成三份，还磨好了三把剪刀，说："丫头们，女人与男人不同，力气小、身子骨弱，娘怕你们吃不消，这次不同往日，是和鬼子拼命的。"

你姥姥说得不无道理，冬儿。胡郎坤最终倒向了敌人，出卖了我们。但是，这个卖国贼也没有好下场，和尚他们在敌人眼皮底下干掉了这个顽固不化的杂种。鬼子阵营里乱了套，挨个盘查。后来，押起来有些嫌疑的八个人，这八个人大喊冤枉，终于成了替罪羊。和尚他们幸免于难，说来侥幸，在鬼子戒备森严的炮楼里，和尚他们是怎样做到的呢？又是如何巧妙地转移敌人视线，把罪过推到那八个替死鬼身上的呢？后来，在特殊时期我问过他，他只轻描淡写地说一句"都是旧事了，谁知也不如自知，眼下改过自新、认真检讨最重要"！妈妈说："这是后话，那时期就连你爸爸这位老革命都未幸免，遭受冲击，挨斗进牛棚，这不过是历史以不同方式在抒写，就像一个站立在宽厚土地上的游子，心存人生悲欢，目视荒芜大野，然而心灵通透。不要上问苍天、下叩大地，其实千难万险只等闲，挥手顿足天地间；无人能重塑历史超越自然，但心之爱却会抚摸宇宙之魂！"

"说得太好了，妈妈！你们是我们的榜样，榜样的力量是无穷的，纵观历史，回溯往昔，没有无缘无故的爱，也没有无缘无故的恨。我在课堂上教孩子们的时候就时常想起你们老一辈跌宕的人生经历，历史不可改写，但人生却可重塑，我真希望以微薄之力重塑孩子们未来的希望。"

"有进步啊，孩子，你在教授学生们的时候要将自己的品德以及前辈们的浴血奋斗讲进去。"

那次战斗相当惨烈，我们许多同志牺牲了，突袭鬼子粮库的行动一开始就充斥着风险和变数，然而势在必得，因为粮食原本就是敌人抢去的。不仅因为荒灾之年群众缺粮、部队少粮，还因为年关将至，吃饭问题就成了重中之重。

　　还是老办法——乘虚而入，声东击西。那一天，有两辆驴车来到粮库门口，从车棚里跳出男女老少一群人，其中三个女人首先跑到大门下哭喊："还俺们老爷，还俺们老爷！"

　　站岗的鬼子兵没有拦住，她们冲过去猛劲地晃动铁门，被敌人拳脚相加。哭喊声惊动了院子里的鬼子小队长，他带着一队鬼子兵疾步走过来。

　　"什么的干活，再嚷嚷该死！"

　　一个鬼子兵同时举起了机关枪。机关枪冲向门外，一把把刺刀带着寒光直逼她们的眼睛，其中一个女人在哭诉：

　　"俺们老爷呢，为何只见他来不见他回，你们把他咋啦？见不到人也要见到尸啊，快把人交出来！俺们不能没有老爷呀，一家老小还指望他养活，俺们老爷一向效忠皇军，为太君出过不少力，你们不能就这么不明不白地把人弄没了呀……"

　　说得鬼子们直瞪眼，那位小队长手握着军刀柄愣愣地问："你的什么的干活？胡是你的丈夫？这里是大日本皇军的粮库，你们要找的地方在那边！"

　　另一个女人说："太君，别骗俺们了，啥那边这边，你们都是一伙的。天地良心啊，你们还有王法吗？"

　　"王法？你的懂什么？'王道乐土'就是王法，天皇阁下就是'王法'的化身，劣等之族有什么王法的干活！"

　　第三个女人急了眼，使劲摇晃大门，不停地大喊："开门、开门、开门！你们这帮畜生，老娘和你们拼啦！"

　　"该死，把门打开，把她们统统抓起来！"

　　鬼子喊声刚落，大门一打开，勇猛的战士们就从壕沟那儿一跃而起，冲了过来，鬼子们被撞倒踩在脚下，潮水般的战士涌进大门。他们分头行动，有的去开粮仓，有的去牵马匹，有的将机枪架在制高点上，有的冲向鬼子和伪军的宿舍去缴敌人的枪，战斗不到三十分钟就结束了，八辆装满粮食的马车在战士们的掩护下向洼地纵深驶去。

天色将晚，荒原静穆，洼地西天，一轮红日如故，野地深处，马啸长空，车轮碾尘，战士踌躇满志，风云突变，乌云漫卷，浩浩青空有异象。

一队鬼子骑兵疾驰追了上来，大部队尾随其后，一场战争的序幕即将拉开。

鬼子马队圈着粮车和我们的战士们打转，圈而不打，看样子一是在等大部队赶上来，二是唯恐伤了粮袋，粮袋破损，如同覆水难收。敌人最清楚，粮食是来救命的，倘若失去，就会丧失战斗力乃至失去生存能力，所以他们穷凶极恶，如豺狼末路般张牙舞爪。

形势很严峻，面对几倍于己的敌人围攻，区小队和七小队的战士们做好了拼死到底的心理准备。粮车是屏障，坑洼地如战壕，就在这背水一战的间隙，在一处洼地黎队长、蒋队长他们紧急商讨了一会儿，决定派两名战士冲出包围圈去联络救援。可远水解不了近渴，根据地远在几十里之外，军区首长尚不知这里的态势，怎么办呢？发动群众，对，眼下只有这一条路可走了。两名战士接受了任务，正欲行动，忽然，静芝、静兰和静荣从那边的洼地弯腰跑来，大姨急切地说："我们也去！"黎元说："不行！太危险。"蒋队长说："快！找个隐蔽的地点。"指导员綦田源说："战斗会很激烈，斗争会很残酷，不要轻举妄动，尽量减少无谓的伤亡。"魏福良政委说："让她们去吧，她们熟悉地形和人脉，再说也有号召力，我看行。"他们的眼神迅速交流了一下，黎元代替大家最后下决心，说："好吧，就这样，你们一定小心，出发！"

鬼子骑兵还在周围打转，此刻的残阳涂染了半天晚霞，敌人的大部队在接近阵地时以扇形阵式推进，鬼子打算在天黑之前解决战斗，不给八路留一点后路。扇面中央有三匹高头大马耀武扬威地踏破荒原冰土，上面三个人的脸上都挂着魔鬼般的诡笑，左边的冈村竖起半只残耳似乎在听前方的动静，右边的魏福贵睁大一只独眼仿佛在窥探周围的地形。冈村说："中佐阁下，是顺风，风往东边吹，让我们的迫击炮发挥威力，轰烂土八路！"魏福贵接过话来，说："太君，周围地形复杂，有洼地，也有陡坡，又有粮车做盾，狡猾的八路选在这里做拼死抵抗的阵地，自是想与我们玉石俱焚啊！"

渡边一郎一边从眼眶上摘下望远镜，一边说："二位，你们都错了，我们既要夺回粮食，又必须统统消灭八路。只要铁壁合围困死他们，这群中国军人的阵地就会不攻自破，我们将获得大大的胜利！"

"高见！"

"高见！"

两句吹捧声刚落，渡边大胯猛劲一夹，策马冲出去。

天色黑下来，敌人完成了铁壁合围。腊月的夜晚出奇的冷，又是在荒洼腹地，冷风裹着寒冽刺穿战士们的棉衣，刀口般的阵痛折磨着战士们的意志与皮肉。夜空中的星辰仿佛在悠闲地看着热闹，隐隐地眨一下眼、露一点亮。

三更时分敌人悄悄地进攻了，鬼子企图将战士与粮车分割，有一队鬼子直扑战士们的后背，另一帮伪军慢慢朝粮车移动，趁着夜色，各个击破。

第一枪是我们的战士开的，因为他发现鬼子已摸到屁股后面了，撂倒了一个，紧接着又放倒了两个、三个、五个……终于，枪声响成一片，火光如平地闪电，炸响似漫天惊雷，洼地上空乌云漫卷，西风烈，一杆红旗舞英雄，战地硝烟塑荒原，肝胆在，哪怕血染头断。

突然，无数火把从四面八方聚来，喊声震天，火光映照着一把把锄头、镰刀、斧子、扫帚、大刀……

燃着火的酒瓶带着愤怒像冰雹一样飞向敌人阵地，接着是石头、砖块，鬼子在上千群众的围攻下，军心开始动摇、瓦解，我们的战士顺势来一个中心开花，一时间，马长啸，豺狼嚎，大地颤，天空摇……

趁着夜色，敌人的骑兵、步兵、炮车，都逃窜了。

　　小镇的街面上新开了一家餐馆，规模不大，倒很干净，它的原址就是"梨园酒店"，前者关门事出有因，而后者开张匪夷所思。因为饭馆的名堂叫什么"冬羊人家"，老板和老板娘的脸也让人感觉很熟，仿佛不是老街坊就是老邻居，人们并不曾从它的店名谐音中辨别出点啥意味来，只认这家的羊肉。鲜羊确乎很鲜，从街的那一头就能听到关在笼子里的羊咩咩的叫声。那个粗汉子快刀如风，精熟的手艺之下，一张羊皮剥下来，血淋淋的，一挥手抛向晾绳，毛朝里皮向外，那上面的血泡仿佛就是那只被宰的活羊的生命延续，既让人馋涎它的肉，又惋惜它的命，这是很难两全的。不但世上再没有茹毛饮血的祖先，而且杀生只是为了糊口。只有东洋鬼子除外，这帮人似人非人，他们不只是遗留了残忍和野蛮，还以"文明"的光环将它掩饰，美其名曰：东亚共荣。

　　这两位，男的笑脸迎客，女的凝目捻珠，笑脸是为了财源绵绵，捻珠就是精打细算。从他们身上你看不出潜藏的底细，也绝不会想到两人曾为一对母子，虽然是继母后子。

　　又一拨客人进了店，一些人是来下馆子的，另一些人是专为采购新鲜羊肉的。这里的饭菜可口，大都以羊肉作料，如什么炖羊头、烧羊腿、炸羊排、烩羊杂、炒羊肝、拌羊脸、溜羊片、烹羊血、饪羊腰、羊肉包、羊沫饼、鲜羊汤之类。

　　按照当地老规矩，逢年过节、婚丧嫁娶、生子庆贺，都要置办点儿酒席，虽然乡下人家生活拮据，就连镇上、县上的住户状况也好不到哪里去，这就是面子，面子作为中国人就像自己的身家性命一样的，决含糊不得。

　　晌午时分，店内就餐的食客坐满了，买羊肉的从四里八乡聚来，又兴高采烈归去，因为手上提着一份踏实。姥姥顶着冬日暖阳走在街面上，她在寻找那个店面，听说这里的鲜羊肉好吃、价钱合适，儿子要办喜事，再穷也要让亲戚乡亲们喝一碗热气腾腾的羊肉汤。铁营洼分散着几个村的回族人，羊肉是他们最喜欢的，也影响了周边的汉族人，从古至今，渐渐形成一种情结——家中有事，羊肉便成为首选。

她随着嘈杂声走进去，老板迎上来，这是羊肉即将卖完后准备开饭前的最后一位顾客，于是亲切地问："大娘，您来点羊肉？"

"来点！"

"这边请！"

姥姥一边朝肉案走，一边寻思：这人为何这么面熟？看面相似曾相识，可一时又想不起来是哪个，听口音也是本地的，好像他的装束和那顶帽子是在有意掩盖他的真面目，还有胡须和眼镜，总觉得哪儿不对劲。

羊肉称好了，付过钱，姥姥提着往外走，忽然身后传来一声喊："您慢走，大娘，恕不远送！"

姥姥的一只脚跨出门槛，正想迈另一只，突然一个念头出现在大脑里：魏福禄！这人就是魏义仁的二儿子。没错，他消失多年，为何忽然出现开起饭馆了呢？自从他拐跑了他的继母，一直音讯全无，这次意外露脸是别有用心，还是……她总觉得哪儿不对劲。

第二天，一对新人入了洞房，拜天地的桌案还摆在天井里，红砖红筷沾着喜气卧在屋檐上，唢呐在户外吹奏，迎北墙上那个硕大的"囍"字笑脸相迎着走进来的亲戚朋友。喜宴就摆在院子里，今儿阳光很好，难得的冬天暖日，一碗碗羊肉汤冒着热乎气儿，热菜正从临时搭起的布棚里面端上桌。这间用帆布做的临时厨房里堆满碗盘筷子和木柴，生火的灶台上一口大铁锅，里面正熬着小米粥，旁边有一架小煤炉，大厨的一只左手正在颠勺，半熟的菜就像快活的小鱼儿在空中跳跃，颠两下，停一下，停一下再颠两颠。不多会儿，一盘香喷喷的爆炒羊肉出锅了，这是专门做给新郎新娘的，希望小夫妻早生贵子，寓意：洋洋得意。

一切准备停当，婚宴开始了。

魏政委站了起来，挥手示意大家安静，他说：

"各位乡亲、亲戚、朋友，今儿是个大喜的日子，碰巧冬阳也来凑热闹，它把温暖带到了这里，荒风也止住了脚步，它停留在新年前的这一天，抽冷子在屋檐下打瞌睡。新郎魏茂田、新娘陆莲香赶在今儿成婚，天赐良缘，因为咱老百姓要过一个好年了，有了那些粮食，有了军民同心打鬼子的决心，有了咱铁营洼几十里的辽阔，再大的困难我们也不怕。各位亲朋好友，下面喜宴开始，在此我谨代表咱们区小队和七小队全体指战员，同时，受新郎新娘父母委托，郑重宣布：婚宴开始！望大家八仙过海各显其能，把个酒壶喝个底朝天！"

"这下好了。"副队长刘言喜手里端着酒、口里嚼着肉，望着姥姥说，"大娘，茂田兄弟娶了媳妇，魏家有后了，您就等着抱大孙子吧！"

蒋队长接过话来："是啊，您老两口受苦大半生，现如今儿女都成家了，苦日子快过去了，等到抗战结束，您老两口就享清福了。"

牟鸽子举着酒杯跑过来，他醉眼蒙眬地说："魏奶奶，我敬您老一杯！奶奶，羊肉哪儿买的？真好吃！"

"羊肉？"姥姥若有所思，她悄悄挨到魏政委耳边，说，"福良侄儿，你猜我看到谁啦，你二弟！"

"谁？二弟，福禄吗？在哪儿？"

"镇上，开饭馆呢。"

"啊！"

14 两个少年在飞跑

　　一场瑞雪悄然而至，飘飘洒洒。一九四三年的北方，天寒地冻的腊月二十九，新年在向人们招手。大洼里的人家赶在这一天准备着送灶王爷上天，清晨起来下好的头一盘饺子恭恭敬敬地摆在灶王爷的挂像前，跪下来，祭灶，拜托他老人家见了玉皇大帝多说点儿好话，祈求来年风调雨顺、五谷丰登、家庭和睦、万事如意。

　　灶王爷走了，驾云飞天。可人们心里总有点儿不踏实，眼瞅着除夕临近，万家灯火还依然那么黯淡凄凉。洼地一片白茫茫，飞鸟隐迹苍兔藏。唯有人心有点暖，不为红尘为故乡。

　　炕头上的俩男孩吵闹着要下地，要跑到院子里去打雪仗。大姨哄孩子："宝儿、宝儿外面冷，雪还在下哩，小脑袋瓜冻坏了就过不了年了，让你们老在年这边，你们没看到那些冻得直扑扑的雀雀儿吗，不听话，就像它们一样再也长不大了……"

哇的一声，小的那个首先哭起来：“娘、娘，我不要像雀雀儿，我听话，听话。”

大的那个总归是大点儿了，他不听劝，说：“娘在哄咱呢，啥长不大，赶明儿吃了饺子保证你长得和哥一样快，走，下炕！”

话音还留在屋子里呢，戊寅已拉着弟弟蹿到院子里。雪地上有一行爪印，小巧的足迹像开在白色精灵里的三叶草。弟弟说：“哥哥、哥哥，你瞧！”哥哥说：“弟弟，那就是雀雀儿的脚丫子。”弟弟说：“真可爱，我从没见到雀雀儿有三个脚趾头，哥哥，那脚趾头为啥是两行？”哥哥说：“傻弟弟，雀雀儿跳着走，鸡鸡儿迈着走，虫虫儿爬着走，屎壳郎儿滚着走。”弟弟有点儿惊讶，问道：“哥哥，那么咱们呢？”“咱们？”哥哥一时有些糊涂，他抓起一把雪，洒向空中，仿佛他们眼前飘浮着一捧粉末和一片羽毛。终于，他说：“弟弟，你迈迈脚，我也迈迈脚试试！”于是，雪地上又多了两行足迹，它们笔直地伸向院门，又从院门延伸至大街，后来，那些脚印零乱了，漫天飘雪下依稀可见两个少年在跳跃、飞跑。

“戊寅，跑到哪里去了，快回来！”大姨在后面喊，首先映入眼帘的是那些几乎被雪覆盖的鸟儿的留痕，目光追随过去，清晰的小脚印通向院外，在那里，她看到晶莹的雪共舞着杂乱的足迹和隐约远去的童影。

“他爹，快，快去追，他们跑远啦！”大姨情急之中看到了跟出来的大姨夫，他正在那儿弯腰卷裤腿。“快呀！”大姨说。大姨夫跌跌撞撞地跑起来，跑两步，裤腿又落下来，他正欲弯腰，大姨在他后背上猛劲推一把：“你倒是快追啊！”

耿老汉两口子有些心疼，两个孙儿光着屁股裹着被蜷曲在炕里边，小牙在咯咯地敲，奶奶在灶火旁烤着湿漉漉的小棉裤和小棉鞋，爷爷口含烟袋嘴的脸上目不转睛爱怜地望着瑟瑟发抖的孙儿。奶奶腿不好腰有伤，她蹲在那儿的架势叫人觉得很难受，然而她仍然举着小棉裤，烤完这边烤那边。爷爷抽完了一袋烟，烟锅在鞋底板上磕一磕，说：“戊寅、庚辰，饿了吗？爷爷这就去给你们熬棒子糊糊。"大孙子说："不！我要吃饺子。"爷爷说："还没到过年哪，过年吃饺子。"小孙子说："我要现在吃，爷爷！"爷爷说："傻孙子，现在嘛，没面没肉吃啥呢，爷爷保证大年初一叫你们吃上热乎乎香喷喷的饺子！"他们几乎同时说："说话算数？爷爷！"爷爷说："算数！"

大姨听到了他们祖孙的对话，心里酸酸的，她走到婆婆的身边，接过小衣服，蹲下，炉火扑在脸上，那热浪叫人很爱家。

奶奶坐在大姨身后的板凳上，望着前面的灶火出神。大姨回头瞧一眼婆婆苍老的面容，心疼地说："娘，一会儿就干了，您歇着吧！"

二姨夫冯家辰喂完过道里那头黑牛，捂着肚子来到院子里，这些天，他总感觉胃口那儿隐隐作痛。天色已晚，银灰色厚重的云笼罩半边天空，天井里光线暗淡，土屋、鸡舍、猪圈、柴垛以及抬头望天的人都仿佛置身于倒扣的铁锅底下。

"家辰，瞧啥呢，明儿就是年三十啦，你到静兰娘家走一趟，告诉你丈母娘就说静兰挺好，孩子出生大约要到二月了，这边啥都准备停当，叫他们别操心。男亲家振基老哥身体不好，痨病一天比一天厉害，把我给他抓的那几服草药送过去，告诉他这是个偏方，求来不易，吃吃看，兴许管用呢。对了，顺便把那袋面粉捎上。"

家辰走了。冯义财老汉站在北屋门口没动，看到儿媳的窗口亮起了灯，老伴拄着拐在灶前忙活晚饭，煤油灯在风箱上面"噗噗"闪烁。冯老汉心想：儿媳嫁到冯家不易啊，没过几天舒坦日子，眼看着孙子就要降临到这个多灾多难的人世间，老天宽厚，大地仁德，保佑咱冯家顺顺当当、平平安安……吱扭，西房门开了，静兰挺着大肚子走出来，她迎面望到了公公，问："爹，您站这儿干啥？天黑了，外面冷，还是进屋吧。""没啥，你这是……"冯老汉在黑影里看着她慢慢朝北屋走，走到他跟前，儿媳说："娘在做饭吗？我去帮她！"

　　冯马寨的夜空中渐渐传来时断时续的鞭炮声，野狗冲着火光狂吠。吃过晚饭，二姨倚被躺在炕上，窗口的那对红鸳鸯仍在跳动，只不过颜色淡了，她知道，那是岁月的打磨，就如同小生命在她肚子里不声不响地长大一样。家辰去了这么久，看来是亲娘留他吃饭了，还要喝两盅，面红耳赤地聊起他的遭遇。腊月二十九的这一天夜晚，不只是她的窗口亮着灯，万家灯火的土屋里各有各的心事，外面的积雪从她的枕畔延伸，一直覆盖至大洼深处，仿佛这样的景况不只今日才有，多少年的时光总会为那些把握不准的混乱的也是甜蜜的岁月发愁，似乎乡愁无处不在，又飘忽游荡，把她带进自身独特的空间里。她抚摸着未来的孩子，他正在虚妄与现实之中安睡，完全不知命运之神会给他带来何样的变数，但此刻是幸福的，也是无知的，意识还未形成之前苦难奈何不了他什么，可他寄栖的睡床却不停地在苦难中奔波。等他长大了，也许世道不再艰难，战火早已停息，快乐的日子在远处招手，亲人生息的这片洼地是祖辈的遗存，或许也是他今后生息的天地。到那时，乡村、洼地会是什么样子？思绪那边站立的终究是无心的自语。

　　魏家庄与耿家集、冯马寨同在一片夜空下，从这里看星星和从那里望星星仿佛没有什么区别，所不同的是它们所处的位置不一样，倘若你从洼地深处走出来，越走越感觉到炊烟袅袅的人迹，那应该就是魏家庄了。忽然，又仿佛陷入荒芜，两眼苍茫，渐渐又有了人家，那或许就是耿家集。月亮走你也走，星星紧紧跟后头，两腿深浅正疲惫，忽见灯火一挥手，那大概就是冯马寨了。

　　魏家庄的雪连着大洼的雪，只要有人走过，雪地上就会留下一串清晰的脚印，从冯马寨走来的那行足迹还留在姥姥的门前，另外，还有两行男人的脚印和前面的足迹重叠在一起，分辨不出年龄、身份的踏访仿佛依然停留在门外，可三个男人此刻正在屋内喝着酒。

　　姥姥也喝了两盅，两腮红红地瞧着眼前的三位女婿，她心里高兴，不只是酒的作用，还有新年的临近以及像自己身上的小棉袄似的贴心的姑爷。

三个男人都来了，可三个女人却留在家里，因为今儿仿佛是男人们喝酒的日子，而非女人们回娘家的时辰，那要等到正月初二。今年的回亲似乎有些不同，不只是大姨的两个儿子已经懂事了，还有二姨就要添人口和妈妈头一回不在娘家过年。

舅舅没在酒桌旁，他和新媳妇坐在曾经养伤的简易小床上默默地守望。姥爷仍是咳，有时还带着血，他已不能下炕走动了，盖了一冬的棉被一刻也不曾离开过瘦弱的身子。铁锅里的羊肉还是办婚事剩下的，半锅水、一勺盐、三粒八角、一把黄豆、几片鲜姜，加点葱段，放些大蒜、香菜和孜然，就是好鲜美的羊肉汤。每人盛一碗，热着喝，祛寒养胃解酒。姥爷也喝下一碗，肉块留在碗里，他已几乎失去咀嚼的能力。姥姥扶他喝下，又慢慢将他放平。舅舅小两口捧着热碗一口口地呷，热气随着热汤进到肚里，浑身暖烘烘的。

耿槐林喝下八盅酒，他已有点儿醉，酒劲逼红了他的黑脸膛和后脖颈，他感到浑身发热，解开怀，眼瞅着对面，说："黎元队长，你劳苦功高，日本鬼子败在了你们手上，让俺们老百姓过年有粮食吃了，那晚真叫过瘾。那么多火把、那么多愤怒的乡亲，小鬼子吓得屁滚尿流，我还打倒了两个呢。"

"大姐夫，过奖了，功劳应该归功于劳苦大众，团结就是力量。静芝她们三姐妹也功不可没，是她们及时发动了群众，打退了敌人。不然的话，后果不堪设想。"

"是啊，黎元兄弟。对啦，我想问一下，鬼子最近有啥动静吗？可不要趁咱们过年偷袭，那样可就惨了。"

"不得不防啊，大姐夫，我们的内线正在时刻观察，鬼子一旦有什么风吹草动立刻把情报传过来。"

"兵荒马乱啊，咱老百姓啥时候才有安稳日子，连过个年都这么不清静，提心吊胆的。兄弟，可得看好了静荣妹妹，她可是新媳妇呢。"

耿槐林喝高了，说话开始不着边。可黎元并没有多想，他心里明白，耿槐林说的是实话，鬼子残忍无道，保护好家人、保护好群众，我们责任重大啊。

家辰虽然没喝高，但也带酒了，说话的舌头都有点儿打弯："不……不说那些个不愉快的事……事啦，咱们三个一拉杆，干、干一杯！"喝完一盅酒，他接着说："老大，你不知道，不……不知道，你……你进过鬼子的地下牢狱吗？那、那鬼地方，真他娘不是人待的地方，狗……狗日的冒着烟的红烙铁……"

"二拉杆……"耿槐林又干了四盅酒，热浪一个劲往上冲，他干脆把棉袄脱了，毡靴也脱掉，一双白袜子湿漉漉的，踩在靴子上，那股味道能熏倒一头牛，他接着说，"二拉杆？不对！就喊你二弟吧。二兄弟你受过苦？庄稼人哪个没受过苦！老皇历说，苦不苦不过就是二百五，苦尽甜来啊。兄弟，你的好日子就要来了，等抱上了大胖小子，你就偷着乐吧！"

他灌足了酒的嘴似乎并没有成为哑巴，反而滔滔不绝。

小方桌的桌面裂开了一条口，那上面的汤水正在往下滴，小黑伸长舌头舔着，它还不到三个月大，姥姥从村街上把它拾了来。当时，它小小的，像只刺猬，眯着眼在水沟里爬，终于艰难地爬到了街面上，在姥姥的脚下打转，那吱吱的叫声让人怜惜，仿佛无人问津的弃婴。姥姥抱起它，注视良久，谁家的狗崽？怪可怜的，好像还没断奶呢，虽说它长大了会和人争食吃，但也是一条生命啊，留着它吧，看家护院。

"小黑，过来！"姥姥在炕沿那儿叫它，它似乎听到了那声喊，四条腿蹦跳着、尾巴摇摆着一下蹿到她的膝盖上，像个孩子似的一动不动。姥姥捋着它的毛，嘴里念叨："黑黑乖，乖黑黑，过了年年长岁岁……"

15 一个身影从窗外闪过
YIGESHENYINGCONGCHUANGWAISHANGUO

刚下停的雪，老天还没缓过气来，年三十又接上了，估计犯了沉疴，它想一股气就把寒怆吹遍人间。

不过，大洼里的人们还是感激老天爷的，这一场一场的雪不但寓意着瑞雪兆丰年，而且就如同一道天然屏障阻挡了鬼子的年关大扫荡。

仿佛是一个平安祥和的年三十，天上虽然飘着雪，但地面上有点儿温暖如春。

耿老汉站在门框下面瞅着漫天雪花，屋内的地面上已是湿乎乎、脏兮兮，走在上面都有些沾脚。天要黑了，雪还在下，除夕之夜很快就要如期降临了，隐隐的鞭炮声响在天边，那隐隐的声音如同远方的春雷，让人遐想，使人兴奋。他的两个孙子都睡在炕上，因为无处可去，还因为这样的天气给予孩子们的慰藉只有温暖的被窝，他们似乎厌倦了雪地里的玩耍，等待他们的是一碗年三十的饺子。

　　大姨也睡了一会儿，便翻身下炕，忙活起来。和面、洗菜、切肉这些活儿，在她利落的手上很快就完成了。

　　耿槐林昨夜喝多了，今天还恍恍惚惚，他顶着一颗隐隐作痛的脑袋走到她身边："静芝，俺做点啥?"

　　"你去生火吧，锅里多添点水!"

　　"这好办!"

　　"等等，你先去把咱爹扶进屋，房檐下的风伤人，要是着了凉，这个年就过不消停了。"

　　吃过年三十的饺子，雪还没有停。雪花打着西房的窗棂，窗纸渐渐潮湿了一片，炕头橱柜上煤油灯惨淡的光顽强抵抗着刺骨的寒。两个小家伙睡在父母身边，一床棉被裹住两个幼小身躯，老二的一条小腿露在了外面，大姨伸手将它塞进被子里。她说："他爹，过了年就开春了，天气一天天暖和起来，俗话说'七九八九顺河看柳、九九八十一家里做饭地里吃'，到那时再琢磨地里的活恐怕晚了，你有啥打算?"

　　"啥打算？庄稼活咱不怕，就怕鬼子来捣乱。铁营洼几十里，荒地连成片，就那些好地能养活多少人？再说一大半还是过去魏义仁家的，你说吧，种也不是，不种也不是，荒着更不行，难啊!"

　　"你操哪门子心呢，到时自有办法，你先打算好自家的事，旁的会有人来管的。春荒可不是闹着玩的，过去每到青黄不接的日子，村里就有人去讨饭，有人饿死，有人远走他乡，难道你忘了?"

　　"哪能忘呢，一九三八年闹春荒时我二叔就饿死了，还有一九四○年……"

　　"行啦！别提那些伤心往事了，今年会好些，多亏有了那些粮食……"

　　忽然，一个黑影从窗外闪过去，大姨心里一怵："什么人？深更半夜的，难道遭贼了吗？可这家里啥也没有啊，有什么好偷的，要偷怕只有偷孩子……"她一下坐了起来，挨近丈夫的耳朵小声说："槐林，快起来，外面有人！”

已近午夜时分，除夕就要降临，时断时续的鞭炮催促鬼怪离开，驱散往日邪魔，还盼老天爷降福，更盼瑞雪飘落。

“年年爆竹声声紧，今昔或许有不同！”“啥意思？”

“轩奕先生说的，他老人家那年六十。他说，母亲曾说过：‘宁要残驹不求羊宝。’年三十这一天，她挺着大肚子满屋跑，还时不时地蹦两下，终于，接近午时，她临盆了，生下了我，一个不足月的小生命。可母亲面带微笑，说：‘马年的孩子命大、福大，财运、官运亨通，我儿长大会当大官！’可我辜负了母亲的期望，今年都六十了，花甲真成了瞎话，既没当官也没发财，一个落魄的穷秀才而已。”

“轩奕先生是谁？”

“是谁？你好记性，我不是跟你说过嘛，忘了？我的恩师！”

“恩师？你也读过书吗？难怪你有时说话行事和俺老百姓不一样呢。”

“你就笑话人吧！可是不允许你看不起俺们恩师，魏先生一辈子不容易，诗书五车苦酒一杯！他膝下连个儿女都没有，一生未娶，两袖清风。飘来性命无悔，逸去灵魂有罪。”

“好诗！”

“不是我作的，是先生自嘲呢。”

“自嘲？啥叫自嘲？”

“你个榆木脑袋，难怪你不解事！自嘲有时可理解为自怜、自持或自虐。他自己说：‘我的生命是随风飘来的，自幼就种下了悲惨的根，但我无怨无悔，所以逆来顺受、自强不息，虽一事无成，却不可自暴自弃，命运无常，听天由命，倘若颓废懈怠，抛开信念，苍天不容，即使灵魂出窍，肉体必将腐败，行尸走肉之躯无奈告慰天下，你定是个有罪之人！’”

“好一套说教，听起来像说书的段子。想当初，我在鬼子地牢里面对那些刑具也曾面不改色呢，只不过是心里有一点点惧怕。那个被折磨得要死的共产党员，躺在角落里，血流在地上，脸都看不出模样了。那个老鬼子冲我嚷：'你的，害怕？想死？快说！不说，死了死了……'那时就想，我是堂堂中国人，怕你小鬼子不成！不说，就是不说，打死也不说，看你狗日的拿俺咋样。"

"你是英雄，真乃大英雄！如果咱的儿子随了你，还真叫有骨气呢。不过这会儿看上去并不曾像什么英雄，只不过昙花一现而已。"

"静兰妹妹，你别把人看扁了，啥昙花，还昙草呢。俺没有那么斯文，你哥哥是男子汉！想当初……"

"行啦，行啦，还没完了，想当初，你就知道想当初，那都是过去，就算想当初你真的很露脸，那也是过去，说说眼前吧。"

"眼前有啥好说的，不就是下雪过年、过年下雪嘛。昨日的酒那叫痛快，大姐夫好酒量，眼睛都直了，还要喝，他还赞美你们三姐妹呢，说啥劳苦功高！"

"真的吗？哪有那么好。哎，老榆木疙瘩，你说过年鬼子会不会来扫荡呢？我总觉得鬼子吃了亏一定会来报复。那个冈村田原少了半只耳朵骑马仓皇逃窜的样子真丢人呵。魏家那小子瞎了一只眼、瘸了一条腿在马上晃荡，那马好像受惊了，四只腿乱跳，原地打转，望天长啸，差点儿就把狗东西摔下来。后来，马狂奔起来，我看到他俯在马背上，真像驮着一具死尸。真解气，非常解恨！"

"是呢，俺老婆最懂事，好可爱呀……"

说着，他将身子凑过来："亲热亲热！"

"不行，别动着孩子！"

"孩他娘，你说是个小子，还是丫头？"

"酸男辣女，自从怀了孕我特别爱吃醋，应该是个男孩，可也说不准。管他呢，小子丫头都是咱的骨肉不是！"

"俺家香火不旺，从老爷爷那辈起就是单传，到了我这儿虽说是兄弟俩，可是也像独子一样，老婆你使劲生吧，生他三五个儿子，从此冯家的香火不就旺起来了！"

"想得美！我有那本事吗？再说生儿生女你也有份。好啦，咱们睡吧，好像这会儿都是大年初一了。家辰，北屋的灯还亮着，他们在守夜吗？"

窗户上的那对红鸳鸯仿佛睡着了，因为户外没有风，雪，还在飘，夜，被瑞雪映亮。年，过去了，现在是农历一九四四年正月初一。

那一年除夕之夜，我和你爸爸睡得也很晚。冬儿，你知道吗？那个年代过年和现在不同，会有好多个意外等在那儿：你不知道粮食能吃多久，不清楚连绵的大雪何时才停下，不理会荒洼里还有没有一息尚存的生命迹象，猜不透诡计多端的日本鬼子的突然袭击，更想不到死神以什么方式叩响你的房门……有太多的未知，让人无奈，可生活要继续，抗战要继续，人们还有许多未了的心愿。

今夜，咱们应该在我的老家，守着父母、伴着亲情过年，可战火将它们无情地分开了，我已来这个大洼四个年头了，父母兄弟姐妹怎样了？音讯全无。家乡那儿的地主武装、土匪武装四起，土匪头子韩兆坤和山东省鲁北保安司令刘景良接上了头，封为第三梯队，后来成了第五团。韩兆坤当了团长不久，就逮捕了大哥，并将他暗杀了。他们为什么这么恨大哥呢？有三条原因：第一，在我很小的时候，韩兆坤托人找我父亲说媒，将他的小女儿与我结成娃娃亲，我父亲没答应，他心存过结。第二，大哥为人正直但脾气不好，在开小铺的时候，曾因账目问题与发行商吵嘴打了架。韩兆坤主动找上门来说和，并提出由他担保此账，想通过插手此账弄点便宜。大哥打了他，他更是怀恨在心，激起他对黎家的仇恨，伺机报复。第三，大哥看不惯地主们的所作所为，又因故和两个地主打仗，他们联合起来向韩兆坤告状，火上浇油，所以大哥就难逃一劫了。大哥被害后，韩匪还扬言要杀害我，父母为我提心吊胆。大哥的被害、土匪的张狂、地主势力的肆意横行，在我年幼的心里埋下仇恨的种子，也是以后我加入共产党走上革命道路的引子。

　　黎元那夜很激动，他说这些话的时候，我明显感觉到他内心掩饰不住的愤慨。他接着说：

　　"大哥被害后，我就成了家里的出头鸟，尽管日子平稳地过了几年，但家里对我还是不放心，我也在心里总想要替兄报仇。父母经常给我算卦，由于他们每次都带着恐慌的样子去算卦，所以都算着'有灾难'。就在这时，拨开乌云见到了太阳，一九三八年农历四月十六，本村学校的老师黎林楠派人把我叫到学校和一个叫吕兴捷的见面，他直截了当地给我讲共产主义、马列主义，唯有共产党才能救中国的道理，最后，问我愿不愿意参加共产党？我听着心里像亮起了一盏明灯，这么多年等的不就是这一天吗！我当即痛快地答应：'愿意！'他说：'那好，我就以中共滨城工委会书记的身份介绍你加入中国共产党，你已成为我党的一名候补党员。'"

　　除夕之夜的雪花像温暖的使者，它飘在天外，落进窄小的天井，映入简陋的小屋，融化惆怅的心扉。黎元最后说：

　　"相隔月余，有一天我在地里整理地瓜蔓，刚回家就有人叫我到学校去，我知道是上级领导来了，就赶忙去了学校，来人是抗日根据地青年部部长常青野同志，他说：'你就称我四哥好了。'他看着我穿着露膀子的褂子，黑黝黝的脸庞，满脸是汗并带着笑容，就高兴地说：'你是一个农民、小知识分子，很好！党希望有更多这样的党员，坐下吧。'他宣布：'黎元同志，免去你的入党候补期，任支部宣传委员。'他给我讲了阶级斗争、阶级矛盾的问题，我越听心里越亮堂，无产阶级的解放事业和我朴素的阶级感情融合在一起。我当即就提出想去根据地工作的意愿。"

　　外面的鞭炮声渐渐密起来，已是除旧迎新的时辰了，油灯昏黄的光在那时忽然闪烁出耀人的光辉，跳动的火苗预示着又一个漫长的黑夜结束，崭新的黎明来临。

　　我们静候着光阴在心中穿梭的喜悦，它一点点弥补人生沧桑的缺憾，缝合人心对于生活艰辛的创伤，消融艰难险阻萌生的迷茫，开启信念支撑的曜曜曙光。

我依偎在黎元的胸前，他望着窗外半明的夜空，喃喃地说：

"我得到了满意的答复，并给我开了介绍信，我把介绍信叠成四角藏在烟荷包里。从此以后，我天天高兴得合不上嘴，没有人的时候哼唱着常青野同志教给我的'老乡老乡，快去把兵当'的歌。我和父母说了我离开家的理由：避灾难，报仇，抗日。父母同意了，我就盼望着早日去根据地。不久，党的地下交通员赵清溪同志来接我了。临走时，父亲给了我四元准备票（即伪钞），母亲扒着门缝目送我走远……"

"那后来呢？"

"后来，我按组织的要求改了名，今后不再说真名，没有人知道我的真名——黎庆瑞，而叫我的化名——黎元了。"

"真具传奇性，老黎，你过去为何不和我说呀，是不够信任吧！"

"不是，其实我早就信任你了，包括你的父母、你的大哥，还有你们三姐妹，就像梦里的亲人，不只是梦里，现实中的你们更亲切、自然、可敬、可信……"

"那么，对啦，我知道了，这是组织纪律！"

"一点没错，抗日战争很残酷，我们的党、我们的战士很多时候是活动在地下的，充满血腥的年代民不聊生、动荡不安，保守机密就显得很重要了。"

"我头一次见你就觉得很好奇，从一个小女子的角度去看，你是一个威武又可信赖的男人，虽然个子不高、面色不白，但腰间别双枪的英武之气真叫人钦佩！"

"兰凤婶近来可好？她可是咱们的介绍人啊，我们又是老乡，她的村子离我的村子只有三里地，每逢集市她便来俺们村赶集，口渴了就到我们家讨碗水喝，母亲因此和她熟。那时我正在读完小，她是怎么远离家乡嫁到魏家庄三叔家的呢?"

"说来话长啊,那时我还小,听母亲说她家也很穷,她是老大,下面还有两个弟弟、三个妹妹,难啊!饭都吃不饱,没有办法,只有将她嫁出去,落点儿彩礼,养活一家人。说来也巧,那年家乡大旱,庄稼都枯死在地里。夏初时节,三叔远离家乡,独自一个人到外面讨生活,不知不觉就来到东乡的某个地方,大概就是兰凤婶的那个村庄。她的村子靠河,水湾也很多,有许多女人织网,卖到集市上,落点儿零花钱过日子。可是渔网有时候不好卖,有钱人不肯买,穷苦人买不起,眼瞅着一堆堆渔网压在手里,正想不出啥办法呢,三叔的到来给那些愁眉苦脸的妇女们带来了活路。他说:'婶子们不用愁,我有办法,北方的海滨我熟,那儿的渔民有些就靠在海上打鱼为生,这些网正用得上,赶上马车运过去,定准卖个好价钱!再说,那地方离咱们这儿也不算远,或许有百八十里地儿……'"

"后来怎么样了?"

"他渐渐和兰凤婶熟悉了,还有她的家人。她母亲说:'这个小伙子不错,婚姻是大事,一个外乡人,离咱家门远点,你愿意吗,丫头?'兰凤当即说:'我愿意!'"

"好!好一个姻缘,这样的情分打着灯笼找不着呀,就像咱们俩,只不过,他去了我的老家,我来了你的故乡罢了。都是同命人,是缘分把有情人捆在了一起!"

"我觉得也是,轩奕先生咋说来着,噢,有缘千里来相逢,无情对面不相识啊!"

"静荣,一个情字好生了得,古往今来,多少人为情而苦、为缘而终,红尘滚滚挡不住,自有鸳鸯戏水来。"

"好诗!只不过有点儿伤怀,你是战士,抗日英雄,怎么也为儿女情长负累?"

"是人皆有情,斑竹一滴伤心泪,天生吾材必有用,罪恶不除不回头!

静荣，抗战的路漫长，生活的坎跌宕，劳苦大众在水深火热中挣扎，咱要舍小家顾大家，如果有无数人这样想的话，上苍有眼，抗战必定成功！"

爸爸妈妈的话在那个除夕之夜与瑞雪一起守望，又一年艰难渡过，新的岁月在那一头悄悄等待。黎冬感到了历史漫漫、沧桑可鉴。讲堂上的那些厚重只不过是人生书写的一部分，仍有许多生活的真实以及不为人知的遭遇在人间舞台上演。

母亲在一旁沉思，不知是因为这个冬季的漫长，还是那些苦日的跌宕。

正月十五傍晚，红灯笼在各家门前亮起，镇上的这条街，两排红光南北对应，路面像陷进静谧虚渺的天街，自有人间灯火很不真实地描绘出仿佛虚幻的人生。微风携着寒意掠过这空旷的街道，于是，满街红色的幻影缭乱一地迷茫，行客的棉鞋或毡靴踏破一家之门槛，每人的欲望只不过是满足心愿。

"冬羊人家"饭馆飘浮着鲜羊的气味，就连厚实的棉帘都遮挡不住它的游弋，屋檐下的红灯笼吞噬着一阵阵腥膻，使其变得黯淡无华。

几个伙计招呼着客人，无论是就餐的还是买肉的，内间有一男一女在悄悄谈话。男的说："我派人探实了，土八路都回家过年，散落在铁营洼的各个村庄，他们也要吃粮食，他们缩在窝里，给皇军的扫荡造成困难，很难一举歼灭。过了十五，土八路必定集合，他们会落脚在某一处村子里，到那时禀报渡边一郎中佐，给穷小子们一个突然袭击，打个措手不及，这叫欲擒故纵、瓮中捉鳖！"

女的说："老二好计谋！老爷要在还自愧不如呢。"

"你往后不要叫我老二，咱们是夫妻，夫妻就要称先生和太太。"

"可咱没有名分啊！"

"啥破名分，赶明儿'消灭'了共产党、土八路，老爷我八抬大轿定将你……"

"好啦，少夸海口，依俺看，八路很顽固，可没有那么容易消灭，就是消灭了东乡的，西乡的也会冒出来，还指不定哪年哪月……"

"住嘴！不要说了，桂枝，你好糊涂呀，长八路气焰，灭皇军威风，土八路有那么可怕吗？我看他们闹腾不了几天了！"

"此话差矣，福禄，你没看到现在的形势嘛。世界格局在发生变化，西方的希特勒已是强弩之末，墨索里尼已经下台了，盟军在诺曼底登陆了，日本海军偷袭了珍珠港，却没想到太平洋战局在朝着不利于日本人的方向发展，踌躇满志的山本五十六的大日本海军正江河日下，在东方主战场中国的日本军队正被拖入人民战争的汪洋大海，东条英机也是愁眉苦脸、无计可施……"

"桂枝，你咋知道这么多，哪儿听来的？"

"这些日子我一直在偷听来自共产党老穴延安的电台广播。"

"嗨，你、你、你竟敢……"

"不要大惊小怪，我说二少爷，咱要学会自保，提前规划退路。看来，日本皇军是靠不太住了，只要一垮台，恐怕天皇大人也撑不了多久。"

"你真的相信他们的鼓吹？依我看这是不靠谱的，难道皇军的百万大军是吃干饭的吗！"

"我不和你争，听我的准没错，你知道啥叫狡兔三窟？啥叫明哲保身？啥叫卸磨杀驴？啥叫……"

"混蛋！"他吼一句，骂出嘴又后悔了。他一向宠着她，不仅因为她是他的姘头，还因为她小鸟依人，反倒是有时动不动要点儿小脾气。她有自己的思维方式，独立意识是她在小时候渐渐养成的。她的母亲也是姨太太，嫁的是清末一个县令，后来这位县老爷不幸猝死了，当时只有八岁的她随母亲在县太爷府顽强地生存。生母前面的四个姨娘合伙挤对她们母女俩，想把她们赶出家门。她母亲性格刚烈，誓死不屈，待到女儿长到十六岁，她就开始为她找婆家。挨到十九岁出头，巧遇西乡铁营洼魏家庄的魏义仁。当年魏义仁并不显老，一件豆绿色丝绸长衫裹身，风流倜傥，他把祖传的玉器带到了她的家乡，他不但在当地用玉石不断地赚来银子，而且结识了她们母女，他被这位少女的美艳所打动，暗暗思忖：一定设法将这美女弄到手！一来二去，三年过去，那时她已长到二十一岁，成熟的身段和聪慧的眼神更叫这位土财主魂不守舍。在他花言巧语的不断诱惑下，终于，她母亲动心了，松口了，打发了闺女，自己在世上再没有牵挂了，黄泉路在那儿等着她。她用终生积蓄为女儿操办了一个漂漂亮亮的婚事，事后第二天，一个风和日丽的秋晚，一根悬梁的绳结束了自己年仅四十一岁的生命。咽气的瞬间，她并没有挣扎，心儿与这气候一样平和，蒙眬中，她看到自己的灵魂在飞升，然后忽然坠落，盘旋于一片荒芜潮湿的洼地，似乎有束光在指引，飘飘停停，仿佛一个虚无缥缈的空壳在游荡。

当人们发现她的时候，尸体在风干，肤色与纹理幻化成头顶上的一条绳，不堪重负的空梁在慢慢减缓重量的同时没能挤出一滴怜悯的泪，因为它的泪也早已风干了。

姨太太们站在那儿，一个个惊愕的眼神瞅着那具依然悬空的尸体，这是她吗？一个曾经与她们抗争的女人？已完全失了形的干尸，在她们眼里无疑是以另一种形态向权贵示威。终于，她们走开了，嘴角都挂着阴冷的笑。二少爷知道桂枝的遭遇，她曾经对他说过，她的观点和思维有时让他很难接受，别看年纪不大，做事一向有自己的主见。开这个羊肉店是她的主意，她本想好好过日子，不再东奔西跑了，安定下来，混一口自食其力的饭而已。然而，现实却并非如此，战乱年代，一切都没有定数，包括他们这间苦心经营的店铺。那一天，来了两个人，带来了一封信，他一瞧字迹心里就明白了大半，小弟怎么会知道我在这里开了羊肉馆呢？他的耳目多，难道冈村田原这老狐狸对俺有啥打算吗？他正要把信拆开，来人说："先生不急，先给弄上一百斤上好的羊肉，太君要的，事后付钱！"两个神秘的人拎着羊肉走了，他打开了那封信：

二哥，见信如见面。您一向好吗？

父亲故去后，咱们各奔东西，无缘相见，甚为想念。

您的生活我不想过问，自是各人有各自的活法，无可非议，什么乱伦之说，太过陈旧，现在是自由世界，一切自然遵循个性独立的法则。

打小哥哥十分爱护小弟，那些教诲时常萦绕耳边，不敢一日慢待，然大哥选择之道不敢苟同，兄弟反目成仇、背道而驰也。

日本皇军大行东亚共荣之道，兄弟自是钦佩，贱民庸夫污染环境，不屑同流之，自当灭之，除其祸乱之忧，世俗清爽，天下归顺，何乐而不为！

二哥是聪明的人，小弟有一劝：归隐天皇，效忠太君，此路自然畅通，望二哥三思。渡边中佐有事相托，叫小弟转告："冬羊饭馆"处于街衢闹市，隐蔽其间利于打探侦察八路踪迹，摸准其穴，即当一击灭之，大功一件，赋予你军功章，委以重任矣。

往后情报联系地点和方式：可把情报送于徐家胡同南首第一间门楼石狮子口中，自然会有人来取，若有不测，石狮嘴里插根草。徐家胡同就在小镇的西头与徐家庄相连的结合部，很好找，胡同口也有两尊小石狮。拜托！请多关照！

二哥，别的不多说，有事再谈。

小弟福贵敬奉

"赔罪，桂枝，我不该口出狂言，你看怎么办？那些信……总不能视而不见吧，再说，福贵要见我们，最近那封信上不是说时间定在正月二十傍晚，还是那两个送信的人出面，悄悄接咱们过去。"

"见就见吧，这也没啥，只是心中有数就是了。福禄，我们不要走得太远、陷得太深。母亲信佛，她老说福有福报、恶有恶报。虽然她在世上多灾多难，没能享受清静、福禄，但她一生信佛，积德行善，所以死后尸首不腐，灵魂升天。你的慧根应该也不浅，因为你的名字就有佛缘，福禄、福禄，既有福报，又有财缘。你自己可要想清楚，作恶会有恶报，要下地狱的！"

"我不懂啥佛缘，只想今生快活，哪管来世的事。谁不想升官发财、飞黄腾达，这些老佛管得了吗？"

"罪孽，我跟了你，本身就走错了一步，今后我决不能越陷越深。若不然，你走你的阳关道，我走我的独木桥好了。"

"啥道呀桥呀，咱俩是一根绳上的蚂蚱，飞不了你，跳不了我，还想和你私订终身、白头偕老呢。"

"听人劝吃饱饭，福禄，我倒有个主意，这样，咱还开咱的店，日本人那边咱们明里应允，暗地里应付。这样的世道人心太险恶，生存多艰难，咱要夹起尾巴在夹缝中求生，没有办法，静观其变，走一步说一步吧。"

"只有这样了。那么，二十那天还去不去呢？"

"照去，可别露了马脚啊，见机行事。"

"就听你的吧！"

"老板、老板……"这时小伙计在外边喊，一阵嘈杂声直冲天棚。魏福禄和兰桂枝并没有马上出去，而是挑起门帘朝外瞧，一群人正在围观，两个喝醉的食客在那儿耍酒疯，其中一个撩起棉袄露出肚皮满屋晃荡，撞翻了餐桌，踢飞了木凳，还一个劲地狂喊："该死的阎王爷，你……你……你啥时候把……把老子收了去……去，老子活够啦，抽空麻烦你……你来一……一趟，咱们聊……聊聊，下面管吃吗，老子要求不高，只要有棒子饼、瓜子条，外带二……二两白干酒就……就行啊……"

另一个添油加醋："对啦，哥们儿，俺也想去，就……就是不知道……那里比这里还……还冷吗？咱就这……这一身破棉袄，怕……怕抵不住你狗日的地狱的阴……阴风，老子认……认了，冷点怕啥……啥呢，只要别碰……碰上该死的日……日本人……"

他撸起袖子，踉跄着去拥抱那个光肚皮的醉汉。两人搂在了一起，沉静片刻，突然爆发出撕心裂肺的恸哭——哇啊、啊……

门帘后面的人越看越觉得蹊跷，这俩啥人呀，看穿戴不过是附近村的穷小子，他们哪来的银子喝酒吃肉呢？

老板娘在老板的身后说："不要去招惹他们，我看这俩家伙定有来历，咱们就躲在这儿，悄悄地瞧。"

魏掌柜有点儿急眼了："不行！狗娘养的，我去收拾这俩混蛋！"

兰桂枝拽住了魏福禄的后衣襟："别去，这样更会将事态闹大，不值得！"

这边正僵持着，那边两人已松开了怀，其中一个正朝外门走，踉踉跄跄，后面跟着另一个，步履蹒跚。前面的那个走到门口，站定了，他在读门框上的对联：

"货，是货吗？源？应该是。那个啥字？噢，知……知道啦，该念茂盛，下面是……是通四海，财吗？应该是，运，对啦，念财运亨通对吗？就这么念吧，后面认识，该是达三江！连起来：货源茂盛通四海，财运亨通达三江。横批呢？在这里：吉星高照。"他再往上抬头，看到了那块匾："冬洋人家"。"冬羊？东洋？东羊？冬洋？"他重复着，又撩起棉袄，露出黑肚皮，嘿，这下猜着啦："东洋！""他娘的，日本鬼子，卖国贼！"他在喊。后面那位似乎没听明白："啥玩意？哪……哪儿有贼？"

起风了，屋檐下的两只红灯笼晃起来，光影如水波暗涌，恫吓湖底几只受惊的鱼。

16 香喷喷的稀粥端上桌
XIANGPENPENDEXIZHOUDUANSHANGZHUO

"几点了?"窗外还一片漆黑,有瑟瑟声掠过,仿佛寒风在街面上游走,魏福禄睡不着了,翻身坐起,问身边依然梦回故乡的桂枝。她不吱声,后花园里她正在绿荫下玩耍呢,头顶上一群麻雀在枝头跳跃或栖息,这是夏天,有一只弹弓悄悄拉满了弦,飞出去的石子击中了一只雀儿,它扑棱着翅膀落到地上。小愣头捡起来,举过头顶炫耀,几个女孩蹦跳欢呼,吵声惊动了园前的大人,走来了四个女人,拎走了四个孩子,剩下她一人在那儿,她的小伙伴同时也是她同父异母的兄妹在母亲手里回头恋恋不舍地望着她,其中一个姨娘恶狠狠地训斥着孩子:"看啥看,一个孽种,让她自己在那儿闷死!"她一身冷汗从梦中惊醒了:"我在哪儿?"

"在哪儿?桂枝你做梦了,这不是在咱们家里的床上吗?赶紧起来吧,时间不早了。"

先前送信的那两个人已在门外等着了,他们冻得直搓手跺脚,这时,东方没有日出，只有灰暗的气团和迷雾后面隐隐约约的晨月。

姥姥起来了，她披着棉袄走到灶前，掀起锅盖，再用脚驱一驱零乱的柴火，然后来到缸边舀水，缸里结了冰，厚厚一层，她拿一把铁锤去砸：铿、铿、铿，冰面塌了，散成碎块漂浮着，连冰带水舀起一瓢倒到锅里，再舀再倒，半锅水添好。她望一眼那些冰块，用手轻轻转动，手和脚一阵冰凉，就势蹲下去，拿起一束柴火，划着洋火（火柴）点燃，续进灶膛，火慢慢着起来，红光映红她沧桑的脸，她伸出左手拉风箱：呼啦、呼啦……

一双男人的脚迈过门槛，坐到方桌那边的长凳上，抽着烟袋，小声地在问："娘，天这么早就起来了，您老别累着。爹这两天咋样，药喝了吗？外面冷，就待在屋里吧，等会儿他们要来，碰碰头，有好多事要商量呢。"

"元儿，娘没事，你们商量你们的，我做点儿饭，都在这里吃吧。冬天日头短，又没啥地里的活儿，一天两顿省着点吧。"

"娘，辛苦您了，茂田哥这两天没出门吗？待会儿叫他也来坐一坐，一块儿商议商议。"

"在西房呢，这会子恐怕还没起。水开了，添点柴，让棒子粥在锅里熬着，我去叫他过来。"

"等等吧，娘，他们还没到呢，等人来了再去不晚。"

正说着话儿，一双脚跨进来，不多会儿又一双脚迈过门槛，紧接着又是几双脚。人都到齐了。

姥姥在西屋里说着话儿："田，你要当心哟，媳妇怀上了，你要好生照顾，别大意了。眼下已是六九了，过了惊蛰天气就开始转暖，该忙活庄稼活儿了。你爹是不能办了，这家里家外的事你要操操心，还有……对啦，你妹夫叫你过去，麻利点儿，我先走了。"

年后第一次见面，彼此显得很亲热，是那场大雪给他们带来了清静，队伍正是一个休整的好时机。不过，日本鬼子是不会罢手的，正蠢蠢欲动，伺机春季大扫荡呢。七小队也回来了，按照军区首长的指示，配合区小队积极开展对敌斗争，帮助地方武装安抚受难群众，搞好生产自救，粉碎日本鬼子妄想消灭八路军游击队和奴役人民群众的罪恶目的，迎接抗日战争全面胜利的那一天早日到来。

现在的形势是这样的，世界大战的格局发生了根本变化，西方反法西斯阵营在逐步壮大，盟军已突破德军诺曼底防线，正向法国纵深推进，许多欧洲国家得到解放，希特勒第三帝国已是日落西山了。东方战场的抗日战争已进入新阶段，日本鬼子已是兔子的尾巴长不了了。

黎元说："刚过正月十五，那天忽然接到一个调令，让我马上到邻县王庄去，我立即赶到那里，原来是地委组织部部长李靖同志在等着我。他告诉我，地委决定调我去做地下工作，我可以以开小差的名义回家，为了工作也可以参加其他组织，包括国民党。我听了以后马上向李部长汇报了我在家里的处境及现在的情况，说自己不适合干这个工作。李部长耐心地劝导：'黎元同志，要以大局为重，参加革命的都是穷苦人，谁人没有一部辛酸史，服从组织安排是要有点政治觉悟呵。革命要成功，抗战要胜利，就是要靠我们团结一心。噢，我给你大概介绍一下现在的世界反法西斯形势吧……下一步你的工作重点是恢复敌占区党的组织，并择机做一些统战工作，同时工委规定你在党内的名字叫张青华，公开身份叫李岳峰，和上级联系的代号是刘宏山，做统战工作的代号是江午。'"

黎元停了停，接着说："同志们，虽然抗战形势有了好转，但我们万不可轻敌，鬼子气数将尽，一定会伺机反扑的。据可靠情报，鬼子正在准备春季大扫荡，就像穷途末路的恶狼会垂死挣扎，大家要提高警惕啊。"

魏福良政委说："还有一个情况值得警惕，我二弟出现了，他突然露脸不会是偶然。大娘在镇上的铺面见到了他和他的姘头，开了一家羊肉馆，叫什么'冬羊人家'。我也派人侦察过了，很可疑，如果他们与冈村田原、魏福贵勾结的话，对我们很不利。因为这个店铺可作为鬼子的跳板、桥头堡或秘密联络点，不管哪一项都会对我们造成极大威胁。所以，我们要设法摸清他们的底细，如果真有通敌一事，就把其铲除！"

静荣一下站了起来，目光坚定地说："这个任务交给我吧，政委。"

茂田当仁不让："还有我。"

黎元问："你们行吗？"

魏政委始终有点儿担心："你们有什么打算？这可不是闹着玩的，要深入到敌人内部，你们拿何做伪装呢？"

"我们……"妹妹抢过哥哥的话头说："我们打算这样，可以先到那个羊肉馆吃饭，就说哥哥要办喜事，来置办点儿货，想法和他们套近乎，慢慢将他们引到我们预先设好的计划中来，再一点点地渗透。最好能成为羊肉店的伙计，这样就有机会摸清他们的底细和企图。魏福禄虽然认识我们，但他这些年不在家，不清楚这里发生的事，他只是一心想过自己的逍遥日子，不过这一回有所不同，单从那个店名就可以看出其中的蹊跷。我们这次打进去，不可拖泥带水，以防夜长梦多，摸清情况后马上脱身。"

七小队队长蒋志刚说："这个计划我看行，不过一定要小心谨慎，见机行事。"

七小队指导员綦田源语重心长地说："是啊，黎元同志就要调离了，在这个节骨眼上不可出任何差错。"

黎元队长说："何时行动？尽量做到心中有数，如若不成，不要恋战。下一步，我的公开身份是药铺老板，药铺就在县城，选个良辰吉日开张，以后那里就是我们的地下联络站。县城离这小镇不远，距咱魏家庄也不过三十多里，铁营洼的父老乡亲与八路军武装一起共同抗日，二十里荒洼将成为鬼子汉奸的坟墓！"

"吃饭啦，吃饭啦！"姥姥已把棒子粥舀到了碗里，香喷喷、热乎乎的一碗碗稀粥端上桌，还有一簸箩饼子、一大盆咸菜，外加一碗带点儿腥味的虾酱。

　　"小弟怎么成了那样子？走进炮楼，我看到一个拄拐的黑衣背影站在那儿，怎么也想不到那就是曾经活蹦乱跳的福贵。听到脚步声，他转过身来，那模样真把我吓了一跳。他说：'你、你、你是……二哥，你总算来了。'嘴角像一层蜡纸起了皱，黑咕隆咚一只眼，中分的头发，发际线又白又亮，仿佛脑瓜儿被劈开又用黏胶粘上了，吓得我两腿一软，差点儿没给他跪下去。他跨前一步：'二哥，咋了？不要紧张，我是福贵！'身子靠近了，可那支拐还拖在身后，一条腿站着，慢慢将它拽到腋下，看着我笑，褶皱就像脆皮要折断了，眼睛孤零零地深陷在泥潭里……"

　　"这是战争给他带来的创伤，只要有杀戮，就有可能掉脑袋，他能活着就不错了。他睁着那只没瞎掉的眼叫我姨娘，还一直说是二哥拖累了我，没给我带来运气，现在好了，你们今后有皇军撑腰，赚钱享福会容易得多。对了，我见到蝴蝶了，就是那个曾是咱们家的贾蝴蝶，她好像和那两个老鬼子都很亲近，吃饭的时候，她端着壶颠颠地跑到渡边跟前，又跑到冈村身边：‘太君喝茶!’先夹起一个鸡腿，再舀起一个四喜丸子：‘太君吃菜!’她的肥腚像充了气，一走一颤，白莹莹的手抓起两个馒头：‘太君该吃饭了。’”

“我也看到了，她还是那个样子，好像胖了点，也油了点。她从渡边一郎的房间出来，似乎很利落，可我一眼就瞧到了脖子上的吻痕，唇印还带着汉子味儿。她招呼我：‘福禄你来了，太君在等你，快进去吧!’”

“老家伙都跟你说了啥，没为难你吗?”

“那倒没有，他那两撇胡子在一个劲儿地动，到底说了些啥，我只记住了四个字：天皇仁慈。”

“他在开导你，下面就要说具体行动方案了，是吗?”

“你咋知道? 确实是，不过那件睡袍很漂亮，上面的蓝色条纹一闪一闪的，穿在他身上我总觉得可惜了。那身黑皮穿军装更合适，就像悍马配劣鞍，胸脯上的一层毛露在外面，黄乎乎的，好恶心，也许那个娘们喜欢这个。”

“你好恶心，谁叫你说这个来着。他是咋给你交代的呢? 说说这个。”

“就说说这个吧，一大堆，啥潜伏呀、侦探呵、情报哇、突袭啦、消灭啊……”

“说说具体的吧。”

“以羊馆为掩护，也是皇军的一个秘密据点，八路太狡猾，乡绅太无能，贱民太难缠，只有靠自己，你们悄悄地行动，摸清八路的老窝或临时藏身之处，皇军与你们共同行动（一个老鹰抓小鸡的手势）。他觉得很得意，两撇胡子撅起来：‘该死，你的明白?’”

“那么，你是咋答复的呢?”

“我没说行或不行，只是点了点头，微微地点了点。”

“那就是接受了，你?”

"有啥办法，那是在人家地盘上，应付一下再说，不然我这脖子早找不到吃饭的家伙了！"

"你咋打算？今后咱不能这么支支吾吾的了，得有个明确目标。比如关了这家店铺远走高飞或照常开着不动声色地做咱们的买卖，那些伤天害理的事咱不能干，日本人那边能应付就应付，还有你那残废弟弟咱照样应付他。"

"恐怕行不通，桂枝。你想啊，日本人也不傻，应付几天倒可以，日子长了就会露馅。倒不如这样：情报照样打探，那些土八路和老百姓也没有给咱带来什么好，消灭几个也无妨，管他呢。不过，事态不能扩大，动动皮毛而已，这样就两边都不得罪，送出去的情报不能有太大的伤害性。不断地送，真的和假的一块送，让日本人知道我们卖力了。至于实效如何，俺也没办法，就这么大本事，咱们暗地里留一手！"

"只好这样了，走一步瞧一步吧。好像有人敲门？这么早，会是什么人？不会是那两个……"

一根指头竖在嘴唇上，魏福禄心虚地长呼一口气："嘘……我去外面看看。"

"谁？"

"赶市的，采点零货。"

"还没开门哪。"

"老板，通融一下，我们有急事，买点羊肉就走。"

"你们等着！"

门里门外没了声音，清晨的街道上一片死寂，乍暖还寒的风今儿又让人冻出一身鸡皮疙瘩。

兄妹俩处在屋檐下，别人的屋檐，可他们并没有低头，一声犬吠在那边传来，这里已不是夜晚，微风擦亮黎明，那轮朝阳在懒洋洋地洗漱，并不急于走出迷雾重重的寝房。

 WA DI

哥哥说："他们在里边干啥呢，听动静像是还没有营业，天这么冷，按节气还没有出九呢，这讨厌的早春。"

妹妹说："慢慢等吧。你看那边，哥哥你看，有人在卸门板了，又一家店铺出来人了，太阳都露头了，又是一个雾蒙蒙的早晨。"

哥哥问："静荣，礼物带了吗？"

妹妹答："带了。"

包袱挎在胳膊上，沉甸甸的，她一抻弯臂，包袱滑到肩头，背着比挎着轻快点儿，这样可以静心慢慢地等。

"谁在外边？"

这回是一个女人的声音。

"赶早市的，采点货。"

外面的男人回答门里的女人。

"等着，这就开门了。"

问话的女人像是走开了，趿拉声渐行渐远。

终于，一块门板从里面卸下来，缝隙中探出一个女人的头，灰蒙蒙的太阳照着她蓬松的乱发，一张没有抹粉的胖脸，女人好奇地打量着门外的兄妹：

"你们……"

"噢，老板娘，俺们想采点儿货，急用。"

"哟，是吗，稍等，我去喊伙计们。"

一块门板立在那儿，等了许久，终于有一个小伙计从里面挤出来，麻利地卸完所有剩下的门板，敞亮的一间店铺才像大厅堂一样裸露在外人面前。

小伙计说："里面请！"

他们走进去。

案面收拾得很干净，连一滴血水都看不到。

小伙计问："你们是吃饭，还是买肉？"

"买点肉，要新鲜的。"

"大清早，羊还在后面关着呢，要买鲜羊肉恐怕你们要等一会。"

"咩！"一声羊叫从后院传来，凄凄凉凉。

"咩！"又一声，悲悲切切。

"客主……"一个男人走过来，他显然没有认出来访者，已经收拾干净的一张脸没有任何表情，但有一丝疑惑从眼角那儿露出来，后面紧跟着曾经露过脸的那个胖脸女人。

"客主，这么早……哪儿人？"

静荣花头巾下的目光盯着那一对男女瞅。时隔数年，他们都变了，那时自己还是孩子，岁月不饶人啊。

"你们在那边先坐一会儿吧。"女人的手指在男人的后背处伸出来，朝那些椅子指一指。

他们走到里间，门帘挡住了视线，他们在椅子上静静地等。起初后面的羊叫声一声惨过一声，突然没了动静，偌大空旷的店铺内显得尤其寂寥。门帘动了一下，仿佛后面有两双眼睛。"咣！"一堆剔完骨头的羊肉撂在案板上，血水沿着案板沿流下，滴在灰砖地上。一个小伙计手持尖刀麻利地在一条蹭布上来回蹭，另两个伙计在杀另一只羊，惨烈的叫声在生命的渴望中渐渐终止了。

这个小伙计手握磨好的屠刀，目光炯炯，微笑着问："要多少？"那堆肉摊在案板上，啊，无常的生命！

"等一等！"门帘挑起处，一个男人走出来。

"你们姓魏，我也姓魏，魏家庄的，咱们认识。"男人直截了当地说，"来这么早，只是来买肉？恐怕还有别的用意吧！"

茂田和静荣愣在那儿，一时不知做何回答。小伙计眨巴着眼，屠刀渐渐垂下，那亟待分割的肉又渗出一些血，失去生命意义的注脚。僵持的瞬间很漫长，漫长的等待一瞬间。终于，那个男人按捺不住了："里面说话！"

柳条箱、皮包和几件衣裳搁在床头的矮柜那儿，仿佛可以随时拎走，主人似乎早已做好了准备。一张老人的画像挂在那边的案几上方，静荣认得他，是老财主魏义仁。女人的梳妆台上有胭脂盒、木梳、银钗、戒指、口红点缀，下面搁一双红绣花鞋，上面有两对绿色鸳鸯，女主人亲自给自己绣的。佛像看来有年头了，蹲坐在北墙的条桌上，铜炉插香，青烟袅袅。米黄色窗帘始终拉着，中间只留一条缝，灰暗的光线在那儿凝结、打转，落满阴气的房间有股山庙诵经念佛的青酸味儿，与对面同色的门帘遥相呼应，抒写主人并非漫长的诡秘经历。

四个人坐在椅子上，他们低声地交谈。

"你们都看到了，我们不打算久留，你们的用意我和桂枝都清楚，所以我们有准备。"

"准备避开谁呢？八路，还是日本人？"

"双方都有。"

"那么，你们来这里的目的是啥呢，恐怕不只是想经营一家羊肉馆吧？"

"初衷是这样的，只想赚点钱。因为我们厌倦了流浪的日子。"

"起那样一个店名，也是为了赚点钱吗？稍有点常识的人都看得出它的寓意。"

"'冬恙'是我父亲的号，一个庙里的和尚给起的，他年轻时身体一直不好，尤其到了冬天更是疾病缠身，他说那是为了以毒攻毒，让冬天的恙发出来，不再积聚在肉体里，病魔就会远离。那也是为了故人，我只是改了一个字，取其谐音，既有原意，又适合俺们的买卖。"

"用心良苦啊，不过也许这名字会博得日本鬼子的欢心。"

"管他呢。那不是俺们的初衷，走上这条路也是被逼无奈，俺们只想做良民来着，谁知道良民也这么难做。"

“你们知道现在的形势吗？”

“知道。”

“说来听听！”

“侵略者已是风雨飘摇、日落西山，这是我听到的来自延安的声音。俺和桂枝经常说起，没必要为病歪歪的天皇卖命，咱们是中国人，不能当汉奸。大哥算有骨气，从小他就和俺俩不一样，不但书念得好而且仁义，不像俺俩那样捣蛋，干事不靠谱。”

“那么，既然这样，你咋不向你大哥学习呢？”

“不好学，因为俺既没那骨气也没那秉性，废物一个。可又不甘心堕落，所以俺们自食其力，做点小买卖，谁曾想……算了，不说这个，说说你们三姐妹吧，都出嫁了吗？婆家一定很好，因为我记得三个姐妹就像三朵花，野地里开着，荒原中长着，自有芬芳惹蝶舞。”

“你还很有文采呢，如果用在正事上，说不定就会有好结果。”

“不敢当，不敢当，我知道自己几斤几两。不过，俺也是读过几年书的，道理也明白一点。见到俺大哥替我问声好，兄弟不才，没能陪伴左右，该死，该死，罪过，罪过……”

“要想离开就趁早，夜长梦多，世事难料，鬼子心狠手辣，若知真相，恐怕不会放过你们。”

“明白。明儿不再杀羊了，收收款、催催账，安顿好小伙计，处理掉旧家具，把店铺兑出去……然后立马动身！”

　　姥爷的病更重了，已有几日不进食，只是喘，还时断时续地咳，呼呼噜噜的痰声在土炕里飘向房梁。姥姥跪在坑上，拿块布巾给他擦身，老皮裹着青筋，一根根肋条凸起，在腋下排成两排，肚皮凹陷，瘦骨嶙峋的身体反而显得手脚都格外大。他躺在那儿，一动不动，有时突然暴发的急咳一下喷出绿色的唾液，紧接着是不断的痰音，折腾了一阵，筋疲力尽，昏昏欲睡。

　　姥姥悄悄下了炕，这时，三姐妹不约而同地进了门。母亲望着闺女们，眼睛有点湿润。她们都扑到炕边，心疼地看着病重的父亲，他这会儿似乎很安静，小黑从她们的缝隙间一下跳上了炕，走到主人的脸旁嗅嗅，伸出舌头舔舔，然后俯下了身子卧着，就如同一个善解人意的孩子。

　　三姐妹不忍再看下去，分别找个角落啜泣。

　　那条狗就那样静静地陪伴着主人，用它独特的方式与情感。

乍暖还寒的春天如约落在了天井里，年年有四季，今朝或不同，不为寒怆泣，人心独钟情。

顶着风寒，他们一行人来到天井里。耿槐林抄着袖子，冯家辰抽着烟袋，黎元双手按着匣子枪，他们就在屋外聊。

耿槐林说："地里的麦子需要划锄了，庄稼今年长势不好，看来又是大旱，都快清明啦，老天连滴雨滴都不给，两个孩子还要吃饭呢，这该死的春荒！静芝都快愁白了头，凑巧又赶上老丈人病重，真是屋漏又逢连阴雨啊。"

"槐林哥，你埋怨也没用，日子都好不到哪里去。这不，静兰喂孩子的奶水都不足，还要起早贪黑地忙，俺娘的腿脚也不利落，老爹又常犯头疼，我这肚子，吃进东西就胀。嗐，难啊，再加上狗日的小鬼子常来捣乱，残害百姓，你说这世道……"

"所以，需要咱们努力，若没有灾、没有难，还要咱男人们干啥呢，都回家抱孩子得了。两位哥哥，抗战和过日子就像烙饼，反过来覆过去都是为了那把火，只要火口好，棒子面的、地瓜面的或野菜的都照样有嚼头。这回组织上把我派回来，不是因为那个药铺起不了作用了，药铺照样很重要，已有人接替了我。临走，地委组织部部长李靖同志对我说：'药铺虽然开张才几个月时间，但预期效果不错，被敌人破坏的地下党组织通过它正在慢慢恢复。你的表现，不管过去和现在，军区首长都有所了解，给予积极评价。这次组织又把你派回来是有一定考虑的，一来是顺风顺水，你有敌后抗战经验，区小队的担子由你再来挑最合适。二来是群众基础好，又有较丰富的对敌斗争实践，受百姓拥护。三来是离家也近点，父母身体不好，需要照顾，再说你妻子已怀身孕，身边离不了人啊。四来是上级领导有个想法，那就是将原铁营区小队改成区中队，扩充兵力，壮大力量，积极开展对敌斗争，在敌人后方安插一把钢刀，叫日落西山走向末路的日本鬼子尝一尝人民战争的强大威力，这项任务就由你和魏福良同志负责。有意见吗？如果没有意见，现在就动身，赶回魏家庄，召集人员商议一下，开个会讲一讲上级的方案，把具体行动布置下去，准备迎接新斗争！'"

"黎元兄弟，好啊，你真的又回来了吗？我耿槐林第一个拥护！"

"你这是刚到吗，兄弟？俺冯家辰也拥护，不过你说开会，恐怕这里不行，到我家去吧，俺家大北屋敞亮着呢，坐下十多位同志没问题，我叫静兰回去收拾收拾……"

"慢点，还是先进屋看看爹吧。两位哥哥，没那么急，会早晚得开，但不是现在。爹的病很重，眼下最重要的是……"

一个黑影从黎元的眼前蹿过去，一阵风把没说完的话挡回去，那是啥？像是一条狗，小黑！是小黑，它在做啥呢？只见小黑像疯了一样，在院子里狂跑，尾巴扫起飕飕凉风，早春无奈，被它搅得稀里糊涂，偷偷越过院墙溜掉了，却把一片乌云招了来，在天井的上空布阵，天光一下暗下来。院门哐当两声，是风刮的吗？三人正傻了眼似的愣在那儿，一股旋风打门扇两边旋进来，贴着墙根打转儿，小黑四爪抓地，停下来，冲着那股风狂吠，旋风旋过院墙，带走一地尘埃，小黑止住了吠，然后一弓腰，扬起四腿，如一道闪电蹿进屋内。

一阵撕心裂肺的急咳后，老人吐出了一口鲜血。小黑在旁嗅一下，眯上眼卧着不动。女人们的恸哭是压抑着的火山，一旦喷发，定将房顶掀翻！

野地被细雨搅得泥泞，再向外走，已找不到路了，村子在背后沉寂，出殡的队伍脚踏荒芜野地，深一脚浅一脚，队形变得零乱，前面抬棺的四个汉子，短发上滚着水珠，不知是雨还是汗，抬杠是两根碗口粗的圆木，和棺椁绑在一起，故去的人睡在里面，没有声息的重量像一个石碾压在他们肩头。

祖坟就在前面了，挖好的坑积着一洼浅水，隐隐的哭声、淅淅的雨声和无风的空气搅在一起，一位老人在大地的宽厚中安息。

妈妈说："埋葬了父亲，我像失去了几根筋骨一样，肝胆刺痛。那一日细雨飘到深夜，我就在潮气弥漫的炕头哭泣。你爸爸说，荣儿，节哀吧，人死不能复生，未竟的事业还要靠吾辈完成。话是这么说，可我就是悲痛，回想爹的一生真叫人不忍卒读，他一天好日子没过，到头来没等到赶走日本鬼子赶上幸福安宁的那一天，花甲不到就撒手人寰了，能叫人不痛惜嘛！"

黎冬问妈妈："姥爷死的时候老天降雨是某种征兆吗？按说那个季节不会有那么长的雨水。还有，爸爸的那个会到底开了没有？姥姥、大姨和二姨是怎么熬过那些日子的？舅舅那时还没有孩子吗？小黑后来咋样啦，它是不是也不吃食了？再就是那个'冬羊人家'到底关门了没有？魏福禄和兰桂枝后来去了哪里？对咱们的人还存在危害吗？后来区中队组建得咋样了，壮大后是不是成为铁营几十里大洼的一支有生力量？"

"你想知道吗，冬儿？"

"当然，妈妈。"

"今年是哪一年？"

"一九九九年。"

"噢！又是一个世纪的结点。"

"怎么了，妈妈？"

没什么，只是一种感慨，因为世纪之末总会有一些事发生，就像当初的一八九九年。你姥姥 12 岁，有一天她莫名地失忆了，找不到回家的路，一个人在荒洼里转悠。她是跟着娘出来搂草的。娘只顾搂草，干草填满了包袱，洼地里的秋风起了，呼呼的风声贴着地皮游走，凸凹不平的坑洼灌满了秋风走过留下的足迹，它们似乎攫住了她沉重的脚步，裤腿被撕烂了，荆棘划破了脚脖子和腿肚子。她忽然想起了孩子，甩下包袱，丢掉耙子，在东倒西歪的凉风中亮开了嗓子："丫子！花子！孩子！……"

花子走丢了，这荒野大洼的到哪里去找人，眼看就要日落了，娘在搂过草的地方找了个遍，可没找着。天黑下来，她更慌了神，这可咋办呢？

隐隐地似乎传来了狼嚎，曾攫过她的棘草又悄悄地撕扯着她的皮肉，流血的仿佛不只是脚脖子，还有心窝，花子的娘疯掉了，彻底地崩溃了！最终人倒是回来了，却不知咋回来的，耙子和包袱掉在了野外，还有花子。她几天几夜就那么唠叨着："丫子、花子、孩子……你跑哪儿去了，娘找不到……"

自那开始，老姥姥就得了羊角风，遇上刺激准犯，一犯就半天，口吐白沫，脸部抽筋，嘴角僵硬，四肢扭曲。

一连十多天，仍不见花子归来，家里人都急了，便分头去找，找遍了荒洼，找遍了四村八乡，仍没有音信。

忽然有一天，一个瘦老汉敲响了院门，他领着花子回来了。家人都喜出望外，赶忙问道："大爷，花子这是咋回事？"

瘦老汉不慌不忙，瘦削的老手依然牵着花子的小手，两眼炯炯地说道："说来话长啊！"

"那就捡短的说。"老姥爷挺着急。

"不要急，人不是回来了嘛，先叫孩子歇歇，喝点啥、吃点啥再说，我们可是一口气跑了十多里地呢。你们知道，那些道可是不太好走，坑坑洼洼、泥泥巴巴呀！"

"大爷，你也歇歇，抽袋烟。"

一支装好烟丝的烟杆递过去，他没有接，喝完一碗水，用袖子抹抹嘴，笑着说："谢谢！老汉不抽烟，只喝水。"说着他又干了一碗，就势坐在凳子上，就像拉家常一样，开始了仿佛是冒险故事的讲述：

"老汉本是个穷秀才，不会别的，只会啃书弄赋、吃喝睡觉，一间破房、一张陋床，外带三箱书。忽然有一天，觉得实在熬不下去了，缸里没水、锅中少米、灶下缺柴。平素老汉是不大出门的，不要说荒郊野外，家里都是靠一位远房婶婶救济，她人老了，腿脚都不方便，每次送粮都是她的小孙女代劳。有些日子婶婶的小孙女没上门了，也许婶婶病了？或者？老汉不敢想，因为那后果很悲惨。婶婶本来是有老头的，只因那年大涝，家中缺衣少粮，老头就跑到村里一户财主家去讨，财主说他进门偷东西，被逮住砸折了腿。儿子气不平，抄把锄刀找老财主拼命，多亏被乡亲们劝住，不然就会丢掉小命。后来，他学了门手艺——牲口市上的经纪，也叫中间人。这个你们都知道，日子这才好起来，光靠种田过日子那是过不起来的，你没见这几十里荒洼就如同漏了底的破瓮存不住一丁点儿风水，更不要说豺狼出没、荒风肆掠、鸟兔隐逸了。几年后，老头死了，媳妇又得了怪病，跟着去见阎王了。那些年，正赶上朝廷清除新党，殃及乡里，老百姓百无聊生，手中的活计被迫放下了。后来，老佛爷蹬了腿，儿子才又重操旧业。"

"来碗水！"老汉又渴啦。望望正在认真听他说话的那些人，他心中暗忖："我说了那么多，不知他们听明白了没有？还是长话短说吧，省得叫人闹心。"于是，喝完一碗水，他接着说：

"他又捡起手中的活儿，日子自然会好点儿，可孩子小英要读书，他就没法子了。日子尚过得去，哪有余钱供丫头读书呢？想了多日，他终于把闺女送到了老汉我这儿。他知道我是个独身的老秀才，没人供养，却有一肚子诗书，所以小英就跟着老汉念书识字了。但双方说好：只供粮食，不给银子。我想，也行啊，不然向哪儿要口饭吃！"

"老汉又渴啦，再来碗水！"喝完水，他又说道：

"本想留下花子的，让她们做个伴儿，年龄都差不多，又都是老实巴交的孩子。可老汉发现花子似乎是失忆了，记不起家在哪儿，爹娘是谁，不知道深更半夜是怎么跌倒街头昏迷不醒的。但是老汉教她识字，她倒学得很快，慢慢地脑子渐渐活起来。终于，有一天她说：'爷爷，我想起家在哪儿啦，也记得爹娘，还有那一夜是爷爷发现了我，把我抱回了家……'"

花子依偎在娘怀里，听着爷爷的讲述，等老汉说完了，她抢过话头说："爷爷，爷爷，别走啦！"

"噢！姥姥也有这样的经历啊。"黎冬觉得好奇，"那个老秀才和妈妈的那个老师有何不一样吗？听上去好像都是落魄书生呀。"

"是有点儿不一样，这个耿直，那个倔强；这个得过且过，那个自命不凡；这个远离仕途闭门读书，那个心存理想默默自修。但他们的共同点是都有点儿迂腐，也都有一颗善心。"

"后来呢？"

"没有后来，你想，那样的年代有啥后来。只不过你姥姥说，自那以后，她小小的年纪就落下了神经衰弱，怕光、怕响、怕刺激，有时眼前还有幻影出现，尤其到夜里临睡前，飘飘忽忽的影像在眼前闪烁，它们伴随着潜意识进入梦里，然后与真的梦混淆在一起，一夜昏昏沉沉、稀里糊涂地过来了，睁开眼，脑子里依然是一锅粥。可是，你姥姥说，她最爱听大鼓书，那鼓声一响反而沉静下来，那热闹的场面对她是一种欢心的诱惑，于是，不再怕光、怕响、怕吵嚷，真是怪啦！可是，鼓声一停，人立马不再清醒，像喝错了药似的。"

"这种病遗传给了我，你大姨、二姨和舅舅都不存在这症状，即使有，也十分轻微。不过，你二姨倒是有另一种不适应，就是俗话叫招压白虎，也叫压脉，医学名词咋称呼，我就不知道了。这种症状我也有，是咋落下的不清楚，好像你姥姥年轻时也犯过，到了晚年没再听她说起过。"

"童年的创伤是无法修复的，不可逆转的精神扭曲，往往造就某个生命的败落，这是很可怕的。原因何在？它关乎人类的生存基础。就像你的姐姐，一朝受打击，终生痛苦。不说这些了，你问什么来着，冬儿，关于那些事一时半会儿也说不清。不如这样，咱们先吃饭，保姆已经把饭菜摆在了桌子上，你爸爸还在那儿写他的回忆录呢。外面天就要黑了，你的学校里没有课吗？秋季，一个感伤、怀旧、沉思的季节，不知为什么，我特别喜欢它，不只是老了才有，年轻时，甚至童年，眺望天高云淡下的满眼金黄，好像自己一下长大了，大自然的厚重是心灵深处的慰藉，往往那时仿佛抚摸到了根本抚摸不到的灵魂的温煦，就像睡在母亲肚子里温暖的床上。今夜又是一个漫长而感伤的旅行，跋涉在那些多情的旧事中，跌宕的岁月会揽在你饱满的行囊里，今晚你留下来吗？"

19

战地黄花
ZHANDIHUANGHUA

　　"冬羊人家"的招牌不见了，取而代之的是一块"亨通当铺"的匾额，店面屋檐下飘荡着一面白旗，上面一个黑色的大大的"当"字招惹行人的眼球。

　　站在高高柜台后面的似乎是和尚，秃鹫正领着两个面目狰狞的人走出防护森严的柜门。走到店门外，他低头哈腰地低声说："太君，慢走，渡边中佐的命令我们都记下了。"两个穿便衣的鬼子走不多远就溜进一条胡同里，胡同的尽里边，左首有一间大门楼，两边蹲着两尊同样狰狞的石头狮子。大门开了一条缝，一个搽脂抹粉的女人的头露出来，她看到了来人，赶忙将大门开得宽敞一点："太君，请！"

　　待了半天，两个面目狰狞的人又走出来，后面紧跟着妖艳的蝴蝶和一瘸一拐的魏福贵。前面的两个人在假狮子那儿停下，其中一位说："刚才的话你们的明白？中佐的交代你们要快快地布置，不要耽搁，多多派人，统统下去，明白？我们的开路开路!"

"啊……明白，明白! 太君的慢走。"魏福贵用那支拐杖敲着石狮的屁股，瞧着他们拐出了胡同，这才把拐杖挂在了腋下，并恶狠狠地骂道，"婊子养的日本鬼，该死! 老子鞍前马后，你们倒养尊处优，想消灭八路和土八路又怕损兵折将再陷泥潭，所以出这么个高招。八路精明得很，哪有那么容易摸清巢穴一网打尽？狡兔还三窟哪，我看白费劲，倒不如夜里偷袭、铁壁合围，打到哪儿算哪儿，就算消灭不了共产党，起码搅乱了他们的阵营，也敲打敲打那些该死的贱民，这不一举两得嘛。老鬼子、小鬼子、傻鬼子，还不如我这个瘸子呢。你说是吧，花蝴蝶？喂! 在看啥哪？那边那个汉子上了你的身了吗？没出息的臭娘们，水性杨花……走! 回去。"

一封密信送到了中队长黎元手里，刚组建不久的区中队还没有形成较强的战斗力，所以得抓紧整合、训练、培养、建制。正在这个节骨眼上，这封情报来得很及时，不然，叫敌人摸清了目标，后果将不堪设想。他在回忆着那封密信的内容，渐渐脑海中形成了一套完备的行动方案。

代号：八三五一七，好样的，和尚! 你是安插在敌人内部的一颗钉，历经磨难，多次遇险，终于化险为夷，挺过来了，不简单。

魏政委看完那份情报，说道："看来敌人已布下所谓的天罗地网，多路出击、重点突破，鬼子的如意算盘是要将我们的有生力量一举消灭，解除其后顾之忧，这是敌人在做垂死挣扎呢。我们可以将计就计，引蛇出洞，将敌人歼灭在野外!"

"好啊，福良同志! 咱们想到一块去了。我拟定了一个具体行动计划，咱们合计合计。"

"再把在根据地休整的七小队请回来，给敌人设足诱饵，让鬼子误认为八路都在魏家庄休整待命呢，敌人必会闻风出动，很有可能是在夜里，咱们在他们的必经之路——废窑那儿设下埋伏，另外区中队的一部断其后路，在敌人有可能逃跑的方向设防，再动员乡亲们准备好家伙，散布在洼地里。

只要战斗一打响，军民合力，不给敌人反扑的机会，就能彻底消灭侵略者!"

"说得好! 老魏，咱们开个会吧。"

所有的情报都汇集到老鬼子渡边一郎那里。狡猾的冈村田原有些怀疑，他对中佐说："我们的可以派支小部队试探试探，只佯攻不真打，观其动静，如果八路反击，就将其引入我们的包围圈，消灭之!"

"不、不、不，你的不懂，那样会打草惊蛇，贻误战机，不但放跑了八路，而且使我们精心布置的计划泡汤!"

"那么，依中佐的意思?"

"皇军的夜间出发，悄悄地靠近魏家庄，统统地包围起来。如果八路在里面，先用炮轰。如果不在，也用炮轰，然后冲进去统统的烧光、杀光! 八路的看到老窝有难必定慌忙支援，我们的设下圈套等其往里钻，这就叫围点打援!"

"高明! 大佐阁下大大的高明。何时行动?"

"事不宜迟，马上行动!"

大部鬼子汉奸趁着夜色悄悄出动了，只留下一小股兵力把守据点，敌人企图孤注一掷，势在必得。然而，没有道的荒洼却不太好走，又是在夜里，看上去浩浩荡荡的大队人马被夜色和荒原羁绊得零零乱乱。魏福贵与贾蝴蝶也跟来了，魏福贵骑在马上想法慢慢靠近渡边的坐骑，他撅起小胡子冲中佐喊：

"太君，这样的不行啊! 人马都乱了，保持队形，要保持队形啊!"

"什么? 你的来想办法。"

"我?"

"是的，你!"

也不知道敌人的大部队到底调整成啥队形了，反正鬼子汉奸正懒洋洋地进入给他们早已设好的埋伏圈。

废窑离魏家庄只有五里远，两边都是深沟乱坑，根本行不得人马，要想通过，只有沿废窑一线大约半里地的较平整地带行进，这条"必经之路"就是老天给侵略者布下的葬身之地。这有利的地形我们早就摸透了，而敌人并不清楚，仗着武器精良和人多势众，耀武扬威，就像一群恶狼穷凶极恶。殊不知，猎人总归是猎人，豺狼的暴虐和凶残，终究会在人民战争的汪洋大海中魂飞烟灭。

"等会儿将有一场恶战，你们会看到火光冲天、杀声四起，咱们虽然埋伏在后面，但离战场并不远，我的铡刀磨得贼快，挥出去准能削掉几个鬼子头。静芝、静兰、静荣，你们害怕吗？是不是身子底下有点儿凉啊，这该诅咒的早春天气！"

"茂田哥，俺们不怕。怕啥呢，还兴奋着哪，就是憋了一泡尿没地撒呀。"

她们在偷偷笑，手都捂着嘴巴，那似乎是战前的调侃。

"小声点！都啥时候啦，还开玩笑，你们等会儿就跟着我的屁股后面，大哥打头阵，杀开一条血路，直杀到小鬼子冈村和狗汉奸魏福贵头前，让他们尝尝俺这家伙的滋味！"

"我也要杀几个鬼子，叫他们知道中国娘们儿也不是好惹的！"

"我也杀几个！"

"还有我！"

"你们先别吵，带武器了吗？"

"武器？啥武器？噢，我有一把剪刀和一只斧子。""我把家里的大锤拿来了，可够沉的。""宝剑，祖传的宝剑，就是不太快，家辰还不愿意，他说宝剑应该是男人来握，他递给我一把剪子：'这个给你，宝剑拿来！'我没和他交换，我挥起宝剑舞两下，吓得他后退半步：'你行，你行，战场上见！'"

"好！有家伙就好，赤手空拳在战场上是要吃亏的，鬼子的刺刀也不是吃素的，凶残得很哪！不过，你的大锤倒很有用，静荣你就照着鬼子的钢盔砸，就像砸王八壳。还有那把宝剑，你拼得过鬼子的刺刀吗？静兰，宝剑是有灵气的，只要你用得好。剪刀和斧子也不错，和敌人短兵相接勇者胜、智者赢。不要小瞧了咱们的土装备，战场上也能派上大用场。"

"哥哥，打败了鬼子，咱们就能过平安日子了，家里家外有好多事等着咱们张罗呢。对了，后天就是咱爹的五七了，上坟可别忘了给他老人家带上这个好消息：鬼子败了，日子好了，咱老百姓有出头之日了。"

"静荣，你不说，我还差点忘了呢，都是该死的小鬼子闹的。咱爹下葬那天飘起了雨，雨虽然不大但绵绵长长，这是老天爷在为一个微不足道的庄稼老人祈祷呢。说来也怪，我低头跪在泥地上，细雨浸着湿漉漉的头发，一种怜悯之情油然而生，这是老天在通过一位平凡老人慰藉天下苍生哪！"

"大姐，我也感觉到了，那半坑水似乎不是雨水，仿佛血泪，咱老百姓的命虽惨，但死神的光顾吓不倒水深火热中的千千万万个生命。老黎说过：'静荣，生不祭亡灵，上苍自有情。一滴辛酸泪，万般儿女情。'"

"这使我想到了咱们的恩师，轩奕先生的亡灵此刻也许正在哪儿瞧着呢，瞧着人间冷暖、世事变迁。俺家家辰老说：'你们三姐妹够酸的，动不动来句俺听不懂的啥诗呀啥词呀的，这都是因为你那位老师，他一生酸溜溜的，也把你们姐妹染得像石榴。'"

"俺家槐林倒不懂这些，就知道干活，我也很少有时间和他聊。出殡那天他跪在雨水里，像截木头，不说话，也不哭泣，傻愣愣地瞅着地上的泥巴，我看到他的后背像个土坯，布鞋底磨出了洞，湿冷的大脚就像没穿鞋。夜里，躺在炕上，他睡不着，我也睡不着，他望着房梁，我瞅着窗纸，忽然他快快地说：'你看那半坑的水，咱爹躺在里面会瞑目吗？这样的时节咋就会有下不完的雨呢？'"

"那天，你嫂子怀着孩子没能去，她羸弱的身子咋能走那么远的路呢？不过，她自己一人在家，独自默念：老天保佑，开恩，让魏家添个孙子吧。

爹，你就安息吧，孙子大了，叫他给你上坟烧香！"

远处好像有动静，像隐隐的雷声，又似低低的风吟。潜伏的人都竖起了耳朵。"来了，鬼子来了！"有人小声说。可那雷声仿佛沉寂了，它躲在了乌云后面；风吟驻足，在荒洼里停留，似熏风涂地、恶气染池。

敌人在耍啥花样呢？政委低低的话语让中队长警觉起来："是啊，狡猾的老狐狸，是否派两个人去侦察一下？""应该摸清敌人的企图，我看可以。"政委吩咐身边的刘言喜，"带几个人过去看一看，要隐蔽！"

副队长带着任务和几个队员悄悄迂回过去。在一处乱土坡那儿隐蔽着，慢慢探出头向洼地那边张望。起初，啥也看不清，渐渐地有声音传过来："咋这么静，有点不对劲哦，太君，要不要派支小部队过去摸摸八路的底细，然后突然出击？"

"魏司令，八路的狡猾狡猾，不要打草惊蛇的干活，大部队的统统散开，以扇面推进，炮队紧随其后，在村子的外围待命。魏司令，你的率部下打头阵，皇军的断后，发现情况不对，部队马上停止前进，命令开炮！把魏家庄炸成平地！"

"中佐阁下，何时行动？"

"马上！要悄悄地进行。"

马匹和人形在夜色中渐渐显露出来，黑压压的一片，马蹄和皮靴踏地的声响由小到大，慢慢又变成了隐隐的雷声与低低的风吟，敌人开始进攻了。

"他娘的，狡猾的鬼子！走，回去，报告队长，准备伏击！"刘言喜带着战士们弯着腰快步向回跑。

黎队长低声问气喘吁吁刚刚卧下来的刘副队长："言喜，鬼子啥情况？"刘副队长回道："鬼子进攻了，队长，要小心，敌人带着炮哪，狡猾的鬼子将队形散开正要悄悄地包围村子。来吧，等着你们这帮狗杂种呢，当敌人进攻到这里就不得不缩紧队形了，有好戏看了。同志们，准备战斗！"

　　隐隐约约的雷声越来越近，敌人进入包围圈了，前面的伪军像一片黑乎乎的乌云，缓慢移动，狭长的地形像拥裹着一股暗流似的，突然一声警觉的马啸，几乎将蔓延的乌云撕裂。后面端刺刀的鬼子们贼眼从钢盔下面乱瞅，布带在脑后轻飘，像无数微风中乱舞的蝙蝠。渡边的高头大马扬起了前蹄，老鬼子在半扬朝天的架势中抽出指挥刀，前面的那匹黑马一下勒住了缰绳，魏福贵的马挤在伪军中间原地不动了，他预感到情况不对劲，勒紧缰绳回头张望，他似乎望到了那匹仿佛受惊的马和坐在马上手握军刀的老鬼子，那马正在原地打转呢。"不好！"他心中暗想，"别中了八路的埋伏，得赶紧收兵。"于是，他大喊一声："停止前进！"然而，就在此时，土坡上也传来一声喊："打！"紧接着手榴弹像雨点一样飞过来，炸了锅似的喊叫声乱成一团。三轮手榴弹过后，阵地上已是一片狼藉，硝烟弥漫的战场上尸横遍野。垂死挣扎的鬼子企图反扑，一个个睁着血红的眼睛恰似穷凶极恶的狼。七小队队长蒋志刚命令道："准备出击！"司号员吹响了冲锋号，随着昂扬的号声，战士们像潮水一样冲下陡坡，与敌人展开了肉搏，区中队和乡亲们紧随其后，一时间，喊声冲天，刀光剑影。

　　在残酷而混乱的战场上，刘言喜手端双枪，接连撂倒几个冲上来的鬼子兵，不料身后鬼子的刺刀戳穿了他的脊梁，在他倒下去的一瞬，看到一名女乡亲奋力抢起大锤向鬼子的钢盔砸去。小鬼子好像被雷电击中了，浑身颤抖着，而那把染血的刺刀依然插在他的后背上，但他却面带微笑倒了下去。静荣抱起奄奄一息的副队长："言喜哥，言喜哥哥！"她试着去拔那杆长枪，但扎得太深，一时没拔动。刘言喜颤抖的嘴唇像要说点啥，却说不出来，最终他摇摇头，闭上了眼睛。静荣含着泪一跃而起："狗东西！"又抢起了铁锤。

　　一名鬼子兵端着枪慢慢向静兰靠近，在他眼里似乎没有战场和敌人，只有"花姑娘"，他狞笑着，干脆连枪也丢了，张着双臂扑了过来，让他始料不及的是一把藏在背后的剑刺穿了他前扑的胸膛，狞笑不见了，取而代之的是嘴角的鲜血和扭曲的贼脸。静兰猛地去拔那把剑，拔不下，她只好抬起脚双手握紧剑柄用力一蹬，一道血光四溅，那把剑滴着血握在双手里。她此刻感觉到了一丝隐隐的快慰，紧接着仿佛血液涌到头顶上、掌心里，她定睛瞧一眼染血的剑锋，正欲再去杀敌，突然，一双粗壮的胳膊搂紧了她的腰肢，她感到后颈那儿有一股臭气和黏糊糊的舌头，涌血的头愤怒了，她挥起血剑向后击去，"咣当"鬼子的钢盔迸出几点火星，眼看鬼子就要施暴了，一把愤怒的剪刀蓦地刺穿鬼子的后腰，紧接着斧头的铁刀几乎劈开侵略者的肩膀。鬼子滑了下去，就似一摊泥。两姐妹还未等缓过神来，一个黑影倏地从身旁蹿了过去，那人手握镰刀快步如飞。静兰说："姐姐，是大哥，咱们跟过去吧。"静芝坚定地回答："走！"

这时，天光微微泛白，隐约有几颗星星，残月依然遮在云层里，一束黄花逶迤在地上，被践踏的花瓣在泥土里醒着，那分外的馨香把战地渲染。

就在那束野花附近，飞跑着的茂田追上了魏福贵，没想到他和他的马被众乡亲围在中间。那匹黑马受惊了，不断地撒蹄、扭脖、蹦跶。骑在马上的魏福贵负隅顽抗，枪在手里却不听使唤，有几枪打向了天空，还有几枪不知打哪儿去了。茂田吆喝众人："乡亲们不劳费力，这个算我的！"他正欲投出那把贼快的镰刀，马上的魏福贵突然被癫狂的马掀了下来。摔到地上的魏福贵举起了双手，原地就擒。

等三姐妹赶到，她们的大哥已快步如飞去追另一个目标——邪恶的老鬼子冈村田原。前面的地势较为平坦，因而老鬼子像惊弓之鸟策马狂蹿，然而，茂田脚下也似生了风，紧追不舍。不断有横卧的尸体以及倒地的伤者挡住去路，他一下下跳过去、越过去，掠过的阴影分辨不出是敌人还是自己人，有几声哀号、几声呻吟从胯下传来，那声音凄凉绝望，使他的怜悯心稍有发作，腿下一软，被一具尸体绊倒，跌出去的脑袋恰巧碰到一名伤员的背上，那人"哎呀"一声由坐着变为躺着了。那个伤员的腿断了，而且是双腿，一条似乎是被鬼子刺刀穿透了骨头，另一条被流弹击中，打烂了膝盖。他说："茂田小子，你慌慌张张地干啥？亏了俺的腰还没有受伤，要不叫你这么一撞，俺下半辈子就坐不起来了！"他看清了眼前的人，原来此人竟是老丈人陆世坤，惊得他一下子爬起来："爹，你这是……"

"没啥，受了点儿伤，打仗嘛，哪有不挂彩的。你是不是去追那个该死的老鬼子来着？他的马从俺头顶上飞过去了，这会准跑远啦，不信你看……"他昂起头伸手指向那边。只见不远处有一匹马躺在地上，昂着长脖子喘粗气呢，到底咋了？再瞧，似乎看到老鬼子手举军刀浑身是泥，努着小胡子声嘶力竭地喊："杀！"几个鬼子兵围绕在他旁边，刺刀上隐约可见一抹血红，冈村的钢盔不知滚到哪儿去了，他露着脑袋，既气急败坏又穷凶极恶。那匹中弹的马终于躺着不动了，老鬼子没了指望，他的皮靴代替了蹄子，撤退的路还很遥远呢，狼狈相暴露无遗。茂田问老丈人："他们的中佐呢？那个该死的老恶棍渡边一郎，为啥没看到？"老丈人回答："那狗日的早跑啦，他的马比冈村的马骟得还快，呼呼地从我头顶上刮过去，这会儿说不定窜进大洼了。""该死的！"他骂一句，弯下身子去扶老丈人，没扶动。"好啦、好啦，省省力气吧，快去报告黎队长，一定要抓住这个该死的小胡子！"

三姐妹气喘吁吁地赶到了，一身的血污泥水，就像那战地黄花。静芝问哥哥："追上了吗？杀了吗？你在这干啥呢？""你们看，老鬼子！在那儿呢，像是要逃跑！"静荣将夜色朦胧中狼狈逃窜的几个身影指给他们看。静兰很肯定地说："老鬼子好像受伤了，一瘸一拐，冲上去正是时机！""算了，让他们跑吧，他们狗急跳墙了，总有杀了狗日的那一天！"哥哥望望妹妹们虽然个个筋疲力尽，但斗志依然饱满，欣慰地说，"战斗仍未结束，咱们回去，再杀他几个鬼子汉奸！还有，你们看这是谁？"她们齐声问："谁？"且都默默低头瞧，哦，原来是世坤大叔。"咋啦，大叔？"大叔有点难为情，笑呵呵地把那些话重复一遍："没啥，受了点伤，茂田小子急急火火去追老鬼子，绊倒了，撞了俺的腰。打仗嘛，哪有不挂彩的，小事一桩，小事一桩！"

战场硝烟还未散去，浓重的夜色却已融进了黎明的亮色之中。仓皇逃窜的鬼子汉奸溃不成军，剩余的敌人还在负隅顽抗，鬼子们被愤怒的战士和乡亲们逼到一处土丘下边，一场酣战的尾声仿佛惊醒了东方苍穹，晨曦吐露，地平回声，红日即将攀升。黎队长一声命令："打！"刹那，百枪齐发，只见得鲜血四溅，鬼子成了黎明前的最后一抹阴霾。

战地上尸横遍野，那惨烈与悲壮，从打扫战场的人们目光中流露出来。兰凤婶说："真惨啊，死了这么多人。"她一边捡拾敌人的枪支，一边嘟囔着。"是呀，婶子，死了这么多人，里面还有咱们的人呢，惨啊！"莲香嫂惋惜地说。耿槐林和冯家辰分别走了过来，他们腋下已夹满了长枪短枪，还有王八盒子和日本军刀。槐林走路有点儿拐，莲香看出来了，她说："槐林，咋啦，路不平吗？为啥一瘸一拐的呀？"耿槐林站在那儿有点窘，说："莲香嫂子，我看你一只胳膊好像不太听使唤，孩子还没生出来，按说没啥娃儿抱，咋地就累成这个样子了？"兰凤婶子瞧一眼她的大肚子，脚下踢一踢僵硬的小鬼子的尸体，心疼地说："我说莲香侄女，你真不该来，这是打仗，可不是炕头上做针线，伤了胎气可不好呵。振基嫂子还指望你续香火呢。"冯家辰把那些死沉的铁家伙暂时放下，直腰的时候觉得后背那儿一阵刺痛，他只好就地蹲下去，嘴里还没忘嘱咐她："莲香嫂，快回去吧，这里人手够了，不差你一个，到家躺在炕上好好歇歇。""嗯，怎么没见茂田哥呢？俺去找他，让他把你领回去。他们身上都有伤，就像世坤大叔说的，打仗嘛，哪有不挂彩的。可他们个个都不愿透露。因为他们觉得这是应该的，没啥大惊小怪，抗战是每个中国人的事，我参加我光荣。"

姥姥向这边走来，她看到了他们几个人，三姐妹和她们的哥哥一起跟在后面。家辰没走出去多远就遇上了她们，他说："娘，您也来了。"姥姥胳膊上挂了一串钢盔，肩膀上背几支长枪，叮叮当当，她的"松紧脚"在小心避开那些东倒西歪的尸体和一摊摊血污，心想："得告诉黎元，咱们的人要尽快拉回去埋葬，入土为安，让这些烈士们静静安息吧。"

于是，魏家庄的坟地上多出了一片新坟头。

20 又是个晴朗的早晨

　　那座大院依然在，只是已有些破损，北屋的门和窗都被炸烂了，西屋、东屋与南屋差不多完好，院落里的那棵老槐树长出了新叶子，翠绿如茵。北屋尽里间一张破烂的大床上躺着魏福贵，他看上去更像个行将就木的人。然而，他心里正在打算着鬼点子，他知道自己就要被公审，那个计划得尽快实施，不然，小命就保不住了。此刻他的心绪很复杂，乱得很，躺在自家的老屋里，闭眼是快乐的童年，睁眼是残酷的现实。父辈们的心血都在他的手上毁于一旦，看自己现在这个样子，人不人鬼不鬼的，还留恋啥，不如随先祖们一同去吧，或许那边也不错呢。身边无妻膝下无子，赤裸裸来去无牵挂，就等着那一天来临，解脱了，一了百了，三十年后重生，老子依然是条汉子，说不定会遇上好世道，不管白的黑的正的邪的，我魏福贵照样能打出一片天地！

　　有人在开锁，"哗啦啦"铁链连同房门一起被推开，进来的人在喊：

"魏福贵，起来吃饭！"

他装作没听见。

"喂，起来！"

他觉得时机来了，慢慢坐起来，装得腰酸背疼浑身不自在。于是，他对那人说："兄弟，行行好，告诉你们领导，给俺换个房间，你看这破床，硌死俺了。"

"老实点！"

"拜托、拜托，兄弟，你们还怕俺跑了不成？你看俺这样子，快死的人啦……"

"好了，不许耍赖！你也跑不到哪儿去。回去给你说一下，让你再享受一宿美梦！"

人走了，门锁了，他一骨碌爬起来，大嚼大咽。

他被换到了另一个房间，过去是做储物用的，没有窗户，靠墙有一张新床，空间不大，房门的格子栅可以透进一点光，墙角那儿有一尊仿佛挪不动的汉白玉貔貅。这个房间处在一溜大北屋的尽里边，关犯人最为保险。

夜深了，晚饭在肚子里还没有消化呢，他打着嗝偷偷诡笑着，这帮愚货正中老子下怀，早知道他们会把俺换到这一间，天无绝人之路。

一只老鼠爬到他身上，爪子抓到了他的伤口，他惊出了一头冷汗：他娘的！他抓起老鼠一下扔出去，连你也来招惹老子！老鼠摔到那尊石貔上，死了，胡须上还沾着几滴血，那是他的血，罪恶的血，他仿佛觉得自己是在地狱里，还没咽气就似乎已经死了。"不行！得马上行动。"他想。

他悄悄下床，摸到门下，从格栅朝外望，一个岗哨倚墙坐着，好像在吸烟，烟味飘过来，但看不到火苗。另一个在地上漫步，长枪挎在肩上，再朝外望，看不清了，似乎一切都在安睡。"好！"他想。

慢慢走到石貔旁，他在打量，那尊石头摸上去冰凉，他应该知道机关，但就是找不到，他娘的！他清楚地记得小时候父亲就曾教过他一次，"贵儿，你看它像啥？其实这下面是条暗道，防土匪用的，也防贼人，有备无患，机关在这儿……"噢，对啦，想起来了，机关应该在……在它的下巴底下。他伸手摸过去，摸到一块小铁板，用力一掀，石貔在动，缓慢地朝他的方向移开，急忙后退几步，机关完全打开了。他转过去，发现一个黑洞，找出早就预备好的洋火（火柴）划着，一条通往地下的梯道便出现在眼前。"嘿，老子有救啦！"他正欲往下迈，忽然觉得有一双眼睛透过格栅朝里望，吓得他一脚踩空，骨碌碌地滚下去。

等他醒来已是清晨，他仿佛听到上面有锣鼓声，又似乎望到院外的场地上站满了人，台子上挂着横幅，公审大会就要开始了。他下意识地摸摸自己的脑袋，谢天谢地它还在，快跑吧！就算他使出吃奶的力气，可腿脚仍不听使唤，尤其那条残腿，眼睛似乎也在作怪，那只独眼睁得大大的，前面还是黑乎乎的，不知道逃出去了多远，仿佛这该死的暗道没有尽头，慌慌张张、癫癫歪歪，一下撞到洞壁上。"这下完啦。"他想。眼前是一片星星，额头上鼓起了一个包，求生的欲望驱使他疯狂地爬起来，也不知爬了多远，就在前面隐隐约约地出现了一丝光亮，总算到头了！

今天是个晴朗的早晨，乡亲们早早来到现场，四里八乡的庄稼人纷纷赶来，为的是一睹公审，枪毙大汉奸、恶霸地主魏福贵，解除积压多年的痛恨，让咱老百姓扬眉吐气。

黎队长站在台子上，面对群情激奋的百姓，一声令下："把大汉奸魏福贵押上来！"

过了会儿，两名区中队队员急急忙忙地跑过来，气喘吁吁地说："不好啦，黎队长，魏福贵跑了！"

"啥？"

"大汉奸跑了！"

"跑了？这……"

黎元队长把责任都揽下来，他说："都是我的错，请求军区首长处罚。"

魏福良政委说："怎么会是你一个人的错呢？当初我们也是同意的呀，再说谁会料到那房间里有条暗道呢。我们的战士接连追踪了两天，这小子像是人间蒸发了。是啊，黎元同志，群众有情绪，战士们憋了一肚子火，就连我都恨不得将这狗汉奸千刀万剐！虽然他是我的胞弟，一母所生，但我们早已分道扬镳，各有各的信念与追求。日本鬼子已是秋后的蚂蚱，我看他也会随着日本帝国主义的覆灭而最终被押上历史的审判台！"

蒋队长说："是啊，黎队长，战争是残酷的，每个真正的战士都会在战火中得到锻炼，放眼量、重整装、睿心智、上战场！"

指导员綦田源最后说："说得好！蒋队长，我们共产党人不计较得失，只认准理想和目标，国难、家仇、民恨，哪一项都会激励我们的斗志，初心不泯、浴火重生！"

姥姥在旁听着，虽然插不上嘴，但她知道这些话的分量。他们坐在小板凳上，围成一个圈。这时，中午的太阳分外明亮，碧空如洗，临近春分的气候很怡人。一九四五年是抗日战争的最后一年，斗争依然残酷，日本帝国主义在做最后的挣扎。逃回据点的那股鬼子和汉奸闭门不出，不知在打啥鬼主意。随着逃兵一起跑回鬼子大本营的和尚日夜想着办法，怎样才能与区中队取得联系。这时，他还不知道魏福贵逃跑了，还以为被公审正法了呢。这个中午，他有点儿坐立不安，感觉似乎有什么事将会发生，他思忖着："对了，鸽子？得想办法找到他。这样的话，通过他传递里外的消息就好办了。"黎队长他们也会根据敌情我势再使计谋，将这股残余的敌人彻底消灭。好，就这样办！忽然有一个黑影走进营房，因为和尚的目光一直盯着明晃晃的门外，眼睛花了，他还全然不知，那人由明亮处一下钻进了阴暗，视网膜上成像出的是一个黑影，渐渐向他靠近，只听得一声吼："喂，老和！干什么呢？"

啊！原来是他，冈村为何会来到这里？他是从来不和小卒子打交道的，今儿这是……

"喂，老和，你在下神吗？想到了什么？"

"哟，冈村队长，您这是……小的没想到您会来。"

"没想到？唔，没有什么的，咱们聊聊。"

"太君您坐！"

"你的本地人？"

"是，本地人。太君，俺是铁营洼冯马寨的。"

"我就知道你是本地人，和八路的熟吗？"

"八路？不、不、不，太君开玩笑，俺咋会和八路熟呢？"

"没关系，你的不要紧张，认识那个黎元吗？"

"黎元？好像听说过，不就是八路的区队长嘛。他是外乡人，前不久才来到这里。"

"来这里干什么？"

"打鬼子呀！"

"混蛋！"

"太君、太君，小的犯糊涂，抗日、抗日，是来和皇军作对的。"

"你的大大的聪明，你去找他！"

"谁？"

"那个叫黎元的。"

"太君，小的不明白，找他干啥？"

"谈判！"

"啥？谈……谈判。"

"是的，谈判！你的去联系，只要他一个人来。"

"这……"

"你的不从？我的可以另外找人去。"

"我从，太君。我从，太君。啥时候呢？"

"明天，明天早晨你的悄悄出发！"

"好的，好的，太君，俺知道了。"

那抹黑影又晃了出去，营房里很安静，其余的伪军都去吃饭了。那暗影走到门外的明亮处站定了，两只皮靴在地上跺两下，干咳几声，走了。

姥姥说："你们别干坐着了，都过来吃饭。"小板凳上坐着的那一圈人，纷纷站起来走到饭桌旁，自己找自己的那碗饭，端起来吃。

黎元喝完两碗汤，啃下两个窝窝头，感觉肚子里踏实了许多，然后说："不行，得找个人，找个人和鬼子据点里咱们的人取得联系，知己知彼，才能百战不殆。"

魏政委说："对！争取早日消灭敌人，谁呢？鸽子？鸽子怎么样？"

黎元说："好！马上派人去找。"

21 迷雾在悄悄逃离
MIWUZAIQIAOQIAOTAOLI

鸽子像一阵风似的刮过来，一进门就喊："黎叔，等会儿和尚就到!"他说完张着大嘴喘气。外面还一抹黑呢，怎么这么早就来了？黎元感到有点儿意外。姥姥刚刚下炕，她招呼闺女："静荣，烧锅开水!"茂田睡眼惺松地走进门，他媳妇快生了，这工夫正躺在西房的炕上呢。昨晚，黎元和静荣没有走，在东屋里凑合了一宿。任务都安排好了，但落实得怎样呢？黎元早早就醒了，静荣见他醒了，自己也睡不着了，一块儿来到北屋。

这时，和尚急急忙忙走进来，他的目光在寻找，突然他看到了黎元，喊道："黎队长，我来啦!"

黎元从灶台边站起来，迎接他，说："和尚同志，辛苦了!"刚才他的一只手还握在风箱柄，风箱停止了咕哒，火苗儿在灶膛里一下暗了，铁锅里也顿时消失了吱吱的响声。静荣赶紧替下他，说一声："你们谈吧。"

事态已经很明了，小胡子冈村的鬼主意真可谓"司马昭之心，路人皆知"。然而，黎元坚定地说："我去!"并细心嘱咐他："和尚同志，这次你回去要不露声色，继续留在敌人内部。其余的，我来拿主意。"和尚说："黎队长，这很危险，以我看这是个陷阱! 要不要和魏政委他们商议商议?"黎元说："当然，事不宜迟，赶紧叫鸽子把魏政委他们请来。"

去一定要去，就是龙潭虎穴也要闯一闯。不过，他们细致地制订了一套周密的行动计划，既要确保黎队长的人身安全，又要破解鬼子企图"斩首"的恶毒伎俩。敌人以为只要遏制住八路的"首领"，不但可以牵着土八路的牛鼻子，而且还可以先发制人。那么，我们就将计就计，打乱敌人的部署，内外夹攻，关门打狗，将鬼子消灭在乌龟壳内!

晨阳照耀着和尚的背影，淡淡雾气笼罩着荒芜洼地，跋涉的足迹一路伸向洼外的边缘，在那里他要重新潜伏，并做好内应。他的担子不轻啊，然而，他似乎感到了那抹朝阳的温暖，迷雾在悄悄逃离了，羁绊反而使脚下生风。他知道，自己也处在危险当中，冈村已起了疑心，他是想欲擒故纵，各个击破，一箭双雕。够阴险的，小胡子，如意算盘打得不错哦，却不知"道高一尺，魔高一丈"，他自己搬起石头砸自己的脚。

这次渡边没有出面，他躲在幕后出谋划策，老鬼子似乎胸有成竹、势在必得。他问冈村："那个秘密关押地点准备好了吗? 还有，和尚的不能留，种种迹象表明，此人内奸的干活，统统扣起来，悄悄地干掉!"冈村有点怀疑："中佐阁下，他们的会来吗?""一定会!"渡边瞪起了眼珠子，白手套在手心里搓着，一副凶神恶煞模样。

一支部队在日头还没有升高之前，悄悄跨过了洼地，在敌人据点的外围埋伏下来，另一支部队紧随其后，护送黎元同志深入虎穴、与狼周旋，他们是七小队和区中队。前面的那支部队城楼里的鬼子并未发现，因为他们是在离敌人据点几里外匍匐过去的，他们人人脊背上都插着蒿棵，远远望去就如同一片随风飘摇的荒草地。而这一支部队就不同了，他们大摇大摆地走着，仿佛故意叫敌人看到，城墙上的伪军在点着数，嘻! 不过二十来人，还显摆啥呢，不说太君，光俺们兄弟就有 90 多人，有好戏看了！殊不知，区中队的大部分战士已会同七小队埋伏下来，就是要给敌人一个错觉，他们以为土八路已没有什么力量了，何足挂齿。

　　站在城头上的一个伪军对另一个伪军说："快去通报，禀告冈村队长，就说那个姓黎的八路到了。"另一个一边哈腰答应，一边颠颠地跑下城楼。下命令的那名伪军在城墙上喊："来人可是黎先生？"下面回话："正是！"上面又喊："你等着，我们放下吊桥，拜托了，只需你一人进来，其余的后退！"

　　黎元走上吊桥，沟渠里已放满了水，木板吱吱嘎嘎随着坚定的脚步走。他思忖：和尚同志咋样了，那个秘密而关键的行动计划他实施到啥程度？我个人的安全不重要，重要的是它将涉及整个战斗方案，那个渡边和冈村一定打好了如意算盘，企图守株待兔呢，我们就是要利用敌人麻痹大意又刚愎自用的弱点，打个闪击战，不等鬼子回过神来就将其消灭！

　　那个喊话的伪军已走下城楼，此刻正站在城门旁迎接，他伸出一只手："黎队长，别来无恙？"两人的手握在一起，黎元明显地感到对方的手里有个硬硬的凉凉的东西，他心领神会，赶紧攥起来，激动地说："兄弟，有劳啦，不胜感谢！"对方接过话："哪里，哪里，应该的，留心脚下，这里路不平，不过劳驾了，还是要搜搜身！"于是，从那边跑过来一名伪军，此人小个子、大眼睛，看上去十分精神，搜过身，小个子向他汇报："队长，搜过了，没带武器！""知道了，你下去吧！"这名伪军队长给他使个眼色，然后说，"走吧，黎先生，冈村少佐在等着你，请！"

　　中心炮楼里阴气沉沉，他们在登那些木质楼梯，一圈又一圈，黎元留心观察了一下，从炮口那儿看，墙壁差不多一尺厚，都用坚实的灰砖和泥灰砌成，一挺挺歪把子机关枪架在一个个炮口上，下面是一摞摞盛子弹的木箱。看来，敌人早有准备。

　　顶层，再往上就是眺台，一个女人在那儿乘凉，肥腴上裹着丝质睡衣，正舒舒服服躺在摇椅上。其实，她早已看到了向这边走来的几个人，心里暗喜：这下搞定了！他再有本事也逃不出这所固若金汤的城池。不过，渡边这个老贼真是老流氓，他竟舍得让老娘来陪这个土八路，管他呢，是男人就行，逢场作戏而已，不知这个男人身上啥味儿。不过，一会儿就知道了。他肯就范吗？听说八路都是硬骨头，那倒没啥，再硬的骨头落到老娘嘴里就像落到滚烫的热锅里，不一会儿就熟了，而且有滋有味，嚼起来的那股劲……嗨！老娘都有点儿躺不住了。于是，她一挺身坐起来，看看自己丰腴的大腿，圆嫩的像两条滑溜的汉白玉柱子，似露非露在半透明的丝绸里边，缎子睡衣的下摆处恰好遮不住半截腿肚子和一双玉脚。她似乎感到很得意，又就势躺了下去。摇椅晃悠了两下，停住，屁股底下的棉垫子仿佛热乎乎的，她感到一股热浪儿从那儿升腾，一直蹿到脑门上，不知不觉中，摇椅如同筛糠的竹篦子般上下颠簸。

忽然，似乎有脚步声，渐渐沿着扶梯爬上来，落地轻而柔，但她听出了是两个男人。她想，人来了，然而她依然躺着，没动。脚步声近了，她隐约感到有两个男人站在离摇椅几尺之遥的平台口，这时传来一个男人的声音："太太，冈村队长不在吗？"

她听出来了这个男人的声音，慵懒地躺着，突然不耐烦地说一声："下去！"

"谁？我，还是他，或者我们俩？"

"你！"

"不，不，蝴蝶太太，俺俩找冈村太君有事，渡边中佐吩咐……"

"下去！"

"啊！太太，这、这、这不太好吧，渡边太君交代，领这人去见冈村队长的。"

"滚！没听见吗？"

摇椅猛地一颤，她一下坐了起来，那张涂脂抹粉的脸慢慢转过来，瞧一眼那位新来的人，慢条斯理地说："大丘子，你很老实，渡边一郎太君很喜欢，但做事要动动脑子，明白吗?"

"明白，明白。"

临走，他悄悄地握一下黎元的手，转身消失了。黎元站在那儿静观这位所谓的什么太太，心里明白，这人不是初识，她应该就是那个土财主魏义仁的姨太太，事隔多年，她似乎保养得不错，从那双脚底可以看出来。她不善走路，但会献媚，心底黢黑，见风使舵。这里应该是她的安乐窝，然而却是在魔麾下偷生。可悲的女人，世俗的败类，她的嘴脸、她的德行，我一眼就看透了。上次的埋伏战中，不慎让她逃脱，这一次她是插翅难逃。我就坦然地站在这儿，看她要使啥花招。

摇椅晃悠了一下，她装作才刚看见他，叉开双腿、挺直腰肢，妖声妖气地说："哟，这位先生，敢问就是黎队长吧?"

然而，没有回声。

"快过来坐啊，什么风把您吹来了，还站着干啥，这边坐，这边坐!"她用脚尖指一指那把软椅，两只白嫩的胳膊举过头顶，搭在靠背上，眯着媚眼在瞅。

黎元迎着她的目光真的走过来了，而且大大方方地坐在软椅上。

"这就对了嘛，黎先生咱们是老相识啦，虽然政见不同，但俺还是很敬佩您的。您不要拘束，咱们聊聊乡情吧，俺还是很看重乡愁的啊，多愁善感，情愫如绸，就像这件漂亮的丝缎睡衣哟。快看，您快看呀……"

她把下摆朝上撩，柔滑的睡衣就似一片云，一直飘到大腿根那儿。

"放尊重点! 冈村在哪儿?"

"冈村? 哪个冈村? 这里只有我啊，您没看到俺在心花怒放地迎接您嘛……"

"你不说，我可走啦。"

"走? 上哪儿去? 下面可都是岗哨呵，既然来了就别想走!"

"那么，你想干什么？"

"没干什么呀，俺不是说了吗，咱们是老相识，您不认账，俺还怜惜呢。要不然，咱们换个地方聊？"

"没啥可谈的，快把冈村找来！"

"嗨，你们男人之间有啥好谈的，不如和妹妹聊聊，妹妹可是真心的哟……"

那片云又飘起来，几乎掠过头顶，露出苍白的底色。

"下流！"他骂了一句，装作没看见，把头扭过去。

"黎先生，黎先生，您瞧这儿——多么丰满的香饽饽……"

她看黎元无动于衷，肝火上来了："当八路有什么好？不过是一群泥腿子，人生的快乐你享受了多少？要及时行乐，过了这村就没这店啦！包括你们家那三姐妹，纯粹是乡里娘们、无知村姑，还妄想着有朝一日出人头地呢……"

"闭嘴！"

黎元的一声吼，震得那女人的身体在摇椅上一颤，那片云不知不觉又百无聊赖地飘下来。她觉得自己似乎很丢人，这会儿不但是肝火攻心而且手脚冰凉，仿佛胸口烧着炉子、四肢浸在雪中，她气急败坏地正欲破口大骂，突然，平台口那儿有一声男低音传来，嗓门如同山野狼嚎："哈、哈、哈哈……精彩，大大的精彩。淫荡面前不改色，性色之中坐怀不乱。哈哈哈……精彩！"

一行人走过来。

那声狼嚎惊醒了她，她仿佛嗅到了同类的气息，心上的火炉和雪中的四肢一并失去了知觉，取而代之的是麻痹而酸溜溜的悸动，还混杂着莫名的惶恐与畏惧。

几人之中黎元看到了和尚，四道目光瞬间碰撞，没有火花，却饱含理解与同情，下意识里他们都清楚自己的处境，只是心照不宣罢了。

"吁，黎先生，别来无恙啊，你的很沉着，我的喜欢。不过，你们中国有句老话——识时务者为俊杰，你们的实力已经大大的不行，城外的那几个人能做什么？不如把队伍带过来，皇军的优待优待，你看怎么样？"

老狐狸穷途末路，在做最后挣扎，渡边的如意算盘似乎缺了几粒珠子，漏洞百出。他仿佛很自信，却不知其实自欺欺人。

"只要你愿意，这个女人归你，还有我的那些中国同僚统统由你指挥，咱们的合作一把，打出一片天地，就像你们中国人说的一句不太好听的话，就叫：狼狈为奸。哈哈。"

"嗯，你的为何不说话？"

渡边站着，而蝴蝶坐着，他仿佛发现了地位的不公平，脸上没了光，脑袋挨了枪似的向后一闪，马上又挺直了，朝前跨几步，伸手抓起正处于呆滞之中的女人一条胳膊："你的滚起来！"

渡边的话吓得蝴蝶连滚带爬，坐在地上大喘气，她待的这个位置几乎已经接近眺台的围栏，朝下一望，外面一片寂寥。她仿佛觉得自己变成了一只受伤的花蝴蝶，翅膀折断、色彩黯淡、奄奄一息。多舛的遭遇使她感到了一丝命运的悲凉，然而，灵魂深处的某些莫名的冲动支撑着外表依然妩媚地伪装，她要自己光鲜，要自己享乐，要自己靠棵大树好乘凉。但是，她已隐隐感到了命运的无常，靠脸吃饭的日子已经远去。那么，今后我将靠啥为生呢，得为自己想条后路，以免作茧自缚……魏福贵那小子脑袋都丢了还托梦给我，吓得俺半夜惊醒，一身冷汗。老色鬼睡在身边，呼噜声使我无法入睡，他几乎每晚都要我，即使不情愿也得屈从。不然，他真的会从那个刀架上取来军刀架在俺的脖子上，那一次就差点……该死的老东西、老流氓、老色鬼……我为他付出得太多了，他不领情不说，竟然还将俺随手一丢，丢给这个土八路，就如同丢一件无关紧要的衣裳……真他娘的不是东西！

她似乎真有点心灰意冷了，可是有啥办法呢？她正在抑郁之间却发现渡边一郎已经躺在摇椅里，他似乎很舒服，伸展四肢，摇头晃脑，铮亮的皮靴交叠着，那一身崭新的军服一尘不染，领章上的两颗星忽隐忽现地贴在两片黄色的底子上，一条逼真的红色弯曲的蚯蚓潜伏在右胸那儿，左边的两排徽章五颜六色，裹在这套行头里面的皮肉却是一副苍老而腐朽的骨架。他躺在摇椅里，仰着脸，趾高气扬，目光从黎元的脸扫到蝴蝶瘫软的腿，再掠过冈村缺了半边耳朵的脑袋，最后落在和尚身上。他在打啥坏主意？天光暗淡，灰色的太阳仿佛失去了以往的光芒，早上的空气里仿佛弥漫着挥之不去的阴郁。渡边说："你，过来！"和尚走到他身边，挺直地站着，脸上看不出惊慌与恐惧。他又说："你，跪下！"和尚不跪。他继续说："那么好吧，把你通共的事实统统地交待交待！"和尚不吱声。他继而转向软椅上的黎元："你，说说，他是你们的人吗？"黎远连眼皮都没抬。"吁，你们的不说，知不知道那个牢笼在等着你们？"这时，冈村走过来，一个小弯腰皮靴咔嚓一碰："中佐阁下，八路的都是硬骨头，来到这里，我们的优待优待，给他们一点悔过的时间，慢慢地……"渡边截断了冈村的话，同他低声交谈，只听见冈村一个劲儿地说："明白，明白。"过了一会儿，冈村退到了后面，渡边一个鲤鱼打挺，差点闪断他的腰，坐在那儿龇牙咧嘴。他本想显示一下他的威风，不曾想老腰不听使唤。黎元在暗笑。和尚也在暗笑。蝴蝶依然坐在地上，不知所措。她想笑，但笑不出来；她想哭，又哭不了，宛如一条被主人抛弃的流浪狗。

黎元暗忖：不要再演戏了，你们这帮小丑，牢笼怕什么，共产党人死都不怕，还怕牢笼吗？只怕是你们的末日就要到了！他一挺身站起来，坚定地说："少啰唆，带我们去牢笼！"

那个叫大丘子的伪军锁好了三道门，在最后那道门旁，他朝两名把守的鬼子点头哈腰："太君，辛苦啦。"

那两名站岗的鬼子一边一个把守着那道铁门，面无表情、荷枪实弹，像从地狱走出的经年小鬼。

小柱子跟在大丘子身后，走出了那处阴森森的院子，问道："丘子哥，那个黎队长把钥匙藏好了吗？可别露了馅啊，你看这门边站岗的、院子里巡逻的都凶神恶煞似的，没有人接应，他们连院子都跑不出去，就会被再抓回来。我看很悬呀，和尚哥哥咋说的，事先没有交代吗？"

"别说话，柱子，一切都在掌握之中！"

三道铁门各有守兵，穿过阴暗潮湿的通道，最里面有一座水牢。此刻，黎元跟和尚分别关在铁笼里，笼壁上布满坚利的铁刺，一条生锈的铁链从牢顶垂下，勾住浸在水中的铁笼，人不动笼不晃，人若动笼歪斜，铁刺就像一把把刀刃瞄向站立不稳的人，赤臂的肉体立马遍体鳞伤。黎元脚踩着笼底，冰凉的牢水没过膝盖，双臂斜向头两侧的把手，握紧了，纹丝不动，就这个架势，他已坚持了三个多小时。那边的和尚也一样，但他快有些坚持不住了，有气无力地说："黎队长，得想点办法，我要垮了！"黎元说："沉住气，不要说话，隔墙有耳！"

炮口有几束光线照进来，顶层就是渡边一郎的指挥室，圆形的墙壁有着不圆的噩梦，他在这里遭受过太多的打击。八路军不但没能消灭，反而使他的实力几乎遭到灭顶之灾。他望望屏风后面的那张床，女人？他想，除却女人，我还成功了什么？我还称得上是天皇陛下的军人吗？皇军威武、大日本帝国神圣、东亚共荣、世界都将在皇军的铁蹄之下……统统的废话，统统的白日梦！但他又不死心，他骨子里根深蒂固的武士道精神充盈着几乎脆弱的神经。他再望望托架上的日本指挥刀，瞧瞧墙上的几张作战地图，血液仿佛涌向头顶，他烦躁不安地走到刀架那儿，一手抓起指挥刀，歇斯底里地大喊："来人！"

一名日本小军官应声跑上楼梯，站在平台口，一哈腰、一碰脚："太君！"

渡边命令道："集合队伍，准备出击！慢着，先把少佐传来，部队整装待命！"

"明白！"那名小军官快步跑下楼梯。

水牢里的情形出人所料，不仅大丘子和小柱子没想到，就连似乎胸有成竹的和尚也始料不及，这样被囚在牢笼里动弹不得，再有本事也施展不开，是该想想办法了。黎元一边想，一边悄声问和尚："喂，那三把钥匙是开铁门的吗？"

"嗨，我也是从没进来过，预先准备好的那三把钥匙中两把开锁铐、一把开牢门，那间秘密牢房就在审讯室的地下，真没想到还有这么一处水牢，竟然被关到这里。唉，真他娘的该死的日本鬼……"

就在此时，水底下突然冒出一个人头，紧接着又一个，一胖一瘦的两张脸上淌着水，头发盖住眉毛，他俩都吓了一跳："什么人？怎么会从水牢里钻出来？"惊愕之余，忽然听到踩着水的两人几乎同时喊道："黎队长！和尚哥！"

和尚认出了大丘子和小柱子，十分惊喜："你们……"

两人向水岸边游，牢岸太高，即使伸直了胳膊也够不到二分之一，咋办呢？丘子忽生一计："柱子，你踏到我肩膀上，踩着我的头，爬上去！"

柱子爬了上去，俯在岸沿探下身子伸直双臂，够到了，攥紧了丘子的手，奋力一拽。

接下来该咋办呢？因为两个铁笼都吊在水中央，在水里无从下手，爬到岸上似乎也没啥好办法，两人望着铁笼一筹莫展。黎元在笼中抬头望望那条垂直的链条，又瞧瞧锁死的牢门，心想，一定会有办法，当时进来是被蒙着眼的，脚下隐约觉得踩在一块木板上，木板哪儿去了呢？对了，它一定在水底，狡猾的刽子手，不给受难者一点求生的机会。狐狸再狡猾也斗不过好猎手，把它捞上来！于是，他冲岸上喊道："喂，兄弟，有块木板在水下边，想法把它捞上来！"

冈村到了。渡边说："城外的八路人数不多，我们悄悄冲出去，先消灭这股敌人，再顺势扫荡魏家庄一带，将残余的土八路统统消灭！然后除掉那个姓黎的，这叫擒贼先擒首，赶尽杀绝。"

"阁下高见，什么时候行动？我，冈村田原，愿打头阵！"

他的那只残耳倒听得很仔细，竟然还能抖擞两下，军人的素质于他几乎荡然无存，因为这些年的挫败，还因为他似乎看到了帝国的末日。他曾经是一个成功的商人，经营着北海道的渔业和水产加工业，战前家族的资本已经相当雄厚，充军他是很不情愿的，可又不得不从。作为一名商人，他有着精明的算计，可到了战场上那些商经一如纸上谈兵。由于他的出身，一参军就是一名上等兵，慢慢爬到少佐军衔，那年他已五十一岁了。面对广阔的中国战场，他有种心有余而力不及的胆怯，这使他常常回想起过去的财富与荣耀，这算什么？他常常想："二战"对于他只是一场噩梦。他心里明白，自己就是天皇陛下的一名无关紧要的走卒，战争本与我无关，武士道的血液流在那些甘愿赴死的士兵身上，自己只不过像输液一样地参与其中，针对性的军国主义教育和假想敌的思想灌输，此刻已模糊了影子，但又不得不身先士卒。不然，老狐狸叫我来做什么呢，他似乎看出了我的厌战情绪，宁愿战死沙场也不愿意以失败者剖腹。如果是那样，损坏的不只是肉体和精神，还有家族世代传承的商魂。这一战有可能是我军旅生涯的最后一搏了，无论生死都算告慰了先祖亡灵，至于今后帝国是否覆灭，都与我无关。如果有幸生存下来，也是苟延残喘，我的北海道、我的祖业、我的家园恐难再相见。"中佐阁下，行动吗？在下准备好了！"冈村对渡边说道。

木板捞上来了。很长的一块，丘子和柱子潜到水底，挪去镇压的石头，还未浸透的木板自动浮了上来。黎元指指水下："可能还有一块！"他们再次潜到水底，果然还有一块，这块比那一块还长。两块木板交叉搭起来，挨近了铁笼，砸开铁锁，救出了因困多时的两人。长久陷入牢笼的肉体虽疲惫不堪，然而精神却异常饱满。丘子说："你们歇会儿吧，好像外面还有动静。"黎元顽强地挺起身子，问道："你们是怎么进来的？"丘子答："是这样，黎队长，这儿的牢底有一条水道，连接着外面的蓄水塘，水牢里的水就是从那儿注进来的，这一点我早就注意到了。每次我经过大院墙外的蓄水池时都会看到那个注水口，它有水缸那么粗，一半掩在水下，一半露在水面，我猜想它一定通到什么地方。你们被关进水牢时，我偷偷地在门外瞅了一眼。那个鬼子兵大喊一声：'不许看，锁好牢门，他们如果还活着，你们的负责送饭，就送到这儿！'那名小鬼子指一指最后那道铁门的墙角。"

和尚禁不住问："那么，你早就知道有这间水牢吗？"

"咋会知道呢，和尚哥，连你都不知道，我们兄弟们就更不知道了。不过，鬼子们往外走，我一边锁牢门一边瞅，每道门都有把守，想进水牢只有另想办法，那个注水口会不会……"

"好啦，丘子兄弟，我们都清楚了。怎么出去？潜水吗？大家都准备好了，时间不等人啊。"黎元这时琢磨着不能马上出去，心想，小鬼子还不知道这里的情况，我们在行动前一定要抓住战机，里应外合，彻底消灭敌人。

渡边一郎手握军刀，站在瞭望口观察了一会儿，忽然转过身，他命令道："行动！"

午阳挂在城头上，那面日本国旗在春风里冽冽发抖，仿佛伪造的神话撞见了真正的神，一切谎言都将在光明中破灭。

城门徐徐拉开，一个个鬼鬼祟祟的影子越过吊桥，在护城河边重新集结，一个鬼子官站在队列前面，眺望荒野，似乎什么也没有，忽然一阵劲风吹翻了杂草，带着胡哨卷土而来，吓得冈村一下塌了腰，身后一通骚动。他展开双臂使了一个动作，命令队伍散开。汉奸们心有余悸，鬼子们头戴钢盔，端着刺刀亦步亦趋。敌人朝着荒野进军了，其实，他们的心头存在着更大的慌乱。

渡边在眺望台上看得真切，他的望远镜并不曾欺骗他，他的手下曾经个个勇敢，这会儿怎么看都唯唯诺诺、无精打采。"饭桶！"他在平台上踏着步，皮靴震得地板咔咔响，"八路的哪儿去了？按惯例，他们绝不会丢下长官的不管，不如把那个姓黎的押出来，绑到城楼的柱子上，我倒看看土八路的露不露脸！"

"来人！"他狂躁地喊道，如同一匹悬崖边穷途末路的狼。

他命令那几个刚刚从楼下跑上来神魂未定的鬼子兵："你们，到水牢去，把那个该死的土八路黎绑到城楼的柱子上去，快快的，不许耽误！"

鬼子兵们接了命令，快步下楼……

于是，渡边又举起望远镜，越过城门里用沙袋堆成的防御工事，那些歪把子机关枪正瞄准着明晃晃的前方，前方空无一人，只有灰蒙蒙的尘土在那里打滚，仿佛春风午阳在演绎人间生命悲壮之曲。城头的柱子上还不曾有人被绑在上面，吊桥似乎很安详，那些被踩疼的皮靴军鞋只有烙印，没有声响。往外，他看到了那些佝偻的背影影影绰绰，向荒原摸去的刺刀长枪似乎找不到发泄的对象，正在远方徘徊，又一阵劲风掠过，那些钢盔大盖帽惊慌地低下了头，荒草丛中平添一个个黑压压的脊梁。饭桶！镜片里没了影像，那两只窥视的眼睛在眺台上冒着金星，脑袋仿佛不是在炮楼顶上，而是眩晕着跌到深渊里。"哐！"那只受了委屈的望远镜气急败坏地被砸在平台上。

砰、突突、突突突……

突然响起了枪声，而且愈来愈密集。什么的干活！哪个方向？望远镜似乎瞎了眼，他只看到自己的鼻子，却望不到任何东西。杀声震天，仿佛有冲锋号吹起，他似乎听到了自己熟悉的歪把子机关枪的扫射声，手榴弹在掩体后面爆炸了，气浪扑上了眺望台，歪把子炸飞了。紧接着，第二道掩体和第三座沙袋堆顶上他又听到了熟悉的枪声，几声轰响又炸飞了掩体，歪把子的一支枪托擦着脑袋飞到高处，削掉的半只耳朵流着血滴进了脖子，他颤抖着、愤怒着，忽然有急促的脚步冲上楼梯，他知道那不会是自己人。完了，他想。

渡边晃晃荡荡地走下眺台，来到他顶层的指挥室，他要找那把日本军刀，恍惚中发现屏风后面好像有人，已经摸到刀鞘的那只手颤抖了一下，另一只猛地抽出了锋利的刀刃，弯着腿向屏风逼近，吓得藏在屏风后面的花蝴蝶吱的一声尖叫，刚刚围上去的花头巾随之轻轻从头顶飘下。一身村姑打扮的她还没来得及逃跑呢，就被那把邪恶的刀砍断了脖子。他望着曾经的所爱，哀声低吟，滴血的刀尖抵在地板上，染血的花地毯是纸醉金迷的幻梦。下面传来的惨叫声、搏击声、枪声一步步朝顶楼逼近，天皇陛下的挂像就在那面墙上，他跪下来，脱去军装，撕开衬衣，露出肚皮，一块白手绢轻轻地擦拭着染血的刀刃，直擦得亮光闪闪，此刻，死神已悄然攫走了他罪恶的灵魂，只剩下一堆行尸走肉。他慢慢反举刀，抵住肚皮。急促冲上来的脚步声突然停止，黎元和队友们看到一个背影正将一把刀顶进肚皮，噗！那把刀横着划两下又竖着划两下，鲜血慢慢从两腿之间涌出，黏稠乌黑，浸染一方净土。

枪声消失。炮楼外一片死寂。短暂的宁静赋予战场硝烟以不同寻常的意义，生命在这里昂扬，正义在这里伸张，惨烈把欢悦带给了期盼已久的心灵，苦难深重的大地将迎来曙光。

22 村子飘起了炊烟

　　干休所大院里，清晨格外沉静。老人们早已踏遍小径曦雾，这些"人未老"的心灵正漫步幸福时光。那边走来的是一位银发苍苍但身板依然硬朗的老干部，这边走过去的是一对精神矍铄的抗日伉俪，小鸟啁啾在树林里，守望着那些轻缓又深沉的脚步。

　　黎冬挽着妈妈的臂膀，曲径弯弯仿佛述说过去的故事。昨夜，繁星密布，窗台下，母女促膝床头，光阴就在那些缓缓讲述和倾听中悄悄流过。

　　妈妈说："抗战结束了，期盼已久的和平时光来临。你姥姥嘟囔着埋怨着，说好多年没过一天安稳日子了。现在好了，可该死的庄稼地又闹腾起来，这都快春分了，你看那些麦苗就像锅里蒸的又黄又蔫。嗨，老天爷总不给好脸色，不是涝就是旱。还有，家辰没了，撇下了两个丫头，这叫静兰咋过啊……在一旁听着的大姐和我一边安慰母亲，一边偷偷抹两把眼泪。外面下着细雨，那感伤一直浸到我心里。"妈妈接着说："冬儿，天色不早了，咱们回去做早饭，吃过饭，你还要到学校去，孩子们在等着你上课。晚上，你过来，我们再继续聊。"

夜幕降临。小院里仿佛溢满淡定从容的天籁。黎元身披夹袄，眺望满天星辰，北斗在天际闪烁，宛如一把傲视寰宇的勺子。他，走下廊台，慢步庭院，倾听天籁，静似古钟。往事如烟，追忆流年，然而，此刻他心静如水。他知道，妻子又在对女儿讲述过去的故事，作为一名亲历者，最懂得好日子的来之不易，蹉跎岁月已化为无形的慰藉，像深渊之水一样滋润着心田。他默默朝窗口一瞥，光影里仿佛有话语飘过窗棂，那是并非古老的人生在向繁星下的情愫招手。

妈妈说："大姐家分到了五亩地，土地并不肥沃，开了春，大姐和姐夫整天介泡在大田里，划锄、除草、浇水、施肥……"

她的两个儿子在田头玩耍，大的戊寅已九岁，小的庚辰才四岁，庄稼地里的活儿是大人们干的，孩子们没有份儿，因为他们既扛不动锄头又提不起水桶，田埂上、沟渠边扑蚂蚱、抓蛐蛐倒是乐此不疲。远远的一辆独轮车沿着地垄推过来，两边的柳筐里堆满土肥，那是用大人孩子的粪便加泥土焙出来的，撒到那边的空地里，季节一到就要翻耕、整地、拾垄，棉花种一颗颗插下去，到了中秋也许会有云朵般的一片白。但此时啥也没有，有的或许是我和戊寅娘的几捧汗水几遭鞋印，庄稼人嘛，不图别的，只希望能用汗水换几袋粮食，这样的田地麦子长不好，不如种高粱，高粱抗碱、抗涝又抗旱，也能养活人啊。耿槐林想着的时候车轱辘偏到了水渠里，他捻劲推，弓着腰、撅着腚，耸起肩、张着臂，土肥慢慢在筐上面散开，有一些滑下来，落到脚下的泥水里。老天爷他娘！他气呼呼地用了一通蛮劲，只因轱辘陷得太深，几次折腾都白费了，正想作罢，忽然听到了儿子们的喊声："爹、爹、爹爹……"他看见两个儿子跑过来。"爹，俺帮你！"说着，戊寅跳进水里，跪下来去转那木轱辘。庚辰学着哥哥的样子也去转那木轱辘。爹喊道："走开！"庚辰并不走开，小手握紧了辐条，他的劲显然太小了，哥哥的也大不到哪儿去，车轱辘纹丝不动。忽然，戊寅想出了一个办法，他说："爹，有绳子吗？""有，拴在车把上呢。""你解下来，拴到车头上，我和弟弟用劲拉，看看行不行？"四只小手握紧绳子，绳子扛在肩膀上，拉！一下、两下、三下，车轮稍稍动了动。土肥继续散落。"他娘的老天爷！"耿槐林动了真气，正想撂挑子呢，富余的绳头耷拉在戊寅胸前，突然被一只大手抓起，两只大手握紧了绳头，背着身子拉，脚后跟蹬到泥土里，肩背腰腿成一条倾斜的直线。戊寅一抬头："娘！"紧接着他的背后也传来稚声稚气的喊声："娘、娘！"

推车终于被拉上来。土肥也撒到了地里。麦苗划过了两遍锄。棒子地浇灌了一遭芽水。不知不觉，太阳已经偏到了地平线，半截在上，半截在下，像一个掰开的大南瓜，那另一半仿佛幻化成一缕晚霞，红红的天际有丝丝织锦，洼地仿佛陷落得更深了，景象似乎被一抹孤影托起。

疲惫的身影就这样走在这夕照的洼地里。村子远远地飘起了炊烟。耿槐林推着独轮车，上面坐着戊寅。庚辰则趴在娘的肩头，小眼眯缝着，随红红的落日和母亲的脚一起走。

婆婆已张罗好了晚饭，虽然她的腿脚不灵便。公公在一旁拉风箱，饭做好了，他一时没事干，蹲在门槛上抽烟。四合院落下了第一缕夜色，陈旧的土坯房隐约显出经久的沧桑。大姨望着公公婆婆，端在手上的那碗玉米粥总觉得热乎乎的。耿槐林狼吞虎咽地吃着，后背上渐渐溢出了一层汗。戊寅和庚辰也吃得很带劲，窝头里塞满虾酱，大口嚼着。"戊寅，去，找把蒲扇拿来！"戊寅举着窝头望着父亲，看到他一手放下饭碗一手抻到后背上挠痒痒。他说："爹，俺还没吃完呢，等会儿。""庚辰，你去！"小儿子很听话，颠颠跑到旮旯的杂物堆里翻出一把蒲扇："爹，给！"耿槐林接过来，反肘扇着后背，那沙沙的响声像什么人敲着破鼓。"行啦，他爹，这才几月天，小心着凉！别扇了，咱爹咱娘还在吃饭啊。"扇子停下来，他在腰间抽下烟袋，蹲到门槛上吸烟。早春的风还很凉，尤其到了夜里。他的后背那儿暖烘烘的，不是吃饭吃的，而是由于屋中有一家人和一口吃饭的锅。他取下烟袋嘴，喷一口烟，扭头欣慰地一望。

夜深了。两口子躺在炕上睡不着，说着话儿。炕里边，两个小家伙倒睡得很安静。"槐林，快到清明了，给咱爹上坟的时候别忘了也到家辰的坟上扫一扫。""行啊，多带些纸钱，他的祭日是哪一天？""八月十一。""这么说家辰已走了半年多了。唉，打走了日本鬼子，日子安稳了，他倒去找阎王爷报到了，人生无常啊。""安稳？才清静了几天，老蒋又开始打内战了，战争时期民不聊生，受难的总是老百姓，内战也好，抗战也罢，结果都一样，不过咱这儿是解放区，日子好过点儿，咱要跟定共产党。既然上不了前线，咱还能干点别的，我手上正做着布鞋呢，已经有一摞……""有俺的一双吗？""你的？常下地的要新鞋干啥，你又不是解放军战士，我给你做的那双'踢死牛'结实，够你踢踏半年的。""小气！""他爹，不是俺小气，你真有本事就上前线去，杀几个国民党再说！""那好办，不过俺走了，撇下你们孤儿寡母和两个老人咋办。""没有你，你寻思早晨公鸡不鸣、母鸡半夜不下蛋了嘛！""你厉害，俺说不过你，吹灯，睡觉咯。"

那一夜，凉风袭枕，窗纸低吟，枯灯绵长。

静芝在雄鸡第一声啼鸣中醒来。她吹灭熬了一宿的油灯，披衣下炕，轻手推门，来到北屋里，为一家人做早饭。

公公婆婆还睡在炕上，里屋静悄悄的。静芝轻轻划着洋火，点燃一束干草，续进灶膛，火旺起来，她再捧一堆枯叶塞进去，不多会儿，锅里的水滋滋响起来。屋里仿佛有了动静，婆婆问："芝儿，在做早饭吗？天还早，多歇一会儿吧，我这就起来了，你去看孩子，我来！"

"娘，你歇着吧，戊寅他俩还没醒呢。"她不敢拉风箱，怕惊扰了老人，只好用嘴吹，烟灰腾出灶膛，弄了一头一脸。眼睛眯着了，抬起袖子去擦，眼前明亮了，灶里的火却小了，赶紧塞进一捧枯树叶，憋了一通烟，轰地突然着旺了。水开了，该调棒子面下锅了，先取下剩着窝头饼子的篦子，面糊搅匀了，一勺勺撒进锅里，再放回篦子盖好锅盖，蹲下去，继续吹火。婆婆在身后扶着墙慢慢走过来，走到一半，停了下来，她在满屋瞧，找啥呢？凳子？桌子？还是碗筷汤勺？这些似乎都不是，因为那些物件早已整齐地搁在那里。对了，应该是蒲扇，就是槐林昨晚拿它当破鼓敲的那把。在哪儿呢？她看到了旮旯杂物堆里蒲扇露着半边沿儿，怎么又跑到那里去了。她扶墙绕屋走了大半圈儿，弯腰一手将它抽出，一手还扶在墙上。真不容易啊，老了，干这么点儿事就已经气喘吁吁。静芝感觉身后好像有人，是娘吗，她蹲着慢慢回头朝上一望，真的是呢。婆媳仿佛心有灵犀，四目一对，一个是老迈慈祥襟带宽，一个是少妇孝道自思量。

静芝接过蒲扇，将身边的小凳拿给婆婆："娘，您坐啊。"

"嗯。"娘坐下，蒲扇扇起来。灶火映红了一老一少两张脸。

饭做好了。锅里沸腾的水还留有余音。她们还待在那儿，悄悄说着话儿。等家人来吃早饭。

房门突然被撞开，两个小家伙蹦蹦跳跳跑进来，大声喊着："娘，娘，饭好了吗？俺们饿了！"

槐林大大咧咧地敞着怀，夹袄的盘扣一个也没系，露出黑黑的肚皮，不知啥时候，他已坐到了饭桌前。

"槐林，过来，把娘扶过去，我这里在盛碗呢，顺便把咱爹叫起来，吃早饭！"

槐林很听话，将娘扶到马扎那儿坐下，再到里屋去叫爹，他叫了几声无应答。"爹，爹，爹，起来啦，咱吃早饭了。咋睡得这么死，一点反应没有。"他试着把爹抱起来，可爹的身子在怀里，头却耷拉下去。"爹，爹，咋啦，这到底是咋啦！"他没了辙，蒙了。等到他清醒一点了，爹僵硬的身子却像一块铁板似的滑了下去，吓得他大声喊叫起来："静芝，静芝快过来，你看爹咋啦？"

随着喊声大姨飞似的跑过来："咋啦，槐林？""叫不醒。""叫不醒？"

她将两根指头伸到爹的鼻孔那儿，有气，赶紧去请郎中！

戊寅和庚辰倚着炕沿大声地叫："爷爷，爷爷……"

槐林娘的小脚一下站了起来，她没扶墙，甩着胳膊颠跑，跑两步，腿脚失去了平衡，"扑通"跌了出去。她趴在地下，没有呻吟，只觉得大胯那儿像散了架，她想爬起来，但整条腿乃至整个身子都拖不动了。

静芝仿佛听到了屋外的声音，却已无法顾及，公公得了啥病，她并不清楚，只知道很危险。她在焦急等待着郎中的到来。不知啥时候，戊寅和庚辰已爬到了炕上，他们跪在爷爷的身边，这时已不再大声喊爷爷，只拿稚幼的眼睛盯着他蜡黄的脸。

时间在流失，每秒都那么珍贵。静芝有点急了，指使戊寅："快去找你爹，郎中为啥还不来啊？"他很听话，跳下土炕，冲出房门，像只受惊的兔子。

耿槐林很着急，他正在乡村郎中的家里等。郎中出远门了，去了一个叫西苏坝的小村子给人瞧病。郎中老婆说："仲才可能一时半会儿回不来。"耿槐林问郎中老婆："去那么远的地方出诊，他们那儿就没有当地大夫吗？"她说："人家出钱多。"有病乱投医，人不能让尿憋死，上吊不是只有一棵树，到别处去，或许爹的病还有救。听说冯马寨就有一位好郎中，对，就到那儿去，去找静兰打问一下……"喂，老耿头，愣着干啥，你爹的病俺也能治。俗话讲，跟着师傅睡三天就学会，何况俺们是夫妻。照你说的病情，你爹得的是中风，咱们马上走，等我收拾好药箱……"

西苏坝正所谓叫西苏坝，是因为这里有一条河叫西苏河，一条小支流，这里的人都靠打鱼为生。西苏河到了入海的地方并不宽阔，却有着广袤的滩涂。小村就建在坝上，远眺可以看海，近望河道涓涓，渔船驶到这里就似乎进了避风港。宁静又繁忙，是这个小村的风景。叫王仲才的郎中去的那户人家就坐落在村子的最西头，出门往西，是一片只长荆棘的盐碱地，往东，一户户挤挤巴巴的坯房似乎趴在坝上，吃水要靠老天下雨，海产是渔民家的主食，粮食仿佛成了舶来品了。

这个院落很清静，没有狗叫，没有桨声。一个病人躺在一张大床上。他浑身是疮，处处流脓，可两只眼睛灼灼逼人，虽然有一只眼只看到光、望不到影像。一个女人站在那儿，瞧着大夫给他把脉。"咋治呢，您看他，浑身没有一块好地方，一只眼睛就快瞎啦，一条腿还站不起来，俺正愁着呢。"大夫聚精会神地摸着脉，举起另一只手朝后摆了摆，告诉她不要说话。她瞪一瞪涂满睫膏的眸子，咽一口唾沫，像虚张声势的稻草人一样站着。"伸出舌头。"他说。看了一下舌苔，扒开眼皮，瞧一下，摸摸额头，似乎有点热，最后轻轻抓起唯一没有疮和脓的一只手，掌心紫红，指甲灰暗，关节僵硬。没救了，他琢磨着，这叫疮毒，攻到心脏就完了。他以前是干啥的呢，想必定是位作恶多端的主儿，要不然，老天爷是不会如此惩罚他，让他生不如死。不过，治病救人是行医者的天职，《黄帝内经》上不是说治病救人是医者天职嘛。

按这副方子抓草药引子：两对蝎子、一条蛇皮、三只蜈蚣，还有四个黑蜘蛛。

她一边伸手接药方一边"啊啊"几声，问："这引子哪儿弄去？"

"翻翻墙角旮旯儿，找找荒屋颓壁，会有。"他说，"还有，我再给你开一副擦洗的药方。记住，每天擦洗三遍：早、中、晚。"

"这么麻烦！"她说出口的话没法再咽回去，只好假惺惺地解释，"我是说，那个……那个太过啰唆，啊，明白了，王先生，照办，照办。"

"行啦，先照方吃吃看看，如不愈，我会再来，走了。"

王仲才收拾起药箱，准备出门。他是坐驴车来的，赶车的人是本村的，和王仲才还沾点亲戚，叫东城。驴儿吃完草，正站在那儿打瞌睡。夕阳照着它灰白的屁股，墙根下一堆驴粪蛋子。它跑累了，路上坑坑洼洼颠颠簸簸，再不往回赶，天就要黑了，夜路更难走，还时常有劫道的出没。王东城一袋袋地抽着烟，倚靠着土墙，他想家了，家里的小媳妇可能也在想着他，结婚两年，还没生孩子，小两口如胶似漆，若不是仲才叔要用车出外瞧病，他才不会出远门呢。

院子里好像有人在说话，他推门一瞧，两人正在那儿拉扯，女人说："王先生，俺不是强留您，您看，天这么晚了，路上又不好走，再说……再说，嗨！俺着实有点害怕啊……"

她的两只手死抓着药箱不放，一副愁眉苦脸的样子。王仲才挣不脱，又不想留，他知道家里会有病人等着，多住一晚就少看几个病号，碰巧遇上急诊，那可是人命关天啊。于是他说："你怕啥呢，药都给你开好了，按方抓药、吃药，说不定你先生的病就好了。如若不好，俺还会再来嘛。"

"不是……不是。"说着说着，她哭起来。女人的哭有多种，而最令人放不下怜惜不过的就是这样动情地凄泣。

"别哭了，俺留下，就一宿，明早就离开，再说夜路也不好走。"

"那就谢谢王先生啦。"她的哭泣变成欢颜。她接过他沉重的药箱挎在自己肩上，笑脸相让："王大夫屋里坐吧。"

这时候，夕阳完全落下去，院内院外夜色朦胧。王仲才朝门外招呼："东城，拴好牲口，卸下行李，快到屋里来！"

煤油灯的玻璃罩仿佛燃着吞人的火舌，隔开屋内屋外两个世界，一盏掌在那个病人的床头，另一盏掌在里间的八仙桌上。圈椅上坐着两个人，东边的王仲才和西边的薛桂香都隔着桌子不说话，沉默地望着那盏灯。东城已经睡了，在里边的寝房里打着微酣。

女人很沉静，她仿佛等待的就是这么一个宁静的夜晚，她要把心里话统统倒出来，倒给一位可信任的倾听的男人，王仲才的到来正合她的心意，因为她琢磨着一般大夫大都是诚实守信的人。

火苗在玻璃罩里面一闪，就像一条无意吐露的粉红色的舌头，颤抖着……

她说："我原本是一个窑姐，家里很穷，没办法，才去干那个。您知道，王先生，干这行的女人，天生有点姿色，长得不一定很美，可是要有那么一点姿色，不然的话，男人是不喜欢的。他们花钱为了啥，还不是图个乐子，你既不美也不骚，那只有坐冷板凳的份儿。起初，俺不懂得这些，因为出于无奈。时间长了，俺看到俺的那些姐妹们成天不闲着，总有嫖客出钱雇她们，她们也乐意效劳，为的只是钱，不过也真有动了真感情的，跟着嫖客走了。他们将女人赎出去，做不了正太太或姨太太，最多做了情妇，也有当了太太或姨太太的，那只是少数，少之又少。窑子里妈妈常常数落我，嫌俺接客不多，给她挣的银子少。她说：'桂香，你人又不丑，活也不错，为啥不骚起来呢，客人见了你这副冷若冰霜的样子都不敢靠前，还以为特别的贵特别的狠呢。你不要这么任性了，只要你骚，一定闲不着，银子滚滚来……' 后来，我真的骚起来了，虽然不是很情愿，可人在矮檐下不得不低头啊。"

终于有一天，来了一位特殊客人，这人一只眼蒙一块黑布，走路用拐杖，说话很客气，银子出得多，俺陪了他几天几宿。那一晚，俺记得，外面飘着零星雪花，大概是二月花开放的时节，俺俩围着火炉，煤油灯熬干了一半的光景，他从怀里掏出一根金条，说："桂香，跟我走吧。"

我打了一个愣，还以为是没听清呢。

"你说啥？严先生，你要赎俺？"

"正是。"

"俺不走，俺不了解你。"

"还了解啥，我有金条。"

"那也不行，就是您真想把俺赎出去，也得通过窑妈妈那里。"

"都打点好了，只要你同意。"

"啊……你总得把你的身世家事说一说吧。"

那一夜，直到熬干了一灯油，俺们才睡下。他说得很认真，俺听得很仔细。大概他是这样说的：

"人心隔肚皮啊，说实在话，真的，还有比亲兄弟更亲近的吗？可是我的两个亲哥哥都背离了我，一个背着父母参加了共产党，一个偷偷地拐跑了自己的姨娘私奔了，剩下我这个老实巴交的老三。那时，父亲的病已经无药可救了，只等着咽气的那一天，可我是个孝子啊，我要给父亲养老送终，目的并非贪图父亲留下的那些祖辈相传的家产，家产只不过身外之物，孝道才是我遵循的目标。日本人投降后，本该咽气的父亲居然存活下来，这对于我们家族本应是个福音。可共产党大搞土改，划分成分，没收家产，没收土地，我们家被划成地主，没收了家产、土地不说，还游街批斗。老父亲哪受得了这口气，急火攻心蹬了腿，撇下我亲娘和四个姨娘，还有我这个无依无靠的儿子。你说我该咋办？我想了两宿，终于想明白了，跑吧，还等啥呢。于是，在一个风高月黑的深夜，我挟着一箱金条逃了出来，偷偷在一个小渔村安顿下来。从此，我不与世争，不与人斗，深居简出，一心念佛。"

俺问他："严先生，你一心念佛，佛祖降福给你了吗？后来的日子安稳了吗？"

他回答："别的不说，佛祖开恩，俺心静如禅了。"

俺又问他："那么你身上的伤残是咋落下的呀？"

他回答："这个吗，说来话长，都是因为俺的英雄壮举。你知道，俺们那地方荒芜大洼，土匪出没。有一天夜里土匪打劫了村子，百姓们嚎天泣地，可土匪就是不罢手，还抢劫民女，奸淫杀掠，俺一气之下，抄起祖传的猎枪，带几个家丁就冲向土匪，狗日的土匪被打得抱头鼠窜。不料，那个土匪头子一边逃跑一边向俺放了一通匣子枪，有几枪打到了俺的腿上和脸上，后来就落下了终身残疾。"

俺最后问他："那么，你赎俺做啥呢？"

他回答："阿弥陀佛，姑娘吉祥，你是位好人，好人总有好报。俺赎你就是为了与你长厮守，互相照料，别无他求。"

那一夜，俺被感动了，虽说总是不大情愿。灯油熬干了，火苗像抽筋，忽闪忽闪，灭了。

黑的夜爬上枕头，他俯在俺耳边悄悄地说："睡吧，宝贝儿，明早咱就动身离开这里，你放心，俺是善良人家，不做恶事。"

后来，我们就来到这里。

"多长时间了？"

"大概有半年光景。"

"那么，他的病是啥时候开始的呢？"

"十日前。"

"你没问他的姓名吗？"

"问了，他说他叫严仕忠。"

"那么，你怕啥呢？他不过是一个重病的人，脏是脏了点，又不会伤你。"

"啊呀，王先生，你是不知道，脏点倒没啥，可他半夜老说梦话，啥……冈村太君、蝴蝶姑娘、渡边一郎阁下、八路该死……"

"这就不对了，莫非此人当过汉奸？他的说辞全是瞎扯？此人阴险，是要防着点儿。我说此人为啥越看越眼熟呢，莫非他就是……"

"就是啥啊，王大夫？你不要再吓俺，俺都要疯了。"

她的声音一下大了起来。外面似乎倒没有动静。王仲才还是忍不住悄悄摸到门边，挑起布帘儿朝那掌灯的床一瞟，那具死尸一般的躯体依然一动不动，眼睛睁着闭着看不清楚，高灯下模模糊糊裸露着一张狰狞面孔。他倒吸一口气，行医多年，生与死已司空见惯，不过这一回真的骇了一跳。他正欲退回去，静静神，忽然，那边传来低沉的梦语："他娘的，老子毙……毙了你！"

没了声音。外面一片死寂。薛桂香嗖地起了一身鸡皮疙瘩，按在方桌上的手在打战，油灯的底座随之微微振动，玻璃罩抖擞的声音如同夜半老鼠磨牙。王中医坐在这边闭着眼睛数羊：一只、两只、三只……忽然，那低沉的梦话又来了："冯家辰，你这……这个狗……狗娘养的，到……底说不说……"

玻璃罩就要碎了，那些羊一只也没数清，而做梦人的低语愈发清晰了："统统的……杀……杀掉。你……你打坏了老子的眼，老子不……不会放过你……你，黎元，你听好了，不……不灭你全家，老……老子誓不为……为人……"

那盏油灯的火苗跳动着，预示煤油就要熬干……而这边的玻璃罩"啪"的一声爆了，火苗被灭了，漆黑的夜悄悄爬上了桌面，外面传来一声歇斯底里地喊："桂香！"

当人们赶到时已是人去楼空，屋里的家具摆设一件不少，厅堂方桌上的那座老钟正在报时，咚咚咚……敲了十一下，钟摆在玻璃罩里面来回地晃，咔嗒、咔嗒……魏福贵躺过的那张床，被子褥子全在，上面血迹斑斑、污渍点点，摸上去还没有变硬，被子被掀到床沿，被角耷拉到床下，盖住那双后跟被踩扁的布鞋。黎元伸手摸一摸被里和那双鞋，似乎还是温的，他断定：刚跑了不久，可能就藏在附近的某个角落。于是，他指示道："搜！"

河道内停泊着一堆渔船。今天海上刮大风，波浪涌进狭窄的河道，渔村这儿地势较高，海水泛不上来，因而这里便成了抵浪避风的海港。停泊的渔船一条紧靠着一条，没给肆虐的风留下撼动的空隙，待在船舱里微微颤动，叫人联想起童年的什么。一声婴儿的啼哭，从那些船中某一个船舱里传来。岸上的搜寻没有结果，他们站在岸上，眺望着坝下，那些渔船让他们犯了愁，很多渔民以船为家，吃住都在上面，没有特殊情况，他们是不会上岸的。如果搜查，势必给渔民们带来恐慌。黎元考虑再三，最终想出一个办法，让两名战士化装成上船收鱼的，不动声色，悄悄探查，一定挖出这个声名狼藉的大汉奸。

　　从一条船跳到另一条船，不用缆绳或铁锚，船体只是轻轻晃动，渔民们都从舱内探出头："先生，没鱼，今儿没鱼，你没见到海上刮大风嘛。""那么，我们从哪儿可以买到鱼呢？"那两名战士手拿布袋，挨条船上打听。渔民们的回答几乎都是一样的，并未发现有啥疑点。后来，他们分头行动，袁士封向左，律典公向右，两位都是原区中队的，黎队长的左膀右臂。那边，袁士封一路寻查下去，从一条船跳到另一条船。夕阳被风吹到了西天，橘黄色的一轮就挂在土褐色的坝上。船舱里渐渐飘出了炊烟，袅袅的被风一吹，像沉浮的云一样撕裂、消散，目光所及，空气中弥漫着混沌的米香与纯净的海味，这片港湾仿佛就是大海的娘家。

　　渔民们都在做晚饭。这边，律典公还在探查。不过，他很有礼貌，脸上挂着微笑："师傅，可有鱼卖？"一只铁勺从船舱口伸出来，拍一拍。"老乡，俺买点鱼！"一位渔妇黢黑的脸在船舱那儿一闪："你没看到俺们在忙饭吗，先生？"他站在船头，向外一望，就剩两条船了，愁眉不展地一挥空布袋，布袋"啪"的一声打在腿上。突然，传来一声婴儿的啼哭，那哭声就来自邻近的船上，哭声渐弱，却听到了一个小女孩的惊呼："娘呀，有鬼！"他极速回头，一下看到最末那条空船舱里露出一张可怕的脸，那张脸又快速地缩回去，小女孩随着妹妹一起大哭起来。说时迟那时快，律典公飞奔过去，他的脚重重地落在船头，船身晃荡起来，他放稳脚步向船舱靠近，只有咫尺之远了，一个黑影蓦地从舱内滚出来，滚过船舷，落进水里。姐姐和妹妹都不哭了，眼泪汪汪地盯着水面，她们很好奇："啥东西？不但吓人，而且会飞，真的是鬼吗？"

　　坝岸上，黎元他们正在焦急地等待，还不知会发生什么。这时，夕阳已经沉下去，坝顶上余光透迤，而河道里暗夜来袭，依稀可见模糊的船舱亮起昏淡的灯。

　　黎元问王仲才："魏福贵身边的那个女人可靠吗？"

　　"我们谈了一宿，没发现有啥不对劲儿，她确乎是不知情，后来知道了真相，差点儿吓掉魂。"

"你咋看他们之间的关系呢？"

"诱骗！他在为自己打算，身边有个女人就不容易被人怀疑，而且他的日常生活以及病症也会有人照料。他倒是计划得不错，不曾想露了马脚。"

"他的病真有那么严重吗？"

"不轻，真不明白他是怎么逃脱的，该死的东西。"

"如果放他跑，他不久会死吗？"

"不一定。看当时的病情有可能，可也说不准，难道我的诊断有误？"

"区长！"

他们两个急匆匆爬了上来。

黎元问："怎么样？"

"跑了。狗东西狡猾得很，藏在一条船里，我发现了他，正想抓捕，这家伙就像条泥鳅滑到水里。我没敢放枪，怕惊吓到渔民。我守在船边望着水面，可狗东西始终没露头。"

律典公一边向黎区长汇报，一边望着河道叹着气。

"发现那个女人了吗？"

"女人？啥女人？只有他自己。"

"薛桂香，那个女人叫薛桂香，就是他身边被诱骗来的那个窑姐。"王仲才在替黎元解释，"来的道上我不是给你们说明白了吗？"

"噢，记得，没有，没看到她。"

"这就怪了。"

23 洼地没有驿站
WADIMEIYOUYIZHAN

王仲才的老婆似乎很骄傲，她对自己男人说："离了你，我也能行！"

"槐林爹得的真是中风吗？"

"那还用说，搭上眼一瞧，手腕上一摸，翻起眼皮一望，八九不离十。"

"长本事了。人醒过来了吗？耽误了病情，叫你吃不了兜着走。"

"人倒是醒了，就是还不会说话。他的儿子儿媳很着急呢。你走了几天，俺指望不上你，下一步咋治？"

"走，咱们去看看。"

耿槐林去接丈母娘。回来的路上牛车走得很慢，他挎在左辕上，时不时挥一下鞭子：嘚、嘚、嘚，驾！快走，老牛！

老牛瞪着眼睛，忽闪着耳朵，慢条斯理。

姥姥说："急也没用，槐林，咱慢慢赶路，别惊了牛。"

她坐在车厢里，盘着腿、盖着被、身朝后，望着两边的荒野和一条弯弯曲曲颠颠簸簸的小道。男亲家得了病，女亲家又跌折了腿，静芝他们要受累了，还有两个孩子，这日子不好过啊。我去帮帮她，帮帮女婿，槐林老实巴交的，家里还得指望静芝，一家老小哪个也不省心，不过俺的闺女俺心里明白，静芝可是个好媳妇，当家过日子……

老牛越走越慢，在拐角那儿干脆停下来，翘起尾巴，拉一泡稀牛粪，它看起来瘦骨嶙峋，脊背弓着，像一道险峻的山梁。它走累了，想喝点嘛吃点嘛，可主人不答应：快走、快走、快走！你这该死的老家伙，晌午赶不到了。

他抬头望望太阳，太阳灰蒙蒙的，再瞧瞧被冷风刮斜的荒野，那些枯草都向一个方向折腰，一只孤零零的乌鸦露出了黑色的羽毛，它好像是口渴了，像老牛一样。然而，周围只有焦土不见水洼，因为入春以来，老天爷一滴雨水没下。耿家集在地平线上还看不到，它大概隐没在千家万户的炊烟里。一辆牛车在孤单单地赶路，洼地没有可歇息的驿站。槐林从颠簸的车辕回过头，关切地问一声："娘，你冷吗？"

"冷啥，太阳大着的，赶你的路吧。"

"前面好像快到了，俺看到了村口那棵老槐。"

"是嘛，你还年轻，眼神好使，又是轻车熟路的，不着急。"

"娘，您老人家可要担待了，家里两个病人两个孩子，静芝一个人忙不过来，俺又不中用。有您帮着忙，日子会安生些。"

"槐林，别说客气话，都是一家人。"

村头远远地望到了一高两矮站在老槐下，耿槐林激动地说："娘，他们来接您了，在村口那儿。"

"嗨，还劳师动众的。"

进了门，戊寅凑到姥姥身边，懂事地说："姥姥、姥姥，您渴了吧，俺给您倒茶去。"

庚辰似乎也懂事了，学着哥哥的腔调："姥姥、姥姥，您累了吧，到炕上坐去。"

姥姥很感动，虽然是自己的亲外甥，但还是忍不住夸奖道："乖孩子、好外甥，姥姥很知足，你们都长大了，顶个人用了，往后你们娘和姥姥都要得济了。"

王仲才来了，仔细地诊断了耿子祥的病，是中风，老婆开的药也对路，就是剂量小了点，像这样的重疾要加大药量，按郎中们的行话叫猛药底下顽疾除。于是，他又给加了两味草药、三粒膏丸、四包面散。

魏静芝代表家人谢过了，只是还不放心婆婆的腿疾，说："王大夫、仲才嫂子，俺娘需要打石膏、热敷和针灸是吧？这样会慢慢好起来，那得要等多少天啊？"

"俗语讲，伤筋动骨一百天，得静静地养，别无良方，还有，人老了骨头就脆了，要小心，不能再伤着，那样就再也起不来了，切记，切记。对了，你爹的病要有人照料，恢复得好，有可能下地走走，如恢复不好，就永远下不了炕了，还要预防褥疮。我会常来，有事你说。"

"谢了，谢了！槐林，送王先生和嫂子回去！"

"不用，不用，妹妹，当村住着，何须客气，俺们先走了。"

日子一天天过去。清明眼看就要到了。魏家庄、冯马寨、耿家集以及普天下的中国人都有张罗着祭祖上坟的习俗。这季节还是出门踏青的好时光，可洼地沼沼，到哪里去游玩呢，访友探亲走娘家的欲望倒是把人们引出了门，平时舍不得吃的、舍不得穿的都拿出来亮一亮。

静芝有点儿坐不住了。明天就是清明，清明上坟，这是天经地义的事，烧纸钱，点束香，磕仨头，许个愿，祈求老天保佑，让故去的人给在世的人带来好运……那纸钱的火会愈烧愈旺，只要人心诚，跪拜的坟茔前，唯有世人泪，未见故人魂。祈求也罢，保佑也罢，默然挥泪也罢，这是一种仪式，也是一种传统，因为他们相信：人在做，天在看。

静芝心里当然明白这些事理，心里却总觉不踏实：我走了，老人谁照料，孩子谁看管，可坟又不能不上。槐林喝醉了，到现在还没醒过酒来，看来他是指望不得了。再说，到时候他也得去啊，咋办？要是实在没有办法，就把他们都带上，到俺娘家住两天。对了，就这么办！

静芝在那儿大声叫："槐林、槐林，快起来！"槐林睡得依然像死猪。"窗户上太阳明晃晃，炕上躺着耿大郎。明日清明坟要上，不如去喊耿二郎。"静芝瞧着他，不觉偷偷笑起来，不是因为诗作得好，而是因为心里有了主意。她又想到了恩师魏奕轩，到那天也要到他坟上去，烧几刀钱、磕几个头，对他说："先生，您走了几年了，俺们没有忘了您，情深似海，恩重如山，俺们来给您送钱花了，希望您在那边过得好。老天保佑，现在日子一天天好起来，您不要牵挂。"她忽然觉得后背热乎乎的，回头望一下窗口，才发觉愣在炕前已经有一会儿了，暖阳热烘烘的，如一只轻盈的手打开了火盆。走，去喊耿槐森，回来再收拾这头死猪！

两架牛车在野外奔波。一架躺着静芝的公公婆婆，另一架上坐着姥姥、小戊寅弟兄俩，还有大姨。老牛有了伴，跑得格外欢实。两位老人的腰底下都铺了两层被。刚拆掉石膏的婆婆躺在软被上并未感到颠簸的小路太颠，中风后刚刚会说话的公公自从躺下后第一次出门显得格外高兴。他说："槐林娘，好久没上亲家的门了，正赶上清明，天又好，人又多，你说这叫团圆还是啥呀？"

"他爹，叫啥都行，就是缺了静兰那一家，家辰走了快一年了，遇上清明，他们会不会伤心呢？"

"人都走了，伤心也没用，日子还得过啊。还是趁早给静兰再找个婆家，带着俩孩子多不容易。"

"谁容易？家家有本难念的经。就说你吧，自己躺下了不说，还连累一家人，你要是好好的，咱们能干躺在棉被上走亲家嘛。"

"你不也一样，谁也别说谁，半斤八两！"

"嘿嘿。"

　　槐林觉得挺好笑，两位老人都躺着，还在那儿逗乐呢。他突然感到一阵晕，像风箱拉出的风一样涌上来，脸上火辣辣的，头皮紧巴巴的。昨夜的酒喝得太多，这会儿还在倒醉呢。他回头望望后面那架车，那架牛车跟得紧紧的，槐森无精打采地赶着车，暖风吹在脸上，有一股咸滋滋的味道，他想起了昨晚与槐林哥喝酒的事。高粱酒、咸菜条、炒鸡蛋，瓷盅喝酒，一盅接一盅。弟兄俩很少凑在一起喝酒。槐林说："兄弟，后天就是清明了，你得把你媳妇叫回来。她和婆婆打架，你嫂子说了她几句，她就跑回娘家去了，到现在不回来。她是想咋样啊？嗨，你这当男人的，真是……""哥，我也没办法，她就那脾气，气得我够呛，我又不能护着她，那不成了大不孝了嘛。""兄弟，听哥一句话，虽然说婆媳不好处，可总得有点儿孝道吧。这样长了不是办法，你得想点辙。""哥，办法倒有，就怕不好使。""啥办法？关起门来打一顿！""那……那可不行。""不行，就没办法了。""哥，要不你给出个主意。"两人说着闲话喝着闷酒，不知不觉都醉了，醉得如同烂泥。

　　奔驰的牛车上飘起了一曲小调，那音符凄凄凉凉，旷野荒洼就是这凄凉的落脚地，机警的野兔好奇地竖起了长耳朵，那边那座土丘在渐行渐近的歌声中舒展开沉潜已久的寂寞，土坷垃不知道人间还有这样的旋律，挨得紧紧的，窃窃私语，都朝着那奔腾的尘土行注目礼。天色透亮开来，午后的心灵在有人迹经过的小路上畅想。

　　"叔叔，你唱的啥？听着就像纺车纺线的声音，俺娘夜里常常把纺线拉进俺的梦里。"戊寅很好奇。

　　"侄儿，不要问，你只管听。叔叔也不知道今儿为啥唱出的曲儿这么悲凉，俺还寻思是有人借俺的嗓在唱呢。"

　　洼地的小道上跑着两套车，车上载满了人，魏家庄在落日的那一头，车辙引领着车轱辘，朝着炊烟即将飘起的苍穹奔去。

　　茂田走在最前面。地里的庄稼都凝结着一层晶莹的露水。祖坟就在那三棵松柏下，这里躺着魏家的先辈们。

　　到了。曾爷爷的坟在那边，爷爷的坟在这边，父亲的坟头上还压着白色的花圈。茂田跪了下来。三姐妹在那儿划纸钱，纸钱一层层的像扇面。槐林和黎元也跪下了。"嚓！"一根火柴划着了，祭祀的纸钱燃烧起来。

　　爹，还有爷爷、老爷爷，俺们来给你们使钱了，儿女、孙子、外甥都好，这是你们的福分。娘嘱咐，给你们多使钱、多磕头、磕响头。爹，清明到了，天气暖了，花儿开了，您还有啥心愿就托梦给俺们吧，不肖子孙在这里给你们磕头了。

　　大姨一边念叨着，一边磕起头来，她的花头巾系在了脖子上，黑色的夹袄单裤和圆口布鞋都映在火光中。两个妹妹跟随着，一色的黑衣黑裤黑布鞋。舅舅磕完头，还俯在地上，他不愿意在这一刻失去珍惜的火种，似乎坟头上轻轻飘忽出爹的影子，爹看起来很年轻，不是病重憔悴的模样，仿佛儿时的记忆重现在他模糊的脸上。母亲走过来，冲着他大呼："振基，别再逗引儿子了，快去生火，你没看到我挺着大肚子嘛，耽误了做饭，有你好瞧的！"父亲并不生气，笑嘻嘻地朝锅台走，走两步，就回头做个鬼脸。光屁股的儿子没了父亲的陪伴，独自围着那眼石碾转，一会儿爬了上去，冰凉的石头乍着了小屁股，急忙爬起来，冲着碾下的泥土撒泡尿。那是春天，夏日还没有来，大概就是现在这样的节气，北屋里好像传来有人拉风箱的声音，不知怎的，那声音忽然没有了，好浓的烟从门口散出来，一个大人突然从里面跑出来，弯着腰咳嗽不停，张着嘴呕吐，那人是爹。

"起来，起来了，咱们走了，哥哥。"忽然有一只手伸到了腋下，将他提起，他迷糊着眼朝坟头和那堆余灰一瞧，晃了晃身子。"咋啦，茂田，没事吧？"黎元在旁关切地问。

还走来时的路。三个黑衣女人相随而行。后面跟着黎元和茂田。大姨说："静兰，吃了午饭，咱们就到家辰坟上扫一扫，给他使点纸钱，怪想他的，可怜的兄弟。"静兰说："不麻烦你们了，我自个儿去一趟就行了，又不是外人，不用那么全乎。"静荣忍不住说："那可不行，二姐，家辰哥走了，这是头一个清明，一定去！"

舅舅的儿子才一岁多，就知道找人了，总叫大人抱着，小脚丫光着，往地上一放，他便蹬起腿来。天暖了，刚撤去了沙袋，感觉很轻松，那玩意又沉又湿又臭，裹在里面好难受。这下好了，开裆裤就似透风的帆，兜起鼓鼓的凉意。静荣每看到他就想起她的头一胎孩子，也是个男孩，乖乖的模样，可惜只活了二十天就夭折了。为此，她和黎元都很伤心，总归是父母的心头肉啊。她走过去，拿起小侄子可爱的小手，说："解放，解放，叫姑姑。"解放瞧她两眼，回身搂起妈妈的脖子，可他不死心，又好奇地回转头，拿一双小眼睛盯着她看，仿佛是看够了，又好像是看懂了，稚声稚气地叫一声："姑姑。""哎……"她高兴得应着，并夸奖着，"乖宝宝，宝宝真乖!"莲香说:"三妹,你坐啊,忙了一天了,上坟见到家辰爹义财大叔了吗?""见到了。""他咋样?""还壮实。""义财婶呢?""也见到了。""她还好吗?""还好,就是有点儿瘸,走不了多少路,可挺乐观的。"她说:"家辰走了,是没办法的事,再说还有静兰和俩孙女呢,俺们虽然老了,可日子总要过呀,有你们经常照应着,我和他爹都放心。""三妹,有人给二妹说婆家吗?""有哇。""媒人哪儿人?""说是东乡的。""那说的哪户人家呢?""也是东乡的,兄弟三个,他老小,还有两个妹妹,听说是在水落坡那一片的区委供职,具体干啥,不知道。""这挺好啊!静兰同意吗?""应该同意,不过那人是死了老婆的。""这倒没啥,你家黎元不也是死过老婆的吗,两人好、家里和就行了。""说得也是。""对了,三妹,那户人家姓啥呀?""据说是姓赵。""那个人叫啥呢?""好像是叫赵庆扬啥的。""哎,知道了,就等着吧。""是啊,等着吃喜糖!"

"三妹,咋没见大妹妹,她去哪儿了?她的公公婆婆还在咱们家呢,就在那屋炕上,真愁人,他们都起不来,还需要人照顾,这不是一天两天,静芝妹妹不容易啊。""就是,好歹还有槐林哥,男人不管咋说也是家里的顶梁柱啊。""槐林嘛,也就那么回事,他能干啥?不过地里活倒是把好手。""这也行呀,家里的事大姐撑起来,地里的活大姐夫拿得起,虽然是有点儿女强男弱,但过日子也不分男女呀,谁有本事谁来不是嘛,大嫂?""妹妹说得对,你大哥现在在区里,为了打老蒋,不管干啥的,咱们的人都用得着。眼看这仗已经打了快三年了,听说咱们部队净打胜仗,大军都打到长江边了,该死的国民党也支撑不了几天了,他们和日本鬼子一样坏,祸国殃民,彻底完蛋,那是早晚的事。""大嫂懂得真多,小妹刮目相看啦。""少贪嘴,你也是区里的一名干部,难道你们家黎区长没在被窝里和你说这些吗?哪像俺,大门不出二门不迈,成天价带孩子。""大嫂少贪嘴,没有你的付出,哪有大哥的贡献呢。再说,跟着共产党闹革命,风雨兼程,新中国的到来是历史的必然!""必然?虽然俺没有文化,可俺知道是这么个理。""大嫂，你知不知道大姐还在做军鞋吗？""我有时间也会做。""知道呀，那天她还拿来几双鞋样子。给俺呢，她说解放军兄弟的脚大小不同，得多做几副鞋样子。对了，那不是你们区上给各村分配的任务吗？""是分配了，但以自愿为主，大姐家里这么累，我没好意思跟她说。""谁说不是呢，妹妹，支援前线咱们都有份儿。""对了，大嫂，听说大哥报了名，要随大军南下，有这事吗？""有呀，随他去吧，只要他愿意，俺也想跟着去呢，不知人家要不要。""嘿，大嫂，谁见过打仗还带着老婆的兵。等胜利了，全国解放了，新中国成立了，自然也有你的份儿，到时候你就可以找大哥团聚了，可现在不行。""那等到啥时候？""快了，你不是说过大军要打过长江去吗，大半个中国都解放了，全面胜利的那一天就要来临。""那自然好，咱们老百姓图的就是个安稳日子。""是啊，大嫂，这些年战争连绵不断，苦了咱老百姓，不过咱们已经看到了革命胜利的曙光，新的国家、新的人民、新的生活已为期不远了。那敢情好，俺就盼着这一天了。"

"三妹，有件事你清楚吗？""啥事，大嫂？""听说魏福良调来咱们铁营当区长了，有这事吗？""有，据说很快就要上任了。""你说魏家这三兄弟真叫人琢磨不透，老大干革命、老二是个混子、老三当汉奸，差别咋这么大啊，都是一母所生。""这也难怪，理想不同呗。""理想？三妹，光靠这啥来着，噢，理想，就能把每个人的命都规整到一块？""这一时半会儿说不清，大嫂，以后我再慢慢给你说。眼下倒是很担心大姐和二姐，还有咱娘，说好了回来一起吃晚饭的，二姐守着冯家那一摊儿，也不愿回娘家，原因就是还有公公婆婆，真是难为她了。""三妹，你咋早回来了呢？""大姐的公公婆婆还在这儿，总得有人照顾啊。""不是还有我吗？""那不一样，大嫂，你还带着孩子。"

一架牛车上坐着四个女人。赶车的男人听着她们说话，一路上他一言不发，那条充当鞭子的柳枝却从不离手。老牛鼻孔里喷着粗气，牛蹄子坚实地踏在土道上，那些车辙形成一道道沟痕，在颠簸的车轮下左摇右摆。车上的女人们都晃动着身子，像风吹着杨柳。男人很沉默。他听了一路的闲话或实话，脑子里灌满了从一群女人视角描绘世界的印象。他明白，那些话都很实用，也很踏实。作为远亲，他头一次从那些话里听出了家长里短后面真实的含义。这是一个令人向往的家族。它包含了太多的不为人知的秘密，还有太阳底下走着的影踪。他不知不觉佩服起了女人们的见识，以往他是从不把女人的唠叨放在心上的，包括自己的老婆。他认为，凡是女人都唠叨都无能都下贱，这世界是男人的天下，干大事的没有一个不是男的。此刻，他的心里开始矛盾起来，不是因为自夸，而是由于自卑。车轱辘溜进了一条较深的辙里，木头与泥土在摩擦挤压，老牛拉得很费劲，蹄子腾空的时间变长、变慢，似乎是不分瓣的硬掌在泥道上不断印上两朵花。他不敢大声吆喝，赶车的声音尽量放低，恐惊扰了身后的风景。那风景就是那些女人的言谈。魏家庄又在夕阳的光照里了，袅袅炊烟如插翅的羽毛翩翩。耿槐森说："妗子，到了，魏家庄就在前面。"

"俺看到了，又辛苦你了，槐森外甥。"

"不辛苦，你们坐车，俺也坐车。"

"槐林回家了吗？"

"回去了，哥说家中有点儿事，他明天就过来，把俺大爷大娘接回去。对了，车上的这位，我该叫婶婶吧。"

"叫妗子，我三弟家的，叫兰凤，她要跟着一起去看看家辰。天就要黑了，住一宿明儿再走吧，夜道不好走啊。"

"不了，妗子，俺习惯了，出门都三天了，俺得回去照看爹娘呢。你们在车上拉得欢，俺都听入神了。妗子，不要客气，有事再叫俺。"

"那也得吃晚饭呀，你和黎元喝两盅，家里没啥好吃的，高粱酒、腌咸菜、棒子面粥倒是管够。"

"哎，不走了，俺正想和黎元哥喝两盅呢，有日子没见他了。"

"可别喝多了，回去当心媳妇叫你跪搓板啊！"

"老婆不在家，回娘家了，就是她在，俺也不怕她，倒过来她还得依着俺，说不准洗脚水、醒酒汤都给俺预备好了。"

"哟，看你能的。媳妇为啥回娘家？你欺负人家啦！"

"妗子，熊娘们不懂事，净和俺娘闹别扭，谁的话也不听，若不教训教训她，这日子就没法过了。她还埋怨俺大嫂呢，说啥她管得了这边的事吗，真是咸吃萝卜淡操心。你说，妗子，这叫人话嘛。"

"槐森，你大嫂可在车上了，小心让她听见。"

"俺知道，嫂嫂是好心，到哪里说理，俺媳妇也站不住脚。"

"那倒是。"

姥姥记起来了，那年冬天，大概是年根底下，大雪封门，眼看就要断粮了，好歹家里的粮柜里还存了一些玉米，不过就是有点儿馊了。馊了不要紧，多淘两遍，晾干了再去磨面。那眼磨在门道里已闲了许久了，因为没啥粮食可磨。姥姥终于打开了粮柜。该吃它了，她想着，把瓢伸了进去，舀上来的是黄中带黑的棒子粒。还好，黑少黄多，一粒粒仍很饱满，只不过有一股馊味儿。扔了可惜，吃了解饿，还是用它来贴饼子吧。外面已经黑了下来，去磨面，得抓紧，不然吃完饭就是深夜了。突然，有人叫门，这么大的雪，谁呢？那布袋里粮食已经伸进去了半口袋，她把瓢朝粮柜里一丢，去开门。用力推开两扇门，亮晶晶的雪似潮湿的白面一样涌进来，她站着没动，那白莹莹的雪粒覆盖了黑色的鞋面，齐膝深的院落全是一片白花花，房门后面露出一个女人的头，黢黑的发簪仿佛也涂染着积久的霉味儿，是兰凤。她说："嫂子，揭不开锅了，借点粮食。"她说着的时候，声音很低，被漫天的飘雪掩盖了。她被冷风吹皱的黄脸时而冲姥姥一笑。姥姥说："进屋吧，凤儿，外面冷。"姥姥又说："坐会儿吧。"兰凤似乎很着急："不啦，家里等米下锅呢。""给你这个，就这些了。"说着，姥姥将那袋粮食递给她。她走了。姥姥舒了一口气，感觉心里很踏实。

谁知，仅过了两天，兰凤哭着走进了姥姥家门，进门就一下扑到她怀里，埋着头哽咽。姥姥有点儿纳闷："咋啦，凤儿？"她只是抽涕，泪水浸湿了姥姥的肩头。终于她抬起了头，哭丧着腔说："嫂子，浑老三欺负人，他数落我，说啥我要害死他，拿些馊了的粮食给人吃，别看俺穷，打小就没吃过这玩意！他还打人。"说着，她撸起了袖子，胳膊上青一块紫一块的。"不像话，别人能吃，他为啥不能吃？只是馊了点，又不闹人，洗一洗就行了，这年月大家都缺粮，还挑三拣四的，真是太不像话了，打老婆那就更邪乎了。"姥姥劝着兰凤，自己倒先窝囊起来。兰凤说："嫂子，您别见怪，我不和您诉苦和谁诉苦。老三还说，不许告诉别人，家丑不可外扬！""他还知道这个，说明还有救。自家兄弟嘛，再坏，也得自家人整治他，抽空我去开导开导他，你就别揪心了。嗨，家家有本难念的经啊。"姥姥目送她走出房门，那背影融进黄昏，委屈依然随着她的步子往家迈，然而还不到进门，明晃晃的霞光便带走了她灰暗的情绪。

过了年的某一天，老三提着不知从哪儿弄来的半袋粮食走进了姥姥的家门，进门便说："嫂子，亲嫂子，俺来给您赔不是了。"

老牛似乎望见了村子，摇头晃脑，很兴奋的样子，四只蹄子渐渐走得快起来，在渐行渐近的熟悉中跑得很欢。车上的人都被这老牛忽然的提速弄得前仰后合，"咯咯"地笑着。姥姥说："老牛发疯了。"赶车人在车辕上簸，不得不勒紧了缰绳，老牛的鼻环勒着，一个劲儿向前冲的牛头在飕飕的风声中瞪大了眼睛。槐森说："老伙计，慢着点儿，就要到家啦，你看到了吃草的槽子了吗？"

到家了。车上的人下了车，兰凤怀里抱着一床棉被，二姨腋下挟着两铺棉褥，大姨扶着姥姥，槐森卸了车，拴好老牛，瞧一眼卧在院外墙根下咀嚼的另一头牛，心想：俺的牛没有这头牛带劲儿，它倒清闲。伸出手，摸一下人家老牛的背：哟，好家伙，一层的汗！

25 大洼深处有故事
DAWASHENCHUYOUGUSHI

清明时节乍暖还寒。耿槐森赶着牛车回去了。二姨留了下来，她要在娘家住一阵子。槐森的牛车上照例拉着大姨和大姨的公公婆婆。槐森忘不了和黎元喝酒聊天的那个晚上，在荒洼中甩着鞭儿哼着小曲。大姨偏坐在车厢板上，望着躺在那儿的公公婆婆，听着那忧伤的曲儿，心中萌生起为人媳为人妻为人母的种种感怀。黎元那晚很健谈，也许是酒的刺激，他的童年、他的革命生涯、他的苦难身世一股脑儿倒了出来。别说大姨和二姨，就连母亲都感到很惊讶。他以前是从不说这些的，平常它们只沉潜在心底。槐森听着听着入了迷，酒也不喝了，面红耳赤地竖起了耳朵。"真精彩，那后来呢？"他说。二姨的两个丫头依偎在小姨夫的腿上，一边一个，瞪着好奇的眼睛。"姨夫，姨夫，再说个好听的。"她们嚷着，小腿跷起来，她们把小姨夫坚实的腿当跷跷板了。二姨并没有制止她们的嬉闹，只是用爱抚的眼神瞧着。她知道，家辰离去后，两个孩子缺少父爱。家辰得的病很蹊蹊，总说肚子疼，吃过几服药好了，过不上几天又疼起来，反反复复。村里的那位郎中说："这是胃气寒瘀，再加上他常年喜欢吃生冷的食物，阴阳失调，气血不畅所致，我给他再开一副化瘀提气的药方，再加热敷，必定好转，再就是少干力气活儿，吃热食，慢慢养息。"说来也巧，听了大夫的话，他真的干不了农活了，蹲下起不来，起来蹲不下，像条盛糠的麻袋，中看不中用。眼看那些地都荒了，急得二姨没办法。后来，她鼓足了勇气自己下田干活，将两个闺女丢给他，可心里总是不踏实。干一阵子，停下来，眼睛望着家的方向犯愁，这男人带孩子俺不放心啊，淑梅和淑香还小，又贪玩，万一有个三长两短……她丢下农活拔腿往家跑，跑了一阵，忽然又停下来，哎，有人看总比没人看好，再说那是她爹，还得回去把那块地锄完，不然荒草又覆盖庄稼了。那些日子可真难熬啊。"姨夫，姨夫，你的娘疼你吗？你的爹死了吗？你喝酒不肚子疼吗？"淑梅一连三个问，问得姨夫直哼哼。二姨有些坐不住了，呵斥她："淑梅，不许胡闹！你和妹妹到外边玩去，大人们有话说。"她有点儿不服气，大人们说话孩子不能听吗？俺偏听，俺知道，你们在说俺爹，他死的时候为啥不吃光吐呢？那个给爹看病的老头瘦得好像俺养的那条黄狗，他的手放在爹的胳膊上，鼻梁上的那两个圆镜片好吓人呀。爹没了，他们说他去了天上，天上有啥呢，除了白乎乎的云彩，俺看不到一丁点儿东西。她听到他们还在说，忍不住插了一句："俺爹在天上吗？"大家一下都愣了，面面相觑。二姨生气了，抓起她的胳膊往外拖。黎元制止了她，说："二姐，不要太认真，她还是个孩子，孩子都好奇，有好奇才有进步啊。来，梅子，到小姨夫这儿来，姨夫抱着你，有话你尽管问，我们一起解决。""好啊，好啊。"淑香看到姐姐被小姨夫揽在怀里，有些嫉妒，她也要往他怀里挤，小肩膀和小屁股同时用力，总算挤进去了，安稳地依着他的胳膊，瞧周围的人，感到很满足。姐姐说："你来干啥，你啥也不懂！""我懂，我懂，姐姐，爹爹不在天上，他去走亲戚了，到姑姑家。"她的小嘴说得很动听，以至于让姐姐感到丢脸。姐姐说："才不是呢，你懂啥？""就懂，就懂，不信，你问问咱娘。"她俩期盼的眼神望向二姨，二姨回答不上来。"姑姑？"她想，都是过去的事了，那时，淑梅五岁，淑香只有两岁多，那年大涝，铁营洼都可以划船了，泡在水里的庄稼、树皮、杂草，以至于沼泽在大大的太阳底下都蒸烤得发酵了，腐朽的气味弥漫，水面上漂浮的动物尸体连偶尔飞过的候鸟都凄凉地哀鸣几声。姑姑回娘家了。她嫁过去的那个小村就在大洼的深处，只有几十户人家，闭塞而清贫。她的丈夫靠打铁养活一家人，手艺不错，十里八乡小有名气，庄稼人都称他卢铁匠。挖地用的铁锄、割麦用的镰刀、铲草用的扁铲、耙地用的耙头、挖坑用的铁锨、拆打用的铁锤、耕地用的犁耙、切菜用的厨刀、杀畜用的屠刀，甚至于铜缸用的巴钉、盖房用的长钉和做橱用的寸钉这些铁器，卢颜村无一不得心应手。熔铁盆靠焦炭供热，焦炭可是很紧缺，他想了一个办法，来做家什的用煤换，打得少就换，打得多也换，不过要用粮食，至于那些贩卖铁器的商贩就只能用现钱了。打铁不但是个力气活，而且又脏又危险，一般人是干不了这活的，正像人们说的："打铁还需自身硬。"

棚底下支一个火盆、一只淬火的水桶、一架打铁的砧子、大小两把铁锤，姑姑冯家英负责拉风箱，在她眼里系着油布围裙的丈夫和系着油布围裙的徒弟同样很英武。一块铁在火盆里烧红了，用铁钳夹起来，搁到砧子上，夹紧，左手不离铁钳，右手握着铁锤，叮叮当当敲起来，落锤的力度和击点全靠手持小锤的颜村掌握，小锤敲到哪里，大锤便打到哪里，分毫不差。那个抡大锤的下手下锤的幅度、力度决定着那块铁的成形，而小锤的敲打和暗示决定着器具的精度，反复地敲打，反复地加热，最终，那块铁锻打出了各种形状，如一把刀、一柄锄或一张锨……然后放到水桶里去淬火，取出，精心地修整一下，再放到火盆里烧热，再做最后的校正，完了，续进水桶再淬一遍火，这件铁器最终完成了。

有时候，冯家英一边拉着风箱一边瞧着四溅的铁花，铁花溅到油布上，打铁人心无旁骛地敲打,仿佛那围裙如盾,胳膊上的皮袖似矛,既防护着皮肉又激发出豪情。这里有和谐的敲击,那声音让人着迷;这里有炽热的火焰,那色彩醉倒神仙。敲击声掩盖了风声,拉风箱的女人一直坚守着,好让一件件技艺之魂诞生。汉子的威武精细、女子的温良勤劳在这里延续,大洼深处方有神谕流转,生生不息,这就是悲哀的生命迸发出的坚强的乐章。村子里的人,无事就来这里瞧一瞧,包括女孩子,他们从飞溅的火花中看到了什么呢?无疑是荒凉的世界迸发出不一样的精彩。原始的工坊或作坊,在这个偏远的小村有了动人的故事。

母亲讲到这里戛然停止了。她望望窗外,繁星密布。父亲的身影徜徉在黄昏的微光中。干休所大院的小路上渐渐歇息了悠然的脚步,冬日的夜晚沉静深邃。黎冬站起身,说:"妈妈晚安,明天继续讲过去的故事。"

小淑香突然吵闹起来:"姑姑,姑姑,我要找姑姑。"二姨说:"嚷啥呢,姑姑不在,她在自个儿的家里。淑香,只要你听话,娘就带你去找她。"淑香的小手拍起来:"好啊,好啊。"安静地依偎在小姨夫怀里的两姐妹依稀觉得这时的气氛有点儿不一样,他们不再喝酒了,各自想着心事。小姨过来收拾碗筷了,小姐妹俩见娘愣愣地坐在那儿,她在想啥呢,她们不知道。其实,她们的娘正在回忆着那个伏天的事儿。

平时只顾打铁不问家务的卢颜村突然操心起柴米油盐了,他说:"这些天为啥总吃高粱饼子,家里没有别的粮食了吗?吃得我肚子胀、腿发软、脑袋晕,往后咋再打铁啊!"家英正在望着院子里的积水犯愁。打铁棚、柴火垛、茅厕、猪圈、牛栏全泡在水里。那头老牛没地歇了,只好把它拴在那个土堆上,打铁棚在院子的南端,是和外面通着的,晚上,火盆熄了火,不再打铁了便将简陋的门板一块块对好,这样,就形成了和院落相通的独立空间。吃过晚饭,已是皓月当空,卢铁匠喜欢一个人来到这里,坐在一铁方凳上抽烟袋。夜光从那些门板缝隙间透进来,多么沉静的夜,仿佛白天的叮叮当当、燃烧的炭火和飘荡的烟以及外面清静的村落都已尘埃落定,

不再有任何事发生一样。不过，那会儿他很满足，因为还有像老伙计似的
铁锤陪伴着，还有这间工坊可以守望。现在似乎啥都没有了，只有无法排
泄的污水。他走到门槛那儿，门槛已经看不见了，它被一坨坨土沙袋盖住，
积水还是在一点点往里渗，房屋的地上已是潮湿泥泞。他转过脸，望着愁
云满面的老婆，铁打的汉子都有点心软了。他们没有孩子，不是不想要，
而是生不出。那一年，二姨带着两个闺女来探亲，可把孩子姑姑乐坏了。
她领着她们姐妹俩在村子里转，串门拜亲。可两个小家伙最喜欢看姑夫打
铁。淑梅问姑姑："他们在干啥？"姑姑说："打铁呀。"淑梅觉得好奇：
"为啥有那么多火星星啊？"姑姑说："那是打铁迸出来的。"小淑梅不解：
"打铁？那块红红的就是铁吗？"姑姑说："是啊。"小淑梅还是不解："为
啥打它呢？""因为……因为……"姑姑一时回答不出，她想了想接着说，
"淑梅，你不是见过家里切菜的刀和地里锄地的锄，还有钉钉子的锤子吗，
那些东西都是这么敲打出来的，明白了吗？""噢，明白了，打铁真好玩，
长大了俺也打铁。"在她幼小的心灵里铁锤敲击下的那块红红的东西和四处
飞溅的火星星构成了童年难以忘怀的梦幻。

　　积水半个月没有退去，又加之连绵不断的伏天暴雨，洪水泛滥的洼地
成了一片汪洋。卢庙地势低，又在大洼深处，受灾尤为严重。庄户人家都
一筹莫展，在艰难中度日。家英说："铁不能打了，粮食也快没了，你看这
愁煞人的水灾啥时候是个头呢，不如咱们到冯马寨躲几天，等到水退去了
再回来，总归俺娘家那儿地势高，不像这儿这么洪涝滉滉的。""你去吧！"
卢颜村宁死不愿离家，再说一个傻女婿长住丈母娘家恐怕人笑话。事情没
商量成，家英决意要一人回娘家了。然而，丢下丈夫一个人她确实不放心，
那该咋办呢？

　　思来想去只有一个办法，那就是颜村也走，去他姐姐家。姐姐家在冯
马寨的西南，一个有集市的大村子，叫温店。姐姐家人口多，有四个孩子，
还有公公婆婆和一个小叔子，家里有地有房有骡子，还在本村的集市上做

点儿小买卖，日子过得很殷实。卢铁匠有四个姐姐，温店的那个是他的三姐，从小两人关系就好，姐姐知道疼弟弟，总带着唯一的小弟弟四处玩耍，有人欺负他，她会召集四姐妹一同出马，与人开打，决不含糊。肇事的人招架不住如狼似虎的四姐妹，总是败下阵来，灰溜溜地跑掉。三姐的公公婆婆很精明，不但会持家，集市上做生意也是一把好手，只可惜摊上了一个痴呆的弟弟。父母去世得早，傻弟弟找不上媳妇，一直跟着哥嫂过活。

其实，卢颜村嘴上说哪儿不去，可他心里早就想三姐了。大概有三个年头没见她了，白天打铁没工夫瞎想，到了夜里，他一人躲在安静的铁棚里，时常会回忆起小时候的时光，仿佛那一切都历历在目。眼下，没铁打，没粮吃，没指望了，总不能这样稀里糊涂地闷死，不如走吧，"留得青山在，不怕没柴烧"。只要家在铁棚在，回来就还是卢铁匠！

家英在收拾行李，猛然听到背后一声斩钉截铁的话："走！去三姐家。"

"颜村你想通了？我这就给你收拾东西，咱们一块儿走，先到冯马寨，再叫人把你送到温店，可是咋出门呢？你看这水汪汪的。"

"俺有办法。"

"啥办法？"

"你就瞧着吧。"

卢铁匠找来了两块木板，用锔锅的铁钉把它们钉在一起，铁锨当桨，面板作舵，艰难地划出了村子。行李就是两个包袱，打包起他们日常的漂流生活。家英盘腿坐在上面，她的裹脚只占了小小的一块地方，其余的空间留给划桨的人。水泽汪汪，小村渐行渐远，盘旋的鹰俯视着荒洼水沼中的一叶小舟，它在他们头顶上，摸不准那是难得的猎物还是潜藏的危机，机警地叫两声飞走了。那叫声在开阔的长空和水面激荡，如同亘古未泯的天外之音。

到了地势较高的地方，那扇门板船用不上了，只好把它抛弃，改走旱路，那两个包袱越走越沉，以至于打铁的汉子都累出了一身汗。他觉得脚步渐渐蹒跚了，就是打铁也没有这样累。家英的小脚好似两块榔头在地上敲，脚裹得似乎越走越紧，她气喘吁吁地嚷着："喂，歇一歇，歇一歇，实在走不动了……"

早上出门，到了傍晚才赶到冯马寨村外，家家的烟囱飘起了袅袅炊烟，可娘家的人还不知道他们来了呢。泥泞的路、酸麻的腿、钻心的累仿佛都丢在了茫茫荒洼里，望着那熟悉的村庄和炊烟，家英心中一阵莫名的激动。

家英住了下来。卢颜村第二天早上告别了丈母娘一家，中午时分到了温店。送他来的家辰的堂弟并没有留下来吃饭，赶着牛车急急火火地赶回去了。

三姐见了弟弟喜出望外，一个劲儿上下打量着他，他依然结实的身板在她眼里是莫大的安慰，她说："小弟，你还是老样子，过得好吗？你总不来看姐姐，可别是把三姐忘了。姐姐可没忘你，总念叨你，家英呢？"

"三姐好啊。家英去娘家了。"

"咋不带她一块来呢？"

"她说娘家舒服。"

"你这小子！等会儿姐姐带你去赶集，你先歇歇。"

午后的集市依然人头攒动，南北东西两条街，摆满了出售各类货物的地摊，人在中间走，摩肩接踵，太阳高高的挂在天上，照射着那些兴头不减不知疲倦的人们。三姐家的摊子就在十字街口的西边，用两条木凳搭起的门板上正齐地码着棉被、布鞋、裹布、夹袄、单裤和毡帽，还有木梳、簪子、银钗、手镯、戒指、项链等物品。三姐夫崔立顺早已在那里了，他站在摊板的后面，老实巴交地抽着烟袋，注视着往的人群。他不爱说话，可做生意倒有点儿小聪明，他清楚哪些人有哪些诉求，喜欢啥玩意儿。只要那人在眼前一站，他就立马拿起求购者中意的让对方瞧，然后闷声闷气地说："这是真货。"赶集的看他的人和他的货一样实在，就问："多少钱?""您给个价。""俺又不懂,便宜点吧,老板?""相中了就拿去。""那可不行,到底多少?""看着给吧。""这个数。"那人用手比画。"少点,再加点。""噢,这个数,就这么多了。""拿去!"

一来二往,讨价还价,买卖成了。一个集下来,他总比别人卖的货多,而且价钱也合适。忙完了,他总是收拾好摊子,蹲下来,美美地吸两袋烟,瞅着街道上稀稀落落的人和那些垂头丧气的卖家和摊位。到了日落西山,集市才散,小推车就停在身后空地上,装好所有的东西回家转。

街道上有几家店铺都在西街上,因为东街、南街和北街不如西街宽敞,民房都集中在南边,中间有一块空地,平时没有集市的时候,这里除了尘土、沙石、瓦砾之外啥也没有的场子,成了孩子理想的嬉戏之地和老人晒太阳忆往事的所在。中间那家店铺既是羊肉店又是饭馆,生的和熟的羊肉全卖,顾客可以只买羊肉不吃饭,也可以只吃饭不买羊肉。这里的鲜羊似乎很有名,手头有点儿松的赶集人总喜欢割几斤才宰的山羊带回家炖一锅汤,全家人热乎乎地吃一顿,直吃得额头冒汗。中午时分,集市正赶得热闹,三姐夫是不敢离开摊位的,不知哪会儿就有顾客冒出来,挤到摊前,左挑右拣。晌午一过,人们都有点疲惫了,得找个地方填饱肚子,密不透风的街道开始松散,这时候三姐已吃过午饭来接替他了。他便急匆匆地溜进饭馆,要一碗汤、两块大骨头、一盘花生米,美美地喝一小盅。店主看他是老顾客,总加一道小菜,有时还会坐下来聊聊天,一来二去,成了熟人。有一次,店主喝了酒,醉醺醺的一屁股坐在他对面的椅子上,打着嗝,面红耳赤地说:"老哥,别看你老来吃饭,你却不了解本人的底细。今天我告诉你,可不要走漏了风声。我来你们镇上多久了?恐怕有好几年了吧。我的羊肉咋样?我的饭菜咋样?我的人品咋样呢?您说!"

"挺好!"

"这不就对了嘛,今儿咱交个朋友。朋友,您懂吗?"

"懂。"

"这不就对了嘛。您别小看俺是个开饭馆的，俺的来头还正经不小呢。老哥，您听说过魏义仁这人吗？"

"像是听说过，北乡，魏家……"

"对啦！"

"那是俺父亲。魏福良听说过吗？还有魏福贵？"

"啊……你？"

"对啦！俺就是大名鼎鼎的魏福禄！"

"我的天啊，兄弟这是……"

"没啥，知道就行了，老哥本乡本土的还望给个方便，多多关照！"

"不敢。"

"为何不敢？俺只求给个方便，又不勒索您。老哥，我要您见个人，可不要声张。"

"啥人？"

"见了就知道了。来，这边走。"

眼前是一个病入膏肓的人，躺在饭馆后院北屋的一张大床上。三姐夫望着他，浑身像过电，嗓子眼那儿火烧火燎的，想咳又咳不出，胃里一阵痉挛，眼睛模糊起来，他猛地捂住嘴，急促地喘气。

饭店老板说："谁见了都会恶心。"他绕过床头，走到里面，从桌上拿起两管烟，又去找烟丝。靠窗的床有惨淡的光洒在上面，那个病重的人眼睛眯着，糜烂的气味在窗口的薄纸下集结，随着光与影弥漫整个屋子。

"他是我弟弟，就是那个叫魏福贵的，这下您清楚了。"魏福禄手里拿着烟管和烟包走过来，把其中一只递给三姐夫，又说，"老哥，坐那边，咱们聊一会儿。"

"老哥，您人老实、精明，这里认识人多，替兄弟打听一位懂西医的大夫，要快。您都看见了，床上的人如果不医治恐怕就活不了了。中医我不太相信，灌了几个月的药汤一点儿事不管。据说，西医有法治。我要是开个洋药铺就好了，可远水解不了近渴，还有劳老兄了。"

"这个，这个，这个……"

"老兄不要为难，听说您和俺们魏家庄的魏振基家有亲戚，他的小女婿可是个官儿，区里、县里都熟，何不求他给想想办法？"

"啊！这个……"

"您就说自己的侄儿病了，中医看不好，想看看西医，别的不要多说。钱我都准备好了，打点打点，往后老兄吃饭割肉都包在兄弟身上，这馆子就是您的。"

"这个……"

"您老兄赶集能赚几个子儿，不如和我合伙，再开一个洋药铺，那家伙，吃香的喝辣的。想不想试一试？"

"兄弟，我，那个……"

"嗨，还琢磨啥，过了这村可没这店了，好事不会天天有，想开点儿，不就是求个人嘛，再说那是您亲戚。对了，我这里还有一对金麒麟，拿去，送给他，留着没用，救人要紧！"

"兄弟，噢，魏老板，这是好事，但恐怕我不行。"

"不行？有啥不行的，您也就是举手之劳，权当帮帮兄弟，大家都好。我去给您拿金麒麟。"

"不用！你……容俺想一想。"崔立顺回道。

卢翠娥和卢颜村来到集市上。姐弟俩在集上逛，先不急于去看自己的摊子。午后街道上照旧熙熙攘攘，一股汗臭味儿在人群中挤来挤去，午阳晒烫了行人褴褛的衣衫，老人和孩子充当了买卖的旁观者，因为少票子，人们挑选购买货物时很谨慎，孩子吃的糖果、老人用的拐杖省下了，用这点儿钱去买最需要的。

这几天崔立顺没再去羊肉馆吃午饭，改在邻近的一家包子铺塞饱肚子。眼下都过了晌午了，老婆为啥还不来，肚子都饿扁了，正在咕咕叫呢，他似乎又闻到了那股肉包子的香味，再不来，俺可要丢开摊子往包子铺跑了。

"嘿，顺子，还在这儿呵，够老实的，肚子扁了吧？"翠娥不知啥时候已站在了崔立顺背后。

他如释重负般"哎"了一声，低着头说："咋才来？"

"哎，老顺子，你看谁来了？"

崔立顺抬起头："啊，颜村，是你呀！"

"姐夫，是俺，你可好啊？"

"好。家英呢？"

"回娘家了。"

"噢，听说洼里发大水？"

"是啊，姐夫，这不，来你们这儿躲两天。"

"好呀，应该，应该，你不来，我和你三姐还准备去找你呢……"

"好了，好了，你先去吃饭，吃完了再说话。"

翠娥心疼起了男人，可崔立顺有点儿不以为然，说道："不急，都饿过头了，咱撤了摊子回家吧。"

夜里，崔立顺把闷在心里的话说给了老婆翠娥听。翠娥说："你为啥不早说呢？"他说："早说晚说还不都一样，我本来就不想管。你想啊，这档子事能管吗？那个快死的人过去是个汉奸，这事家英最清楚，家辰还让该死的拷打过呢。抗日虽然过去了，可国民党还没有完全消灭，咱要有点儿思想觉悟，不是吗？去报告，报告给那个黎区长，就是静荣妹妹的男人。"

"别绕弯子了，这个俺知道，有一年，俺和黎区长还吃过一次饭哩，好像是在谁的婚宴上，当初他还喊俺嫂子呢。不过，这个有用吗？那魏福贵都是个快死的人了，再说抗战早结束了，谁还会记起他呢。随他去吧，也折腾不了几天了。"

"这样不好，他们在咱们村上住呢，低头不见抬头见，往后俺可不愿去赶集摆摊了。"

"随便！"

那一夜月黑风高。窗户纸抖动的颤音哗哗地流进了失眠的脑袋，崔立顺叹口气翻个身，闭上眼睛就看到那个快腐朽的人。后来，在一个可怕的梦里他成了众人唾弃的败类，被愤怒的人们追着满街打，他抱头鼠窜，跑进了荒野，两脚悬空，一下子跌进废弃的井里，他挣扎、狂喊、求救，可除了一线天空和肮脏的水之外啥也没有。他看着自己渐渐变成了一具腐尸，漂浮在圆形的水面，突然开始旋转，圆形的水和垂直的井壁似万丈深渊。

早晨醒来，崔立顺像丢了魂，望着幽暗的房梁发呆：我这是在哪里？那是一个梦吗？讨厌的梦！

"老顺！"

忽然有人在喊他的名字，他几乎瘫痪的大脑与敏感的神经同时怵了一下。

"起来了，都啥时候了，领颜村在镇上转转，村东不是有家打铁铺吗，带他去看看。"

道上，崔立顺忍不住把那件事告诉了小舅子卢颜村，还有那个可怕的梦。卢颜村回来又告诉了老婆家英，家英又告诉了嫂子静兰。静兰有些坐不住了，说："家英，你真糊涂，为何不早说？这事很重要，你怎么把它当成耳旁风了呢？得马上去报告黎元。"

"嫂子，俺不是糊涂，颜村说那事权当没发生，就不要到处嚼舌头了。让人知道了，他不就成了勾结汉奸的坏人嘛。俺想也是，平白无故地找那些烦心事干啥，咱过咱的日子。你看，他在三姐家待不下去了，恐怕惹出点事儿来，跑来这里才几天，俺本想压下不再说了，可忍不住……"

"忍不住告诉了我，是吗？你哥尸骨未寒，你忘了吗？想当年，他被鬼子抓去，受尽折磨。老鬼子冈村田原设下圈套，要欺凌咱们妇女呢。狗东西魏福贵为虎作伥，与日本人狼狈为奸，干了多少伤天害理的事。那一年，在魏家庄伏击战中抓住了他，本来准备公审这个败类，实在没料到他竟逃跑了。后来抗战结束了，在一个偏远的小渔村发现了他，抓捕落空，又叫这狗东西跑掉了。这回是第三次发现他的踪迹了，可不能再失去机会了，不管是死是活，一定要把他押上历史的审判台，对天下苍生、对被他残害欺压的百姓有个交代，为死于他魔爪下的同志报仇，只有这样才能抚平人们心中的愤恨。"

"哎呀，嫂子，小妹不知还有这么多道理，那倒是真应该抓住他。看来颜村受点儿委屈是小事，整治这个大汉奸为民除害才是大事。可咋去找黎区长呢，现在才动手是不是有点儿晚了？"

"不会晚，只要那家羊汤馆还在，他们就跑不了，就是跑也不会那么容易。如果真跑了，也不能放过他，哪怕他跑到天涯海角。"

那天清晨，战士们包围了羊汤馆，有人去敲门，开门的是一个睡眼惺忪的老太婆。她望着外面的人有些惊讶，怯怯地说："先生们，这、这么早，叫门有、有啥事吗？"一个战士说："让开！我们搜查。""搜……搜查，为啥？"老太婆虽然嘴硬但还是闪到门边，让战士们进去。

一无所获。搜查的结果令人很意外，人跑了，竟然没留下一点儿迹象，似乎从来就不曾有魏家兄弟住过的痕迹。据现在的羊汤馆老板讲，他是从一名叫吴之昊的先生手里盘下了这间店，吴先生说手头紧，家里又有丧事，顾不上生意了，只好将它转出去。

黎元对着新上任的区委书记魏福良说："狡猾的家伙！"魏书记心头如针扎，怒吼："败类！"

静兰陷入沉思，那段经历叫她哭笑不得。不知为啥，两个孩子的顽皮反倒唤起了她的慈母之心、养育之情，媒人给她说的那个婆家不能说不应心，怕是难为了孩子，她一时有点拿不定主意。公公婆婆倒没说啥，还催促她改嫁呢。在区上工作，看来是不会错的，他的家庭也是老实人家，父母都是庄稼人，还有两个兄弟。他的老婆死了，据说是痨病，没有留下孩子，这一点倒很合我的意，不然两窝孩子很难掺和在一起。娘说到了冬天选个吉日把事办了，嫁过去，踏踏实实过日子。眼下，解放军已渡过了长江，大军正在南下，大哥随着部队去了，到现在没有音信，娘心里也犯愁哩，不能再给她老人家添烦心事了。我一个带着孩子的妇道人家不求荣华富贵，只愿平平安安。

"淑梅，爹爹在哪儿，姨夫告诉你，他不在天上，也没有去姑姑家走亲戚，他去前线打仗了，和解放军叔叔们在一起。"

"噢，真的吗？啥时回来？"

"等你长大了，就回来了。你要好生听话，每长一岁，就长一分出息，这些爹爹都知道哟。"

"好！姨夫，您为啥不去前线打仗呢？"

"小淑梅，姨夫本想去的，就因身体不好没去成，在这里给解放军叔叔看家呀。"

"看家？家还用看吗？它不就在那儿嘛。"

"嗨，姨夫说的是大家，大家就是咱老百姓的家。"

"噢，俺懂了，淑梅也是老百姓吗？"

"当然，淑梅是个小百姓，长大会有志气的。"

"志气，志气是啥？"

静兰看着淑梅兴高采烈的样子，并没有打断他们，那些话耐人寻味，她一定是这样想的。静荣生了两个男孩子都没能存活，她一定情绪低落，干什么事都提不起精神。黎元开导她，她很生气："说得倒轻巧，又不是你身上掉下来的肉！"他只好闭嘴，不再劝她，让她慢慢醒悟，那就是只有明白了命运的多舛、世道的艰难与人生的无常后，仍要顽强地生活下去，才是人间正道。这不，她又怀上了，孩子大概今年秋后就要出生。今年是一九四九年，抗战都结束四年了，眼看就要全国解放了，可反动势力还很猖狂，他们在解放区搞破坏，潜伏的特务伺机蛊惑人心、拉拢意志薄弱的群众进行反共活动。那个魏福禄就很有嫌疑，一定是他的兄弟魏福贵在背后出谋划策，别看他浑身糜烂卧床不起，可脑子却在不断活动，想方设法窥探我方漏洞，寻找报复的时机。怪不得黎区长他们一定要铲除这个恶贯满盈的大汉奸了。说来惭愧，我的政治觉悟也不高。那天，抓捕失败，妹夫就曾对我发火："静兰同志，按说你也是个老战士了，怎么这么没有阶级觉悟，你以为现在天下太平了吗？不是我说你，以后遇上这样重要的事要提前报告！"

静荣挺着肚子走过来，她不想坐，站着和静兰说话："二姐，这么安静，想啥呢？你看孩子们多可爱，我这一胎也许能生下个女孩，如果真是女孩，给她起个名字叫新国，新中国嘛，你看咋样？"

"挺好啊。"

"哎，我说你近来总是心神不定呢，琢磨着想再找个婆家？依俺看那个赵庆扬就挺好，有文化，家境也不错，又在区里干事。人嘛，长得不是一表人才就是人才一表，你还愁啥，没有后悔药，错过了这个就找不着了！"

"乌鸦嘴！"

"姨夫，姨夫，小姨夫……"那边，黎元准备出门，一束阳光照进来，两个孩子在后面追，恋恋不舍的样子。

院子里，黎元站在阳光下，外甥女们抱着他的腿，一边一个。他抚摸着两颗小脑袋安慰着，说："姨夫要走了，回来和你们玩，好吗？"

"好啊，好啊……"

谁在外边？

门缝处露出一个人影，那人在院子里站了许久，姥姥看到了，还以为是上门讨饭的，她把干粮用纱布裹好，推开了房门。

站在面前的女人有点儿眼熟，一时想不起来了。谁呢？正寻思着，那女人说："大娘，您不认得俺啦？"

"你是……"

"俺是梅芳卿，静兰妹妹的媒人。"

"哦，我说这么眼熟呢，你看我这老眼昏花的，快进屋吧。"

"大娘，您身板还那么硬朗，今年高寿？"

"嗨，不中用了，还啥高寿，七十一了，一八八八年生的，那会儿还是清朝呢，老佛爷慈禧太后当政……"

"哎哟，那俺可不记得，小辈生得晚，那会儿好像是民国年间，俺爹娘也生在啥清朝啥太后那些年，不过，他们哪有您有本事。"

"啥本事呀，年纪都一大把了，坐吧。"

二姨和孩子们躲进了里屋。两个小家伙很好奇，依在门缝边偷听外面说话，听了半天，觉得不好听，便又溜回来。淑梅问娘："那个女人是谁呀？脸那么白，像个赖白皮。"

娘小声呵斥她："不许胡说！"

外面没了声音。突然院门一响，紧接着房门那儿有抹明晃晃的阳光，二姨知道人走了。

"真啰唆！"

姥姥像自言自语，又像说给刚走出来的二姨听。淑梅和淑香蹦蹦跳跳，伏到姥姥身上，一个劲儿地问："姥姥，姥姥，谁啰唆？姥姥，姥姥，啰唆啥？"

姥姥揽着两个孩子，说："小小年纪知道打听事儿了，你们的爹爹回不来了，要不要给你们再找一个？他会很疼你们的，像亲爹一个样儿。"

两个孩子眨巴着眼睛，温柔地依偎在姥姥怀里，那是温暖的怀抱，那是梦想的摇床，幼小的心灵在梦的怀抱里沉睡。她们都有自己遥想的童年，童年在倾听多彩生活的音符，在体会本该属于大人们的沉重，渐渐懂事，慢慢长大。

五年后。

时间来到一九五三年。妈妈继续讲故事。你父亲黎元在津县县委工作。二姨夫赵庆扬在信县县政府上班。大姨夫耿槐林还在老家务农。舅舅魏茂田去了南方，落户上海，在一家工艺美术厂任党委书记。大姨魏静芝带大了两个儿子，戊寅和庚辰一个十六岁，一个十三岁，他们都能帮爹娘下地干活了。二姨再婚后又生了一个儿子，取名国华。她在信县服装厂当工人，工作很是繁忙。我随你父亲去了津县，在县妇联工作。你的大姐新国、哥哥新庆相继出生，姐姐五岁，哥哥三岁。那时我肚子里正怀着你的二姐。魏福良也在这里，他和你父亲这两位老搭档又聚到了一起。

有一天，大概是秋季，我记得满地的落叶，如同西风无意间造就了通街金黄。但那金黄很脆弱，却也飘逸，仿佛担不住匆匆来去的脚步，嘎吱、哗啦的音调谱一曲萧瑟而饱满的秋之韵。街道上来了一位不速之客。他走在秋风秋色秋韵中，却像一个漂泊之徒。枯黄的脸像附在地上的一片落叶，摆动的姿势让人联想起西风烈、清空寒、朽枝欲折。他在县委大门前踯躅，徘徊不前的腿似乎不敢迈进这庄严的殿堂。终于，他走进去了，而且很顺利，没有什么人拦他，因为看门的老头恰好去锅炉房打水去了。

来到了一排排平房前，那些红砖瓦房似乎都一个样子，他不知道该去哪一间去打听。打听谁呢？自然是他的大哥了。他大哥是谁呀？就是那位在县委组织部工作的魏福良。犹豫了半天，他大着胆子去敲一扇土褐色的房门："咚咚咚。""谁？请进！"

探进来一颗头，我在办公桌后面看到一张憔悴的脸和一双忧郁的眼睛。我问："找谁？"

"哦，大姐，打扰了，魏福良不在这儿办公吗？"

"后排东数第二间，那是魏部长的办公室。"

"谢了。"

那个人把头缩了回去，房门还依旧开着一条缝，落叶飘进来，碧空清澈如洗。我去关房门，心里琢磨：这人是谁？为何这么眼熟？忍不住踏出一只脚，侧着身，看到一个背影正拐过墙角，我一下子清醒了：魏福禄！他来干啥？失踪了这么久，他突然出现，恐怕凶多吉少。得给魏部长打个电话，预先告知他一声，以防万一……摇巴子在电话机上转了三圈，拿起话筒："请接魏部长办公室。""好的，请稍等。"一位女话务员清晰优雅的声音。

"哪一位？我是魏福良。"

"我呀，魏部长，静荣。"

"嘿，静荣你好！在办公室吗，打电话有事？"

"魏福禄来了，他去找你了！"

"谁？"

"你的二弟呀，还没敲门吧？"

"他怎么来了，还这么突然？你是咋知道的？"

"他来到我的办公室打听你，我告诉了他。后来一想，这人不是魏福禄吗，怎么就突然冒出来了，恐有意外，告诉您一声。"

"谢谢！静荣妹妹。黎部长最近忙吗？我好像有阵子没见到他了。"

"他又去乡下了，县委给的任务，宣传党的农村政策，和老百姓同吃同住同劳动呢。"

"嗨！你们家黎元就是能干，他这个宣传部部长都把党的政策宣传到农民们的坑头上了。你可要多注意身体，怀着孩子，又养着两个小家伙，老黎又不在家，不容易啊……好了，改日聊吧，好像有人敲门。"

"嘟、嘟、嘟。"

他们谈了什么，当时我并不知道，但后来……母亲说到这儿，顿了一下。窗外也是秋天，月季花遥望着那棵高大的软枣树，树下已是落叶纷纷。黎冬听见干休所大院里高音喇叭播放的悠扬的歌声，仿佛每个院落都在倾听，落进了老人们的心里，那些曾经为新中国浴血奋战的身影仿佛还在岗位上。黎冬说："妈妈，讲啊，继续讲那个秋天的故事。"

秋天？是啊，眼下也是秋天，只不过同样的季节却有不一样的经历。你的二姐在那年的深秋出生。我躺在县医院的病床上，你父亲不在身边，他还不知道孩子出生了呢，那会儿正在乡下搞他的宣传工作。你的大姨、二姨都来了，伺候着我坐月子。我真是很感激，虽然都是亲姐妹，但到了用人处才看出血缘的力量。

那一天，魏福良来了，头一句话就说："静荣妹妹，你还在月子里，我本不该来，恐惊了大人和孩子。可我实在放心不下，老黎不在，得有个男人为你撑腰。所以我还是冒昧来了，有啥需要你说！"

"没啥需要，谢谢您了。您看，我的两个姐姐都在这儿，有事我找您，不用那么兴师动众的，不就是生个孩子嘛。"

"我看到了。静芝、静兰你们好吗？分开一晃就是好几年了，那时在铁营还常见面，不知不觉时代都变了。"

"可不是嘛，魏书记，哦，不，现在该叫魏部长了。你工作忙，又没有家室，自己得照顾好自己。对了，为啥还不找个媳妇成个家呢，都快四十了吧？不能等了，再等人就真的老了，难道你非要寻摸个大家闺秀不成？"

"那倒不是，静兰妹妹让你见笑了，就是找不着合适的，再说一个人过挺好，清闲。"

"清闲归清闲，可你回到家得有个端饭暖被窝的，不然，太清苦了，我的哥哥。"

"静芝妹妹，话说得有道理，不然你给说一个，哥哥保证不嫌！"

"俺哪有那本事，成天价围着坑边转、锅台转、地头转，都转糊涂了。还是叫静兰、静荣给你参谋个吧。"

"好啊，恐怕俩妹妹没那闲工夫。"

"谁说没有，有啊！你等着，过两天俺就给你物色一个，只要你愿意。"

"行了，妹妹们，我的事先放到一边，只要青山在，还怕没柴烧嘛，哈哈。对了，静荣，老黎还没消息吗？得叫人给他捎个信，这个老木头！"

"捎了，魏部长，没啥，他在不在不要紧，他忙他的，孩子总归还要喊他爸爸不是？"

"静荣，你心好大。噢，那天多亏了你，要不然我真要坐蜡了。"

"咋了？我正要问您呢，那个魏福禄他怎么……"

"你们慢慢听我说，事情是这样的——那一年，他们从温店逃脱了，无处可去，后来还是那个兰桂枝帮了忙。你们还记得我父亲的那个三姨太吗？她一直跟着福禄，也是没有办法，甩又甩不掉，走又走不开，福禄就像黏胶黏着她。她是信佛的，救人一命胜造七级浮屠，也不管好人坏人，这样的佛徒真有点走偏了，把佛缘同人缘混淆了，好坏不分，一味行善。他们到了兰桂枝的家乡，她好心的叔婶收留了他们。有一段日子相安无事。大汉奸的病在渐渐好转，竟然能下床走动了，不过只在屋内转，出门，他感觉太过显眼。若拄着拐杖走在街上，人们还以为来了一位独腿斜眼的江洋大盗呢。这一天是腊八节，家里来了几个亲戚，弟弟妹妹来看望哥嫂，他们发现家里有生人，寒暄了几句，匆匆离去。桂枝去送他们，大冬天街道上没有行人，就连慌忙跑过的狗和轻轻走路的猫都缩紧了皮毛，寒冷的风钻进胡同，谁家的院门咣当作响。就在胡同口，有个脑袋一直在窥探，他虽然听不清远方的谈话，但却起了疑心：他们一定在谈论我，这女人可能已经出卖我了，贱货！突然有一只手拍在肩上，吓得他本来就站不稳的一条腿哆嗦着几乎要倒下去，还是那只手扶住了他：'弟弟，你在这里干啥，小妹妹很好看吗？'

有一天夜里，兰桂枝刚躺下，突然肚子疼，急急忙忙来到院侧的茅房解大便，刚蹲下就有一股热辣辣的水泻出来，紧接着又是一通泻，肚子愈发疼起来，拧着花儿地疼。她感到浑身乏力、头晕目眩、喘气困难，她想喊救命却叫不出来，整个人不知不觉倒了下去。黑暗中，有一只贼眼在恶毒地笑，他心满意足地把看到的这一切带到了自己的被窝里，蒙头大睡。

第二天，桂枝的婶子在茅房里发现了已经浑身冰凉的侄女，她踮着小脚跑到院子中央号啕大哭，那哭声把沉睡中的冬阳都哭醒了，它正一点一点地爬升在寒怆涌动的地平线上，村子上空飘散的炊烟仿佛一下子凝聚了，听着这位悲惨的老女人撕心裂肺的痛哭。

魏福禄清楚，这事是弟弟干的，然而他又能怎么样呢？一个是亲兄弟，一个是老姘头。不过，福贵这小子也太心狠了，自己得留点儿心，以防他狗急跳墙。桂枝叔婶一家人待他不薄，要不是人家的精心照料，他的病也不会渐渐好起来，这不是恩将仇报吗？他几乎混乱的世界观似乎已失去了辨别能力，但他最起码的良知还没有泯灭，再不能这样下去了，意想不到的灾难会随时降临，已经出了一条人命，再不能……他愈想愈怕。

这个院落陷入恐怖之中。已经哭干眼泪的桂枝的婶子蜷缩在墙角里，还有她的男人，两人极度悲伤，又极度怨恨。他们害怕那个瞎眼瘸腿的人在眼前出现，他们已经意识到了危险的存在，却无法摆脱。后来，他们终于想到了只有魏福禄可以指望了，如果他还留有一点点良心的话。"

"魏福禄的想法与他们不谋而合。对，去告发，去投案自首。"

"那么，魏福禄来找你就为这事吗？"

"是啊，静荣，你打的那个电话很及时。我有了准备，应对起来就心中有数了。我给县公安局的侦查科长钱松打了电话，他立马派人把二弟带走了。"

"魏福贵呢？公安没有派人去抓他吗？"

"去了，几名侦查员奉命赶到了兰桂枝的家乡，到了那里，他们先悄悄潜伏下，观察村子里的动静。他们发现桂枝叔婶的家已是一片废墟，火灾后的院落和房屋还有余烟缭绕。残墙断壁下，他们发现了一具尸体，已被大火烧成了木炭一样，无法辨认。他们最终没能找到第二具、第三具尸体。这具尸体是谁呢？如果就是大汉奸魏福贵的尸骸，那么为何不见了那个老妇人和她的男人？他们去询问村民，村民们避讳着，只是摇头。"

"狡猾的魏福贵，这个该死的大汉奸，一定是他搞的鬼，丧尽天良的狗东西，坏事都做绝了！"二姨十分气愤，她的话引起了魏福良的深思：一母所生，曾几何时，兄弟友爱，有一个欢乐的童年，他是什么时候开始滋生邪恶，把灵魂交给魔鬼的呢？父亲的遭遇并不能成为他沦落的理由，况且父亲在世的时候虽然有些跷蹊，但不至于害人性命。这是新社会，新中国成立四年了，那些潜伏的敌人受盘踞台湾的国民党特务机关的指使，伺机在大陆搞破坏，斗争还是很残酷的。可福贵并不属于国民党的间谍系统，他的主子日本人也已垮台。他抱着早已破灭的幻想，依然游荡在邪恶的深渊，真是不可思议。

黎冬问妈妈："后来呢？"

"后来？魏福贵始终没找到，那具焚尸弄不清到底是谁的，老妇人和她的男人也不见了踪影，一切都是一个谜。只有魏福禄实实在在被关在看守所里。他每天面对墙壁念佛，希望洗刷掉自身的劣迹，换来新生。看守的战士感觉奇怪，他整天面壁而跪不觉得累吗，身后的饭菜一点没动，送进去，又端出来，这都七八天了，会不会有生命危险呢？看守所所长说：'随他去吧，他这是在辟谷，能不能圆满很难说。'"

"他真的信佛吗，妈妈？"

"也许吧，他和兰桂枝相守了那么多年，也可能受感染。这样的事谁也说不清，只有佛祖知道。"

姥姥在二姨家住下了。铁营洼离县城并不远，如果想家，还可以回来看望她的老房子。一开始，姥姥在县城住不习惯，后来渐渐心里踏实了，因为这里也有大鼓书可听。城墙根下的四合院叫人留恋，再说那些四合院里居住的娘们没事串串门聊聊天，走动频繁，把她也带进了拉家常、侃大山的团伙里。

二姨爱干净，总把屋子收拾得井井有条。下班回来，第一件事就是扫地抹桌子，虽然已经很干净了，她还是要打扫一遍。姥姥说："你看看你，桌子都擦得照出人影儿了，就不要擦了。下了班不累嘛，歇着吧，要不就带着国华出去玩玩，他在家总不安生，一会儿又把你的房子折腾脏了。"

二姨说："娘，我带国华到城墙那儿玩。等一会儿你把粥熬上吧，别忘了放些地瓜。"

娘儿俩走了。姥姥松了一口气儿，坐在床头上抽烟袋，抽完一袋烟，她想起了粥还没做呢，迈着小脚跑到东屋伙房里去生火、做饭。

突然，门过道传来乱糟糟的声音，紧接着一群裹腿的小脚妇女踏进院子，有人在喊："振基婆子在家吗？怎么还不出来迎接咱姊妹啊？"她正在拉风箱，没听清是什么人在喊、喊的啥，一只手拉杆，一只手续柴，没闲着。她背对着门，灶台垒在东墙底下，烟雾和热气弥漫了一屋子。铁锅里，下面熬着地瓜粥，上面熥着棒子窝头。不知啥时候，门口有一群黑影挡住了光线，背后传来一拨一拨的声音："哎呀，振基婆子真能干！""嗨，快看看，铁锅里的水熬干了！" "嘿，老胳膊老腿得悠着点儿，别闪着。""呵，你那饭快做好了吗？"……

她们站在那儿七嘴八舌地嚷着，姥姥照样拉她的风箱、添她的柴火，她已知道是那帮娘们来了。不多会儿，饭做好了，她站起身，扑打扑打身上，客气地说："大家屋里坐吧。"

城墙脚下草木凄凄，深秋把野地涂染成城墙的颜色，灰黄的调子从脚下一直铺陈到天边。国华玩得很欢实，地下的和天上的都在他小小心灵中留下印迹，却不知道它们从何而来又是干啥用的，一切的未知只是因为好玩。二姨站在城墙下的避风处望着、瞧着，小家伙都三岁多了，他的两个姐姐已经上学了，这会儿该放学到家了。老赵在县政府工作，很忙，这个家我来撑着，有老有小，还得上班。嗨，日子嘛，大概都是这么过的。现在可比以前好多了，起码安定、不乱腾，大人上班、孩子上学、老人清闲，日子过得还算踏实。老赵又有几天不着家了，他忙他的，革命工作嘛，虽然俺的觉悟没那么高，但俺明白道理，有些时候工作、家庭很难两全，你不得不为工作付出、为家庭奔忙。静芝和静荣不也是这样吗？她们都有家庭，也都有老人与孩子。

二姨的视线里没了国华的踪影，目光迅速环绕周围一遭，还是没有，倏地一下她的心缩起来，头皮炸起来，双手抽搐，她不得不弯下腰去，喘着气，冷静一下。她感觉好点了，便急忙开始找。她都急死了，但还是没找着国华。她内心忽然生出一个可怕的念头：会不会被野狼叼走了？然而又一想：这是大白天啊，怎么会有狼？忽然那边传来吱吱的叫声，啥东西？在哪儿？像是城墙底下发出的声音，她顺着墙根摸过去，蓦地她看到了一个黑乎乎的洞，就在坍塌的一段城墙旁边，洞口边长满枯黄的干草。她拨开它们，小心翼翼地探过头去，目光所及是一个蜷曲着的孩子和三只小动物，那小东西像是獾，还没断奶的样子。她仔细一瞅，那孩子正是国华！"俺的天啊，国华你怎么在这里？"她不顾一切地往里钻，还好洞口够大，终于把他抱了出来。三只小生命仿佛失去了母爱，吱吱哀鸣着，往洞口亮光处爬。她的魂都快吓飞了，突然一个黑影从残垣断壁那儿飕地掠过，她闭上了眼睛紧紧抱着儿子，她的脚像生了根，浑身开始抖擞起来。那黑影飕地又掠了过去，荒草仿佛被风吹拂了两次，一撮泥沙纷纷落下。她慢慢睁开眼睛，忽然，她看到城墙顶上蹲着一只獾，还有那双受惊扰的蓝色眼睛。

"你这孩子太不听话了，为啥乱跑，你怎么会钻进那个洞里？妈妈都吓死了！"

"狗狗。"

"啥？国华，记住了，那不是狗狗，是野兽，野兽是会吃小孩的。"

飕……那个黑影又像一阵风似的掠过。

她赶紧远离那洞口，抱着孩子向家的方向跑。突然，她停了下来，扭回头朝后方一瞥，她看到那只獾钻进了洞，瞬间又钻出来，在洞口那儿站着，昂头望向这边，她依稀又看到了那双蓝色眼睛。

那帮老太太拉得很起劲。那个说："你们不知道，铁柱媳妇又偷人了。谁叫人家长得俊，铁柱小子又是个窝囊货，一枝鲜花插在了牛粪上，她能不养汉子嘛。"这个问："抓住了吗？铁柱可是有个够厉害的娘啊。"那个回一句："他娘再厉害也挡不住人家红杏出墙呀，听说那男的是位本事人，家里有钱呢。"突然又有人插一句："太不地道了，有本事有钱咋的，这叫奸夫淫妇，真丢人！""好啦好啦，说这个干啥，又不关咱们的事，你们听说了吗？""听说啥？"坐在床沿上的胖娘们操一句坐在墙角小板凳上的老太太。"这城墙要拆了！说是影响了县城的发展。""听谁瞎说，这不可能！老祖宗留下的东西能说拆就拆吗？""可不是嘛，打俺爷爷那会儿就在这城里住，都三代了，没听说还有城墙碍事的。"又有一个接上了话："是啊，是啊，如果没了城墙，那还叫县城吗？"

"这屋里怎么这么多烟啊，失火了吗？"二姨抱着孩子出现在门口。

众人一见，慌忙起身，纷纷朝外走。其中一位老太太经过她身边，伸手摸一下国华的小脸儿："小伙子真帅呀。"二姨有点儿不好意思，忙说："婶子们，再坐会儿吧！"

人都走光了。姥姥站在屋中央，像是在数落："你看看你，不能好好说话嘛！"

"我也没说啥呀！"

"你是没说啥，可人家都知道你爱干净，恐怕惹你不高兴，往后人家还敢来吗？"

"这碍不着我！"

"都是你的理，行了吧！"

二姨不再说话。她没想到事情会弄成这个样子。她抱着孩子走进里屋，方桌上放着饭菜，都用笼布罩着，淑梅、淑香俯在小桌上写作业，一阵懊悔涌上心来。她回身跑到外屋，姥姥已不在那儿了。放下国华，她说："个人去玩会儿。"于是，她急忙去找娘。姥姥在自己屋里躺着，晚霞如衾覆在床上，窗台那儿秋风摇曳。

二姨一通心酸，一阵悔恨。

26 想念那大洼荒风

XIANGNIANNADAWAHUANGFENG

  姥姥回老家了，她一个人。魏家庄似乎还是老样子。亲戚街坊听说她回来了，都来探望，一时间门庭若市。没几天，门前消停了，隔三岔五的还有人来。那一日，姥姥坐在老家的老炕上，抽着烟袋，想着往事。这一辈子真不容易啊，不过到老了还算平安，生了十个孩子只活下来四个，倒是都有出息。老头子半路上撇下我，一个人走了，他基本上没享什么福，叫那痨病折腾得够呛。茂田在上海工作，前几日又接到了他的信，要我去上海呢。上海那么远，不是想去就去的。他已经有了三个闺女，后两个没见过，真想去一趟，可又舍不得丢下这个家。静芝、静兰和静荣过得都挺好，孩子们也乖，不知咋的，心上像是有块磁铁吸着，就是不想离开她们，还有这个家。等等吧，上海一定要去，等心放下了再说。上海可是大都市啊，我这乡下人到了那里保准找不到南北了。哈哈，很笑人，一把老骨头了，还向往那花花世界呢，年轻时没那福气，现在不一样了，这都是得了儿女的济啊。儿孙自有儿孙福，他们过得好，比啥都重要，一辈辈的人啊。人这一辈子想起来还真是奇怪，你看老财主魏义仁，还有他的三个儿子，命运各不同，老的被气死，小儿子当汉奸，二儿子是个混子，只有大儿子有出息，这真叫"一母生百般，也有兔子，也有獾。千人千脾气，万人万模样啊"！想当初，他们家可是家财万贯啊，标准的大地主，最后落个鸡飞蛋打，报应呵。那该死的万恶的旧社会终于结束了，新中国新社会，嘿，这才叫平安世道过平安日子呀。不过，想起来倒是家家有本难念的经，过日子嘛，哪有铁勺不碰锅沿的，得在这个老家待上一阵子，自己清静清静，没事串几个门子走几家亲戚。这儿离耿家集近，倒不如过两天去趟静芝家，我也想那两个小家伙了，他们都长大了，知道疼姥姥了。还有淑梅和淑香两个丫头，总围着姥姥转，我那间屋子就是她们的热炕头呢。还有静荣的大丫头都三岁多了，小的才出了满月不久，长啥样儿？姥姥还没见着呢，很想见一见。黎元忙，总不着家，月子里多亏她的两个姐姐伺候着。听说说大鼓书的贺师傅过几日又要在那个茶馆开讲了，但愿别错过了，我回去不只是想听大鼓书，这个我心里明白，不过得待几日，这里的炕焐热了，亲戚乡亲们走完了，魏家庄的大洼荒风享够了，再回到那个老城墙下的四合院，那里也需要我。

　　早晨。刚吃过早饭刷完锅，寒风就挤进门来，是从门槛的缝隙间钻进来的，姥姥感到一阵阵凉意。已是初冬了，外面的落叶迫不及待地离开树枝，在空中飘浮，或在地面上游荡，炕台上的那盏煤油灯还亮着，它仿佛觉察不到现在已是早晨，仍等待房主人的一口气，方可终结自焚，归于宁静。姥姥走过去，吹灭它，一股余烟表示最后的依恋，陪同房主人静静地待在冷屋里。

　　院门开了，有人走进来，姥姥琢磨着准是哪个乡亲来串门了，急忙理理头、整整衣，快步向房门走，拉开门，亮光中站着两个人，她的眼被晃了一下，没看清。突然，有人在喊："娘！"她定睛一瞧："嗨！你们俩，这么早，从哪儿来？"大姨说："娘，俺们特意来看您，起个大早，恐耽误了路程，俺们知道您喜欢早起，这不就登门了。""好啊，进来吧，屋里可是够凉的，要不要生火烘烘炕呢？"二姨说："行啊，这才阴历十月，天就这么冷了，冬天咋过呢？""该咋过咋过呗，老天爷不会冻死人，只有懒死的。想当年洼中大雪，天气奇冷，连飞鸟都冻掉羽毛，咱不是照样过来了嘛，炕上坐吧！"

三个人说了很多话，不知不觉炕头已经热了，灶下生着火，灶上坐着锅，锅里烧着水，一把茉莉花沏一小壶茶，炕上搁个瓷盘和三只碗，围坐着，只有一杆烟袋喷着烟，两张嘴呷着茶，话头无拘无束，海阔天空。娘仨许久没能这么拉家常了，可惜缺了静荣。

晌午。该做饭了，锅里有开水，下点儿面糊就行，上面笾子里馏几个窝头、一碗虾酱、一盘咸萝卜条，就是一顿饭。二姨说："娘，吃了饭跟我回去吧。"大姨说："是啊，娘，您一人在这儿，全家不放心。"姥姥说："有啥不放心的，一个老婆子还有人抢劫不成？"二姨指指窗外："娘，有人来了。"窗纸有几处破损了，从那些洞里瞧外面的人如忽然飘过的落叶，一个完整的人正站在那儿敲门：咚咚咚。

"谁呀？进来啊！"

随着喊声兰凤走进来，手里提着篮子，她扭身用一只手关好房门，放下篮子，坐到炕上，说："振基嫂子还没吃饭吧？到我那儿去吧，都准备好啦，静芝、静兰都去。"

"不麻烦了，饭都做中了，要不你就在这里吃吧，咱们娘们儿说说话。"

"麻烦啥呀，嫂子，您回来多日，还没请您吃顿饭呢。今儿振林在家，他从镇上割来一只羊腿。您知道，该死的在镇上做活，像没有这个家似的，老少一家人见他就像见菩萨，凑巧儿他今儿赶回来住两天。该死的，叫俺独守空房，俺都快忘了那事儿咋办了！"

"瞧你这出息，又不是少妇，离开男人就受不了了。好好，俺们去，瞧瞧你寂寞成啥样儿了。可是说好了，俺们只去吃饭，不当说客。"

"哎哟，瞧嫂子您说的，俺兰凤有那么没出息吗！亏俺年轻时也是一枝花，不缺他一个！"

静芝和静兰只是偷偷笑，并不言语，她们知道，女人虽然耐得住寂寞，但是离开男人的日子也确实不好过。

27 跨越大洼福地
KUAYUEDAWAFUDI

羊腿炖在锅里，这会儿已经熄火了。

从灶台下站起身，拍拍前襟儿，蹭到小凳上抽烟袋。魏振林不太会忙饭，可炖羊腿却是一绝。放什么佐料、火候的控制、时间的长短、出锅的温度，做得都很地道。这绝活儿他是从镇上的一家羊肉馆学来的。平时，几个哥们干完活喜欢到羊肉馆喝一杯。没有多少钱，人家吃肉，他们就喝汤，随便点两个小菜。哥几个正喝得带劲儿，他便悄悄溜到后厨，看掌勺的师傅怎样做菜。这里的炖羊腿远近闻名，就是出于这位师傅之手。一来二去，他们成了朋友。那位师傅看他很有耐心，就说："你想学?"他回答："想学!""这可是祖传秘方，俺从不外传，还指望它挣碗饭吃呢。现在镇上有五家羊肉馆，他们的买卖都抵不过咱这里，原因就是这羊腿炖得地道。如今是新社会了，镇上的领导若有接待就喜欢到咱这小饭馆就餐。不管几个人，他都是只动动盘里的小菜，从不向大盆里伸筷子。我知道，他是想让客人吃好，自己倒无所谓。那一次，我对他说：'镇长，不好吃吗？您尝一口。'他倒是真的尝了一口，嚼着嚼着，眼睛一亮，说：'哦，好吃，地道！来来来，大家动筷子!'"说着说着，师傅眉飞色舞。他听着听着就有些惭愧，俺既不是啥领导也没有钱，咋好意思跟人学呢。那位掌勺的师傅看出了他的心思，并不急于表态，继续干他的活儿。魏振林自觉没趣，悄悄溜走了。

空闲的时候，他们仍然喜欢到羊肉馆喝上一杯。工作太累，体力付出得多，饭量就大，酒就喝得多，解除疲劳，没有比灌羊汤喝烧酒更好的办法了。那一次，大家都醉了，然而他们并不闹事，只是坐在那儿你瞅着我、我瞅着你傻笑。旁边吃饭的人还以为一帮神经病呢，有人开恶毒的玩笑逗他们："喂，爷们儿，裤裆开了，小鸡鸡跑出来了，快抓住，要不然就叫那边的娘们活吃了……"大家都低下头瞧，而且闪电似的用双手捂住裤裆。那边传来一阵狂笑。他们被激怒了，醉人醉面不醉心，干他们！醉汉与醉汉扭成一团，各人找各人的对手，扭打厮杀，一时间怒气横飞，小酒馆成了战场，直打得头破血流、遍体鳞伤。看热闹的也遭了殃，一个凳子飞来撂倒了一个，两只盘子腾空砸到了两个人的头上，三根筷子乱舞刺到了三张脸，四只鞋子狂踢击伤了四条闲腿……

店老板站在一旁无计可施。掌勺的师傅在乱哄哄的酣战中认出了一张熟悉的脸，心想：这不是那个想学手艺的家伙吗，到底咋了？不行，得想办法救救他，再这么打下去，不定会出啥事呢。

"住手!"

一声呵斥似乎镇住了那些打架的人，他们停止了打斗，只见一个威武的大汉，手握铁勺、身着白褂、头戴高帽，怒目而视。好家伙，什么人？大伙儿哄地一下都散了，脸上带伤的、一瘸一拐的、连滚带爬的都朝门边挤，最后留下一个人躺在地上，呻吟着。大汉走过去："喂，起来！"那人仿佛动弹不得。"咋啦？站不起来吗？我帮你一把。"说着，大汉拉起受伤的人，把他夹在腋下，就像怀揣着一截木头，朝饭馆的后院走去。

姥姥她们都听得入了迷，瞅瞅饭桌上的那盆炖羊腿，还热着呢，那香味诱惑着几张贪馋的嘴和闻味的鼻子。这时，魏振林抽完了烟，在鞋后跟上磕磕烟嘴儿，说："本来这故事我是烂在自己肚里的，看见你们就想吐出来了。咱们是自家人，与那帮干活的兄弟不一样。他们要是知道了这事，准怨我，就不和我做兄弟了，还是不说的好。"

静芝问："从来都没说过吗？"

"没有。"

静兰插一句："那后来呢？"

"后来？后来他就教给我了。"

"为啥？看你像个老实人吗？"

"也是，也不是。这位大厨子是外乡人，老家在沧镇，弟兄几个都继承了这门祖传的厨艺。为了争饭碗闹翻了，他被迫远走他乡，来到咱这里落了脚。他那厨艺好着呢，不光会炖羊腿。他说：'我没娶过媳妇，自然就没有孩子没有家，沧镇那地方我是再也不想回去了，那是伤心地，要留住这门手艺还得靠你呢。我看你有点儿文化，人又老实，传给你俺放心。你还不知道，我们家族有一种怪病，凡是男人都活不过四十，俺兄弟五个，我是老二，老大已经去见阎王了，看来我也快了。父亲嘱托，凡家里的男人要早娶妻早生子，唯有这样才能留住香火，传宗接代，不然就绝户了。自打你们爷爷的爷爷的那辈上，或许还早得多，就是这样做的。'说到这儿，他顿一下，愁容在脸上一闪，继而又释然了。于是，他拿眼睛盯着我：'你真的想学？'我说：'真的。''那好！'"

光顾着说话了，那盆炖羊腿就晾在那儿，没人动筷子。魏振林停下来，说："来来，咱们来一口！"

大家一起动筷子，几张嘴一块儿嚼。

"嗯嗯、嗷嗷、呵呵，好吃，好吃，太香了……"

姥姥嘴里一边嚼着，一边问老三："兄弟，你行啊，往后俺这老嘴不缺羊腿吃了。"

兰凤接过话来，她觉得脸上很有光，乐滋滋地说："嫂子，看你说的，你兄弟又不是外人，你想吃，让他给您做就是了。"

静兰突然停住了咀嚼，伸着脖子说："叔，那位师傅如今还在镇上吗？你们成了朋友，往后就让他拿咱们家当家吧。"

她的话一出，几张嘴一下子都止住了嚼动，并且异口同声地说："对啊……"

振林有点儿激动，他望望大家："我是这么想的，也是这么说的。你们不知道，吴师傅犟着呢，说啥不肯。他说：'这不妥，我若没了命，还要你们家出丧嘛，不妥，不妥，当个朋友走走还可以。虽然我人生地不熟，流落他乡，但是我不能做损人利己的事。这样就挺好，有个朋友，有碗饭，还有张睡觉的床，落脚的地……死也踏实了。'"

"那么，咱们抽空去镇上看看这位师傅，你们说咋样？"静芝好像是吃饱了，正在那儿一口一口喝着汤。说完，她瞧瞧身边的几个人。

静兰首先表示同意："那是当然了。娘，您就不要去了，吃完饭您就回县城吧，家祥来接您，这会儿应该快到了，说好了下午三点的。"

一只大黄狗从门缝那儿挤进来，它一定是闻到了味儿，只见它蹲坐在地上，拿眼瞅着那满地满桌的骨头，长舌头鲜红，伸长了舔一舔黑色的鼻子。

兰凤将一块骨头丢给它，说着："大黄，乖，吃吧！"

大黄一口叼起来，坚利的牙齿咬着骨头嘎嘎响。

这狗好乖呀，静兰觉得稀奇。一般来说，狗为了抢食是不顾一切的，它会在你的裤裆底下钻来钻去，弄不好还会蹭翻桌子，你去轰它，它会呲起獠牙向你示威，脖颈上的毛都一根根立着。而这条狗不一样，进屋就乖乖地待在那儿，等主人来投食。狗通人性，这个一点不错。狗有野性，这个应该也不错，而不经驯化，它们就不可能温顺。静兰面向兰凤，神秘兮兮地说："婶子，你驯过它吗？"兰凤回答："没有。""没有？那它为何那么听话呢？""不知道，从小它就这样。""嗨，真是有点儿神，也难怪，狗随主人，兰凤婶这么仁义，养的狗也就听话了。""嘿，你个死静兰，话中有话，笑话俺不是？""哪里哪里，婶子多想了。"

一个中年男人在胡同口旁边的木桩上拴好马匹，他没有卸掉车厢，只将一个木槽丢到马头底下，那匹马依然负着重，低头叼口草料开始咀嚼。他走到院门那儿，四周打量了一下，确认这一家应该就是了，推开门，径直走进去，到了房门下停住了，开口喊："兰凤婶子住这儿吗？"

"谁呀？谁在外面喊？"

"哦，是家祥啊，快进来吧。"

屋内一股子膻味儿，还掺杂着甜丝丝的香气，他吸吸鼻子，看到一家人正围着饭桌坐着，地下一片狼藉，那条大黄狗走过去，嗅嗅他脏兮兮的鞋子，摇着尾巴，然后，重新蹲坐在原处，拿一双陌生的眼瞧他。

"哦，你来得很及时，怎么找到门的？"

"嗨，说难找也不难找，可就是费了点儿工夫，我先去了振基大娘的老院，没人。我好像听嫂子说过，说大娘不在老院就在兰凤婶子那儿，她的家很好找，同一条胡同往北走西边第三个院门就是了。"

"嘿，真不赖！吃过饭了吗？要不要坐下再吃点儿饭呢？"

"吃过了，大娘咱们上路吧。"

姥姥说："不急，先歇一歇脚，坐下，我还没给你介绍呢，这就是你兰凤婶儿，那位是兰凤婶的男人振林叔，其余的你都认识，就不介绍了。你们那个马车店生意还好吗？家祥，你赶车出来，店老板没有难为你吧？"

"没有，大娘。"

他瞅着那堆骨头，舌头根那儿潮乎乎的，似乎中午吃进去的菜糊糊玉米饼子要泛上来，许久未沾肉味了，确实馋了，啥时候咱也能吃上一顿大肉呢？哎，咱还算好的，你瞧那些住店的哪个不是自带干粮，花五分钱，从马车店伙房的大锅里买碗汤，坚硬的干粮泡进热汤里，连吃带喝弄一个饱，倒到大通铺上呼呼大睡。他们每天都跑很多路，不管是赶车的、推车的还是下脚跑道的。遇上大冷天，大通铺四处通风，那房子的窗户纸都被刮烂了，屋门也关不严，门框上露着天，门板下裂着缝，利刃似的寒风刮到脸上，虽见不到伤痕，却刺到心里，那些面孔就像一溜野地里冻蔫的茄子。天一亮，他们又上路了，没有一个唉声叹气的。肉啊，肉……正沉思着呢，忽然听得姥姥说："家祥，你想不想去镇上一趟？"

他舌头根底下依然潮乎乎的，这会儿那些骨头仿佛变成了一条大羊腿，多汁而馨香，馋涎欲滴。二姨想着家里的事，只要娘在，两个孩子都高兴，淑梅和淑香放学到家的第一件事就是跑到姥姥房里撒欢。有时候，她们还会安静地坐在那儿听姥姥说大鼓书上的故事。不如这一次接上娘同兰凤婶、大姐和三叔一起去趟镇上吧，我看家祥真的是馋了，也难怪，这年月，有谁能天天吃肉呢，我也是许久没有开荤了，今天算是解了馋了。都不容易啊，到了镇上好好答谢人家，当门亲戚走着，吴师傅若有事咱应当尽力帮忙。

饭桌收拾好了。

大黄狗无精打采地走了。它来到院子里，两只老母鸡靠过来，在它身边啄食。它趴在地上，将狗头搭在一双爪子之间，瞅着房门。

大家走出来了，朝那辆马车走过去。

马车行驶在大洼腹地。这里是必经之路，过去是，现在仍是。没有别的路，跨越它就到了镇上。然而，跨越它需要时间和距离，在这样的冬之午后。

大家似乎很兴奋，因为坐的是马车，而非颠簸不止的牛车或驴车。橡胶轱辘将车辙印在了泥地上，清晰而温存。

盘旋的鹰注视着移动的猎物，猎物太大太多，它眨眨眼，飞走了。

这条街今非昔比了。那间让历史记住的"冬羊人家"和"魏氏布店"没有了空间与时间上的质地，它们只留存于人们对那段日子的回忆里。

马车辚辚，做生意的和逛街的仿佛都听到了，车轱辘给了他们暗示，有人来了。

吴师傅倚在门框上，望街。这会儿没有什么客人，过了吃午饭的时间，晚饭时间还没到。后院里有几声羊叫，闹心。可吴师傅不以为意，因为司空见惯。他看见一辆驶过来的马车，感觉车上有眼熟的人，但又不确定，可能看错了，把眼睛转过去，继续望街。西边的街道上有一家粮店，一家当铺，一家小银行，再过去，看不清了。粮店门口站着几位老太太，手里提着大包小袋，一个小男孩吵闹着："奶奶、奶奶，我要吃羊腿。"另外那个大一点儿的女孩拉起了他的手，一边摇着一边说："宝柱，闭嘴! 奶奶有钱吗?"

吁……

马车到了门前。

家祥在拴马，车上的人翻下车，姥姥留在最后，静芝、静兰一边一个把她接下来。

吴师傅这回真看清了："老魏!"

他们亲切地握着手。吴大厨说："今儿有空啦，还带了一车人来，走亲戚吗?"

"算您说对了，吴师傅，是走亲戚，走您这个亲戚啊!"

"哦!"

"您在这里望街呀。"

"我还是不太明白。"

"有啥不明白的，我们来看您。"

"从哪儿来?"

"魏家庄啊。"

"啥？那么远，还要穿过洼地，快，里边请！"

大家绕着饭馆转了一圈，包括厨房和后院，末了，围着桌子坐下。吴师傅喊着："小顺子，沏茶！"

那个小徒弟把一大壶茶水搁在桌面上，往旁边一立："慢用！"

姥姥先开口了，她说："吴师傅，俺都听振林说了，你对他照顾得不错。俺们这次来没别的意思，就是想过来看看你。老家沧镇吗？那地方可是大码头，家里人都好啊，来到俺这个穷地方委屈你啦。你要不嫌弃，就把俺们当亲戚吧，往后咱们就是一家人。一家人不说两家话，有难处你说，总归俺们是当地人，不能说是地头蛇，可好歹地方熟，办事容易点儿。你别客气，俺老婆子就算认你这个兄弟了。羊腿真好吃！"

"谢谢大娘，谢谢你们！"

"吴师傅，振林叫我嫂子，你也叫嫂子吧。"

"谢谢嫂子！"

"吴师傅，你大号叫……"

"吴炳坤。"

一个男人走过来，中等身材，半百年纪，白白胖胖，太阳穴那儿有颗痣，蒜头鼻子，厚嘴唇。

吴炳坤见了他，一下子站起来，恭恭敬敬地喊："老板！"

大家闻后也急忙站起身，姥姥说："这位就是饭店当家的吧，老板您好！"

"大家坐，大家坐！"

姥姥问："老板尊姓大名？"

"哦，连本息，你们多关照。"

"不是当地人吧？"

"祖籍湖南。"

"哎哟，那地方可远了，怎么到这儿来了？"

"我这里有亲戚，那村好像叫耿家集？"

大姨觉得有点儿突然，说："耿家集？俺就是那村的啊。谁家？"

"村西耿槐昔，一个老头子，家里就他一个人，我来时婶婶还在，还有两个姐姐，如今她们都不上门了，也不晓得到底怎么回事哟。"

"槐昔哥？俺们是同族同辈呀，这下好了，又认了一位亲戚！"

"哦……"

南方人与北方人总有差异，连老板并不怎么热情，倒也不冷淡，可做事上却细心周到。他吩咐大厨说："吴师傅，你去烧羊腿，再搞几样菜，这里我来照应。"

吴炳坤去了。他来到后院，吩咐打杂的杀羊，自己先穿好了厨衣，摆开了架势。

二姨有点儿坐不住了，她蓦地一下站起身，对着老板说："连经理，羊腿就不吃了，还得您破费，再说中午刚吃过，来点儿简单的吧，简单的菜。"

大姨说："连经理，没啥给你们拿，带了点儿土杂货，一来是探望炳坤师傅，二来也是看看您……"

她瞧一瞧那两只口袋，它们静静地倚靠在桌腿上，仿佛也是这次走访的一员。

"不要客气，有空来坐，后会有期。"

连老板望一望门口，吃饭的人们要上座了。

28 小而温暖的天地

XIAOERWENNUANDETIANDI

到了年底。新娃四个多月了，睁着小眼睛看着妈妈，她并不饿，妈妈刚喂过奶，就这么瞅着，小嘴儿动一动，像是要说话了。妈妈知道，还早呢。黎元今天在家，不只是因为星期天，下乡工作刚结束，他要歇一歇。孩子瞅着这位陌生的爸爸，他抱起了她，围着房子转，她在他怀里，很安静，小眼睛一点儿也不眨，直盯着他胡子拉碴的脸。他说："新娃，胡胡，胡胡，你摸摸爸爸的胡子。"他举起她的小手在下巴上蹭。妈妈心疼了，她说："老黎，干吗？扎着孩子！"黎元回一句："嗨，没那么娇气。"转着转着，小新娃渐渐要入睡了，爸爸的那只大手慢慢地轻轻地拍着她的小屁股。等孩子睡了，黎元走到静荣跟前，抱歉地说："你辛劳啦！"她说："没啥辛苦，孩子是自己的，咱不养谁养。"他说："这话有道理，谁家的孩子谁家养，天伦之乐嘛。还有，多子多福嘛，我总觉得这并不是老思想，若没有人，社会主义事业怎么搞，共产主义怎样实现……"她抢过话来：

"嗨，又是这一套，能不能说点别的？"他说："别的？别的什么？噢，就说点儿别的。静荣，你看，就要年底了，咱一家人回老家过年吧，过年总要守着父母，再说还可让孩子们陪陪爷爷奶奶。正月初二咱们就回去，孩子既可以见到姥姥，你也顺便走趟娘家。说不定大姐也会去，老人在哪儿，哪儿就是家啊。"

新年平安地过来了。有几个孩子围在膝边，爷爷奶奶很高兴。初一的早晨，天刚蒙蒙亮，两个孩子就爬起来，下了炕，他们穿上新衣站在窗前望着外面，院子里的那口大水缸是腌咸菜用的，缸体上泛了一层白碱；倚在墙上的一把扫帚散了头，稀稀疏疏；东屋窗台上的瓶瓶罐罐花花绿绿；一只小矮凳上蹲着一盆花，仙人掌之类的，在泥壁下面迎着北风，冻僵了；一把铁锁锁住了南屋的门，两扇门斑斑驳驳。小家伙们蹑着脚，徘徊在并不熟悉的院子里，鞭炮声在远方的天空下或狭窄的胡同里响起，声浪此起彼伏，火药味儿弥漫在空气里，让人们在热闹的气氛下吃一顿饺子。

大人们比孩子们起来得还晚，他们守夜，凌晨时分才和衣打个盹儿。

爷爷穿着黑棉袍已在街上拾了一遭粪回来了，奶奶盘着小脚坐在蒲垫上，望着二大娘的后背，她正在拉着风箱烧开水，昨夜就包好的过年饺子即将下锅了。二大爷蹲在东房的门槛上抽烟袋。今早是个阴天，冷与暗仿佛是新年第一天的开头，可阳光就在阴冷后。

第一碗饺子用来祭天祭祖祭灶王爷，家乡的风俗爸爸妈妈仿佛已经忘却了，今早他们重新拾起，一家人跪在地上，面北，墙上的神灵与祖谱仿佛接纳了他们的心愿，袅袅青烟就是祈求平安祥和的意思。

爸爸很高兴，这是一年当中他最轻松、最愉悦的时光。妈妈也高兴，由于生孩子、带孩子，她似乎失去了娴静，浓浓的年味里老人和孩子的天伦之乐是对她的最好奖赏。

妈妈说："孩子们，跪下，给爷爷奶奶磕三下响头！"

他们真的磕，而且磕得很响。爷爷奶奶高兴得乐不可支。

姥姥也享受了孩子们磕的响头。大姨的两个男孩已经十多岁，他们带领着二姨家的淑梅、淑香，还有舅舅家的两个小不点儿一同磕。姥姥膝下有孙女，也有外甥、外甥女，好不热闹。大年初二这一天，四合院人来人往，第一批登门的是大姨大姨夫带着他们的两个儿子，他们还不知道舅舅从上海回来了，进了门，人还在院子里，突然就看到大哥大嫂从屋内迎出来，几双手握在一起，紧紧地握。大姨说："哥，几年没回来了？总算回来了！"

"我想你们呀，哥在外地身不由己，交通又不方便，再加上两个孩子还小，所以就难以成行了。"

妗子说："还所以呢，临来的那个晚上你不是一夜未眠吗？我在旁边醒过三次，迷迷糊糊地看见你眼珠子瞪得大大的，呆呆地望着顶棚。我说怎么还不睡？你说睡、睡，想睡来着，可就是睡不着！"

几双手虽然松开了，但是仿佛心儿还握在一起。他们站在院子里，四合院就如同一方小而温暖的天地，它隔开了外面寒流的肆虐，那座老城墙无声无息地卧在天空下。

耿槐林说："哥、嫂，孩子们都回来了吗？"

"回来了，老大艾妮、老二艾娣在屋子里正缠着奶奶呢，刚才孩子们磕过头了，乐得咱娘的裹脚一个劲儿地跺地。嗨，这两个是你们的儿子吧，都长这么大了，叫舅舅！"

戊寅和庚辰齐声喊："舅舅。"

大姨说："咱们屋里说话吧。"

二姨说："在这儿说吧，天井里就挺好。"

黎元和静荣赶过来的时候已近中午。那辆透风撒气的客车就像老牛车，短短八十里的路程走了足足三个小时。人们都冻坏了，满车厢如同掉进了机器轰鸣的车间，跺脚的、搓手的、哈气的、咳嗽声、埋怨声、孩子哭、大人嚷，寒风肆虐地随着车厢走……

　　终于到了。车站不过是两排平房一个院子。从这里到二姨家还很远呢，车站在城东，二姨家在城西，跑着去，看来是不现实，主要是有孩子。静荣怀里的孩子裹得严严实实，两个大点儿的都穿着厚厚的棉衣棉裤，走起路来就似移动的小水缸。好歹站外有几辆人力三轮车，黎元走过去，招呼一声："师傅，去城西吗？""去！""多少钱？""一辆，两辆？""就一辆吧。""八毛！""好，走吧！"三轮车也是透风撒气的，那棚子形同虚设，北风一吹，东摇西晃，人坐在上面，脸如同刀割，屁股好像磨破了骨头。一颠一簸，石子路硌疼了车轮子，北风呼啸，冷气钻进了人的肚子，晃眼的街道模糊了视线。"到了吗？""快啦！""您知道门吗？""知道。""那就好！"蹬着车的师傅弓起身子，将头伸进北风里，但他一点不觉得冷，因为他舒展开的筋骨抵御了寒流的侵蚀，而且他的脚与手都是热的，还汗津津的呢。"老哥，您看上去像个干部，来走亲戚吗？""是啊，师傅，我二姐家在这儿。""谁家？她叫啥？县城太小，我也许认识。""魏静兰。""魏静兰？可不是县被服厂的魏大姐？她家大哥叫赵庆扬，在县政府上班？""正是，师傅你认识？""嗨，认得！他们也老坐我的车，好人啊，对人很礼貌。""师傅，到了家，进来坐一会儿吧，既然你们认识就叙叙旧，往后来这还坐你的车。""好啊，尽管坐，这位是您的媳妇吧，也像干部，怎么称呼？""是呀，师傅，她叫魏静荣。""嘿，闹了半天她是魏大姐的亲妹妹，那么你就是妹夫了，两个孩子很可爱，怀里的多大了？""才四个多月，师傅。""哟，这么小就抱着出门，天这么冷，难为啦。""这没啥，习惯了，我工作忙，老出差，家里就靠她一个人，往后还要上班，日子不就是辛苦忙碌地过，等他们长大了，我们就老了。""这话对，您贵姓？""免贵姓黎。""李？是姓李吗？""不对，师傅，黎，黎明的黎。""嗯，俺没文化，不过俺记住了，黎同志，您好命啊，你们全家都有文化，工作也好，不像俺这蹬三轮的，靠天吃饭，没着落。""都一样，革命工作没有贵贱之分，靠体力靠脑力都是为革命付出，新社会咱得有点儿新姿态。""说得好，有文化。嗨，只不过俺老百姓的付出没那么大，只靠伸伸胳膊踢踢腿，穷命啊。""师傅不要悲观，我那时刚革命的时候也曾悲观过，总认为穷苦人永远翻不了身，那么多恶势力压在我们头上，什么时候才是出头之日啊。后来，还是革命本身教育了我，战斗岁月锻炼了我，虽说出生入死很光荣，但我始终觉得自己就是一个普通人，没有什么功劳可炫耀，只有走不完的人生路啊……"

说着，远远的那座城墙映入眼帘，城墙脚下的那座四合院和其他四合院一样平凡而安宁，有人家就有烟火，渐渐地他感到一种亲情的力量在召唤，午阳下的冬日融进了亘古的年味之中。

县城西边二十多里，就是铁营洼。这里曾是杀敌斗恶的战场，黎元没有忘记，那些艰难岁月的艰苦，困窘光阴的绵长，硝烟浸润了战地黄花，融进了平凡的日子。他说："静荣，还记得吗，铁营洼里的故事？"静荣说："记得，老黎，永远忘不了。"他们下了车，两个孩子如移动的水桶一般朝着那个四合院的方向走，黎元扶着静荣，怀里的孩子睡了，依偎在妈妈的怀抱里，凛冽的寒风都望而却步。睡吧、睡吧，宝贝，姥姥在家等着了，一觉醒来，你会看到许多意外的脸庞。两个孩子已经到了院门外，停住，回转身，望着渐行渐近的爸爸妈妈。

咚咚咚……黎元敲响了院门。过道里传来脚步声，门开了，二姨白皙圆润的脸就似一轮十五的月亮出现在眼前。"静荣！"她大呼一声。两个孩子从大人腿边挤过去，亲切地叫着："二姨，二姨……"

他们一直在天井里说着话，上海来的舅舅妗子见到了大妹二妹，还想要见三妹呢，不曾想，人已到了面前。舅舅喜出望外："哟，你真的来了？怀里还抱着孩子，老儿啦，老三了吧。黎元，你还是那么精神！"两个孩子对这个舅舅不熟悉，偷偷躲在妈妈身后，拿陌生的眼光盯着舅舅和妗子。静荣说："新国、新庆你们躲什么躲？这是舅舅，那是妗子，快叫！"舅舅伸着胳膊慢慢走过去，想抱抱两个孩子，到了跟前，他们急忙躲到了爸爸身后，他再往前迈两步，他们又躲回妈妈身后。舅舅无奈，直起身，拍拍手，探着头神秘地说："哎哟哟，干什么？捉迷藏啊……"

吃午饭的时候，二姨对妈妈说："静荣，你来晚了，错过了一次好机会。"妈妈说："啥好机会？有人给咱们聚财了吗？"二姨说："你猜猜？""猜不出。"大姨接过话来，说："静兰，别神拽了，其实也没啥。""静荣，我们那天认了俩亲戚。""亲戚？哪儿的？早不认识吗？"黎元在旁边说："大姐二姐，你们去了镇上，对吗？"二姨抢过话来，说："黎元，还是你聪明，你怎么知道？"黎元回答："刚才听娘说在镇上吃了顿好饭，连老板和吴师傅人不错。"静荣对静兰说："那么，二姐，你说新认的亲戚就是这两位了，咋回事呢？"静兰故作玄虚地说："说来话长啊……"

后来，妈妈说："我从大姐那儿知道了事情的经过，那时，新娃已半岁多，产假结束，我回单位上班，孩子就交给从乡下找来的一位阿姨看管。你父亲继续搞他的宣传工作，很少在家。抗美援朝结束不久，你舅舅一家过年探亲只待了五天，他邀家人到上海去玩，你姥姥很乐意，大姨、二姨也盼着呢。我说：'还是到年底吧，那时有了假期，时间上应该很充分，眼下不如去镇上看望一下你们说的那两位新结识的亲戚，认识就是缘分。他们是外地人，举目无亲，咱们要给他们一点亲情、一些温暖，总归都是生活不易的人。'"

黎冬问妈妈："那时还没有我吗？那是哪一年呢？"

妈妈说："那是一九五四年，你一九五五年出生，你当时还在妈妈的肚子里孕育着呢。"

"噢，妈妈当时一定很辛苦了，姐姐哥哥们有人照看吗？"

"姐姐上学了，哥哥还小，只好把他送到农村去，交给一户村民喂养。那时城里乡下条件都很差，两年后把他接回来时，你哥哥都瘦成一把骨头了，还得了肺结核，差点儿……嗨，冬儿，你哥哥命大，他活过来了，后来也上学了。那是一段艰苦岁月，刚解放不久，百废待兴。"

"妈妈，后来你们去看望那两位新亲戚了吗？"

"去了。"

"情况怎么样，他们还是老样子吗？"

"说来话长，你二姨不是曾经说过吗，确实一言难尽呀。"

"到底怎么了，妈妈？"

"冬儿你先回去休息吧，明天还有课，学生们要听你的历史课，你要备好课，争取把历史讲得生动有趣。妈妈知道你有这能力，历史不只是人写的，它存在于自然天地之间，生命力是顽强的，世间的每个生命都应得到重视。"

"我记住了，妈妈。"

第二天夜晚，繁星密布，黎冬驱车来到市干休所。已是春暖花开时节，昨日的一场雨，下在清明明媚的早晨，纷纷细雨伴她走进讲堂，面对学生，背靠黑板，教案上的一摞书沉淀着历史，岁月的沧桑在这里流转，她要把她所感悟的历史讲给同学们，不只是为了教学而教学，她觉得责任重大，有一只强有力的手在隐隐向她召唤。

林荫路静默无语，它头顶繁星，笑纳悠闲的脚步，苍翠枝丫将湿润春雨隐于无形。

她莞尔一笑，开过去了。

今夜，她重听妈妈讲过去的故事：

人都到齐了。两辆马车从四合院外的溪水边出发，一路上欢声笑语。前面马车上坐着姥姥、三姐妹，还有兰凤和赶车人赵家祥；后面那辆车上全是爷们儿：耿槐林、魏振林、黎元和家祥马车店的伙计小墨子，他只有十六岁，却已在马车店干了三四年了，人虽小但十分机灵，瘦削的身板挥鞭吆喝，又有力又有声。一个响鞭在空中绽放，他回过头来问老三："振林叔，前面就到洼口了，到了镇上咱们有炖羊腿吃吗？俺可是馋得见了耗子就想扒皮抽筋吃！"

"你个馋鬼，就想吃羊腿么，那馆子里可是有很多好东西，你没吃一回的，馋了吗？"

"啥东西？比水溜肥肉片还好吃吗？"

"那当然，你吃过清蒸狮子头吗？那儿有。"

"啥头？虱子头？那玩意不好吃，那么一点点。"

一车人都笑了。笑声在道边的荒草地里打个滚儿，惊扰了丛中的鸟儿，一只乌鸦呱呱叫着，将黑色的羽毛流淌在暮色的天迹。

家祥甩一下鞭，他比小墨子沉稳多了，一路上，他听着身后的女人们拉家常儿，一语不发。前面有道下坡，车头与马渐渐倾斜下去，他轻勒缰绳，颠起屁股，几乎悬空的身体好像只有双脚踏在车辕上。

"吁……坐稳了，大娘、婶子、嫂子们，要下坡了!"

车上的人都歪斜着身子，顺着惯性朝下滑，车轮仿佛放开了撒欢的马蹄，旋转的速度紧追腾空的马屁股，人们都紧张起来，赶车人的双手没有离开缰绳，他一个劲儿地喊着："吁、吁、吁……"

那坡道就是洼地的入口，再往里就是人称兔子都不拉屎的荒野了，它的边缘看不到明显过渡的痕迹，只不过越往里越泥泞。旱时，沼泽是一片浅覆地皮的一个个的水洼，高处依然可见裸露的硬土，那上面常常站着羽毛蓬乱、有气无力的鸟儿；涝时，腐水连天，一片汪洋。紧连着斜坡往上走，地势较高，形成土丘，马车开始爬坡，仿佛跌落的马蹄与车轱辘经过一段小小的缓冲一下升腾起来，车厢里的人和赶车的把式都朝反方向倾斜，家祥抖擞起了缰绳，大呼一声："嘚哦……驾!"

终于到了镇上。哪一家来着，好像是那一家，檐下挂灯笼的那两扇门就是，静兰伸手指一下。大家下了车，走过去。门锁着，锁的两边贴着封条。怎么回事？没错呀，就是这里，抬头看门上的招牌，不见了，曾经挂着"本息羊馆"匾额的地方依稀露着陈旧的底色和斑驳的痕迹。大家犯了愁，不知如何是好，一个声音突然从身后传来："干什么的？你们为何会在这里？"

那些犯着愁的眼睛齐刷刷转过去，但见一位干部模样的人站在那儿，他进一步追问："来这里干什么？"

大家觉得奇怪：这人是谁？为何凶巴巴的，难道走亲戚犯法吗？还有那些封条……

静兰没好气地回一句："走亲戚，不行吗？"

"走亲戚？"

"对呀！"

"跟我来吧。"

"为啥？"

"不要问，跟我走！"

来到镇上的治安管理办公室。桌子后面坐着一个人，穿着制服，看来像是公安上的人，他问那个工作人员："怎么回事？带来这么多人，他们都是干啥的？"那个工作人员说："报告，他们这些人去了那家羊汤馆，而且站着不走，我觉得可疑。""哦，知道了，你把和尚带过来。""是！"

"和尚？哪个和尚。"

"不要说话，待会儿就清楚了，你们坐吧。"

大家面面相觑。不过，黎元很镇定，心想：这个负责人我从来没见过，按说镇上的人大多都熟，也许是这些年我不在区上，情况不太了解了，也许……

"报告，和尚带到了。"

"好，你坐下来，做笔录。"

"是！"

"说说吧，你们是干什么的？为何来到这里？没看到门上贴着封条吗？你们该明白发生了什么事！"

大家的注意力都没放在那位负责人的问话上，却落在刚刚被带进来的那个叫和尚的脸上，那是一张十分憔悴的脸，精神恍惚，衣着褴褛，面无表情。

他就是和尚？从这张脸上仿佛还能窥见一点儿过去的影子，可惜他不说话，也不抬眼朝这边瞧。

"喂，和尚，你认识他们吗？老实交代！"

"认识。"

"认识？这就好办了，交代交代吧。"

他站在那儿像截木头人，从牙缝里挤出的那两个字显得很费劲。一时间屋内很寂静，没有任何人讲话，包括那位落魄的和尚。

"喂，叫你呢，为什么不交代？"

和尚浑身一哆嗦，慢慢将目光朝人群中望，他看到一个人，一个曾经十分熟悉的人——黎元。他把目光定格在黎元脸上，吞吞吐吐地说："报告首长，他……他就是黎……黎元。"

"李原？不对，是黎元吧，这名字我好像听说过，黎元、黎元……对了，他就是过去的黎区长？应该是，我的同事常提起他，战斗英雄啊，他怎么会来这里？"

"同志，你是黎元？"

"是。"

"过去的黎区长？"

"是。"

"老领导，幸会了，我们正在办一宗国民党特务暗杀案，没想到把你们牵扯进来了，请见谅！"

说着，他朝那位记录员命令道："小张，带大娘、大嫂、大叔们到隔壁房间休息，我和黎区长有话说，别忘了沏壶茶！"

两人坐下来。屋内的气氛一下变得很安静，小张把两杯茶放在小桌上。那位负责人说："黎区长，我是程再显，镇上的公安干事，去年刚调过来的。你看，这不刚熟悉镇上的治安情况，就遇上这等事，我真有点儿措手不及。还好，狗特务都落网了，只是有一个狡猾的特务逃脱了，这人真阴险。"

黎元突然问一句："这个逃跑的特务叫什么名字？"

"叫魏福贵，据抓获的特务交代，这人曾是大汉奸，声名狼藉，解放战争期间他投靠了国民党军统特务组织，被任命为少校。新中国成立后，此人潜伏下来，并奉命成立特别行动小组，负责暗杀、绑架、渗透等破坏活动，手下共有七名特务，据说还有一名女的，曾是他的姘头，行动暴露后，两人一同消失了……"

"女的？是不是三十左右年纪，或者更大一点儿，操一口外地口音，人长得挺漂亮？"

"应该是，我没见过，不过我的一名战士见过。据描述，应该就是这个样子。"

"哦！"

"啊，黎区长您认识？"

"认识，几年前就和她打过交道，还有那个魏福贵！我们是老相识了，他是魏家庄的人，大地主魏义仁的三儿子，与我妻子不但同乡而且同姓，从小就是个孬种。抗战时期，他投靠日本鬼子，恶贯满盈。我们早就想把他缉拿归案，可每次都让他侥幸逃脱。这一次，他又是怎么逃脱的呢？他和饭店老板是什么关系？还有那个吴师傅？"

"说来话长。魏福贵的特别行动小组搞过许多破坏活动。据抓获的特务交代，那一次粮库失火案就是他们干的，还有陈家庄的女婴失窃和寡妇投井案件等。这一次，他们把矛头瞄向了县、镇政府的领导，制订了一套周密的暗杀计划。他们知道，一般情况下，县委、县政府来人大都到镇上的羊肉馆招待，但是这样的机会不多，原因是上面来的首长们不到万不得已是不在镇上吃饭的，因为他们都很自觉，不愿给镇上添麻烦。这一次情况特殊，不知怎的，镇政府食堂的厨师刘师傅突然病倒了，载首长们来的那辆县里唯一的吉普车怎么也发动不起来，还有卫生室的谢医生和赵护士突然眼睛都看不见东西了，她们都是女同志，走不了路，出不了门。谢医生还好，可赵护士还是个小姑娘，她哇哇地叫着，满屋子瞎撞，撞破了头，晕了过去……出了这么些状况，你说，黎区长，领导们怎么走得开？忙完了事，已是下午三点多钟，早饭都没来得及吃的首长们已是饥肠辘辘，他们也是人啊，也需要找个地方填饱肚子。于是，在镇长带领下一行人来到了羊肉馆。不曾想，这个点儿店里的饭菜都是现成的，只需热一热，端上来就行。饭端上桌，大家不多会儿就吃饱了，忙着向外走。这时，就在前面的人跨出门槛的一刹那，枪声响起，一名警卫员应声倒下。紧接着，有三个黑影从里面窜出，子弹打在门板上、饭桌上、几名同志的身上。紧急关头，只见一大汉抢起菜刀，砍倒了两个，另外那个撒腿就跑，突然身后有一柄拐杖勾住了大汉的背，他看到了一张狰狞的脸和一条残缺的腿，一把匕首刺穿了大汉的脊梁。大汉回头恶狠狠地盯一眼那魔鬼似的丑陋的脸，突然倒地。我们的同志被这突然的变故打了个措手不及。当枪声停止的时候，大家清醒过来，几名战士迅速冲上去，擒获了几名特务。那个饭店老板双手捂着头，蹲在地上，大声叫喊：‘我不是特务，我是好人……’”

程干事顿一顿，接着说：“端菜的好像就是那个女人。她趁机和那个瘸腿瞎眼的阴险家伙一起从后院的暗道逃跑了。经查明，那个饭店老板就是国民党特务，特别行动小组的重要成员，暗杀计划就是他一手策划的。他们的行动方案都是一步步实施的，似乎很顺利，可到了关键环节出了问题。他们要吴师傅在饭菜里投毒，这样就会神不知鬼不觉地解决问题。吴师傅他被迫答应了，但他放到饭菜里的不是毒药，而是淀粉。起初特务们并不知道，正躲在暗处等着看好戏呢，不曾想，领导们吃饱了饭一个个完好无损地往外走。狗特务们急了眼，魏福贵用拐杖赶着他们往外冲，于是，就发生了饭馆里的枪战。”

"说完了，程再显同志？真是触目惊心呀！"

"黎区长，情况大概就是这样。"

"那么，那个和尚呢？他可不是坏人，是咱们的同志，这一点我可以向组织上证明。"

"放心，放心吧，黎区长，我们会查清的。"

　　大姨自从那日离开镇上之后就把自己关在房里。公公已过世，婆婆腿脚不便，平日里不大出门，就同她一起在炕上卧着。

　　耿槐林下地回来，看到她还卧在炕上，就有点儿气不顺似的说："老卧着，没病也卧出病来！"

　　她没搭理他，转过脸对婆婆说："娘，咋会这样！我就想不通，好端端的两家亲戚搅了。还有那个和尚，他是从哪里冒出来的呢？"

　　"你着啥急，人家都不在乎，就你心软，替古人担忧呀。"

　　"不行，我得去趟兰凤婶那儿。"

　　"哎、哎……还没做饭呢，你叫俺们吃啥呀！"

　　槐林硬是没能劝住她，灰溜溜地朝锅台那儿走，猛然，他又听到院子里传来老婆的声音："差点儿忘了，饭菜都在锅里盖着呢。"

　　这一边，一家人围着桌子吃饭。中午的太阳明晃晃的，门开着，暖风扑向每个人的脸。戊寅站起身，抹抹嘴巴，说："爹，我上学去了。"

庚辰也把筷子放下，冲着槐林问道："爹，俺娘呢?"

槐林吃着饭，有意无意地哼了两声。奶奶的话追着戊寅的屁股："戊寅，背好书包，好好念书，慢点儿跑!"

庚辰也急匆匆往外跑，他的背上没有书包，手里却握着一只弹弓。院子里太阳光强，树上的鸟儿叽叽喳喳的，他用另一只手遮住光线，朝那些树枝上瞅。

"哎……这孩子，小学没念完，死活不上了，成天价瞎胡闹……"奶奶嘟囔着，迈着晃动的小脚，爬到炕上。

槐林最后一个吃完，也不收拾饭桌，一个人蹲在北屋门槛上抽烟。这一阵子，他老觉着肚子右边隐隐作痛，尤其到了夜里，疼痛会加剧，一钻一钻的，好像里面爬着虫子。他没跟任何人说过，孩他娘也没说，他没把这当回事，不就是肚子疼嘛，过几天就好了。他长这么大，从没吃过药打过针，小病小灾的扛扛就好了，他想。可就是老这么疼会妨碍他下地干活，本来一上午锄一亩地，现在锄半亩就累得气喘吁吁、满头大汗。有时候，他蹲下来，压着半边肚子下神：嘿，今年庄稼长势真不错，瞧瞧这麦子墨绿墨绿的。他的手不自觉地抚摸着那片绿油油的麦苗。

奶奶为小孙子操心；妈妈为了这个家操心；爹爹什么心也不操，可他心里也憋着心事，我不知道那是啥，总觉得他这阵子像换个人似的，不那么乐乐呵呵了……戊寅在课堂上走了神。老师没看出来，同学们也没察觉，只一晃就过去了，他继续听他的课、念他的书。嗨，谁不知道，将来这是个有出息的孩子。

那一边，兰凤婶在劝静芝，说她菩萨心肠，人间的事哪有那么圆满的呢? 还不是老驴子拉磨，转一遭是一遭，踏一蹄是一蹄，可总是要转，不然你就吃不到热乎乎的馒头或棒子面饼子，走到哪儿算哪儿。日子嘛，天生就是这么过的。兰凤婶的心里似乎看不到什么希望，可又把希望寄托于未来。她说："静芝，再过十年就好了，到那时，咱老百姓就舒坦了。""真的吗？"静芝半信半疑。振林又去镇上了，为了糊口，也为了证明自己不是个吃软饭的。那天的事，最伤心的应该是他，但他忙着忙着就忘到脑后了。然而，到了中午，该吃午饭了，到哪儿去呢，老板不管饭，总在馆子里吃又吃不起，这点儿微薄收入怎能面对那些饭店里的鸡鸭鱼肉呀，就是一日三餐只吃素恐怕也应付不来。没办法，只有在这个小店应付一顿、那间饭店凑合一餐，确实嘴馋了，他会在那条街上溜达一遭，眼瞅着东家的香气冒出来西家的菜肴很养眼，只是咽咽唾沫、捋捋肚皮，不经意地一抬眼，羊肉馆就在跟前了，封条已经褪色，铁锁锈迹斑斑，那两个破损的红灯笼悬挂在那儿。他叹口气，饿着肚子，默默走开。男人不在家，兰凤婶倒觉得清闲，就是没个人说话儿。这不，静芝上门了，她自然喜出望外，娘们儿之间仿佛有说不完的话，不知不觉说过了头。她问："静芝，你吃饭了吗？"静芝回答没吃。她说："我也没吃。几点了？我怎么觉得窗外的那轮白太阳都沉西了呢？你等着，我去做点儿吃的，噢，对了，还有那个呢，一会儿就好。"

端上来一盘零碎的羊腿骨，外带四个馒头。兰凤婶说："我长了个心眼儿，留了点，过日子要细水长流。"

"哪来的？还是……"

"对啦，我放到地窖里了，热热一样能吃。"

"婶子，你可真会过日子，俺要学着点儿。"

"哪里话，论过日子，你是一把好手，你看你，把个家从里到外张罗得如如贴贴……好了，快吃吧，趁热吃。"

"婶子！这……这羊骨头咋觉得有点变味呀！"

"啊！"

静芝的婆婆一个人在家。他们都去了医院。儿子得的什么病？疼得死去活来的。她都这把年纪了，还是第一次看到有人会这么难受，就好像万箭穿心。自老头子过世后，静芝对我更加贴心了，槐林得了这病，她也是一点儿不知道。该死的槐林，他为何不早说呢，都病成这样了，恐怕凶多吉少。她不敢想，卧在炕上犯愁。

中午了，儿子儿媳还没回来。院子里不见一点动静，只是偶尔听得几声悠闲的鸟鸣。小孙子庚辰跟着去了，他不愿读书，喜欢捣蛋，五年级没念完就死活不想再踏进校门，成天瞎胡闹，到处惹事，静芝没少为他擦腚。那一次，邻家的两只芦花大公鸡被他用弹弓射死了，那个恶娘们儿站在房顶上骂得天昏地暗，骂什么谁打死了老娘的芦花大公鸡谁就会断子绝孙！从日头偏西一直骂到日落西山。静芝只有听着的份儿，庚辰也吓得躲在老橱柜里不敢出声。臭娘们骂够了，颠颠地下了房，来到伙房，去吃那两只她男人早已剥毛、剖膛、炖好的大公鸡，一边嚼着一边说："我看邻居的那个臭小子还敢不敢招惹老娘！"

过了两天，邻里的那个恶娘们病了，上吐下泻。是不是吃那"冤死"的鸡吃的呢？没人知道，反正是老天爷显灵了，她得理不饶人，她卧在炕上迷迷糊糊的。报应啊，凡事不能做绝，无论事起何端。

静芝听说了，就带着小儿子过去看那个娘们，手里的两包点心无意间成了安抚病魔的引子。进了门，她的男人首先假惺惺的笑脸相迎，说道："你看看，静芝妹妹，多不好意思，还麻烦你亲自跑一趟，谢谢了。"说着，他一手抓过那两包点心，转身走到炕头丢下，满脸堆着假笑，说："在炕里边呢，好几天不吃不喝了，好像中了邪。"

静芝拎着小儿子不说话，悄悄走到炕沿下。小儿子的肩头倚在她腿上，很不安分地挣歪，她抖一抖胳膊让他安静，这是在别人家，不能任性。

那个女人的男人说："静芝妹妹你坐啊，你看这屋子里乱七八糟的。"

说完，他拽过一条凳子。拖地的声音惊醒了炕里边的人，那个女人两眼眯缝着，干裂的嘴角张开来，突如其来地呼出一个字："鬼！"

看到这情景，静芝心里有点儿酸，儿子在她的身边吓得紧闭双眼，这时院子里的一群鸡像炸了锅，乱飞乱叫。外边怎么了？是有人来了，还是又有一只弹弓射出了烧硬的泥蛋蛋？

晌午了。静芝婆婆照旧卧在炕上不愿动，可肚子饿了，得想法弄点儿吃的。正犯愁呢，大孙子急匆匆地跑进来，进门就喊："奶奶，奶奶，娘、爹还有弟弟他们还没回来吗？您看我给您带了什么？"

说着他把一包东西放到了炕头上。那包东西还热乎乎的，奶奶打开，是几个包子。

奶奶问："哪来的？"

"俺娘在医院旁边的饭馆里买的，托人捎到学校，叫我给您带回来，恐怕您饿着。她还嘱咐我只吃两个，剩下的给奶奶吃。"他一边说着一边摸摸肚子，"奶奶，您看，我都吃饱了。"

奶奶低下头，用眼睛数着：一、二、三、四、五。还有五个，这些可吃不了，她拿起两个塞给孙儿："快把它吃了，你还要读书，饿着咋行！"

戊寅没有接，他已撒开了腿儿，跑到门槛忽然停住，转过头来，说："奶奶，我去上学了。"

孙儿消失了。她的目光有些蒙眬，恍惚中他幼小的背影依然晃动在院子里，明亮的太阳底下，就像那些夏天他和弟弟在一起玩耍一样。

"哎……这孩子！"她叹一口气，拿起一个包子，用残缺的牙嚼着，韭菜猪肉馅真香啊，油水从她的嘴角慢慢往下流，她举起袖子轻轻擦拭，嚼着嚼着，不知不觉已吃下去三个了。不行，不吃了，留两个给那个捣蛋的小孙儿吃！她迷迷糊糊地睡着了。后来，她被渴醒了，黏稠的舌头好像肿胀起来。几点了？她要下炕去找点儿水喝。他们为何还不回来呢，都去了一天一夜了，也该回来了，别是真得了啥大病……老天爷，行行好，可怜可怜我这苦命的孩子……

耿槐林走了。医生说他得的是肝病。医院的条件有限，面对这样的患者束手无策。县医院的院长说他的病情已恶化，医生无能为力了。

静芝心怀悲痛，还是让槐林入土为安吧，让他守住一片熟悉的坡地，望着经年不变的大洼，其实也是件幸事。因为他的根在这儿。治病的钱都已经花出去了，死而无憾了。庄稼人的命如草，没那么金贵，正所谓生于黄土死入黄土，也没啥不好。只是苦了我自己，还有孩子们。今生不会再嫁，抚养两个孩子成人，孝顺婆婆，往后的日子或许不会那么苦。

小庚辰不懂得死的真正含义。他和哥哥走在队伍的前面，再往前就是那口棺材了。爹爹躺在里面，好像很舒服。他回头望望后头长长的队伍，听着开路的唢呐刺耳的吹打，一股悲凉的情绪油然而生。他瞧瞧哥哥，哥哥微低着头，默默地走着，手里的那根缠了布条的木棍在阴冷的空气下发着奇特的光，他瞅瞅自己手上的那根也一样。我们为啥都拿着这个，它是干啥用的，肯定与躺在里面的爹爹有关，这就是大人们所说的死吗？娘一路哭着，满眼是泪，但没有声音，她就在我的后面，披了一件半截子白麻布，鞋面上也粘着一块，再后面就是叔叔和姨们。他们身上的丧服都差不多，只不过男人的袖子更长一点，头上戴一顶白色的帽子。唢呐的声调不光刺耳而且挠心，我有点儿恍惚了，脚下的坑坑洼洼以踉跄的步子紧跟着我的眼睛。突然，队伍停下来，唢呐也不吹打了，那具由八个人抬的棺材平稳地落到地面上。那些汉子们都淌着汗，站在木杠的旁边望着西天的落日。那个白太阳今天不怎么刺眼，灰溜溜的光正适合拿弹弓射麻雀，可惜这是在野外，连棵树都没有，哪来的雀儿。正寻思着，那边荒草丛中忽然闪出一片黑麻点儿，它们飞得很急，掠过那群吹唢呐的人，又折回来，在棺材的上空盘旋，有一只竟然落下来，停在棺材盖顶上，一动不动，忽然抬起头，望着飞旋的伙伴一展翅就钻进了密密麻麻当中。我找不到那只鸟了，它曾经那么让我触目惊心。队伍又开始上路了，走得缓慢，哭声回响在凄凉的路上。刚才停下来干啥来着，我净顾着看那些鸟儿了，好像刚才我跪下了，和其他人一样，还隐约听到了一个男人的喊声，仿佛有这样的字眼儿：落椁、跪、西天、起扛、开路……

　　还没到吗？那个挖好的坑在那儿等着爹爹呢，这个我知道，爷爷那回就是这样。我看到那几棵树了，是松柏，绿绿的，像荒坡里驻足的披着蓑衣扛着锄头的老人，它的脚下就是那个坑，爷爷也埋在那儿，还有老爷爷、老老爷爷……那些树上有鸟儿吗？它们也许不会落下来，只是藏在枝丫里偷偷瞧着，瞧着底下蠕动的人头，还有一个黑乎乎的棺材，它们咋会知道我的爹爹躺在里面呢？吹唢呐的嘴不再鼓着，而是三三两两的分站在土坑的周围，唢呐提在手里，默默地注视着那眼泥土潮湿的坑，等待着逝者下葬的那一刻。棺木停在爹爹归宿的旁边，送葬的亲人的队列散开来，哭声渐渐连成了一片。我抬头望望树上的鸟儿，它们并没被惊飞，而是躲在绿影丛中静静地听。这或许又是一次人间悲剧，上一次好像是在几年前。他仿佛看出了鸟儿的心思，因为我自己就曾是一只自由自在的麻雀，随意停留在任何一蓬枝头，而现在我不能乱飞了，也不想，你看那些泪流满面哭声悲恸的人们，他们都是我的亲人。二姨和三姨似乎哭得很有分寸，眼泪伴着哭声。娘，我的亲娘，用膝盖挪蹭到新坑边朝下瞧一瞧，看看这地方舒服吗？爹娘从此天各一方。她的膝盖和双手不情愿地往后挪了挪，那只棺木徐徐放下去，到底了，绳索抽上来，开始盖土，几张锨一起填，潮湿的土、沉重的土、含情的土填满了坑，慢慢形成了一个坟头，上面用石块压张白纸，放一个花圈，撒下无数悲痛和惊心的哭声。人们渐渐往回走，走得缓慢、沉重，有人搀扶着娘，那是二姨和三姨。爹爹就不再回家了，他找到了另一个安身之处，虽然并不情愿也不喜欢，这就是死吗？那死后的日子也太漫长了，荒坡野岭没人陪伴，只有几棵树可以与之相守、对话。对了，还有那些鸟儿呢？我回首一望，那些鸟儿抖动着翅膀都从绿荫里起飞，冲向天空，几朵白云映出点点墨影，太阳在渐渐沉落。

　　自从槐林走后，大姨变得少言寡语，只是默默地干活。她把院落、房间、鸡舍、灶台重新收拾了一遍。老黄牛不再拴在胡同口的木桩上，而是把它请进了过道里。它在这里舒服多了，风吹不着雨淋不着，嚼得那些青草多汁而新鲜。她每天都去野外那些沟坡上、洼地里将青草割了来，还带着清晨的露水。

窗户换了新纸，上面多了两个剪纸娃娃和一对鸳鸯。这是在西屋里，那些剪纸活灵活现，给沉郁的房间平添生气。娃娃是二姨剪的，鸳鸯是妈妈剪的，用的是灰蓝的纸。大姨看着两把剪刀下的剪纸慢慢成形，心中的感怀油然而生。三个人都很少说话。原来夫妻的炕成了姐妹三人的床，睡在一起仿佛有一种亲情的升值，从日落到日出，三个人用爱抚的心朴素地依偎着。深夜，大姨睡不着，拿眼去瞧窗棂上的娃娃和鸳鸯，它们在夜的黑底上闪出一丝光亮，仿佛是温煦的光。她抬头瞅瞅枕边的妹妹，她们也睁着眼睛，平躺着，呼吸很均匀，房内黑漆漆的，一片静谧。大姨说："你们也没睡？赶快歇息吧，明早你们就回去，我这里没啥事儿，不用担心。"

"倒不是担心，替你分担分担忧愁啊。"

"静兰，没啥忧愁，我早想开了，人死如灯灭，日子照样过，咱老百姓的生活就像一碗井水那么平淡，还有啥过不去的呢。再说，咱娘还在你家呀。"

"大姐，这是春天，地里的活多，家里还有婆婆，孩子也需要你，不管怎么说，也得忙过这阵子我们才放心啊。"

"没那么娇气，我的身子骨还行，一个人扛得过去，真的没啥。静荣，你家里也有三个孩子啊，再说黎元也需要你。"

她俩都坐了起来，蓬乱的头发朝向姐姐，还没开口呢，就听得她急呼呼地嚷道："你俩都不要说啥了，明早必须走，要不然我可要撵你们啦！"

黎元收到一封信，是铁营镇的程再显寄来的。拆开信，他看到这样的字迹：

黎元同志：

您好！

工作忙吗？我知道您一直在忙，不过再忙也要注意休息，不然身体会吃不消的。闲话少谈，现把魏福贵的敌特案件，主要是关于和尚的历史调查向您汇报一下：

和尚，原名齐戴山。祖籍江苏徐州，随母北迁，改嫁冯马寨。继父冯亭文，是个老实巴交的农民。和尚从小聪明，读过两年书，长大后不务正业，多交乡里地痞，但其良心未泯，并不是一个彻头彻尾的恶人。干过魏义仁的家丁，抗战时期在冈村一郎的日军队伍里当过伪军。据查，此人尚存爱国之心，为抗日做过一些积极工作。黎元同志，关于这些情况您比我们更了解，不再赘笔。

下面就和尚怎样成为敌特分子的情况大概向您介绍一下：

抗战胜利后，和尚在镇上开了家小酒馆，身边有一个女人帮助他，此人勤快能干，而且漂亮。他心满意足。酒馆生意还算可以，来吃饭喝酒的人大都是当地闲人或者卖苦力的。酒馆备有小菜，也有热炒，还有现包现卖的饺子。包饺子这活儿主要由那女人来干，饺子包得不但好看而且好吃。那些来喝酒的男人，二两下肚，好色眯眯地站在那儿瞧那双白嫩的手添馅儿捏皮儿，她漂亮的脸蛋儿也没有逃过那些醉醺醺火辣辣的眼睛。这一切和尚都看在眼里急在心里。有一夜，酒馆打烊了，和尚走到正在洗漱的女人身边，慌慌地说："香莲你嫁给我吧！你嫁了我，往后那些贼男人就不敢欺负你了……"

"什么？"女人梳着头，半边脸扭过来，"这样不是挺好嘛。"她继续梳头，梳了一通，接着说："我跟你说过的事难道忘了吗？除非你答应我，不然没得谈！"

自那以后，和尚开始精神恍惚。就是这样，特务们也没有放过他。酒馆虽然照样开，但这里却成了特务们的秘密活动点。那个魏福贵常常躲在酒馆的后院，秘密策划破坏活动。敌特的破坏活动大都在夜里进行，有时候他们会拖上和尚，他的精神失常往往会搅乱了行动计划，他们会拳脚相加给他一通毒打。几年下来，他似乎生活在地狱里，求死无门……

　　以上是在他神志稍稍清醒的时候，经他讲述由我记录下的他曾经的经历。

　　关于这些情况，我们审问过几个被抓获的特务，得到了证实。

　　现在和尚仍被关押，他的罪行比较特殊，综合他的功与过、罪与罚，眼下很难结案。只有先放下来，再作定论。

　　以上案例已上报上级领导，待组织审批。

　　另，惊悉大姐夫不幸逝世，在此我等革命同志深表哀悼。

　　顺致

革命敬礼！

　　　　　　　　　　　　　　　　　　　公元一九五六年四月七日

　　读完信，黎元有一种沉重感，挥之不去的那些战斗经历使他仿佛重返战场。他清楚，像和尚这样的人这样的遭遇很难用简单的方式给以定论。然而，历史不会错怪一个好人，也决不会放过一个坏人。魏福贵就是一个彻头彻尾的坏蛋，无论他逃到哪里，正义之剑总会将之斩毙。不过，这家伙也确实狡猾，几次被困都侥幸逃脱了，几乎命悬一线的伤病也能奇迹般地好转，不可思议。他的二哥现在还关在牢里；他的大哥目前正在为革命工作。三兄弟呀，三种截然不同的命运，是他们各自选择了自己的道路，还是特定的历史选择了他们？偶然，还是必然？对，去找福良同志谈谈。

春天的脚步走过那些碧草和嫩绿的枝头，似乎四月的和风吹醒了寒冷的冬季。县委大院里，黎元一边朝福良的宿舍方向走着，一边回忆着那段跌宕岁月。

"老黎!"有人喊他。

拐过几棵树，小道那边有一个女人向他走来。

"星期天不在家看孩子，出来逛啥? 我正要找你呢，这么巧，在这里碰上了。"

"什么事，秀丽?"

"噢，是这样，上星期六铁营镇程再显打来电话，说什么魏福贵抓着了，叫你过去，好像是那家伙说一定要见你，其他人一概不理会。这个狗特务还摆啥臭架子!"

"哎哟，这可是个好消息，你为何不早说?"

"本来是想及时告诉你的，县委余副书记说过了星期天再说吧，黎元同志家里负担重，工作压力也大，静荣同志常常一个人顶着，这两天就不要惊动他了。再说，憋憋那小子几天，杀杀他的气焰，共产党的干部不是你特务分子想见就见到的。对这样的人，一是靠政策，二是靠策略。"

"我明白，谢谢领导的关心。哎，对了，你们秘书处不是要设一个机要室吗？那里面的存档我能随时查阅吗？"

"这要等到请示了县委余副书记才行啊。"

"你这个黄毛丫头学会唬人了，动不动搬出领导压人呀。"

"公事公办呗，告诉你，老黎，我不是什么黄毛丫头，俺结婚都半年多了！"

"才半年呵，老黎我都生了仨孩子啦。"

"讨厌！孩子是你生的吗？是人家嫂子的功劳，人家可是位好妻子，又能干又漂亮又贤惠，哪像你，胡子拉碴，黑不溜秋……"

他们分手了，一个向左，一个向右。左边是何秀丽的家，右边是魏福良的宿舍。那排平房很陈旧，小院中有一棵塔松，还有一棵海棠，小院拥挤得只剩一条进出的步行道。在这里，树木与灰瓦房都落进岁月的沧桑。黎元进了院门，驻足在碎砖块铺就的步行道上，似有一脉历史的沉重包围了他，还没见到他要见的人呢，嘴边仿佛已汇集了千言万语。

咚咚咚……他敲响了房门。房门很快就开了，魏福良站在屋内，他靠在门外。

"老黎！"

"老魏！"

"今儿怎么有空啦，我可是有些日子没见你了。静荣好吗？孩子们都好吗？"

"都好，都好。你一个人在干吗？星期天没出去走走？"

"快、快，里面坐！"

别看魏福良是个单身，屋子里却收拾得井井有条、一尘不染。

"这么干净，我都不知道坐哪好了。"

"随便坐，随便坐。哦，这边吧，咱俩好好聊聊。"

两把圈椅，中间搁一方桌，两人坐下来。看来，福良还不知道他的三弟已经被捕，还有和尚的事。作为亲兄弟，无论如何都是一母所生，那血脉是割不断的，志向与信仰是一个人精神觉悟的体现，而肉体呢，那是父母孕育的，应该与政治无关。他会不会顾及这些，总归是手足情啊。但从以往的表现可以看出，他仍是一位大义灭亲的坚定的无产阶级革命战士。从他的出身到投身革命再到成长为一名革命斗士，本身就说明了一个道理，那就是为了真理而斗争。

"老黎，怎么了？我看你好像在沉思，刚进门的时候还憋着一肚子话呢，这会儿为何不开口了？"

"见了你，突然就没话说了。不知为什么，当一个人过于想见另一个人，见到了，并看到他平安，心里踏实了，预备好的话似乎就成了多余的，这真叫人丈二和尚摸不着头脑。"

"怎么摸不着？踩着凳子呀。是吧，黎部长？"

"哈哈，开个玩笑活跃气氛，这是你的特长。我记得过去那段峥嵘岁月，你看，魏部长，这词用得怎样？'峥嵘岁月'，用它形容过去的战斗经历一点不为过，与你并肩奋斗的经历使我难以忘怀。"

"是啊，斗争是残酷的，一晃好多年过去了，眼下是社会主义新中国，可那些牺牲的同志最终未能盼到这一天。"

"是要好好珍惜，不然就辜负了那些为革命献身的先烈们。可话又说回来，怎么珍惜呢？得落实到实际行动上才是。比如，福良同志，你需要找一位革命伴侣了，是时候了……"

"这话题太多的人提及了，包括你们家那三姐妹，仿佛我一日不结婚就一日不成熟似的。"

"那倒不是，你已经很成熟了，无论思想上、做事上，还是为人上。正好，有一件事想跟你说呢。"

"什么事？"

"你的三弟魏福贵被咱们公安部门抓到了。"

"呃，什么时候？"

"就在前天，铁营镇公安干事程再显同志打来电话，说他指名要见我。"

"这很正常，老黎。我了解他，从小就知道他的脾气，他是个不服输的人，不管是好事坏事，他都一根筋做到底。可惜，走错了路。"

"是啊，他的选择断送了他的前程，也毁了他的一生。老魏，我们经历了太多的人间苦乐，唯有共产主义信仰不灭。信仰不同，结果就会不一样。"

"说得好！人就是靠一口气活着，气断了，生命也就终止了。无论谁都一样，只不过这气与你的思想相通、相融。福贵的气数尽了，他的命也就没了存在的意义，不管他还想见谁、和谁斗，结果都一样。我想，他在做最后的挣扎，大概这情绪的激化不包括我。"

"为何呢？"

"因为他不想见到我，是怕给家族丢人，他的个性使然，宁愿与对手相搏，也不与亲情纠缠，这就是他作恶多端、永不回头的原因。"

"精辟，世间太多事，成败一念间啊。想必你一定还记得和尚吧？"

"记得，他怎么啦？"

"也被捕了。"

"啊……"

黎元把那封信上的内容讲述给魏福良听。

魏福良送黎元出门，走在步行道上，已近中午时分，塔松和海棠仿佛在阳光下沐浴，院外是一派光明的世界。魏福良与黎元握握手，他无比感慨地说："和尚太惋惜啦，他曾经是一位好同志啊。"

院门外，林荫路上，黎元边走边沉思。

影子仿佛没有跟着，它被那些枝叶挡在了阳光的外面。家的方向的灰瓦顶上似乎有炊烟升起。他从心底仿佛听到了孩子的啼哭，还有他们的母亲的日夜操劳。

他蓦然回首，小院的门旁恍惚站着一个身影。

"你要见的人来啦，快睁开眼睛，哎，听到没有？你想抗拒啊！"

程再显的喊话暂时没有得到回应，老奸巨猾的那张脸阴沉着，一只好眼和一只坏眼都耷拉着，摸不透他在琢磨什么，椅子上的那条残腿烧火棍子一般，而且只剩半截，弯在那儿的脊背僵硬得像张拉不开且一碰就碎的老弓，头发稀疏蓬乱，两只耳朵已残缺不全，连着光秃秃的下巴……

黎元愣住了。没想到魏福贵落到这么一个下场。若走在街上，两人一碰面，说不定会认不出他来，或许还会投去悲悯的目光。这人一定有来历，不像他的残疾所显示的那样，岁月已在他似乎落魄的假象中折射出曾经骄横而恶毒的底色。这人是一个什么样的人？他的阴险说不定会造成一场社会的混乱……

"嗨！魏福贵，你想抗拒到底啊，你的罪行我们都已查明，由不得你不开口。你不说话，你想见的人可要走了！"

黎元制止住了那位喊话的公安，沉默更使他明白了眼前这位难对付的对手。魏福贵不是在装，而是在抵赖，内心有一线莫名的希望，心理的扭曲与身体的残疾一样，妄想抓住最后一束稻草。共产党不是优待俘虏吗，何况我没了反击能力，那位黎区长、曾经的老熟人不能见死不救。就是输，我宁可输在他一人手上……魏福贵慢慢睁开眼睛，斜睨着一个个眼前的人，目光最终投到了一个人的脸上，他脸部颤抖了一下，再次合上眼皮。

一分钟的沉默。

突然，他睁开眼睛，左顾右盼，然后准确地找到了黎元静默着的脸。

"久违了，黎队长。"他从牙缝间挤出的几个字仿佛有一种蔑视，又有一点儿亲热，他整个人叫人感觉可怕、可恨又可怜。

"你还好吗？你们家那三姐妹如何了？还有，你那位敬爱的老丈母娘？"

黎元没有回答。

"你娶了个好媳妇，你媳妇的两个姐姐嫁了两个好男人，可惜他们都死了！这我知道。你什么时候咽气哦，咱们做个伴吧，不然我会很孤单！"

看押他的那名战士义愤填膺："你……胡说八道，闭嘴！"

程再显说："小马，你不要嚷，让他说，看他还有啥贼花样。"

他反而不说了，闭上眼睛，只有鼻孔微弱喘气，其他再没有一点儿生命迹象。

又是两分钟的沉默。

程再显在屋内踱着步，他悄悄凑到黎元耳边，说："黎区长，我看这家伙很顽固，押下去算了，就等着判死刑吧。"

那只敏锐的残耳仿佛捕捉到了这隐隐的话语，起初眼睑抖了一下，紧接着像被困的野兽般突然吼了起来："死刑？你们没有确凿的证据！不是吗？老子不怕死，老子都死过几回啦，还在乎这一次。你我各有信仰，你们共产党不是很讲究信仰嘛。真正的信仰是什么？你们不懂，你们不过是一群跟在主人后面摇尾巴的狗！黎元除外，他不是狗，是狼，为了猎物，他会不顾一切穷追到底。黎区长，不是抬举你，你斗不过那汹涌的暗流。"

黎元不屑地说："请问你的信仰是什么？"

再一次陷入沉默。

程再显不再踱步，而是大喊一声："小马，把他押下去！"

"是！"

小马试图把魏福贵拽起来，可他像一个石碾，又硬又沉。就在这时，他举起手铐将看押的战士搡到了一边，耷拉着脑袋说："我交代一个秘密、一条线索，不过只和黎元说，你们都统统走开！"

人都出去了。黎元拖把椅子坐在魏福贵对面，望着他那旋涡似的头顶，说："你说的汹涌暗流指的是什么？"

"一种势力、一帮潜伏孤岛的人、太平洋那边的后台……"说这话的时候，他始终没抬头。

"当然，凭我一己之力自然斗不过，但我身后有强大的祖国。"

"你是共产党的代表，我是自由世界的维护者，与你斗萌生无比的快感。这些年你消失了，可我还在战斗。我想你了，老伙计，还有你们家那三姐妹！"

"说说你的秘密吧。"

"这就是秘密——珍藏在心中多年的秘密。"

"那么，线索在哪儿？"

"线索？我说过有线索吗？我就是线索，你得想法让我开口，你有这本事吗？你不服，试试看。"

"败类，十足的败类！"

"你说什么都可以，关键是又能和你面对面针锋相斗了，这令我无比兴奋。当然，我清楚，这样的机会可能是最后一次，所以……"

"你就好自为之吧，历史的审判台在那儿等着你。"

"随便，我无所谓……"

31 想抓住最后一束稻草

XIANGZHUAZHUZUIHOUYISHUDAOCAO

古城墙下的草木开始衰败，萧瑟秋风，天高云淡，四合院染进秋风秋色里。

姥姥病倒了。

北屋里间的病榻前，儿女们一筹莫展。刚从医院回来，大夫的诊断结果：脑中风。

舅舅接到了电报，正在赶回的路上。

大姨带着两个孩子刚踏进门槛不久。

二姨心急火燎，嚷嚷着，说："静荣为啥还没到？老赵，你去车站看看，把他们接回来。"

客车终于进站了。陈旧的车门打开，旅客们拥挤着迈到台阶下的沙石地上。黎元领着黎国快步走到避风的院墙边，后面跟着静荣和两个孩子，她的双手握紧黎夏和黎冬的小手，一边一个。黎冬感到好奇，在沙石地面上蹦跶。哥哥说："老实点儿，这不是在家里。"妈妈迎着风，轻微摇一摇她的手，让她安静。院墙下的一家人站在那儿，黎元左右望着，他想叫一辆脚踏车或别的什么出租车，可是一辆也没有。秋风刮起来，乌云在天上飘，眼看就要下雨了。就在这时，站门外开进了一辆小卡车，车尾突突地喷着黑烟，晃晃悠悠地开到跟前。黎元一打量：这是一辆机动三轮车改装的小卡车，后车厢加了挡风避雨的铁棚子，车厢够长，看上去还不错。就这辆吧，它为何不请自来了呢？他正在寻思，驾驶室里跳下一个人，是二姐夫赵庆扬，他人还未站稳，就急忙喊道："黎元、静荣，让你们久等了，不好意思，我好歹借到单位的这辆值班车，就急忙赶过来。快上车，天要下雨啦。"

孩子们很高兴，又见到二姨夫了，等会儿就见到姥姥了。他们还不知姥姥病了，爸爸妈妈没跟他们说，只说姥姥年纪大了，咱们去看看她，她会很高兴的。

小卡车行驶在雨里。

突降的秋雨唤起人们的乡愁。似曾相识的街道、门户，还有古城墙，一一从模糊的视线中闪过。

到了。

四合院门前有几把油布雨伞，米黄色的，打伞的人在盼望着那辆小卡车停下来，它果然就突突地停在了门前。舅舅、妗子、大姨和二姨从伞沿下边瞧着这辆车，二姨夫从车内跳出来，雨点儿马上就打湿了他的衣服。

"是他们！"

随着一声叫喊，几把伞几乎一同跑了过去。后厢盖打开，他们跳下来，三个孩子猫着腰，麻利地钻到雨伞下，只有舅舅的伞下没有孩子，他高举着，招呼道："黎远、静荣快过来！"

"哥哥怎么是你？你不是还在路上吗？"

"是啊，静荣，半小时前在路上，我们刚到，和你们也就是脚前脚后的事。"

"茂田哥，你们可好？嫂子来了吗？"

"挺好，黎元，那不是，她们进门了。"

他们一边说着话，一边走进了四合院。雨水打湿了黎元和静荣的半边身子，伞下面的三个人没有听到雨声、风声，仿佛那风与雨落在了乡愁的故园，多彩的四季悄然从他们身边走过，啊，谁是最让人牵挂的人儿……

"娘以后需要人伺候了，咱们常回去看看，二妹和妹夫够累的，她这一躺下还不知道什么时候……"茂田说。

"是啊，人老了正是需要人的时候，无奈儿女们天各一方，还都有自己的家庭，此事古难全。"

"娘这一辈子没享啥福，就是喜欢听大鼓书，人病了，躺下了，再想听也听不到了。娘很爱新国，不如放了暑假让她陪着姥姥，夏天说到就到了，却不知娘到底能挺多久。"

"静荣，这是个好主意，咱娘命大着呢，放心，这个世界上还有许多让她牵挂的事儿。"

"大哥这次赶回来实在不容易，光坐火车就要三天，家里也有一帮孩子。你想想，上海那地方是大都市啊，娘想去看看，却一直没能如愿，恐怕以后再没机会了。"

嗨，生活，这就是生活，人们为了它忙碌一生，想想过去的那些年月，有多少人真正享受到了幸福，又有多少人在苦难中挣扎，战争的摧残、贫穷的煎熬、饥荒的漫延、无常的命运，百姓用苦难延续了历史，历史在书写艰难的过程，可共产党人自始至终都没有放弃信念，信仰与生活共存。

这些大道理我知道，我也是一名共产党员，履行党的使命和责任这个没有错，不然就不会有新中国，那些牺牲的烈士们用生命换来的美好生活来之不易，要珍惜。那天从四合院出来，看到了古城墙，让我想到了历史的沉重。一路上，娘的身影、荒凉的大洼，还有洼地里那个小村子……一直在我眼前晃，我就想，生活就只是为了活着吗？我看到你在那儿静默着，望着车窗外闪过的贫瘠，你的眉头皱着，我的眉头也皱着，孩子们都睡着了，他们在四合院里受到约束，好几天没有尽情玩了，因为他们看到了一个不一样的姥姥。过去慈祥的姥姥怎么就变成了面无表情、躺着不动的人了呢？

妈妈说："我不太会说话，只有面对你父亲，还有你的时候，我才会敞开心扉。冬儿，告诉你，那些往事不堪回首，就像流水，谁见过流过去又折回源头的呢？太多往事，它过去了，就是过去了，追忆只不过是翻腾旧箱底，它给你惊喜，也会给你痛苦，那些终年似曾遗忘的实际是你潜心珍藏的。清贫的家底或许也有不为人知的宝藏，不一定是金子和宝贝，但它的珍贵只有经手过的人才知道。有时候，有心人也会不时拿出来晒一晒，看看它发霉了没有？褪色了否？阳光下它的底色纹理还是那么清晰可见、熠熠生辉吗？这是常人的思维，也同样是普天下百姓的认同，不要小瞧了。"

你姥姥躺了五年，五年不寻常的时光，有多少亲情的流转、难熬的日头、夜以继日的劳累在延续。你姥姥的神智一会儿清楚一会儿糊涂，好的时候，她不但认得人而且还能哼两句大鼓书，坏的时候只是睡，迷迷瞪瞪地睡，一连几天眼不睁饭不进，守在身旁的人都有一种莫名的焦恐，以为她再也醒不过来了。不曾想，某一个早晨，她突然睁开了眼睛，望着身边的人，说："我要喝水。"

断断续续的好与坏，清醒与糊涂持续了四个多年头，最后的那半年，她几乎完全丧失了正常思维，身下也生了褥疮，皮肤暗淡，头发枯黄，孩子们都觉得她不行了。忽然有一天，你姥姥竟然慢慢睁开了眼，眼中虽然很浑浊，眼睑和眉毛抖着，但终于是睁开了眼睛，嘴巴哆哆嗦嗦，她想说话！你二姨将耳朵挨近她含糊不清的口，说："娘，娘，您要什么？您想说什么？""水、水、水……别、别、别忘了……给、给孩子们……喝、喝水呵……"

回光返照。

那一天，孩子们都在她身边。

她又挨过了两天。

第三天凌晨，姥姥停止了呼吸，咽了气。

她走完了人生的最后一程，八十二岁的寿命。那一年是一九六一年。

你姥姥生病的那五年，正赶上三年自然灾害，还有"大跃进"。当时你只有五六岁的样子，你的大姐十二岁，你哥哥十岁，你二姐八岁。一九五七年，你的弟弟出生了，生不逢时。也难怪，那些日子大家都很苦，尤其是一九六〇年到一九六三年，灾荒同疾病流行，那是新中国历史上的一次创伤。人们在激奋过后看到了祖国满目疮痍，就像母亲的痛苦呻吟。那时你父亲已调往饶县任第一副书记；二姨夫还在信县县委工作，后调入县委重工局任党委书记；大姨夫去世后，大姨没再改嫁，她的婆婆也在大饥荒中过世；二姨仍在被服厂上班，"大跃进"中厂子受到冲击，停产了，一九六三年恢复，后来她当上了车间主任，她感到很满足；我那时随同你父亲调到饶县，在县妇联任职。除了你大姨，我们都在外面工作。有一年，我和你大姨去了上海，看望你舅舅，你二姨厂子里生产繁忙，离不开，没去成。

一九六四年的大上海已恢复了往日的繁荣。舅舅的家就在一栋大厦里，那是一座老建筑，墙壁、地面以及窗台都是厚实的石头。一楼大厅里有一盏大吊灯，从顶棚垂下来，一层层的，就像是盛开的水晶花，漂亮极了。你大姨裹着小脚站在灯下仰望，就仿佛富贵的厅堂里来了一位寒酸的访客，就连我都感到有许多眼睛在背后好奇地瞧我们。坐电梯到五楼，你大姨扶着墙壁闭着眼，裹腿不停地颤，电梯间内形形色色的人给我一种无名的压力。眨眼间电梯门打开，我们小心地走出来，找到508室，敲门，舅舅迎出来，笑眯眯地说："你们下去逛了逛，许久没上来，可把我吓怕了，还以为你们迷路了呢。我叫艾妮去找你们了，没见到她吗？"

"没见到呀，我们能找着门，我下来时都在眼里给那些门牌做了记号，这地方真大啊。"

"静芝，你还真行！往后出去，叫艾妮陪着你们，假如你们走丢了，可让我怎么给黎元交代啊。"

"下面那个灯很漂亮，亮晶晶的，一层层的像玻璃花瓣呢。"

"静芝，告诉你，那是水晶，德国人造的玩意儿，洋货！在新中国成立前它就在屋顶上挂着了，今后咱中国人也会造出来，还有这些楼，不稀罕。"

"哥，你见识广，又有学问，哪像我这个乡下来的老太婆，没给你丢人吧？"

"哪里的话，大妹，你不是也在咱们村跟先生念过几年书吗，你并不是没文化的乡村婆子呀。"

"嗨，看你会说的。哥哥，艾妮呢，她没找着我们，怎么没见她上来？"

这时，艾妮从那边走来了，她一边急匆匆地走，一边朝这边喊着："大姑、三姑你们早上来了，我下去找了一遭，没见人影，还以为你们走失了呢，就急急忙忙赶回来，想和爸爸说……"

"好了，艾妮，你大姑、三姑比咱们想象的有能耐，快去告诉妈妈，准备开饭了。"

饭后，静芝两姐妹走进为她们准备的房间，墙壁刷了油漆，就像做饹饼的面那么白那么滑。一个伸手摸一摸："哎哟，这得花多少钱？"另一个微微一笑，也伸手摸一下："是呀，这么好的墙壁我也是第一次见。"

"静荣，刚才那一大桌子菜都带甜头儿，吃惯了虾酱、咸萝卜还真难以下咽呢，还有那碗白米饭，没嚼头，不像咱老家的馍馍饹饼窝窝头。我知道，大哥大嫂是好意，恐怕慢待了咱们，难为他们了。"

"大姐，你留意没有，桌上有道菜，听艾娣在那儿嚷：'大姑、三姑尝尝这个——鲜笋炒腊肉！'呵，没见过竹笋，也没见过腊肉，它们都是南方物产，咱北方人无福享受了。"

"静荣，睡会儿吧，大哥不是说傍晚带咱们去外滩嘛。黄浦江啥样，比黄河还宽吗？"

那些灯都一盏盏亮在铁柱子上，一座座高楼在外滩边的街道上排开，看上去，又高又重，还有些尖顶儿。马路上有汽车在跑，那些快速移动的铁家伙好像一只只甲壳虫。穿过马路，脚底下有一条条白道道，人们都在这横杠杠上走。啊，他们的衣服多鲜亮，就连孩子都那么干净利落。今天星期天，大清早那边的护栏旁已有许多人站着望江了。

艾妮搀扶着大姨，她的小脚跟不上趟，一拐一拐地落在后面。大家只好停下来，等她一会儿。过马路的人太多，急匆匆的身影遮挡住那一条条白线与她吃力摆动的裹腿。一拨行人走过去了，在另一拨还未到达这边的路沿子之前，她的一身黑衣终于露出来了，在形形色色的身影当中显得极不协调。

她一边走一边瞧，目光所及使她眼花缭乱。好歹到了跟前，艾妮向前伸出一只手，接住她。"歇会儿吧。"舅舅、妗子，还有艾妮和艾娣原地站着，妗子从挎兜里掏出三瓶水，分给三个孩子。小儿子解放说："妈，阿拉想吃一个蛋糕。"妗子说："待会儿，到了那边的护栏那儿再吃。"艾娣走到大姑跟前，正要将那瓶水递给她，只见她长吁一口气："俺的娘呵……"一屁股坐下去，盘起了腿。妈妈急忙去拽她："起来，大姐，起来呀。"

舅舅家在江西中路，离外滩不远，一家人是走着过来的。城市里看上去并不远的路在乡下也得十里八里，难怪大姨会累成那个样子。

黄浦江在灯光的映衬下宛如一条宽阔的绿带，看不出波浪，平缓而浩荡，江中驶过的船像走在旱地里的轿子。今夜没有风，只有岸边人头攒动。春天里，没有风的夜晚少见，仿佛风神与江龙约定好了，留一个风平浪静的惬意给远道而来的稀客，星空清朗，月牙高悬，一个耐人寻味的异乡夜晚。

高楼在人们身后醒着，窗洞中的灯火是守夜的眼睛，它们布满了一条街。也有花儿和绿叶在夜里呼吸，安抚枝丫间的鸟儿。走在人行道上的足迹悠悠抑或匆匆，异乡人的梦蒙蒙，常留客的心路清清，他们或它们共同筑造了温煦浪漫的家园。

大姨说："今天很累，我的脚都肿了。"

妈妈说："是啊，我的腿也感觉沉甸甸的。"

妈妈接来两盆水，一盆给大姨，一盆留自己。热水泡泡脚，舒舒服服睡个好觉。明早还要去南京路呢。

睡梦中，她们都感到了疲惫而温存，仿佛心儿迷失在大上海。

匆匆吃过早饭，出门，乘电梯，到大厅，门外的阳光灿灿，那盏吊灯依然在，只是隐了昨夜的光华。

南京路也不远，出门直行左拐就到了。朝阳挂在街道那一头的天际，有轨电车丁零响着，载着赶早班的人，他们的身子半露在车窗内，面无表情地望着两边闪过的商店与行人，无意间发现了两个外地人，在他们眼里仿佛异乡客点缀了南京路，随车晃动的眼睛亮了一下。

舅舅在前面走，后面跟着大姨、妈妈和妗子，妗子在向她们介绍移步走过的店铺，那些门脸明晃晃地诱惑着她们。三个孩子手拉着手落在最后，妗子不时地回头望一望，他们不会走丢，因为这条路走过了无数次，一边玩着一边就能找到想去的商店。

今天先去王开照相馆，照张合影，算不上全家福，也叫全家福，来趟上海不容易，得把模样儿定格在这里。

咔嚓！

那个师傅手里捏着一个橡皮圈儿，"看这边，看这边，大家笑一笑，好，就这样子，照啦……"

大姨琢磨：刚才他钻进那块黑布里干什么？好像那里面有我们的影子，

我看到那个叫镜头的东西时开始有点儿紧张，后来看到大家都不紧张，我也就不紧张了。我的模样在照片上好看吗？保准不好看！那些灯很晃眼，还有身后的那块布，红红绿绿……

"十天，十天来取。"那个师傅把一张小票递给舅舅。

大家开始下楼梯，三个孩子很高兴，欢欢喜喜地跑在前头，照相室在三楼，仿佛转了三圈才来到下面的大厅。

在大厅坐下来，缓一口气，回味一下那个瞬间。大姨坐在沙发上，感觉软软的像棉被，她的腿垂下来，习惯了盘腿儿，这姿势有点儿别扭。墙面上像是贴了一块块花布，花里胡哨，似曾相识的吊灯有好几盏，悬在屋顶下，那儿有几尺长的柜台，后面站着两位花儿一样的姑娘，她们的上衣似乎很熟悉，仿佛她自己亲手缝过的黑布红边竖领夹袄，她们下边穿啥呢，不会是同样黑布红边的裙子吧？她很想过去看一看，这些姑娘太讨人爱了，看那肌肤像凝脂，白而光滑，头发黑黑的，脸儿圆圆的，手儿纤纤的，村里的姑娘可没有这么水灵，她们大多黝黑结实，适合下地干活，推磨拉碾，搂草打柴，而绝非站在那儿只动脑子。这几天，见识不少，揣摩的事也不少，上海再大，门面再排场，人们再洋气，也离不开一个字"累"。这个累，就是居家过日子，就是忙忙碌碌辛辛苦苦讨生活，就是忙里偷闲做点儿好梦……好梦不是天天有，这几日就像活在梦里，又醒在梦外，因为梦总会醒，而感悟不会，它仿佛睡在永恒的床上，沉淀心灵，为平常不过的生活点把火，来时翘首以盼，去时可能就会收获满满。一个乡下人无缘还来不了这方富饶之地，大上海有太多的令人想不到，到了魂牵梦绕的地方，这里曾有我眺望的一扇窗，这里有我安栖的一张床，这里有我的一盏灯，这里仿佛也有说不清道不明的乡愁……

"咱们走吧，歇过啦，看过啦，也照过相啦，剩下的时间我们去商店瞧瞧，看看有啥用的穿的买一些。"

舅舅说着头一个站起身。

南京路上的商店里琳琅满目。从服装到鞋帽，从布匹到日用百货，从老人特供到孩子所需，应有尽有，或许你还会看到一些洋货，像洋火、洋车、洋布、洋罐头之类。通常人们只买自己最需要的，让那些高档品陈列着等待另外的顾客。因为大多数逛街的人手里不松缓。

这里几乎看不到乡下缠脚的女人穿的小鞋，大姨很想买一双，但找不到。那就为自己买件黑布大夹袄吧，好像也没有。这里到底有啥适合咱老太婆用的东西？最终她选了一顶呢帽，这一件还比较称心，但在乡下村子说不定也会出点儿风头，顾不了那么多了，来趟大上海总不能空手而归呀。她准备付钱，女店员却说那位高个子的同志已经付清了，直接包装起来。妈妈相中了一件双排扣女毛呢上衣，俗称列宁服，还有一件毛呢中山装，准备付钱。女店员微笑着说那位高个子的同志已经付过了。大姨和妈妈都很感激，这真的是来自上海的哥哥嫂子的礼物！

不过，大姨买不到那双喜欢的鞋，心里总觉得少了点儿什么。于是，趁他们不注意，她悄悄溜出这家商店的门，跑到相邻的几家去瞧瞧，转了两家，在第三家的货架上她惊喜地发现寻觅已久的小鞋赫然摆在那儿。试穿过后去付款，女店员恭敬地跟在身边，一边走一边说："婆婆您小心，留意脚下，这边。"转过几节柜台，来到付款处，停住，掏钱，正要打开那个盛钱的小布包，就听见收银员姑娘说："婆婆，有人付过了，一位高个子的男同志。我给您包起来，您走好。"

那盏吊灯亮了。厅堂里弥漫着陌生又温煦的气氛。出门一天了，这里倒有一种家的感觉，虽然那感觉只是淡淡的，大姨想。中午在外面吃的馄饨和面，那家餐馆的老板是山东人，过去在家乡博山那地方开饭店来着，去年和老婆孩子一起来到上海，开了这家面馆，这里的馄饨、酱面和韭菜猪肉包，还有炒菜都很地道，正宗的鲁菜风味。饭后，大姨和老板聊起来。饭店老板沏了一壶上好的茉莉花茶，而非南方人喜欢的绿茶。喝着这可口的茉莉花，刚才吃下去的饭菜在肚子里咕咕叫，舒服啊。这会儿，她又端起茶杯，呷一口，问餐馆老板："薛老板，您老家可是个好地方，有山有水，还有好饭食。俗话说：'吃在博山。'来这里习惯吗？这大都市做点生意可不容易，我看到进到这里吃饭的差不多都是山东老乡，听口音就能听出来。您这店不算大，食材从哪里购呢？"薛老板是位老实人，这间夫妻店就是他们的全部家当，来到南方他还保留了山东人的好客和淳厚，殷勤招待客人，他觉得真诚待人、用心做事就够了，但是夹缝中生存的苦楚也时时撩拨着无奈的心绪。他端起了茶杯，慢慢呷一口，说："大娘，您来上海多久啦？这里的伙食您可能也不习惯，这没啥，日子长了就好了。人家不是常说，只有享不了的福，没有受不了的罪嘛。人呀，得想法犒劳自己。"大姨接过话来："说得没错。人在外都不容易，还是家乡好啊。"

妈妈走过去，看到他们拉得热乎，没有惊动他们，收住脚，站在两米开外的地方。她看到一座山，溪水仿佛从一线天的岩缝中流出，抬头仰望，峰顶挂着一轮红太阳，上面有游人低头瞧着那窄窄的裂谷，脊背染成了红色。一间烧饼店在闹市的街面上，那满月似的烧饼又薄又脆又香，多汁的肉夹在里面，几个食客捧着它，看样子想吃又舍不得吃，任那馨香引出无限食欲。寺庙在一座山坡上，僧人打扫着山门外的道场，松柏婆娑成荫，巉岩嶙峋，钟鼓悠荡。几只古色古香的瓷瓶透出沧桑年轮，烧陶人的手艺巧夺天工，泥与火造就了一个陶瓷之都，它将历史的精华延续。满地果蔬，菜农弯腰锄地，远山在不远处朦胧着身影，白云飘过山麓。

这墙上的照片好丰富，一帧帧吸引着妈妈。那些照片的底色有点模糊，仿佛经过了某种艺术处理。

他们还在聊着。妈妈继续浏览墙上的照片。

空地上停歇着白鸽，它们远远望着脖领系着红领巾的少年，他们在做游戏，少女们聚在一起盘腿坐地，有一名女生手里拿着白手绢围着她们身后转，"丢手绢，丢手绢，轻轻地放在小朋友的后面……"妈妈几乎哼出了那首歌。边缘那儿有一行红色字迹：我们是革命接班人。一口水井旁有妇女在纺绩，长长的线就是从纺车上拉出，搁到织机里去穿梭，然后成为一匹匹布，做成衣服穿在劳动者身上，那是避风挡雨的慰藉。驴车走在乡道上，远山在召唤，参天洋槐涂染一地绿荫，麦田里老农流着辛苦的汗，狗儿卧在田埂瞧着劳作的主人，上面也有一行字：劳动人民最光荣。那似乎是一张全家福，两位老人坐在圈椅上，后面站着他们的儿子、儿媳妇、孙子、孙女，还有一位，仿佛是孩子们的姑姑，背景是一处宅院，碎石砌的墙、方石垒的房、圆石做的碾、条石做的凳子，照片上面没有字，却有一家人的笑容。那条河很清，岸边草地如绒毯，一间土屋立在半坡上，显得很不协调，可仔细品鉴，倒有一缕闲情对沧桑的意味。水里仿佛有鱼，老翁身披蓑衣垂钓河边，他的家就在身后的半坡上。白云悠悠、青草萋萋，放牛娃手握柳枝悠闲地倚靠着平滑的山石，牛儿低头吃草，有一头牛冲着飘过的彩云哞哞叫着，声音传得很远，传遍整个山谷……

　　他们聊完了。大姨和薛老板站起来，向临窗的餐桌那边望，舅舅一家人也说完了话，只见他举起手朝大姨这边招呼着，好像在说："不早啦，咱们回家了。"妈妈同薛老板握着手，大姨微笑地瞧着，妈妈将目光转向墙壁，深情地说："薛老板，您的生活很丰富，照片很精彩啊！"

32 月亮挂在葡萄藤上方

YUELIANGGUAZAIPUTAOTENGSHANGFANG

妈妈似乎讲完了上海往事，停下来，沉思。黎冬望向窗外，软枣树开花了，小小的白色花朵上，蜜蜂飞舞着，嗡嗡……

爸爸又在浇那些月季花了，水壶仿佛很沉重，他的一只胳膊弯曲着，生命之水淌出来，润泽生命之花。

春色布满了庭院，连那些红墙上都依稀可见春之脚步，因为那里有织网的蜘蛛、爬行的蚂蚁、觅食的昆虫以及停留的麻雀。墙根下有小草在生长，顽强的生命力，还有载物的土地，它们共同筑造不老的四季。

冬儿，你知道那些年我们是怎么过来的吗？那时你还小，也许记不得了，如若记得，也只是模糊的片段而已。

妈妈仿佛从沉思中醒来，镇定地说："那么，我就给你讲一讲。"

黎冬铺开了纸张，手握一支笔，把那些沉重往事记下。

那一年，爷爷奶奶在老家待不下去了，跟了我们。村子里死了很多人，因为饥饿。爷爷说："来到这里，我和奶奶勉强可以吃口饱饭，可你们二大爷一家还在老家熬着呢，他们不能再来了，你们这里已经有两个大人、五个孩子了，要不是饿得实在受不住，我们也不会来……"淘气的黎明问爷爷："你们在家里有馒头吃吗？我可是馋死了，只想吃个大馒头，爷爷。"爷爷哭笑不得，说："别说是馒头了，就是地瓜干都要断粮了，要不实在没法子也不会跑来这里。"虽然是亲儿子，可也不忍心老拖累他们。哎，该死的老天爷，还有那些不长庄稼的土地！这到底是怎么啦？

到了夜里，爷爷和爸爸总喜欢在那架葡萄树下喝茶，哪怕是冬天。他们话不多，只要开口，就会令人心痛。因为那个年月，似乎并没有轻松的话题可谈。月儿是见证者，它在高空守候着，几乎每晚它都如约而至，倾听人间的声音。那两个讲述历史、憧憬未来的人引起它的关注。那些时断时续的谈话，像一处院落里一架葡萄树的低语，叫月光捕到了——

你二哥嘴馋，吃不了草根树皮，宁可饿死也不吃，人都瘦成了骨头架子，成天价倚着北墙晒太阳，远看就像具死尸。这也不奇怪，因为那儿时常有饿死的人躺在墙根下，都没人抬。你二嫂很心急，这可咋办啊！

二嫂她自己也饿着，到哪儿去找吃的呢，恐怕各家各户都一样。听说静荣她大姐家的日子同样不好过，两个儿子都饿青了脸，能吃的都找来吃了，庆幸的是铁营洼那地方有的是黄荆菜，庄稼不长，只长这个，这可是能救命的呀。虽然吃多了会腹泻、头晕、贫血，而且浑身无力、飘飘摇摇的，似乎一阵风就会被吹倒，但总比饿着强。

后来，你二嫂想出了一个不得已的办法，卖掉仅存的一点黄豆种，换地瓜干充饥。卖到哪里最合适呢？听说博山那地方豆子贵，瓜干便宜，要不就去那儿吧。咋去呀，几百里的路，不是想去就去得了啊，后来她想到了儿子庆生，叫他去，推辆独轮车，慢慢地走吧。儿子庆生出门了。你二哥饿得头晕眼花，实在撑不下去了，就偷偷找来一个木材楔子，拆掉了东屋的房梁，想法子把它卖掉了，那檩子只给了两块钱，他揣着那两块钱，颤颤地跑到村东的一家馒头房，买下三个馒头，稀里糊涂地吃下去了。谁知道，不多会儿，肚子胀起来，疼得他满地打滚儿。那时，医生不好找，都自顾不暇了，谁还有力气给人瞧病呢。没办法，你二嫂就自己想办法，她把一块用热水浸泡过的布捂在他的肚子上，烫得他嗷嗷叫，不管他怎样折腾，她的双手始终按在他的肚子上。不多会儿，他渐渐安静下来，疼痛还未完全消失呢，他就急不可耐地嚷："我还要吃馒头、吃馒头……"二嫂恶狠狠地说："疼死你，活该，没出息的，好了伤疤忘了疼。随你去吧，反正东屋就要塌了，看你还有啥法子折腾，有本事，你把这北屋也拆了！"那是冬季，三九天，天气特别冷，水缸里的冰足有半尺厚，这样的天气，你二哥迎着寒风吃馒头，又加上好久没吃饱饭了，一下子吃进去那么多，他能受得了吗？

　　静荣她二姐静兰虽然住在县城里，他们夫妻也有工作，两人也没有少挨饿。四个孩子每人一天只有二两伙食，大人也多不到哪儿去。社会实行供应制，全民总动员，国家的日子也不好过，三年自然灾害，就像狂风暴雨席卷大地。我就是不明白，人们为何都像疯了一样，不顾一切了呢，一九五八年大炼钢铁，把自家的铁锅、铁犁、铁锨、铁锄……统统拿去，投进了炼化炉，到时候你用啥吃啥呢。

　　父亲，您也不用犯愁啦，现在国家正在治理。依我看，暂时的困难吓不倒共产党人，这一条我还是坚信的。自从共产党诞生后经历了多少风风雨雨、艰难险阻，您看，苦日子就要过去了。这几年，我这个当县委副书记的也没少费心，总归是全县十几万人的吃饭问题呀，什么事都是小事，唯有民生是大事啊。

　　黎元，我和你娘不想再待下去了，已经拖累你们不少了。家里孩子多，你工作又忙，我和你娘帮不上什么，反倒给你们添累赘，真是于心不忍啊。

　　父亲，不要这么说，咱们共渡难关吧，有你们在，我反倒感觉很踏实。如果你们回老家，怎么能让我们放心呢？

那一晚，月光下又多出一个人，小小庭院，葡萄树还在冬眠，茶桌上新增加的一只茶杯是留给客人的，这位到访者是老相识了。前不久，魏福良也调到这儿任县委副书记。新婚过后，他的第一次出访就选择了这一户人家。没有举办婚礼，他和新婚妻子约定，简简单单布置一下新房，有个属于两人世界的窝就行了，现在是困难时期一切从简。

魏福良结婚，黎元还不知道呢。魏福良把一包糖放在茶桌上，说："老伙计，吃块喜糖吧。大叔，您也尝尝。"

"嗨，福良，怎么回事？你说什么？喜糖？谁的喜糖？"

"还能有谁的，咱的呗。"

"你的？啥时候结的？为何不说一声呢？"

"说啥呀，领张帖子、弄个新房，从此一起过日子不就结了。"

"嘿，我说老伙计，起码通知我和你嫂子一声吧，她们三姐妹还总惦记着你的婚事呢，从小一起长大的，交情深啊。"

"谢谢她们啦，她们都好吗？有日子没见了，还怪想她们的。"

"都好，就是生活暂时难一点。大姐在农村，就更难了。二姐和二姐夫现在仍在信县，日子嘛，还算过得去。我和你嫂子负担是有点重，不过都是暂时的，很快会过去的。"

"黎元，我调来饶县啦，不过还未上任。"

"这个我知道，县委会议上都传达了。太好啦，咱们又在一起了。你说，福良，这算不算缘分？"

"是啊，老天的安排，冥冥之中有一股力量将咱们聚合在一起，三十多年的友谊啊……"

"太不容易了，世界这么大，能碰到一起就是缘分啊。"

"大叔何时来的？"

"半年多啦，他和母亲一起来的，老家的生活实在难，到这里，我和静荣还可以照顾到他们。"

爷爷不说话，静静地喝着茶。他望望桌上的那包糖，再瞧瞧眼前的这位，心想看上去他的年纪大概四十多岁了吧，好像谋过面。他的事我多少也知道一点儿，他怎么结婚这么晚呢，是什么事耽误了吗？他和黎元是老战友了，情分重呀。于是，爷爷问道："你也是铁营洼人吧？那些年听到了你们许多战斗故事。静荣好像和你同村是吧，她老念叨你来着。媳妇是哪儿人啊？在哪里工作呀？缘分不分早晚，有缘终成眷属。"

"大叔说得对。她是南方人，其实也不太远，江苏徐州，随父来此，开了家小商店。她人很好，善良又温柔，年方三十岁，就是有点儿胆小，平时不大出门，总待在小商店里，有顾客登门，她负责算账，父亲负责招待。这家店我过去经常光顾，独身嘛，家里没有烧火做饭的，一切都得自己来，一来二去，我们混得很熟了。她父亲看我是个单身，人品与工作都好，有意将女儿许给我。我对她也是十分的中意，不知啥原因，总觉得她就应该是我多年寻找的伴侣，不只是因为她善良又漂亮。"

"后来呢？"

"后来，我找了一位媒人做介绍人。媒人是女方那边的邻居，开一家磨坊，生意挺好，人缘也不错，没钱没粮的时候只要和她招呼一声，她总会赊给顾客，而且不留账，全靠顾客自觉。到底赊出了多少，只是大概有个数，她从不催账，而到了年底出去的账几乎都会收回来，这大概就是相互的信任吧。"

"你们熟悉吗？这个大姐怎么成了你们的介绍人？"

"熟悉。我听说这个大姐人缘好，又一个人张罗着生意，就经常去帮把手，没顾客的时候我们就聊天，家常话拉多了，我们都彼此了解了。那一天，她微笑着对我说：'福良，你看百货店的欧阳姑娘咋样？我倒觉得你们很般配，你虽然是国家工作人员，但找媳妇就得找个这样的，能持家能吃苦人又贤惠，保证你一辈子不后悔！'"我说："好啊，大姐，正合我意。"她说："我明儿就给你说去，你等好消息吧。"

　　"欧阳？你媳妇姓欧阳吗？这个姓在咱这里可少见，你大叔我虽然没文化，可也是上过厅堂的。那一年，打官司，为的是捍卫咱老百姓的尊严，那个韩兆坤仗势欺人，他的鲁北保安团欺压百姓、为非作歹，他派人绑了我家黎元的票，打伤了我家老二，残害了我家老大，就因为我们不跟着他们干坏事、迫害乡亲。那年月，民告官是打不赢的。为了出这口气，我一纸诉状告上法庭，衙门的人也不敢招惹这帮地头蛇，只好法办韩兆坤手下的两名喽啰了事。我清楚地记得，那个堂上的法官就姓欧阳，听口音像是外地人，据说他还算清廉，只是没有办法，在人家屋檐下不得不低头啊。"

　　"大叔您说得很生动，也很有道理。旧社会穷人是没有说理的地方的，现在不同了，有理走遍天下，无理寸步难行。"

　　这会儿月亮正挂在葡萄藤的上方，洒下一地碎银似的影儿，桌旁的三人仍在聊天。那些往事沉潜在妈妈的心头，流淌在黎冬的笔下。岁月悠悠，光阴无痕，转眼历史的脚步走进了一九六六年，那个特殊的年份，只要是过来人都会记得，妈妈也不例外，她的讲述或许就从动乱的阵痛中开始。

33 老城墙拆除了

　　老城墙拆除了，那儿似乎只留下一段曾经的记忆。历史的古韵仿佛离我们愈来愈远，朦胧在已经风雨飘摇的废墟上，这个年份好像一切都不合时宜。珍贵的文化传统不可颠覆，它存在于人类的关怀之中，但是，似乎人们不知从何时不再关怀了。红卫兵们只注重自己的口号和行动，包括传统和道德都统统踩在脚下，然后涉及人类社会的方方面面。没有什么争辩的权利，要想活命只有屈服，没有第二条路可走。不然，你就会成为"不齿于人类的狗粪堆"。多么惊心动魄啊，仿佛那个时期太阳也要乖乖地洒下不偏不倚的光芒。

　　拆了古城墙，四合院也保不住了。二姨一家只好迁往她们厂区宿舍的一排灰砖房里。姥姥去世后，这个家曾经的纽带松弛了，闺女的怀念和外孙们的依恋或多或少地隐隐流露。外面的世界颠倒了、疯狂了，厂子停产、学校停课、商店关门，人心浮动，乌云翻滚的天空摇撼苦难深重的大地，没有人能逃脱，没有东西可幸免。

二姨一家只好躲在家里，幻想用砖砌的堡垒阻挡狂风暴雨。无奈，消极的抵抗只能是暂时的，终于有一天二姨夫还是被带走了，那些人气势汹汹、颐指气使，在他虚弱的后背上猛劲推一把："走!"

那时，淑梅和淑香都已经长大，她们在家待不住，有了思想与行为的规范是只用"家"的概念束缚不住的。她们也投入进去了，在其中充当何种角色，在二姨眼里已全然不顾了，她知道，女大留不住，不啻是只有爱情的诱惑，形形色色的人或事在她们青春萌动中也许会撩拨起懵懂的波澜。是非对错已没了标准，真理哭泣，伦理丧失。

淑芹还小，她不理解，或许是不懂得天下为啥这么乱啊。而且爸爸也被不明不白的人带走了。他去了哪儿？他去干什么？他会受伤吗？她曾经问过妈妈。妈妈不语，只傻傻地盯着被子弹打穿的窗玻璃。外面偶有枪声响过；有被风吹拂的红色、绿色、黄色的纸飘飞；有手握木棒的队列疾速掠闪；有不知名的鸟儿悲凄地鸣叫阴暗的春天；有拄拐棍的斜影亦步亦趋；有女人嘶哑无助的哭喊；抑或还有匍匐于地的人活过来了，绝望地用双臂爬行……

妈妈说："不要看，快回来!"

二姨招呼着孩子们，他们从窗台那儿乖乖跑过来，依偎在母亲起伏的胸怀。

二姨垂下眼睑，静静地享受这片刻的宝贵时光。孩子是无罪的，拯救他们！她在内心深处呐喊。他们的爸爸到底有没有罪？她一时似乎糊涂了，然而，历史就摆在那儿，这还有错吗？我们一起从艰难中走过来，他是什么人，难道我不清楚吗？可是为什么会是这样呢？她不理解，也不想理解，随它去吧，自己左右不了的事，犯愁也白搭。但是她相信，历史不会冤枉一个好人，也不会放过一个坏人！

她想到了古城墙，想到了四合院，在那些平静的日子里，没有觉得日子平静，总有许多烦心事、许多拖累，让她内心得不到安宁。女儿一夜未归，她会提心吊胆地守望一夜；儿子的功课又落下了，考试成绩不佳，她会心烦意乱地在屋子里逛荡；母亲又住院了，那一次她再没能起来，她有点儿绝望似的守在床前落泪；老赵出差了，这一次怎么去了那么久，连个信儿没有。她会跑到他的单位打听，人家说主任去搞外调了，这一次去的是云南。云南？她在夜里想着，那不快到边境线了吗？那地方可不安全，要是遇到流窜犯可咋办？不行，明儿就去他们单位，叫他们同事给他打电话，我在旁边听着，这不就放心了。嗨，那个温暖的四合院，我还没住够呢，它似乎与老城墙一样古老。只是打记事起那老城墙就在那里。有一次，母亲带我去了县城，在城门那儿我站住了，呵，这墙可比俺家的院墙高多了，还这么厚，上边好像还有人呢。而四合院就晚得多，自从进了厂子才搬到这儿来的。它在城墙下，中间隔了一条水沟、一片林子，夏天，这里有水有草；秋天，野榶子、苦菜、甜瓜、石榴和马尾巴草让大人与孩子得到满满的惊喜；冬天，孩子们可以在那条似河非河的沟里溜冰。那落日最叫人心动，她在城墙边芳草旁小憩，披着五彩缤纷的衣裳，我看到了那横亘在地平线上的硕大无比的床……

　　四合院承载了我们一家老少三代人，你能说它不古老吗？现在它们都不在了，怎么能让人不伤心呢？母亲若在，她会一天到晚唠叨不休，罪孽、罪孽、罪孽呵……现在住的这个地方就闭塞多了，大门朝北，没有院落，只有一间烧火做饭放杂物的小房子，窗户冲着街道。街道在老城的中心飘摇，摇落车间里曾经日夜不息的缝纫机的声音。这应该叫南屋，我们一家住了两间，其他的分给了有家室的工友。

　　窗户外面的街道，早晨的时候最清静，不但没有喧嚣与杂乱，而且冷风会从这头刮到那头，畅通无阻，这里是老城仅有的繁华去处，如同一位老人刚刚苏醒，平添一抹厚重沉郁的年轮。

　　太阳爬上来了，你似乎看不到它行走的脚步，仅仅觉察到蓝天背影下的游移。当清晰的光线洒向地面的时刻，耗子们出洞了，成群结队、浩浩荡荡，它们的破坏力极强，凡经它们牙齿下的一切物品都将被啃噬、嚼烂、吞进肚里，它们经过的地方很快成了废墟，而且散发着腐臭气息。二姨愤慨地从窗台那儿喊："小耗子们，你们就折腾吧，总有一天，你们会得到报应，来自历史的惩罚！"

入夜，枪声响起来。一间小房子住着一个男人，他是被关起来的。在平板床上他正辗转反侧时，子弹穿透了窗户玻璃和木板门，一颗颗嵌进了土墙，那高度恰好都在他头颅的上方一点点。他吓得一骨碌翻下来，跌到地上，钻到了床底。枪声不断，就像大铁锅炒豆子，但比那响声大。夜里不睡觉折腾什么呀，折腾来折腾去，双方必定都有伤亡，这可是在和平年代啊，人们到底为了什么？

枪声响了一夜，这个男人一夜没有钻出床底。

小伙房有了炊烟，那是二姨在做饭，她一面往炉膛里添着柴，一面惦念起她的老赵："哎，他现在在哪儿？人怎么了？昨夜枪声不断，他会不会有危险呢？这到底啥时候是个头啊……"

耿家集正在过冬天，就像其他村子一样，寒冷与沉闷是少不了的。这个冬天仿佛和以往的又不一样，村子的街道上经常会有当当的敲锣声，还有高音喇叭广播的声音，再就是村民们仿佛被一种什么邪念所召唤，都不再安心种地、踏实做饭、养老抚幼了。街上有锣声，房里有喇叭，搅得大姨心烦意乱。

她的两个儿子都能顶个汉子用了，她嘱咐他们：种好地、干好活、吃好饭、睡好觉，别的啥也别管。

他们很听话。不过，老大似乎有点儿不安分，因为他读过几年书，念过完小，自觉有点儿文化，忍受不住外面的诱惑，总想参与进去。可从哪儿下手呢，他那几天都在琢磨这件事。所以，牛生病了，他不知道；地里长草了，他不曾锄；老母猪产崽了，他视而不见；自己媳妇回娘家了，他竟然没觉得炕上少了一个人……

当他还没有琢磨透的时候，母亲发现了他的蹊跷，说："戊寅，你这些天干啥啦，像丢了魂，你待不住了，是吧？那你就去吧，出了事可别找我。"

他还是忍不住琢磨，不过陷得不那么深了。照常下地干活，照常推碾磨面，照常赶牛拉车，照常吃饭睡觉，那些诱惑渐渐变成了负担似的，叫他欲罢不能、欲弃难舍。

老二庚辰很老实，绝对按照娘的嘱咐去做，一点儿不含糊。那一日，是逢八赶集的日子。虽然人心浮动，但集还照样赶。只不过赶集的人与摆摊的人都有些异样，仿佛都被一种莫名的暗流搅动着，似乎物质不如从前重要了，曾经赶集采购的仔细劲儿不见了，以往过穷日子过惯了，对油盐酱醋、鸡毛蒜皮的小事都一点儿不含糊的村民们不知什么时候变得大手大脚了，仿佛被精神的冲击取代了。

集上照旧有许多人，好像有些人不是赶集，而且是专门来凑热闹的。庚辰遵照娘的嘱咐去集上买酱油和醋，随便捎点儿便宜菜回来。娘对他说："庚辰，到集上还是去找那个王老头的酱油摊，别忘了再打瓶醋，买点儿萝卜头、白菜帮啥的，买完了赶紧回来，听到了吗？"

庚辰说："听到了，娘。"

他并不着急，慢条斯理地踱过去，在人群里挤来挤去，终于找到了那位王老头和他的摊子。

王老头一见庚辰，便说："小伙子，怎么？酱油又吃完了？"

"是啊，王大爷，再打一瓶。"

"多少钱的？"

"和上次一样。"

"好。"

酱油从大皮桶里流到小瓶子里，得通过那个嘴子，流得太急会出沫，流得太慢又费时间。王老头的一只手握在嘴子把手上，小心地撑着，接完一瓶酱油，再去接一瓶醋，等酱油和醋都接完了，他说："好啦，小伙子，拿回去就可以炒菜了，不过要省点儿吃，酱油可是要涨价了，回去告诉你娘！"

"知道了，王大爷。"

庚辰提着两只瓶子还没来得及离开摊子呢，那边呼啦啦跑来一群人，边跑边打。他傻了眼，还没看清是谁打谁呢，那群人已打到眼前。王老头一看不好，就要回身收拾摊子，不料，打架的像蝗虫一样扑过来，旁边赶集的、摆摊的有的冷眼相视，有的大声叫喊，有的直接参与进去。等到打架的人都跑掉了，集市也散了，方见到那边一片狼藉的地上躺着两个人，一老一少，老的是王老头，少的是庚辰。王老头的胡子和脸都泡在酱油里，浑身上下如同从水里捞出来的一样；庚辰躺在他的脚边，脸成了酱油色，一只棉鞋歪在一边，鞋筒里还耷拉出一只半黑半白的布袜子。再瞧那边，酱油桶与醋桶扁了，估计里面剩不了多少了，就是有，也许只够庄稼户的伙房里炒两盘菜的。

王老头呻吟着，他似乎爬不起来。庚辰歪在地上瞅了一眼，艰难地站起身，去扶王大爷。庚辰望望四周，空无一人，仿佛这里不曾是集市。他再瞧瞧那些有烟囱的人家，房顶上都冒着烟，就如同一袭太平盛世的翻版，在平凡的天空下招摇。

经过了那件事，大姨感到耿家集待不下去了，况且庚辰又受了伤，到现在还不能下地干活呢。该去找谁算账呢，恐怕还没找到闹事的人，那帮人也许就会找上门来。忍了吧，惹不起还躲不起。到静兰那里去？不行，听说庆扬被带走了，淑梅和淑香也整天不着家，不知道干些啥，她带着两个小的待在家里已经够苦闷了，不能去打搅她。到静荣那儿去？恐怕也不行，她家有老人，还有五个孩子，够她受的。再说黎元也自身难保，虽然已调到地委当大官了，但这官不是好当的，眼下似乎也受到冲击，听说去放牛了，那不是一辈子白干了嘛。可是，摸不准，一朝风雨一宿愁，哪管日子啥是头。

终于，她想来想去，还是去了魏家庄兰凤婶那里。

兰凤婶的男人就是在家待不住，一个人去了东北，听说那里招矿工，待遇不薄，他动了心，总比在家种地强吧，也自由，可以干自己想干的事，不就是闯关东嘛。过去人家行，我为啥不行！"听说三叔去了关东？"大姨问兰凤婶。

兰凤婶恨恨地说："是啊，这该死的冤家，随他去吧，我也管不了，这不刚从镇上回来不几天，又走了。走他的吧，我倒落个心里消停。"

她们盘腿坐在炕上，这会儿，喇叭里没了动静，它就挂在里屋门的上方，家家户户都有，那细细的线串联起整个村子，它的心脏就在大队部那儿，心脏跳动，每家每户就有脉搏，从物理学上讲就是电波，电波发出声音，声音灌给村民们，不听也得听，因为那玩意儿没有开关，除非你躲开了，跑到野外或别的什么犄角旮旯里去。

一只猫跳上了炕沿，它朝兰凤婶的腿那儿走，不慌不忙的，前爪跨进去，后爪迈过来，一团身，伏在她暖烘烘的屈膝之间。兰凤婶顺手捋着它滑溜溜的毛，那感觉就似梳理着乡愁，她说："我只有它啦，没有男人，没有孩子，那二亩自留地也快荒了。"

"兰凤婶，你真是的，为啥不早说，叫戊寅和庚辰过来给你种，他们干别的不行，种地可是把好手哩。"

"算了吧，静芝，不麻烦你们了，老三临走种上了麦子，现在麦苗都有一拃高了，没人管，就叫它疯长吧，能收多少算多少，我一个人好对付。"

猫儿很乖，它安静地伏在那儿，仿佛在听主人说话。喇叭突然响起来："喂……喂，有重大消息，村民们注意了……"它一下昂起了头，敏锐的听觉接收到那柔细的女音来自那面墙上一个黑色的小圆盘。它不喜欢听，总觉得没有主人的嗓音美妙，它有点儿烦躁，一蹿跳到窗台，竖起尾巴，伸个懒腰，它锋利的眼睛忽然发现院子里有几只麻雀，其中一只似乎受了伤，单腿蹦跶，翅膀仿佛折断了，耷拉下来，那个窗纸洞足够它看清这一切。它不动声色，一跃身落到地上，悄悄朝房门走，在门槛那儿它伏下身子，一双圆眼睛睁得大大的，目光直视着猎物。那群雀儿还没察觉危险临近了，依然在墙根边觅食，一跳一跳，喙在不停地啄，受了伤的那只离开了鸟群，单腿艰难地朝房门这边蹦过来，近了，更近了，猫儿正要出击，"嘭!"突如其来的一声响，惊飞了那群鸟儿。这一只也呼扇着翅膀飞起来，不过高度只有一米多点儿，而且慢，这时，那只猫突然从门槛那儿蹿过去，飞身跃起，一只利爪在空中一下就击落了它，四爪轻缓着地，伸开利爪，捕向那只在地上做垂死挣扎的雀儿。吱吱的叫声渐渐微弱，猫儿嘴上的那只残雀终于没有逃脱命运的摆布，它的死，或许是自然界的弱肉强食。然而，有秩序、有法律的人类社会呢?

兰凤婶拾起那只滚到炕下的茶碗，它竟然没有碎，只在碗口留下了几道划痕。

她说:"老了，真的老了，手脚都不中用了。"

她来到灶边，准备生火做饭，一瞅，柴火没有了，正要到院外的那垛玉米秸那儿去取，猫儿轻声走进来，冲着她喵喵叫，嘴巴呲起来，露出的牙齿上粘着血迹，圆眼睛仿佛迷迷糊糊的，没有平时那么干净透亮。

"怎么啦，梅花? 你吃啥了?"

"喵……"

"过来，我看看。"

猫儿乖乖走到她的手边。

"我的天，这么热! 你牙上的血是咋来的?"

"喵……"

大姨这会儿已经下了炕，跨出院门，走到柴垛那儿，抱了一堆棒子秸走进北屋，坐到小板凳上点火、做饭。

那只猫软软地伏在地上，兰凤婶一只手托着它，仿佛握着一条狗尾巴，肚皮那儿硬硬的、热热的，眼睛里已经充满了血丝。

"老天爷，你到底咋了，梅花？"

这次它没有叫，也许叫不出声了。

兰凤婶把它放到炕里边的棉褥上，跪在边上瞅了一会儿，说："在这儿卧着吧，不许乱跑，你是不是饿了？"

兰凤婶摇摇头，自言自语："不像是饿了，倒像是吃坏了肚子。"

她下了炕，锅里的水已经开了，打开盖子，热气一下子冒出来，铁锅里滚着泡儿，她停住了拉风箱的手。

"今晌想吃点儿啥？"

"啥都行，不要太麻烦。"

"好，做锅古扎头吧，我用小炒勺炸点儿葱花，放点儿菠菜，你调面子下锅，我再把炸好的葱花、菠菜倒进去，那热油见水滋啦一响，保准好吃。差点忘了，戊寅他俩过来吗？"

"不知道，我给他们准备好了米和面，还有一些菜。戊寅我倒不担心，能吃、能睡、能干的，就是庚辰让我放心不下，他的伤还没有全好呢。"

她们俩吃着饭，北风在门外吹，打着呼呼的哨声，今儿的阳光倒是不错，冬日里少有的温暖，虽然有风。

墙上的喇叭又响起来，这回换了一个男人的声音，呆板而沉闷，然而嗓门很高。他说了一遍啥，炕下吃饭的两人并没有听清，也不想知道，因为每天这个样，人们都腻歪了。猫儿倒是有点儿敏感，虽然依旧卧着不动，但耳朵竖起来，朝声源的方向转去。那个男人说完了，一支歌曲代替了他的啰唆。那支歌就如同午后的催眠调子，不约而至。

饭后，她们都躺下了，伴着曲儿与阳光睡午觉。大姨觉得很闷，因为她平时很少午休，不只是因为忙，仿佛没那习惯似的，只有在兰凤婶这儿午饭后睡一觉是每日必需的作息。那只猫也似乎睡着了，一点儿动静没有。

兰凤婵首先进入了梦乡，而大姨还不成习惯的午睡使她闭着眼睛迷糊，仿佛那梦乡在很远的什么地方。

兰凤婵先醒来，她爬过大姨的身边去看那只猫。

大姨虽然睡得很沉，但也很警觉，这是多年养成的习惯，一家老小还指望着她呢。刚才微弱的响动使她从睡梦中醒来，炕上看不到兰凤婵和那只猫了，于是，她到户外去找，推开半掩的房门，阳光斜洒在东墙上，墙边有一棵树，像是蜡梅，一个跪着的背影在那儿抽泣。一刹那，她感到自己也在伤心流泪，虽然还摸不清缘由，但大概悲剧就是如此了。

炕头上，兰凤婵给大姨讲起了她同那只猫的故事：

它很乖，真的很乖，我刚见它时，它就趴在那棵蜡梅树上。那是秋天，树枝上没有花，却有叶，那些刺儿它并不害怕，总能在枝丫间爬来爬去。它冲我喵喵叫，好像刚断奶的样子。我把它从树上取下来，抱进屋，上了炕，它在棉褥上打滚儿，好可爱的小家伙。没有奶，我就喂它面糊糊。它渐渐长大了，我好像离不开它，它也离不开我。你说怪不怪，它似乎能听懂我说的话。真的，从不做错事，像个听话的孩子那样乖。我这里不再有老鼠了，因为它来了。有一次，它捕了一只老鼠，不吃，当玩物儿要呢。我说："梅花，把它丢了，要不别上我的炕。你知道它身上有多少跳蚤吗！"它真的把那只老鼠丢了，而且还叼出了院外，回来乖乖地站在我的脚边喵喵叫。它没事总喜欢趴在那棵蜡梅树上，一趴就是一晌。你知道我为啥叫它梅花了吧……

嗤嗤……那只喇叭烦躁起来，仿佛无病呻吟的人，接着那个嘶哑沉闷的声音又出现了，而且嗓门很高——各位村民、乡亲，最新消息，大伙儿注意听清了……

34

四合院没了

SIHEYUANMEILE

　　静芝在兰凤婶那儿住了一阵子。虽然住得还算习惯，但总觉得有放不下的心事。形势这么乱，二妹、三妹那儿情况怎样呢，我在乡下没关系，有啥事可以对付，如果在静兰和静荣那儿就不好说了。抽空去一趟吧，带不带老大和老二呢？不带！他们都是成年人啦，有自己的主见。再说，经过那件事，心儿会收敛些，庚辰的伤也好了，没啥可担心的了。他们在家种地、看门，我去走亲戚。对了，可别忘记给大姨们预备好足够的粮食，他们就像大男孩，还需要母亲的照料呢，只有家中安顿好，才能放心出门啊。

　　静兰搬了家，静芝并不知道，她好不容易找到了那个四合院的原址，无奈，这里已成废墟。那座城墙为何也不见了？荒地、水洼、泥潭，还有臭气氤氲在曾经是老城墙的地方，几条野狗跳跃于水塘之中，似乎在抓鱼，它们饿了，眼睛绿绿地冒着杀气，几条狗一齐狂吠着扑过来，静芝一时没了主意，仿佛魂儿都吓飞了。恶狗愈逼愈近，眼看近在咫尺了，蓦地，不知从什么地方跳出一位白发鹤眉的老者，他手持粗棍，一通挥舞，边打边骂："你们这群狗杂种，脸都叫你们丢尽了，该死的，造孽的，再不走开，老子削了你们的脑袋！"

野狗跑远了，仍在害怕之中的静芝不知道怎么感谢这位老哥，仿佛飞走的魂儿还没有附体。那位白发老头将木棒朝地上一丢，骂道："该死的野狗，真他娘该死！"

野狗站得远远的，在那儿瞅，它们仍不死心。大姨有了依靠，心里踏实了，她不怕它们。她客气地对老者说："大哥，真是谢谢您啦，要不是您及时出现，我还不定怎么样呢，也许就让野狗吃了。"

"这位妹妹，你是来找四合院的吧，走亲戚？老汉看得出，对吧。四合院没了，我的老伙计古城墙也没了。你看到那边那间破屋了吧，那是我搭的。我在守护，守护啥呢，我也不知道。这里曾经蕴藏的历史古韵，断送了，消失了，老汉心痛啊。"

"大哥，您就住在那儿？"

"是呀，我搭了这间破屋，他们不让，给拆了；我再搭，他们再拆；我再搭……他们拗不过我，只好不管了。"

"这儿啥也没有了，大哥，还守护啥呢？"

"守护心中的家园，守护不散的历史魂魄。"

"大哥，看得出，您不是一般人，过去是干啥的？"

"干啥的，干革命的，老汉戎马一生，退休前是咱部队的警卫连连长。这里是我的家乡，我在此长大，在此赶走了日本鬼子、打败了蒋介石。后来我随部队南下，再后来被调回山东，直到退休……"

"哎哟，大哥，好样的！您认识黎元吗？"

"黎元？哪个黎元？是不是曾在铁营区当区长的那位？"

"是啊。那么赵庆扬呢？也认识吗？"

"我也认识，都是老革命了，他过去就住在这儿啊，你是不是来找他们？"

"是呀，他是我妹夫，我妹妹叫静兰。"

"那么，黎元是……"

"我的三妹夫，我三妹叫静荣。"

"啊，原来你们是一家人呀，这可巧了，到我破屋里坐一坐，我有话和你说。"

小屋虽然简陋，但却是灰砖红瓦搭成的，墙壁不用泥浆，一块块砖直接从地面垒到房顶，房顶用白杨的粗枝作檩，上面铺些秫秸，再上面码一层红瓦。拥挤的屋内，灰砖地上锅碗瓢盆一应俱全，那张床看上去很结实，仿佛祖传的物件，床头上还刻着古色古香的图案，只有一把圈椅、一张小桌、一只茶壶和一个茶碗。这里是他私密空间，从不招待客人；这里又是他的阵地，他坚守着一方没有硝烟的战场。就像过去的那些峥嵘岁月，他曾经是一名革命战士，现在也是。

暖瓶里有热水，老者沏了一壶茶。静芝闻到了熟悉的茉莉花香。他拿起壶将茶水倒满茶碗，说道："妹妹，喝吧！我用壶。"

静芝坐在那张古色古香的床沿，瞧着他举起茶壶，嘴对嘴咕咚咕咚喝了一通。她也确实渴了，望望那只碗，茶水满满的，仿佛温情也满满的，端起它，咕咚咕咚喝了一通。她放下茶碗，感觉很舒服，这时就听他说："妹妹，这里不能多待，你还是尽早回去吧。你二妹妹那儿也不要去了，去了会给她添麻烦。我知道你很想见她，那也不行。还有，你三妹那儿也不要去，黎元我有所了解，耿直、有个性，这年代耿直的人大多会吃亏。我就不同了，我是死猪不怕开水烫，管他呢。"

"听您的，老哥，还没问尊姓大名呢？"

"腾武千。"

"哦……"

"妹妹，你叫什么？"

"魏静芝。"

"静芝？你们三姐妹——静芝、静兰、静荣，我似乎都有印象。铁营洼魏家庄的，你们家大娘可是位好人啊……"

"老哥认识我母亲？"

"认识，她好听鼓书，是吧？"

"对啊，那老哥是哪个村的呢。"

"腾兰刘。"

"腾兰刘？"

"你知道温店吗，从那儿看西南，一个小村子，村前有条小河叫腾王渠。"

"哦……"

"静芝，是叫这名字吧，你知道古城墙和四合院对我意味着什么吗？"

"不知道。"

"那么，你肯定是喜欢它们了？"

"那当然，喜欢。"

"只是喜欢？"

"只是喜欢，我暂时还没想到别的，请腾大哥原谅。"

"你真的没有考虑到它们的历史渊源吗？"

"想过，真的，老哥，那又咋样，影子都不见了。"

"影子？不见了？谁说的？它在心中，在广大人民群众心中！难道你真的视而不见吗？"

"这、这……大哥，我没想那么多，只是路过，它们没了。惋惜，真的惋惜。"

"惋惜？只有惋惜？"

"那还能怎么样，我一个妇道人家……"

"好了，不难为你了，你已经很不错了。自打我住在这儿，你已经是我见过的很不错的主儿了。"

"大哥，有话好说，我也是读过几年书的，我的私塾先生叫魏奕轩！"

"魏奕轩？这人我认识，一个穷秀才，封建社会的遗民。不过，此人学问不浅，你能跟他学习是你的福分，你们三姐妹都跟着他念过书吗？"

"都跟着他念过，那个年月，那段时光，真叫人留恋，恐怕今后不会有了。"

"为什么，妹妹？"

"不知道，就是这么想的。"

"黎元念过书吗？"

"念过，他学问比俺们高呢。"

"他如果在，就会不一样了……"

"咋不一样呢？"

"话就说到这儿吧，你还要赶路，我们会有机会见面的。不过，你得吃过我亲自为你做的饭再走，这是应当的。"

"哦……"

刚才那顿饭吃得啥呢，静芝似乎不记得了，然而，仿佛是赠人玫瑰，手留余香。她离开了那片伤心之地，也是流连之所，这位大哥叫人可气可喜又可叹。她几乎走遍了曾经记忆中的四合院所在，忍不住回头一望，仿佛什么都不存在，包括那间破屋，野狗也遁去了，只留几声狗叫。他到底是什么人呢，神仙下凡吗？

静芝又回到了故乡。走了一遭，仿佛还是家里好，虽然有时也并不清静。而静兰正过着提心吊胆的日子，没日没夜地为老赵犯着愁。静荣那边的生活似乎也不轻松，由于劳累、焦急，她病倒了。黎元又不在身边，家里还有五个孩子，这可咋办呢？幸好有福良的新媳妇欧阳慧玲照料着，她才熬过了那段艰难的时光。

静荣很感激，家里都没有男人，欧阳慧玲已怀孕，福良也不知道被他们弄到哪里去了。她说："嫂子，不用客气，都是一家人，谁没有难处呢？"静荣激动地说："可你有身孕，又要照顾生意，还经常帮助我们，你可是帮了大忙了。""可别这么说，嫂子，咱们同病相怜嘛。你是过来人，怀了孩子得注意啥呢？我老感觉头晕、无力，还常常出虚汗，这到底是怎么了？""慧玲，有可能是营养不良导致的贫血，你到医院查过吗？""嗨，嫂子，医院都快关门了，我去过一次，连个大夫都找不到。""哟，你自个儿要注意，别伤了胎气。你不要急，我有办法。没有医生，还不治病了？嫂子给你开个方子……"

有一天，魏福良回来了，他好像老了许多，眼睛与脸腮都浮肿着，头发稀疏花白，身上穿的依然是被带走时穿的衣服。见了媳妇，他并没有哭，只是搂着她静静地瞧，像瞧一桩铭心的往事。而欧阳却忍不住流泪了，伏在他的肩头抽泣。有人闯进来，硬把他们分开，他握着她的手，两只胳膊拉得很直很长，最终分离了，离别的苦楚仿佛就在那咫尺之间，实际却远在天边。

黎冬不知道妈妈什么时候回来。她在空荡荡的屋里梳理着那些不断涌上心头的思绪。她临窗站着，外面是晴朗的天、和悦的风、沁人的绿，以及舒缓隽永的时空。

十年就这么过去了，给人们留下了什么呢？仿佛除却伤痛不曾有别的。然而，新的时代开始了，它那么清新怡人地来到人们面前，被寒冷冻怕的人们还没来得及回望就已经是春天了。

妈妈的话回荡在她耳边，真真切切的话语勾勒出一幅真真切切的图景。过去的就让它过去吧，生活不会断流，人生也不会驻足，百姓的期盼就在那时断时续渐行渐近的愿景当中。

黎冬今天没有课，她讲授给学生们的历史，就好像一条从心底流过的溪流，对此已了然于胸。而妈妈给她讲的那些往事，仿佛是故事中的往事，往事中的故事，起伏而跌宕，轻缓又凝重，真实或梦幻……

爸爸的单位组织老干部们旅游，妈妈也一同去了。似乎是江南的某些地方，有可能在上海短暂停留，那样他们就会见到舅舅了。一别多年，上海一定大变样了，现在全国都在变，改革开放不是空谈，它实实在在地落地了、生根了，九百六十万平方公里的土地上莺歌燕舞，巨轮已起航。

油菜花在窗外回旋，列车的节奏很符合老人的心境，缓慢而平稳。

"前方到站是苏州站，旅客们，苏州就要到了，请拿好行李，注意安全，准备下车。"

喇叭里乘务员的声音就像摇响的铜铃，唤醒了昏昏欲睡的人们，窗玻璃上立刻多了几张向外眺望的脸。苏州火车站接纳了一批来自北方的客。

住下来已是黄昏时分，苏州的傍晚仿佛与家乡的落日没有太大区别，只不过在这儿望去的是江南，从那儿翘首的是鲁北。招待所里很安静，空气中弥漫着沁人心脾的恬然气息。

大院里，爸爸妈妈在散步，青石道在树荫中通幽，抬头望月，低头看路，身后是很亲切的夕阳红。

爸爸说："人老了，对落日黄昏都似乎有了一种认同感。"

妈妈说："所以我们要常出来看看，感受一下不一样的风土人情、四季轮回。"

爸爸说："年轻时为革命为事业奔忙。老了，为什么活着？"

妈妈说："所以老来的福是年轻时攒下的，支出一点就少一点，要珍惜，不要把福分放空。"

爸爸说："静荣，咱们想的一样，没有什么是无缘无故得来的，也没有什么是不知不觉失去的。"

妈妈说："所以温故知新很重要。"

爸爸说："我们在这儿待两天，苏州的园林那可是世界闻名啊。"

苏州两天的行程结束了。要看的地方还有很多，但时间有限，只能择其重点了。油菜花在窗外回旋，列车正驶向杭州。老干部们都很高兴，车厢内议论纷纷，苏州的园林、苏州的古韵与风貌留给他们太多感想。

妈妈问爸爸："老黎，姑苏就是苏州吧，那首古诗说：姑苏城外寒山寺，夜半钟声到客船……"

爸爸说："应该就是了，寒山寺我们也去过了，仿佛历史的魂魄还在那儿沉浮飘荡。"

"那么杭州呢，老黎，有什么不一样？"

"大概都是古城，南宋的行都就在杭州，到那里，你会看到抗金英雄岳飞墓，还有历史罪人秦桧的塑像。其中西湖最有名，古诗云：欲把西湖比西子，淡妆浓抹总相宜。"

"我的心仿佛已经飞到西湖岸边了，老黎，你和火车头商量商量，给它递根烟，叫它加把劲儿，快跑吧！"

"哈哈……"

杭州之行结束了，三天的旅程仍意犹未尽。油菜花在窗外回旋，列车驶向上海。江南的风湿润而凉爽，姹紫嫣红四月天。

上海火车站的站台上，爸爸向带队的王主任请了假，离开大部队，打算和妈妈去探望舅舅。

妈妈说到这儿，突然停住了。她走到旅行包那儿，掏出几张照片，边往回走边说道："冬儿，这是我们在上海王开照相馆照的相，现在技术先进了，三天就可以取相了。给你，瞧一瞧吧。"

"嘿，妈妈，照得真好！"

"这也算是全家福吧，两代人。虽然两代人经历不同，但笑容都写在脸上呢，冬儿。"

黎冬从照片上看到了那些熟悉的面孔：舅舅、妗子、爸爸、妈妈、艾妮姐、艾娣姐，还有解放和和平。另外那两位是谁？他们各自站在艾妮姐和艾娣姐的旁边，想必一定是她们的丈夫了。妈妈虽然没说，但能看得出。

啊，她们都有了归宿，我的那一半呢？她忽然想到了一个人，一个使她时时记起的男人。

课堂上，教室的最后一排，每逢星期五下午，总有一个陌生的青年来听我的课，他是谁呢？那一次，当下课铃声就要响起的时候，我已做好了准备，这回不能让他悄悄走掉了，一定要向他问个究竟。

"你好！"这次我终于拦住了他。

"您好，黎老师！"他挎起书包，正欲从后门悄悄溜走，没想到我已站在了他面前。学生们好奇地打量着、议论着，他们或许也不知道这位神秘的人物是谁。教室里清静了，只有我和他。操场上有欢呼声、喧闹声，一只足球打到红砖墙上又弹跑了，窗玻璃微微抖动，前后门都敞开着，不时有背书包的身影从那儿闪过。傍晚时分，落叶纷纷。

"你认识我吗？你是谁？为何来听我的课？"

"您是黎老师，这我知道，早就知道了。我底子薄，那些年没有好好学习，我羡慕你们这批一恢复高考就考上了大学的优秀分子。"

"那么谁叫你来的呢？校方知道吗？"

"知道。我在图书馆工作，面对那些书籍，我真有点儿力不从心啊。"

"你分管什么？"

"图书管理，负责编号、整理和借阅，说白了就是打杂。"

"听历史课对你有帮助吗？你是不是为这才跑来学校的？"

"应该是，但也不十分确定，因为那是你的课，我不但想听，还希望经常见到你这个人。"

"你说的我都有点儿不好意思了。"

"没啥不好意思，我怎么想的就怎么说出来。"

"谢谢你的坦诚，那么以后你就继续来吧，我很乐意收你这么一位虚心学习的学生。"

"谢谢黎老师。"

"你叫什么名字？"

"陈刚。"

"噢，陈刚，我记住了。"

自那以后，他们不但是师生而且成了朋友，后来成了恋人，再后来便是夫妻了。

黎冬很庆幸，找到了自己的另一半；陈刚当然高兴了，自己羡慕崇敬的老师变成了妻子，他似乎觉得足不出户就能学到宝贵的历史知识了。

父母对这位女婿也十分满意，不但人长得帅而且很懂事。

夏天的时候，蝉声织就的网布满燥热沉闷的空气，树荫也不再凉爽，土地像刚出锅的饹饼，蒸腾起烦躁，人们不停摇摆的蒲扇带来的是湿热的风。即使这样，那些头上冒着汗的老头老太太们，依然坐在路边的马扎上聊天，或者站在自家的院门前打量着过往的行人。有三个外地模样的人走来，其中两位衣着陈旧、面色憔悴，短短的平头已经花白，他们避开人们投来的目光，低头走路。那个高个儿走在前面，大步流星。那两位花白头发的人紧紧跟随在后面。他们拐过了一处院落的红墙，不见了。

"去老黎家了。"一个老者说。

"那两个不太像正常人。"一位老太太摇着蒲扇呢喃。

"现在好啦，那些乱七八糟的事不常见了。快晌午了，回家做饭去。"一位上了年纪的女人顺手拎起马扎走了。

干休所大院此刻落进中午的阳光里。

院门半掩着，那个高个儿轻轻推开，引领后面的两位走了进去。一驼背老者正在那儿浇花，喷嘴儿洒向艳红的月季，东墙底下都是月季，红的、黄的、紫的，除去那棵软枣树。

"老黎！"来人喊一声。

那驼背老者直起身来，朝下的喷头还在滴着水，他转过身，淅淅沥沥淋在地上的水止住了，赶紧放下，挪步过去，他觉得眼前应该是熟人，一时半会还认不出……"老魏！"虽然没有拥抱，但彼此的距离只在咫尺之间，他们两手相握好一会儿。

"你怎么来啦？"黎元感到很惊喜。

"想你了，就来了，我还给你带来两个人。"

魏福良控制不住内心的激动："谁呀？"

黎元朝呆呆地站在那儿的两位走去，仔细打量，终于认出来了："你是福禄，你是和尚，你们出来了！"他看到他们的模样，心头一酸，泪水几乎掉下来。

和尚腿一软，差点儿跪下去，被黎元一把扶住了，他嘶哑地喊了一声："黎队长……"

福禄似乎比和尚沉着，他虽然站着不动，但目光开始流转，他知道此刻该说什么，他望向黎元，说："黎书记您好，别来无恙？"

黎元一个劲儿点着头道："好，好，大家进屋吧！"

午饭后，魏福禄和和尚走了。他们都没成过家，自然也没什么后代，现在也都找到了工作。福禄在一家工厂当看门人。和尚则去了建筑工地，看守仓库、发放工具是他的活儿。两人都报了到，明天就正式上岗了，今儿特意来看望黎元。福良早就有心，已经计划好了，等他们的事都落实了之后，第一件事就是带他们来拜访老首长。

人哪，一辈子都不容易，无论如何，道路是自己选择的。到头来，当你回顾往事的时候，历史会告诉你，你是一个什么样的人。魏家三兄弟，就是现成的例子。童年的时光应该是美好的，他们都过着无忧无虑的日子，富足的生活给他们幼小的心灵注入了衣食无忧的优越感。然而，思想却各自悄悄发生着变化，世界观在那时起了决定性的作用。福良走上了革命道路，不是偶然的，他必有一段慢慢觉醒的过程；福贵的堕落是他的命数，因为他自觉不自觉地在向着邪恶的路径探进；福禄个性优柔寡断、做人莽撞，一生都无法摆脱，有朝一日觉醒了，却已是日暮西山。最有意思的是那个魏福贵，他无论从什么地方看都是个坏人，而且十恶不赦，却隐隐给人一种不可思议的执着，这执着就是执迷不悟吗？他似乎要一条道走到黑了，那是他自己的事，与他的出身无关。人，永远做不到纯粹，纯粹从某种意义上说，只是个谎言。因为"人无完人，金无足赤"，何况芸芸众生呢？你中有我，我中有你，宇宙本就是一个多元体，抛开了大千世界不说，单就做人这一点来说就够人们思量。但我们都崇尚高贵而真诚的人生。

静荣领悟到了一些道理，然而只是一个大概的轮廓，清晰的思想还需要慢慢地去解读。于是，她说："福良哥，人的命运为何会那么不同，到底是什么在起作用呢？"

"这一点，我也是弄不大明白，问问你的丈夫吧，他理论水平高。"

黎元并没有立即回答，他正在思考一个问题，按说和尚我是了解的，曾经是出生入死的同志，怎么会一下就成了特务呢？到底是他自己真的愿意，还是特务们故意陷害他，已无从知晓了，总觉得他的案件是个谜。

"福良，他们的事都有着落了吗？我是说工作和吃住。"

"都落实了，这个你不用担心，我和他们交谈过几次，他们有信心重新做人，好好生活。"

"很好，你费心了。"

"应该的，不过，和尚我很放心，倒是我那个弟弟有点儿恍恍惚惚。他打小就是个没有主见的人，像墙头草容易摇摆，有时候会犯是非不辨的错误。蹲了那么长时间牢，经过政府的教育，我还是相信他会改好的。"

"怎么样，欧阳还好吗？"

"好，在家带孩子，她还吵着要和我一块来看你们呢，叫我拦下了。我说，孩子太小，交通又不方便，还是以后吧，以后有时间一定带你去！"

这时，外面下起了雨，伏天暴雨。风助雨势，雨打风头，天与地之间恰似疯狂的舞者舞晕了世界。他们都移到窗台下，看外面模糊的世界。玻璃仿佛被暴雨切成了条儿，粘在了一块布上；那棵软枣树将被风吹散的叶儿洒落墙壁，蓬乱的枝丫摇落了一地尚未成熟的果子，有一些被气旋带走了，飘去远方，等待泥土中长出新的生命。

35 盛夏流火
SHENGXIALIUHUO

　　盛夏流火。天南地北一样热。大地、树木都在洗桑拿。有一封电报从上海发出，内容是：父亲病危，见信速来。艾娣。

　　那封电报发到了黎元手上，他从机关拿回家给静荣看。想法尽快通知大姐、二姐。是啊。打电话吧，不过二姐那儿能打通，大姐那儿就难办了，耿家集不通电话呀。先通知二姐吧，她那儿离大姐家不远，派人给她送个信吧。就这么办！

　　信都送到了，第二天他们都赶了过来。

　　黎元说："咱们商议一下，怎么去呢？坐火车？得先把家里的事安排好才行。"

　　静兰说："这两天准备准备，后天动身如何？"

　　静芝说："事不宜迟，我看行。"

　　静荣说："就按你们说的办吧，咱们分头行动。"

第二天，正准备启程，又一封电报从上海发出，黎元接收，内容是：父亲过世，母亲病危。

惊悉噩耗，家人们都十分悲痛。紧接着只过了一天，又一封电报被黎元收到，上面写着：父母双双过世，孝子万念俱灰，晚辈启奉。

怎么办？大家又坐了下来。抓紧动身吧，今天就坐火车，直奔上海。意见统一了，立马启程。

上海的伏天与家乡没有什么不同。热浪包围着那座百年老楼。

葬礼于明早举行，告别仪式就设在殡仪馆，他们正赶上了。

两位逝者共同祭葬，这在上海也很少见。要是在山东老家那更是异乎寻常了。

黎元说："这是经过逝者单位的领导一起商议后决定的，新事新办法，夫妻相濡以沫、白头偕老、共享天年，没有什么不妥，愿逝者安息。"

那天，暴雨如注。当雨势渐缓的时候，郊外火化厂的烟囱将两缕青烟艰难地施放到空中，飘向未知的地方。刚才的遗体告别仪式庄严肃穆，人们都列队三鞠躬，默默向逝者告别。告别仪式在雨中进行，结束时，暴雨逐渐减弱，来时的每颗心倾听着追悼的哀乐，心怀敬意，离别时他们依然迈着沉重的脚步，走进各自平凡的生活。

那座大厦503室，两幅遗像挽着黑纱，挂在冲门的西墙上，舅舅和妗子在那儿微笑，感染着一方沉郁的老宅与沉湎中的人心，四周遗存着逝者依然新鲜的气息。窗外的暴雨停了，清新空气布满大街小巷，曾经的繁忙又回到了这座城市。

楼角处停着一辆出租车，司机立在墙边吸着烟，不时举头，望一望他感知的503室的方向。

一群人下了电梯，在大厅里短暂停留。大姨抬头瞧一眼曾叫她心动的那盏大吊灯，它照旧平静地待在那儿，人去人留似与它无关，它只负责照亮一方空间，世间冷暖、人情世故，是它既熟悉又遥望不到的角落。母亲也看见了此刻正处于停息状态的那盏灯，那灯让她过目不忘。大姨叹一口气，说："我们走啦，你们回去吧！"

母亲也深深吸口气，然后呼出来，她感觉到此刻有一种难以言说的别离抑或是乡愁在隐隐激荡。

离别的场面是沉重的，尤其在生死诀别之后。

那辆出租车开到了楼门旁边，他们上了车，恋恋不舍地向窗外挥着手，这辆出租车是艾妮预定的，一切事宜都交代好了，包括出租车司机师傅必须安全地送家乡的姑姑姑夫们上火车。

那座老楼渐行渐远，他们不约而同地将头向车后窗望去，几个模糊的身影仍然站在那儿，然而，离别的记忆依然那么清晰。

娘回来了，戊寅和庚辰都很高兴，她不在家，心里就跟没有主心骨似的。我都是有媳妇的人了，还这么离不开娘，真叫人难为情，戊寅这么想着。老二庚辰的媳妇也过门两年了，还没能给耿家生孩子，这是娘的一桩心病啊！俺媳妇总算是怀上了，她挺着个大肚子还帮娘干活呢，过那个门槛时，她都是小心翼翼，先迈出一条腿，停住，双手抓紧门框，再慢慢抬起另一条腿，等到两脚都踏实着地了，心里也踏实了。于是，她挪动肿胀的脚板朝院门走，又一道门槛，刚才那个是房门的，这个却是外门的。走到街上的时候，她好像脚下跨过了两座山，前面没有坎了，一条条胡同灌进了闷热的风，太阳灰蒙蒙的，汗水涔涔的人们仿佛找不到清凉的地儿，在闷笼似的空气里游荡。今儿是集，每逢四、九必赶，没落下过一回。乡村的贸易就靠它了，吃的、用的都在这儿交易，买卖双方各得其所。集集如此，那些庄稼汉和老婆婆穿戴随意，空着手或提个小篮子在人群中挤来挤去。蹲着或坐着的小贩们很沉得住气，等客上门，他们面前的货物应有尽有，从天上到地下，抽烟卷的瞧不上吸烟袋的，而吸烟袋的讨厌抽烟卷的，这不仅是年龄的不同。摊贩中也有好多妇女，在这里男女没有什么不同，蹲累了就坐下，坐累了就站起来，往往他们屁股底下连块布也没有，只有一抔黄土。

大姨坐在胡同口不远处的一方石头上，拄着拐棍看热闹。过了年，她老觉着胸闷气短，原来走起路来像一阵风似的，现在总喜欢找个地儿坐下来歇歇脚，她手握的那根拐棍是上个月新添的，大儿子戊寅看她走路已不稳了，恐怕她跌倒，特意给她置办的。有了它，两脚又可以生风了，然而，点地的声音比自己迈步的频率来得快，走了一阵子，脚底下没风了，而那根棍子尖儿已裂了一条缝。

大儿媳巧燕挺着肚子走了过来："娘！你不在家，出来干吗？我不放心。"

"有啥不放心的，老待在房里闷得慌，出来瞧瞧热闹。你看，巧燕，都晌午了，集快散了，人们急忙忙都回家了。"

"回去吧，娘。"

"再坐一会儿，等到人都走干净了，咱就回家做饭。"

巧燕陪着娘又坐了一会儿。

十月，巧燕生了。一个男孩。大姨高兴得不得了。八斤，婴儿生下来足足八斤，害得他娘差点儿难产，幸亏骨盆大。医生都准备好了剖腹产方案，不曾想，她自己生下来了。谢天谢地！

孩子还在襁褓里，大姨每天过来望两眼，大夫要阻拦她，但又不忍心，因为那是人家的孙子。再说，这位老太太上了年纪，看一眼少一眼了。只要拐棍点地的声音一出现，护士们就紧张起来，门口一团黑影悄悄移过来，声音没有了，拐棍握在手里，她渐渐接近那个婴儿床。到跟前了，眼底下就是那个刚刚诞生的小生命，她温柔地看着，孙儿不哭也不闹，在睡梦里露出微笑。

孙儿躺在摇床上望着天花板，今天是第三天，孩子很虚弱，需要住院观察，差不多再过两天就能出院了。耿家终于有了继承人，这个孩子来得很是时候，他的爷爷走得早，奶奶也年迈多病，她天天都在盼着这个小生命来到人间。他不来，她就不会走，仿佛她剩余的生命全是为了他的到来。

家里比不了医院，虽然条件差，但依然是个温存的家。小家伙睡在炕里边，奶奶守在身边。在自己家里看孩子没有那么麻烦，想看就看。

巧燕三十多岁当了母亲，迟来的爱，然而，还是来了。大姨近八旬做奶奶，虽然晚了点儿，但总算是赶上了。

添了家丁，仿佛日子过得不一样了。三四十载不曾有过的童声、欢笑、啼哭悄然降临了。所以，大姨给他起了一个响亮的名字——大宝。待到小孙子长到两岁，会叫奶奶了，大姨却病倒了。

从医院回来，大姨一直躺在炕上。她不能下地走动，甚至进食都有点儿困难。巧燕只好拿小勺一口一口地喂，小米稀饭、棒子面粥，抑或牛奶。医生诊断：食道癌。在娘给奶奶喂饭的时候，大宝就在旁边看着，眼睛一眨不眨。他不知道奶奶怎么了，幼小的心灵期盼奶奶重新站起来，再领着他逛街、赶集、串门。有时候，他会悄悄掀开棉被，去瞧瞧她溃烂的伤口。娘喊一声："大宝，干啥，不要惊动奶奶！"他很听话，从此不瞧了。可他还是忍不住好奇心，守在奶奶身边，盼望着有一天奶奶能坐起来，下炕，带着他去玩。

秋雨淅沥的季节，大宝长到了三岁。他还记得有好几个爷爷奶奶来看奶奶，每次都给他带好吃的东西。他觉得那些奶奶和他的亲奶奶一样可亲可爱。可是突然有一天，炕上不见了奶奶，她到哪儿去啦？娘告诉他："奶奶要去天上走一趟，天爷爷把她留下了。"他说："我也要去！"娘说："你不行，还太小，天爷爷不要你。"

黎冬记得，妈妈去参加大姨的葬礼回来说的话，那伤痛的声音仿佛就在昨日。

那天，妈妈回忆那段经历，依然悲痛不已。

她说："大姐走了，走得很平静。虽然由于病痛折磨，她也受了罪，但她一直坚持着，用生的希望去面对死的降临。她一直都是个乐观的人，不像我，我悲观不是出于厌世，而是性格使然。有时，我会从她身上学到很多东西，其中重要的一点就是乐观处世，积极面对人生，不卑不亢地生活。慢慢地我性格中悲的成分在削减，乐观的元素在增长，不只是大姐教给我的，还有生活，生活本身就是位先生，领悟它、投入它、思考它、面对它，总有一天你会感觉自己在默默地变，变得和从前有些不一样了。"

黎元也老了。不过，他身体还行。他在写回忆录，记录下那些曾经永不消逝的战斗的青春。黎冬想，爸爸在写，妈妈在讲，我在记录，这仿佛就是一条完整的链条，历史将会以它自然而然的姿态重现。

那一日，傍晚时分，似乎季节的脚步也走累了，它要歇一歇，以无风无雨无声的方式，晚霞就是季节小驻的影子。

干休所大院很安静，这是晚秋，人们从生活里收获了慰藉，就像季节的恩赐。

灯下，妈妈的神态很凝重，她说："殡葬的季节就是现在这个季节，队伍绕过了村子里的那条街，走在村外的野地里。胡同口外的那块石头仿佛也在默默相送，大姨曾经无数次地温暖过它、抚摸过它，她把老来的岁月留给了它。如果有思念、有追忆，就像她一样的给予它吧。"

地里已经看不到庄稼了，它们都被人收走了。那些棒子茬儿硌着脚，棉棵收割后留在地里的那些不太成熟的棉桃如同无人眷顾的生命，野草摇落了最后一丝青绿，好似那些厌倦了温暖而期望过冬的沉静的冬眠一样。送葬的队伍一直向西，走得艰难而悲恸，后辈们默默低泣，祭奠这位可敬可爱的老人……

今天是星期六，黎冬没有课，来到妈妈这里，她仿佛又上了一堂课。

　　魏福禄与和尚急匆匆地往市干休所大院奔去。进了大门，他们从自行车上下来，推着车走。落满枯叶的树下，似有交头接耳的嘀咕，那儿有两把舒适的安乐椅在摇。一个老者的声音传来："天高云淡，望断南飞燕，不到长城非好汉……"

　　另一位老人的声音传来："千年钟声到，一派和谐音，不知今日是何年？"

　　他俩推着车闷头走，那条车链子咔嚓咔嚓响，两双穿着布鞋的脚小跑起来，风儿就从车轱辘的辐条中穿过。小路拐了一道弯，紧接着又是一道弯，红墙拐角处，他们的身影不见了，而车座下的挡泥板被一块石头绊了一下：咣当！

　　他们进了院门，正准备进房门，和尚偶尔回头，他似乎觉得墙角处有一个人，果真被他的目光捕捉到了，那是黎区长。从背影看，他苍老了，岁月不饶人啊。

他们走过去。那苍老的背影似乎没察觉到，他在抚慰他的月季花。在这个季节，它们依然开得很鲜艳，仿佛即将到来的冬天只不过是另一个遥想的春天。他很欣慰，刚从单位开完党员会回来，这或许是他最后一次参加党员活动了，不只是因为他老了，还有现任领导的关心——把中央文件、党组工作安排计划，还有党员活动材料及时送到家里，不让他再费心巴力往这儿跑了，他在家里照样能了解当前的形势。他总这么想：四个现代化的实现，我是看不到了，不过值得欣慰的是眼下就挺好，百姓的日子在一天天发生变化，我作为一名老党员，马克思主义的忠诚信仰者，要积极拥护、支持党中央，刚开过的党的十五大……

"黎区长，黎大哥！"

好像背后有人喊，谁呢？他慢慢地转身回头，看到了面前的两个人："嗨，怎么是你们，啥时候到的？"

"刚到。"

"快，快，屋里请，你们看，我老惦记我这些花儿……"

"不啦，黎大哥，我们就在这儿和您告别吧。"

"告别？"

"是啊，我们俩都被调到了外地，今儿下午就动身。"

"去干啥？"

"还是老本行，不然，我们能干啥。不过，向您汇报，福禄升迁了，我也被提拔了，感谢领导。"

"干得好！屋里说话，你们俩中午就在这儿吃饭吧，叫你嫂子炒俩好菜，咱们喝一盅！"

正说着，静荣走出来，说："怎么不进屋呢？我在窗台那儿看到你们了。"

塔吊停住了它的钢铁长臂，晌午了，建筑工地暂时歇了下来。午休时间，和尚拿了两个馒头，急急忙忙喝完一碗汤，对身边的工头说："乍队长，请个假，去看个亲戚，两个小时，办完事马上回来。"

"去吧。"

黎园小区在县城的西南角，一排排灰色的楼房，空地没有绿化，却种满了各式各样的蔬菜。西红柿红里带紫，一挂挂倒挂枝蔓；茄子个大；辣椒细长；韭菜鲜嫩，割完一茬又一茬；冬瓜、南瓜如同睡在地里的十八罗汉……

和尚有点儿眼馋了，这么多菜，而且是不打药、不施化肥的无公害蔬菜，要是放到超市里准能卖个好价钱。

静兰姐住哪一栋来着？我记着呢，对了，抬起手腕看看上面写的字：5号楼东单元 102 室。

咚咚咚……

敲门声过后并没有回应，好像家里没人？再敲还是没有回应。回去吧，改天再来，工地上正忙呢。和尚正欲挪脚下楼，似乎听到了门内有拖鞋趿地的声音，防盗门上的猫眼亮了一下。"谁呀？"

门内传来问话声，听声音像个女的。

"我，和尚，静兰姐在家吗？"

"和尚？噢，请您等一等。"

等了一会儿，门开了，静兰姐的大围女淑梅站在门边。她看到一个浑身泥土的人正望着她，脸上有点儿怯怯地朝屋里望，她问道："您就是和尚叔叔？"

"我是，你是淑梅，爸爸妈妈不在吗？"

"在医院。"

"医院？谁病啦？"

"我爸爸。"

"啥病啊？怎么突然就病了呢？"

"中风。"

"中风？"

"就是脑出血！"

"啊……"

淑梅没让和尚叔叔去看父亲。她说："正在抢救，去了也没用。我是回来做饭的，那里还有好几口子人要吃饭呢。他们从昨天晚上就没来得及吃饭。和尚叔叔你回去吧，改天再说，我告诉母亲说你来过了。"

和尚只好回去。

一进工地的边缘，他一下子看到建了一大半的大楼下空地上停着几辆救护车、消防车和警车。"怎么啦？好像出事了！"他迈开双腿大步跑过去。警戒线旁一名警察拦住他："干什么的？不许靠近！"

"我是这个建筑公司承建队的副队长。"

"副队长？你干什么去了，为何不在工地？"

"我……我……"

他朝那边咋呼了一声。公司王经理走了过来，问："什么事，董警官？"那位警察说："他是你们的人？"王经理随着他的目光一转脸，看到了和尚："和尚！你去哪儿啦？怎么现在才回来？这儿出大事了，楼体塌方了，你们是怎么搞的？"和尚一听傻眼了，不知如何是好。那位公安说："别在这儿傻站着啦，都到那边去吧。"

警笛声真有点儿撕心裂肺，三辆救护车开走了，空地上还停着两辆，看来伤亡严重啊。即将封顶的大楼上半部还有浓烟在冒，仿佛能看到有明火在燃烧，消防车的长水管喷向高处，水龙头握在戴钢盔的消防队员手里，水柱爬上十二层楼，准确地扑向那滚滚浓烟。

和尚被审查了，过失是擅离工作岗位，对楼盘塌方事故负有直接责任，予以隔离审查。队长乍子代死了，没人说得清，和尚是请过假的，死无对证。他的运气太背了，谁知道事故偏偏就在他离开的这短短一个多小时中发生。

　　和尚愁眉苦脸地待在一个房间里，外面站着像是看守的人，他也不清楚这是在哪儿。每日清晨他都会听到几声鸡鸣，这在城里是听不到的，在村子里吗？管他呢，反正确确实实是被关起来了。那些天，他睡不着觉、吃不下饭，一生的经历似水般在眼前流过，流着流着，他彻底地悲哀起来，这样活着还有什么意思？我早该死了，可总是没死成。感谢政府，我是想重新做人的，看来我的气数尽了。谁也救不了我，不如自己救自己……他想到了一个可怕的办法……

　　来送饭的人打开门上的锁，推开两扇门，端盘子的手突然抖了起来，眼睛瞪大，房梁底下确确实实吊着一个人，啊……盘子和碗一下子落到地上，他转身跑了出去。那个看守似乎听到了什么声音，又看见一个人慌慌张张地跑出来，开始警觉起来："喂，里面怎么啦？"送饭的人结结巴巴地说："吊……吊……吊……死了……"

　　看守火速冲了进去，他首先看到的是那被撕成一条条的床单……

　　和尚死了，这叫畏罪自杀。魏福禄听说了，有些惭愧。那些日子，他茶饭不思，胡思乱想。有天早晨，他决定要离开，从此销声匿迹。他身边唯一的亲人就是大哥了，如果说还有值得亲近的人，那就是魏家三姐妹了。就这么办，临走前去趟二姐家，一来是向她告别，二来是把心里的苦水跟她诉一诉。

　　他找到了静兰的家。里屋躺着他的二姐夫，客厅里有种凝重的气氛，二姐的大女儿、二女儿都在家，帮母亲照看重病的父亲，儿子和小女儿远在那边的城市里，他们也常回来看看。窗外的藤蔓爬满了墙壁，菜架子和菜地就在一楼的窗台下，有风的日子，风儿把清香吹进来，消磨掉些许日积月累的惆怅。

　　静兰说："福禄，干得好好的为啥要走呢？"

"二姐，不是我要走，是待不下去了，不如找个地方躲起来，了却残生算了。"

"你太悲观了，生活总会有许多不如意，要正确面对。不要像和尚那样，寻短见，懦弱！"

"不然能咋样？我看不到希望。二姐就依了我吧，我从此不再丢人现眼。"

"只要活着就会有希望。你想想吧，福禄，你是怎样被改造的，又是怎样走出困境，立志重新做人，开始新生的吧。"

"和尚……和尚……"

"他怎么啦？"

"他也是立志重新做人的，可悲惨的现实把他逼上了绝路。"

"他们来调查过我们，我告诉来人说他确实来过。事情总会弄明白的，要相信政府，不会冤枉一个好人，也决不会放过一个坏人。"

"二姐，我算不算坏人？"

"你不是，浪子回头金不换嘛。"

"我去看看二姐夫，他在哪个房间？他还能认识我吗？"

"在这边，我陪你去。"

一进房间就闻到一股药物与被褥潮湿混杂的气味，那边床上平躺着赵庆扬，他不动，空气也不动，在这里听不到他微弱的呼吸。魏福禄小心翼翼地走过去，静兰已走到了床边，冲着他的耳朵轻轻喊一声："老赵，福禄来看你啦！"

床上的人开始并没有任何反应，然后，他的眼皮在动，嘴角微微在抖，可以清楚地看到他的目光在寻找着谁，他还有意识。终于，他找到了他要找的人，眼睛里像一潭死水泛起了浪花。福禄赶紧握住了他的手，双手握，深情地握，然后轻声说道："二姐夫，好好养着。"

家里有个病人，总感觉房间里的气氛不一样。她们留他吃饭，他执意不肯，称公司有事，出来不能太久了，一个萝卜一个坑，别人代替不了他，得马上回去，改天再来拜访。

魏福禄走了。二姨站在窗户下，打开一扇窗，馨香与暖风一起涌进来，然而阳光捷足先登了，它早早地就霸占了整个窗玻璃，一刻也没有离开，倘若它疲惫了要歇一歇，那要等到黄昏后。

和尚走了，福禄去留难说，静兰有些伤感，她想到了人生的不易、生存的艰难。忆往昔，峥嵘岁月；看今朝，情怀依旧。多少往事如烟，宛如梳理丝丝银发，根根都情愫绵绵。大姐的离去，无可挽回；大哥的逝世，叫人悲痛，还有什么比亲情、友情更重要？只不过，苦了我一个人没什么，老伴还病在床上，最难量，百年孤独无人扛。孩子们都大了，成家立业了，孙子们、外孙们给我带来快乐，隔辈亲，这一些恐怕老冯是无福享受了。该死的家辰，你这个冤家，早早地丢下我一个人走了，你知道我那些年是怎么过来的吗？恐怕不知道吧，因为你的离世只能给我带来苦难，不过我不怪你，人间难断处，生死两茫茫。后来遇上了赵庆扬，还算幸运，他对我很好，对孩子们也体贴，可谁料到老了以后会发生什么事呢？你倒下了，稀里糊涂地活着，那倒没啥，只要你尚存一口气，就是全家人的福气。静荣和黎元也有些日子没来了，他们忙，带着五个孩子，也不容易啊。这两天，老赵的病情有点儿不太好，不大对劲儿。要不要去医院呢，我看算了，已经是无药可救了，瞎折腾，还不如让他清静会儿，就是走也要走得安详。我也老了，总是胸口闷。医生说，那是肺心病的症状，现在每天要吃两片药，假如哪天我也走了，孩子们不至于没人管。因为他们都大了，已经是成年人了。不过，我还是挺惦记孙子和外孙们，可爱的小家伙……有人在楼下说话呢，姐妹们又在摘菜吗？可得给俺们留点儿，虽然菜地是大家的，但也得有所分配不是嘛。邻里的姐妹们都很好，还时不时地送点上来，多么新鲜的菜啊，她们晓得俺们没大有工夫去摘，家中还躺着一个哩。虽然他吃不了几口，可那总归是自己地里长的啊……我探头看看吧，都是有谁。

自从老赵病了，就没大有闲工夫和她们聊天了。那一天，大姐的大儿子戊寅来了，还带来了两袋面粉、一兜挂面，在村里这就是值钱的礼物了。"来就来吧，还带什么东西。"我说。他说："二姨夫咋样了？您看，二姨，地里忙，也没能抽出工夫来看看。"我说："老二呢？干啥啦，他还好吧？""他呀，在给人家帮忙呢，邻居在盖五间大瓦屋，他又懂点儿，帮人家张罗着。您知道，乡下的房子能有多好……对了，他还叫我向您问好，还有姨夫的病……"今年是二〇〇一年了，我还是很怀念那座老城墙，还有那个四合院，总觉得那才是像模像样的生活，有历史的底蕴，仿佛那风那雨那四季都在惬意中流过。过年的时候，年味儿要比当下足多了，似乎寒冷的夜空总有无数明亮的星星，它们一夜不眠，直陪你到地老天荒……现在生活倒是好了，可乐趣少了，我是说心里的乐子，住在这如同水泥盒子一般的家里，四壁冷冰冰的，天花板像一块压人心脾的大白布，液化气的罐子藏在角落里，怕就怕总有一天它会大爆炸，炸得人仰马翻，炸得留不下一丁点儿家的痕迹……哎哟，我的心脏，咋这么难受呢？不行，得躺一会儿，做饭嘛，现在还早。再说还有淑梅她们呢，快歇歇吧，想那么多，管吃管喝？生活不就是这么一天天过来的嘛，即使你不愿意，它照样也会过去，你是留不住的，就像你永远留不住那座古城墙、那个四合院和那些蹉跎日子。呜……是不是水开了？谁在烧水呢，呃！去看看，好像水开了。孩子们很孝顺，不管大的小的，这就是福分啊。人老了，还需要什么呢，吃的喝的穿的用的，哪一样也不缺，缺就缺心里的安静啦。我这是怎么了，老胡思乱想。人家说，老年人爱回忆，往事如梦。那间工厂就是我魂牵梦绕的地方，在那里工作了半辈子。大半辈子的人生就这么不声不响地过去了，留下了什么？不过是一月几千块钱的工资而已。不过，那些工友们还是值得怀念的，走了的人已经不少了，她们终于卸掉了包袱，到那边过安稳日子了。这沙发挺舒服，比我睡的那张硬板床软多了，可就是躺久了容易腰疼，这年代时兴的东西真是五花八门。手机那玩意儿太新潮，小小的盒子吱吱一叫，就知道谁来电话了，拿着砖头似的电话打过去："喂，王老板吗？"那年月，捎个口信还要跑几里的路，穿着一身黑猪皮似的衣服，穿过荒凉的洼地，去给姑姑或姨送个信："哥哥腊月十八结婚。"哗……有人在冲马桶，老赵是用不着这个了，床上尿、床上拉，吃得不多，拉得不少，那屎都像稀粥似的，光褥子就要换好几遍，洗干净了，晒在凉台上，满屋子臭烘烘的。魏家庄似乎还是老样子，就连那条街也没有多大变化，夏天一洼泥，冬天一层冰，不冷不热的时候，秸垛飘散着霉味儿，猪鸭鸡狗猫满街跑，还有老牛卧在墙根下的粪堆里反刍，老头老太太都叼着烟袋锅，坐在蒲垫上晒太阳，他们似乎还感觉不到生活的新奇，可外面的世界早已翻天覆地了。……那些娘们儿笑啥呢，不知道楼上还有病人吗？叽叽喳喳、嘻嘻哈哈，我得过去吵她们一句，太不像话了，还姐们呢。刚走到窗台那儿，正要探头朝下喊呢，我突然听到淑梅在身后叫："妈妈、妈妈快过来，您看爸爸咋啦？"

魏家的三个女婿已经走了两个了，这是生命的无常。黎元沉默了，不是为生活的琐碎而烦恼，而是因为生理上的不适放弃了许多力所不及的活动，其中就包括那些月季花的日常维护。过去一天两次的浇灌，现在改为一周一次了。他正在写的回忆录却不曾放下，只要脑筋还能动。墙边的花朵开得没有过去那么繁盛了，庭院里却依然生机盎然，除却冬季。

魏福良常来看望黎元，他的身体状况尚好，竟然还能一个人坐长途客车，再从车站一路走到干休所大院来。福良的孩子们都大了，不再需要人照顾，老伴两年前过世了，眼下就他一个人生活，他不再照顾孩子们，也不需要孩子照顾他。不过，孩子们还是常回家看看。他常说："你们工作忙，用不着老往家跑，进步要紧！"他每次来，黎元和静荣都很开心，有时候，老年人的心是用历史烙铁熨烫过的，平坦、温暖、舒展。

今儿是星期天，孩子们都来了，三代人热热闹闹的，房间仿佛变小了，一百五十多平的大平房里，似乎每个房间都有人晃悠。尤其那些孩子们，他们在捉迷藏，被捉的那几个有的钻进床底下，有的爬到橱子里，还有的爬到窗台上拉起了窗帘，捉人的开始数数："一、二、三……九、十，好啦，你们藏起来了吗？我可是要去抓人了！"

静荣走过来，冲着刚刚结束了一场游戏，正在那儿高兴得手舞足蹈的孩子们说："太吵啦，小声点儿，爷爷在那儿和福良爷爷说话呢，都到那边吃水果吧，今儿有西瓜。"

朝阳的那间大卧室里，北墙下放着一对沙发，上面坐着两位老人，他们一面喝着茶一面说着话。静荣坐在对面床沿，她背后那扇窗，月牙儿露着微笑，风在轻轻拂着透明的玻璃，软枣树在墙角摇摆出一片影子，而月季花都在悄悄沐浴着月光。她想，他俩都老了，八十岁的人了，来日还有多长呢，不管多长，活出质量才最重要。老魏比老黎小两岁，可看他的精神头可年轻多了，原来不太健谈的他也比过去健谈了。他的人生感悟、生活经历以及他的思想演变和追求，说起来，也可以写一本书了。老黎又何尝不是呢？他不是正在写着嘛。我就不一样了，经历虽然丰富，但思想不够深刻，为人子为人妻为人母，似乎就是生活的全部，其余的只不过是茶余饭后的追思而已。大姐不在了，她今生也算活出了模样，因为她善良的性格带给她的总是乐呵呵的生活态度，许多不幸的阴影并没有爬上她的额头，她早就把烦恼丢掉了，就如同自然脱落的几缕白发。那个村子偏远且闭塞，处在大洼的边缘，就像魏家庄一样，仿佛人世间若有若无的存在。当年，就连日本鬼子都望着那一片荒洼打怵，不敢轻易举起罪恶的屠刀朝这个方向迈进。然而，对于曾经生长在那儿或依然生活在那儿的人来说，这里似乎就是一块风水宝地，赶都赶不走，当然，主要是对那些风烛残年的老人来说。年轻人，也有个别的，他们不愿去城里，喜欢守着自己喂养的马、骡子、驴、牛、狗与猫，地里的活儿不用说，还会做橱子、盖房子、打兔子。他们身上的衣服大都一个季节只换一次，冬天棉衣、春天夹袄、夏天单褂、秋天随意穿，他们不羡慕城里的汽车、电脑、手机什么的，赶上马车大洼里一转，看见兔子打兔子，望见水塘就钓鱼，野花一丛丛，采上点儿，回家插进瓶子里，老土房仿佛也有新气象。他们忙他们的，马儿独自在那儿吃草，卸掉马鞍、车套的脊背和肚子轻轻松松，没有一丁点儿包袱，有时它嘴里嚼着青草、眼睛望着蓝天，忽然，它看到了一只鹰，高高地在上面盘旋，有几声悠扬深邃的叫声传来，仿佛天籁之音。于是，它也精神起来，扬起头，嘴巴却冲向正在那儿忙活的主人，一声长啸——嘶……那就像一幅图画，流淌着自然亘古之魂……他们有时候也用手机，只是接接打打而已，仿佛这款手机就是这样为他们设计的，其余功能都删除了似的。

　　兰凤婶至今没有挪过窝，守着她的庭院和猫儿快快活活地过日子。有时她也会不开心，就到村外转一遭，顺便拾些柴火回来。家里虽然安了煤气灶，但她不喜欢用，干柴烧铁锅做出的饭最好吃。她男人前不久回来了，东北那旮旯再也不去了，天天吃着老婆做的饭就心满意足了，有好菜的时候，他也会整两盅，微醺着走到院子里小便，茅房就在那边，他偏不过去，冲着南墙根撒上一泡尿。老婆就在身后，倚着门框在那儿怯怯笑，她没有男人的日子太久了，独守空房的寂寞突然变成了饱受抚爱的惬意，她能不开心嘛。那一次，兰凤婶和我讲起来，脸儿红红的，我能理解，她虽然与娘是一辈人，但岁数小多了，又是个风骚的主儿。但男人不在家，她从不养汉子，这小半辈子的饥渴很难耐。于是，她把感情都寄托在狗儿猫儿身上了，那只梅花死了以后，又养了几只。可梅花太通灵，她一直忘不了它，隔三岔五到蜡梅树那儿浇些水，傻站一会儿，落几滴泪，转身跑进屋里，扑到炕上抽泣一通。她有时也会去二姐那儿待两天，和二姐有说不完的话儿，可她总是待不长，说够了话儿就回去。她来我这儿的时候能多住两天，因为她感觉这里比县城里新鲜的事儿多，这么大的房子又很安静，她不愿爬楼。在二姐家的时候，她爱说笑话。那一次她说："爬楼爬够了，就像爬'烟囱'，虽然一辈子爬不了几次。"冬儿出差了，说是有个培训班。好啊，年轻人多学些知识没啥坏处，艺多不压身，今儿就缺她了。黎明最小，在家里排老五，还是老生子，我很宠着他。这小子从小就皮，领一帮孩子在地委大院里瞎转悠，尽干些坏事，说坏事也不是真坏事，恶作剧而已。地委大院的后墙外面是一片棉花地。当年，这里虽然是地区驻地，但只有一条像样的街道，从东往西也不过三里来地，所有的政府机关、服务机构和商铺、银行、书店等都集中在这儿。最难忘的是道旁的那两排参天白杨，它们成了孩子们上学途中不可多得的"游乐场"：从一棵树到另一棵树，孩子们背着书包蹦蹦跳跳，能玩出许多花样。从一年级的小不点儿到上高中的大孩子都是自己跑着去，家长们从不送他们到学校，一个是因为忙，另一个是因为孩子多送不过来。正因为这样，他们从小独立意识就强，哪像现在的孩子，动不动就依靠父母，都五岁了，还不会自己穿衣吃饭，这是社会进步了，还是倒退了，不能不说是文明进化过程中的一种悲哀。城市越大，难题越多，矛盾越复杂，这个我多少知道点儿。从那次去青岛进修我就领略了，还有在上海大哥家的时候。一年的进修期，重点培训了语言文字和行政管理，受益匪浅。青岛那地方很美，就是太潮湿。码头与市场上的海鲜太丰富了，当时，一拃多长的对虾，不过五毛钱一斤，蛤蜊和海螺一元一麻袋，如果你有力气拉回去，你就可以随意装。每到星期日我和几个女同志就往海鲜市场跑，买一些回来，自个儿加工，弄一桌子，围过去，再来几大杯青岛鲜扎啤，于是，女生宿舍里欢声笑语，大家大快朵颐。那大概是一九五七年。那一年黎明刚一岁，我没有带着他，留在家里，由保姆照看。这小子越大越皮。我记得他十岁那年，好像是个秋天，墙外那片地里的棉花成熟了，一朵朵雪白，一眼望去，仿佛一朵朵从天而降的云。这些捣蛋鬼跑进地里把棉棵儿拔了，棉花摘下来，全都铺在那一块空地上，一个个仰面躺下，八个孩子排成一溜儿，开始享受，仿佛是真正的野战宿营，躺够了，爬起来，把棉柴点着，烤一下从那边棒子地掰来的嫩棒子。那年月，学校里从不组织学生们野营，这一次，他们自己来，吃饱了躺下，躺够了爬起来，满地儿跑，闹烦了再躺下，开始数星星。黎明趁机说："伙计们，咱给你们来段顺口溜，听好了——

满天月亮一个星，树梢不动刮大风，把鸡蛋刮到半天空，鸡蛋掉下来不要紧，石头砸了个大窟窿！"

孩子们捧腹大笑，笑完了，其中一个问："明哥，这是些什么呀，好像话都说反啦？"

玩腻了，闹够了，从早上到半夜折腾了一天，拖着疲惫的双腿翻过墙，各自悄悄往家走。他们哪知道，母亲有多担心，半夜三更没睡觉。现在他也成家立业了，而且有了自己的儿子，你说我们能不老吗？

37 生命的足迹
SHENGMINGDEZUJI

　　黎冬回来了。培训结束了。在那个城市她有意外的发现。昆明地处亚热带，气候却四季如春。这里少数民族众多，寨子大都藏在深山里。亘古的遗风在这里流传，朴素的民俗、坦诚的村民、奇特的景貌是大山的魂，再过许多年它仿佛还是这个样子，或许也有不同，因为科技与文明的进步也会使寨子悄然发生变化。老年人依然固守着这方故土，他们大多活得很长，百岁老人并不罕见。是什么造就了生命如此健康长寿？黎冬带着这个问题，一有空闲她就深入村寨寻访，直到有一天来到了一个黎族村寨，大概是黎族吧，因为她们身上的服装像。走进一户人家，宅子就建在山坡上，潮乎乎的石板道蜿蜒在脚下。家里有两位老人，并不见孩子，就是大一点的也没有，廊檐下藤椅上他们夫妇俩安然静谧，仿佛人就是山与林的一体，而树与云就在人的怀抱中似的。

　　"老伯伯，高寿？"

"啊?"

"您多大岁数啦?"

"106。"

"呃!真看不出,老婆婆呢?"

"108。"

"哟!她比您还大呀。你们是怎么保养的?"

"保养?我们从不保养,只喝何首乌酒。"

"何首乌?常年喝吗?"

"常年!我们喝它不是为了长寿,就是喜欢呗。"

"那么,你们不运动吗?"

"运动!爬山算不算?我们在林子里一待就是一天呢,那里有山泉、青竹、鸟儿,还有许多的花儿。"

"嘿,那太好啦!今天为什么不去爬山呢?"

"今儿老伴生日,坐这儿等孩子们回来呢。"

山林里的清晨那才叫清晨,心情与空气一样清新,微微的山风、树木的馨香、润泽的气息、醉人的宁静……

黎冬仿佛有点儿醉了,这山中似乎有神明汇聚整个山寨。噢!她一下子明白了,自然就是无处不在、无时不悦的和谐,就像历史记载的那些神道仙风。

于是,她想到,生命的意义应该是自然存在的一部分,文明与科学将这意义宽泛化了,从此,它不再纯洁,不再有生命原始的冲动。人,现代人从某种角度审视,不过是奔忙于社会之中的行尸走肉,然而,到底是科学进步落伍了人类,还是人生本无意义,只是借助科学与文明装点自己,从哲学角度来讲你是解释不清的。那么,从历史角度呢,据我的教学经验来讲,似乎也无能为力。这样看来,我仿佛深陷进了道教的囹圄,崇尚自然、顺应规律……我一时被弄糊涂了,教书这么多年,还有爸爸妈妈耳边常常的叮咛，再加之党这些年的教导，以及现实存在、社会演化带给我的思考，人类要向何处去？生命的终极目的是什么？宇宙万物如果不存在生命，它到底有没有意义？……嗨！我不该想这么多，不就是来过几个小山寨才引发的嘛，这些遐想也不能说不是我触景生情长期思索的结果，那些个大道理留给哲学家、科学家、理论家去诠释吧。活着才最重要，如果不活着就什么也不知道了，失去了生命的生命终究还有没有意义？我只是一个提问题的人，不是解决问题的人，我的历史课就是按照编者的思路原封不动地传授给学生，历史的轨迹在我的课堂上一点儿也没有走样。不过，有些时候我也会借题发挥，提出一些自己的观点，不然，历史课会让学生们感觉很枯燥。不过，每每讲到历史人物中的那些美女以及烈女，学生们都会睁大了眼睛，包括那些娇滴滴的女生。我在台上讲："其实按现在的审美标准，杨玉环并不算美女，因为太胖，然而李隆基喜欢，大唐天子喜欢，那么黎民百姓也都趋之若鹜，齐呼天下第一美女！可她的哥哥不安分，总是玩弄权术、祸国殃民，仰仗妹妹得宠，在皇帝面前极尽阿谀奉承、见风使舵、残害忠良之能事，最终酿成了'安史之乱'，大唐伤了元气，几乎亡国。然而，李隆基非常宠爱杨贵妃，曾为她花巨资修行宫，供他们寻欢作乐。当然，还有汉朝的赵飞燕和王昭君……"这时，一个男生腾地站起来："报告，老师，我就喜欢胖乎乎的！"满堂哄笑。笑过了，一位瘦骨伶仃的女生站起来："老师，按照理想的审美标准，杨玉环太胖，而赵飞燕又太瘦，古代三大美女当中我认为王昭君最好看，她不但温婉端庄而且智慧超群，她的出塞不但稳固了大汉的根基，而且表明古代女人也能展示才华。从这个意义上说，她就很性感，很可爱，值得人们去推崇。"我首先想到的是这个女生真敢说，她应该怀揣女权主义思想……我的闪念一下子被教室里乱哄哄的争吵打断了。当我的思绪稍稍静下来，教室也安静下来的时候，突然有位壮硕的男生腾地站了起来："老师，报告，还有更好的吗？除去那三位之外，浩浩历史，应该有足够的美女供现代男士观瞻。"我一看，苗头不对，再这样下去，那些正处于青春期的学生们就要失控了，赶紧下课。这时，下课铃响起来，丁零……对了，我在教研室的桌子旁想到，还有战国时的西施和三国时的貂蝉呢，时间不够了，下堂课再讲吧。不过，我想象得出，如果讲了，教室里不定乱成什么样呢。现在的大学生个人意识强，思想活跃，不像我们上大学那会儿，唯老师的传授为瞻，然后以教条式的思维储藏在心里，等待日后受用。这是时代的差异吗？抑或社会变革所为？我想，各有利弊，应该综合一下才最好。以后的授课要记住这一点，尽量将课讲活，让学生们既能独立思考又能认真接受，说不定将来就有人能成为国家栋梁呢。

　　我的父辈们就没有这个条件，他们大多数是怀抱极朴素的阶级感情投入革命的。那时候，劳苦大众被压迫受剥削，黑暗势力主宰一切，封建残余就像瘟疫一样肆虐，在那样的情形下老百姓是没资格、也没钱读书上学的。就说父亲吧，他只念了完小，还是家里全力支持，几乎倾家荡产才做到的，多么不易啊。如果不汲取历史教训，那么历史悲剧就会重演。父亲说过，这一带就是土匪窝子，土匪出没就如同刮风一样，说来就来，百姓遭殃，民不聊生，又加之战乱不断，老百姓的日子就更苦了。黄河三角洲，是黄河冲积平原，过去这里还是一片汪洋，在泥沙还没有形成滩涂之前，造地运动从远古至今，西北高坡的泥沙被运到这片海域，声势浩大，亘古未绝，不能不说大自然真是鬼斧神工。先民们还在望洋兴叹呢，不知不觉他们的脚下已形成了陆地。过去跑船的有许多改了行，渔民们做起了其他生意，许多流窜犯、潜逃者也蜂拥而至，来到了这片新生的偏僻土地，在这里安了家。他们恶性难改，胡作非为，打家劫舍，残害百姓，拉帮结伙，暴力肆掠，鲁北平原一时间形同人间地狱。有一次，父亲说，他就被土匪绑了票，那年只有十二岁，家里穷，没钱赎，土匪扬言不赎人就撕票。后来，土匪打听到这孩子家里太穷，确实没钱，又加之家里托人多方营救，人才被救回来。父亲这辈子太不容易了，人生的苦难他仿佛尝了个遍，唯独还未曾蒙受死神的眷顾，但愿没有，那是生命的终结。当那最后的日子降临的时候，仿佛生前死后的一切都没了意义，只不过曾经活过，一个生命个体的泯灭影响不了整体生命的枯荣。然而，生命的意义就在于此——平凡人生造就了平凡世界，不平凡的人生照亮了不平凡的世界，积极的生命必将活出灿烂的人生……这是我最终对于人生的思考吗？我也不清楚，我的真正人生似乎才刚刚开始，怎么会理解、领悟那些生命价值呢？要不是母亲夜以继日的讲述，我或许还以大孩子的眼光看待世界呢，她们的经历抑或故事，是一个家庭平凡而又独特的遭遇，也是千千万万个家庭命运的缩影。你会被感动，不啻是遭遇或故事，还有挣扎于此的顽强的生命。母亲的一生也不容易，从小体弱多病、弱不禁风的她默默地、顽强地生活着、奋斗着……还有她的两个姐姐。从南方归来，我仿佛更有了一个北方人应有的底气。这片土地，鲁北人脚下的热土，它仿佛永远是那么四季清晰、爱憎分明、朴实无华，生于斯、长于斯、呼吸于斯，它太珍贵了，我仿佛仰望到了生命的足迹，探寻到了历史的背影。

38 大洼风景在心头

DAWAFENGJINGZAIXINTOU

　　明天黎元生日，八十寿辰。孩子们都会来，当然黎冬也不例外。她刚从南方出差回来，真是凑巧，既没耽误培训，又赶上了父亲的八十大寿，这是冥冥之中老天的安排吗？之前，静荣还有些担心她不能赶回来。如果培训结束不了，要不要给她打个电话？那样的话，势必影响她的学习，正在两难呢，不曾想她及时赶回来了，谢天谢地！

　　那时候，手机还是稀罕物呢，不但价格高而且话费也贵，如果是在外地还收漫游费呢，所以孩子们几乎都没有手机，只有大女婿有一部，他当领导，也许是单位配的吧。大儿子好像也有，但从不见他打电话，腰上挂的那玩意儿像个长方形的黑盒子，想必就是吧。明天的生日怎么过？给他们打电话吧，叫他们都过来，大家一起商量商量。对，就这么办！

　　静荣放下话筒，脑袋突然有些晕，打的那些电话都通了，事情也都交代好了，晚上就等他们回来。

　　号声突然响了起来，是军分区大院里的那个大喇叭在提醒人们准备吃晚饭了，那音调缓慢又悠扬。每到此时，锅碗瓢盆的交响曲就会响起来，看不到炊烟的天空告别了昨日风尘，却把百姓生活的根留住。静荣有些怀旧起来，似水的年华流逝了，然而，大洼里的风景仿佛永远在心头。黎元八十载风雨兼程，生命流过了无数有意义或无意义的堤岸。明天，就在明天，是盘点今生今世生命价值的重要时刻。

　　这一宿，老两口拉了很多话，从没有像汨汨溪流似的温情流过一个夜晚。天上的星辰渐渐陷落的时候，静荣说："睡会儿吧，就要天亮啦。"

　　黎元回："嗯，睡一小觉，清晨那个生日还在等着我呢。"

　　静荣问："还有什么感想？"

　　"好像没有了，那些个感想都随日子流走了。哎，漫漫长夜，如同人生，一辈子都在黑暗之中摸索……"

　　他记得只有六十岁生日那一次印象深刻，其余的都在记忆中渐渐消失了。那一晚，有两个人喝高了，一个是二妹夫邓朝阳，另一个是大女婿王景柱。说来很不寻常，两人二斤白干酒下肚，照样骑车走了，两人的家相隔并不远，一个在老县城，一个在离县城最近的乡镇，这叫醉酒骑车。黑夜里拉着呱，谈着天，五十多里的夜路不知不觉就要走完了。谁料到在一个路口被一辆卡车给撞了，两辆自行车几乎同时被撞飞，卡车司机一看不好，脚下一踩油门跑了。

　　肇事者没找到，逃匿了，大晚上没人看清车牌，那时候还没有监控。幸亏一个开拖拉机的人发现了他们二人，仔细一瞧躺在地上的人，这不是景柱叔嘛，二话没说，立马把他们送去了县医院。

　　后来，两人都没有活过我这岁数。黎元想，那次事故给他们的伤害太大了，虽然看似康复出院了，但是从此埋下了病根。朝阳走的那年七十一岁，景柱没的时候六十八岁，虽说景柱叫朝阳二姑夫，但他们年龄相差并不大，大概三五岁的样子。嗨，人生无常啊。虽然我不信命，我是一名老党员、老战士，但该死的时候也会死，老天爷不会因为你曾经如何就会让你长命百岁的，谁都不行！这样说来，我已经够幸运的了，枪林弹雨中我几次死里逃生，面对生活的磨难我终于挺过来了，而且老来享福。

八十岁？过去我可没敢想过这个岁数，既然它到来了，就应该好好对待，这不光是我自己的事，还关乎整个家庭呢。去年，我和静荣照的那张金婚相片不就挂在那面墙上嘛。两人都笑得很开心，她红套装加身，我西装笔挺，好像那后面的红背景就是一面旗帜。为了这个生日，静荣忙里忙外，一切似乎都安排妥当了，只等着我这个老寿星吹蜡烛唱生日歌的那一刻，仿佛与之前那些时刻有所不同，因为同样的仪式有着不一样的含义，这似乎就是所谓的人生。生命的意义不在于时间的长短，而在于生命质量的高低。听黎冬在电话里说，她去拜访过一对百岁老人，他们仍然精神矍铄，爬山、砍柴都不在话下，是大山密林养育了他们，他们又将这天然的灵魂纳入自己的精神世界并以坦荡的胸怀释放。家中有老是件宝，儿女们从祖国各地奔来，为的是给老人过一次简朴而纯粹的一次生日。我想象得出，那聚会的场景、生日的仪式是多么返璞归真。然而，生活在城市里的人是没有这种境界的，就是上了年纪的老人也不会有，正所谓愈贴近自然心灵愈纯真，因为他们的呼吸似乎与山脉天空森林相通、相拥、相连。我这一辈子好像曾拥有过这样的时刻，它们在我童年的记忆里、在那些浴血奋战的心扉中、在不经意间滑落的某些思绪凝结的一刻……它们是珍藏的宝盒，从不打开，一旦打开，灵魂深处的种种神志一下子灵光显现，眼下似乎就是那一刻，因为我找到了开启宝盒的钥匙。

我静静地坐在卧室的沙发上，外面已经很热闹，但没人推门进来，他们知道还不是时候，包括那些懂事的孩子们。我的眼睛一刻也没有离开墙上那红底背景前的微笑，盯着看了好一会儿，忽然，那悠扬激奋的号声隐隐飘进来，它来自并不遥远的远方，来自一位老战士的心里，来自新世纪流连忘返的生活……

　　静荣这两天有点儿心神不定，她觉得，老黎的八十大寿也过完了，闲下来该去看看二姐了，有些日子没见她了，真有点儿想念。要说刚刚过完的老黎的生日，还真有点儿让人感慨呢。别的不说，单就说老寿星的那副尊容真叫人过目不忘啊，他端坐着，那把椅子已和他的身体亲近了半辈子，那一晚，仿佛它也感受到了别样的温情，椅背的漆面似乎放出夺目的光来，两把扶手搭载着两条手臂是那么让人安稳踏实，下面的四条腿坚实地落在地面上，它们似在凝望着一座老迈而苍劲的靠山。灯下，他慈眉善目，大概到了这个年纪，心灵就与天地沟通了，心怀感恩，老天会给你的容貌染就成鹤发童颜。

　　身边的保姆晚饭后好去附近的小广场跳广场舞，有时候静荣也跟着去，对于刚接触的这种运动，她有点儿望而却步，而保姆却乐此不疲。她在旁边看，保姆在那边跳，扭动的身躯似乎不分老少，流畅的音乐让人蠢蠢欲动。保姆有时会转过身来，而四肢还在舞着，说："大娘，过来呀，跳一曲吧，随着我的步子。"

　　她摇摇头，摆摆手，示意保姆："你们继续跳吧，我在这儿看就已经很享受了。"

　　屋里黑着灯，卧室的小沙发上有一双黑夜中的眼睛，虽不明亮却足以把夜色中的火光望穿，因为那眼中凝聚了历史的火种。音乐不紧不慢地荡漾，仿佛填满思维的空隙，像缓缓的流水，他在水中仿佛看到了舞者轻盈的步伐，这一刻只有运动着的多彩思维。

　　静荣在跳吗？她凑凑热闹吧，我这老婆，年轻时能歌善舞，自从有了五个孩子，好像什么都放下了。记得那会子，没少让她受难为，说起来自己都有些汗颜。六十五岁前后，我的更年期综合征犯得厉害，见谁烦谁，脾气就像爆仗，一点就着。记得那一次我们又吵架了，其实是我数落她，找她的毛病，原本没有的事会被我硬弄成一件很大的事，不管对方接受不接受，一通散弹似的恶语掷过去，她被迫躲进了厨房。隔着门我还一个劲儿地大呼小叫，直到气消了，似乎解了恨一样，慢慢踱到里面去，一屁股瘫到小沙发上，仰头望着天花板。厨房里没了动静，她在干啥？我的心儿似乎悬了起来，刚才的事早已忘得一干二净，咚咚咚地敲门，没回音，心儿悬到了嗓子眼，咚咚咚咚……不停地敲，用手轻轻一推，房门竟然开了一溜缝，打开门，走进去，看到一个人倚在橱柜上，呕吐物撒满全身，一股酒气裹着醋味儿直冲过来，她坐在那儿似乎已经没了意识。我蒙了，两腿发软跑到客厅，抓起电话，随意将一个号码拨了出去……半个小时的工夫，黎明赶了过来，进门就喊："爸爸，妈妈怎么啦？"哎，罪过，都是老皇历了，虽然是过去的事，但我至今好像还欠着她许多情。对不住啊，老婆。那事过去不久，找个机会我问她："那天你到底喝了多少酒？"她看看我，若无其事的样子，轻轻地说："不多，半斤。""啊，半斤还少呀，要知道你平时不喝酒……"我又要发火了，再说下去，言辞一定很难听。她抬起身子走了。我追到门口突然停住了，冥冥之中仿佛有张嘴似乎在说："老黎，你真有毛病！"事态平息了几天，她尽量躲着我，但一日三餐还是准时摆在饭桌上等我来吃。我有时会控制不住，非要冲进厨房冲她的后背大吵几声。为什么？不为什么，就是瞧她站在那儿的架势不顺眼。晚上，她和我分床睡了，她在那屋，我在这屋，互不相干。当夜深人静的时候，我睡不着，黑影里仿佛有无数恫吓的眼睛，一闪，一闪！为啥吓老子！一骨碌爬起来，满屋转。不行，我不能一个人睡！夫妻同床一辈子，在这个节骨眼上为何抛弃了我？一下拉开门，突然那无影手和隐形嘴又来了，嗨，还是老实点吧，都这把年纪了，闹啥呢？坐到小沙发上，静静神儿，你算老几？竟敢把我一个人抛……腾地一下站起来，额头冒着汗，心口怦怦跳，一条腿已经跨出去：踢！再跟上一条腿：踏！正要抬腿去踹她的房门，"咔嚓！"一个惊雷从天而降，那道闪电捷足先登闪进窗棂，我倏地一下收住了脚：老天发怒啦！

　　那场伏天暴雨救了我，躺在床上，哗哗的雨声仿佛朦胧中有无数呢喃：

老黎，醒醒吧，你这么闹腾，怎么过日子呢。虽然是家庭琐事，但一失足也可酿成大祸……

音乐不知什么时候停止了。外面一片死寂。天上的月亮又圆又亮，就快到八月十五了。中秋节前，静荣要去趟二姐那，听说二姐的心脏不太好，都很少下楼了。嗨，她的楼下快成菜园子了，这个季节正是瓜果飘香的时候，她熟悉的亲手采摘的快乐恐怕无福享受了。老了，到老了还能干什么？就像我一样，仿佛这个小沙发就是我的全部天地了，不过回忆倒是件愉快的事。虽然追忆的并不都是好事，然而，它让自己知道历史没有欺骗你，你的一生该怎么样就怎么样，起码并没有走样。

那个季节，大洼里的秋天，黄昏时分，我站在土丘上眺望，浩莽荒原的景象随夕阳一起沉落，背后，小村庄升起了袅袅炊烟，宁静的宛如不知从何处飘荡而来。乡亲们在这难得的沉静中打开了院门，等待秋日的风和粮食一起走进家门。小道上、村街上、胡同里，早已充斥着秋收的气息。然而，大家忙活着收粮、藏粮，预防鬼子的突然出现……那是抗战的第五个年头……

房门开了，月光推着两个身影走进来，一个声音说："大娘，广场舞不难跳吧，慢慢地您就会随上步了。""是啊，难倒不是太难，就是我这腰腿不灵便了，谢谢你了，素花，还这么想着大娘。"另一个声音说。

黎元坐着没动，心里却在盼着："她们终于回来了。"

静兰很苦闷，因为她不能经常下楼了。老赵走后，她一直都将情感封闭在自己心里，好像除自己以外再找不到与之相融的另一半。然而，那些盛开的花朵和多汁的菜叶似乎就不同了，那些满目的翠绿真的很养眼，它一点儿不虚假地把整个锦绣显露。她在床上躺腻了，有时会踱到客厅去，那儿有她施展想象力的窗台，窗台下面就是曾经使她不再空想的过去，一切都像是末日就要来了。人老了大概就是这样子，生活的底色仿佛没了色彩，只呈现一抹昏昏沉沉的灰色。不过，她并不寂寞，因为还有回忆伴随着，那样的时刻弥足珍贵。可是有一点让她纠结，那就是她至今还放不下曾经美丽的容颜和让她骄傲的身材。现在它们和她的情绪一同落伍了，没人再向她的苍老多看一眼。不过，她的肌肤一点儿也没老化，反而更加光滑如玉。她想，这应当归功于每日一杯的蜂蜜调养，还有早餐一包牛奶。孩子们给她雇了个保姆，她却说："我还没躺下，用不着，要把人撵走。"还是孩子们苦口婆心地劝说，才让人家留下的。没想到日子一长，她们相处得挺好。可最让保姆翠萍犯愁的是，二姨情绪一上来非要叫保姆扶她下楼。静兰说："翠萍咱们下楼吧，你扶我一把，闷死啦！"然而，每次下楼都是一件艰难的事，而且有风险，才挪了几步，下了不过几级台阶，便气喘吁吁，好像上不来气了，站在半截腰那儿大呼小喘，这要是一失足跌下去，后果不堪设想。翠萍说："姨，咱们回去吧，改天再试试咋样？"她望一望二楼的房门，硬挺在那儿，等气上来了，脚下倒似乎没底了，像踩在棉花套子上。这可怎么办？再倒回去似乎也不是一件容易事，试过几次，她几乎连身子都转不过来了。没办法，翠萍只好小心翼翼地把她扛起来，一手握护栏，一手抓着她的腰，艰难地爬上去。到了门口，翠萍先半蹲着，慢慢把她放下来，看她站稳了，自己才从荷包里掏钥匙开门，可是钥匙怎么也插不进锁眼里去，一瞧手里的钥匙，拿错了！翠萍一手按向房门，小声嘟囔一句："我的娘啊。"

从那以后，静兰不再提下楼的事。闷了，她就安安稳稳地在房间里挪蹉；累了，慢慢蹭到窗下椅子那儿看窗外的世界。这把椅子的摆放是翠萍精心设计的，正好透过玻璃一览窗外的菜地，椅座上还加了两块厚厚的垫子，脚下踏着小板凳，靠背那儿放个热水袋。她说："姨，在这里坐着不比下楼强嘛。您看，快看呀，下面一片滋生！"

静兰的眼前出现了一个熟悉的身影，又一个，还有一个，该死的老田、老芹、老朱，你们倒清闲，摘了菜也不给俺一些，自顾自地享受吗，该死！其实，人家倒不是没送，只是日子长了也就疲沓了，她们晓得静兰是个要强的主儿，不愿让人看到她这个样子。在那帮娘们儿面前她仿佛已经没了号召力了，不光打牌她捞不着参加，就连最简单的弯弯腰、踢踢腿、拉拉筋、荡荡秋千的动作也不能做了。不过，大年初一，她们会集体登门给她拜年："老兰，过年好，过年好，祝幸福安康、阖家圆满！"

静兰正坐在椅子上逍遥呢，菜地似乎给了她阴郁的心情些许安慰，那些家伙们都抱着鲜菜回家了。她清楚地记得，那块园子里有老芹的脚印，那道地垄上老朱蹲着歇脚来着，那棵黄瓜架旁老田一边摘一边扬头灌着矿泉水瓶子里的茶水……我怕热，顶着大太阳真有点儿受不了，一个人跑到道旁的洋槐下纳凉，看着那些果蔬一点点成熟、一点点被摘走、一点点成了盘中餐，颇有些感慨，仿佛生命的价值就是被利用，人也是一样，社会的细胞填满了利益的基因。"姨，喝点儿水吧。"杯子已经递到眼前。那种熟悉的味道又一次滋润着她的喉咙，一点点下到胃里，好舒服啊，甘醇的享受。那首老歌怎么唱来着，好像是：生活、生活呀，比蜜甜……它似乎撩起了我对那段日子的记忆。哎，难忘的80年代。我记得，县服装厂的缝纫班年年拿红旗，上面写着"生产标兵"字样，它就挂在我的工作台前方，那面墙雪白，衬托着鲜艳的红色，在它的感召下缝纫机流出的音乐就像一首交响曲。这里没有指挥，也不需要，那和弦就在女工的脑子里，乐谱也在，它们既走不了调，也离不了谱。我手脚忙活着，偶尔从专注的眼神中借来一瞥，它飞快地落到那面墙上，然后弹回来。于是，心中的那把火有了持久的动力。那一年，红旗不在那面雪白的墙上了，被人抢走了，我空落落的心持续了一个冬季又一个夏季，到了另一个冬季它又回来了，依然是洁白映衬着鲜红，那接力的火把又开始传递了，直到那次事故——"车间里严禁烟火，这个我在职工大会上强调无数次了，三令五申，都当耳旁风了。那火种是哪儿来的，难道是它自己着起来的，损失惨重啊，同志们！接受教训吧，同志们，咱们厂再经不起折腾了，这次事故必须调查清楚。工商局和公安局的同志昨儿下午已经进厂了，谁犯的错谁主动交代，不要心存侥幸。要是被查出来的话，后果会很严重！"厂长的话掷地有声。后来，调查的结果是：由于电线短路引发火灾。这倒好，工人们没了责任，反倒是厂长本人被问责、查处，后来，厂子停产了，被迫整顿。职工们都憋着一肚子气，尤其我们女工，凭啥砸了我们的饭碗，又不是我们的错。工人们都放了长假，回家了，这要牵扯多少个家庭。我那些日子心情忧郁，情绪低落，在家里净和老赵吵嘴来着。他从不反驳，有时还耐心劝导，劝导不成，他就会躲得远远的，不和我正面接触。

那束阳光照在了我的脚上，晌午了，中秋的晌午，菜地里空荡荡，只见绿荫不见人影，我也坐累了。厨房那边炒勺里正滋滋响呢，我好像闻到了一股清香的黄瓜味，一定是黄瓜炒鸡蛋。不多会儿，又一股香气飘来，我闻了闻，哦，像是肉味，对了，清炖羊肉！还有吗？没了香味，倒听到砸蛋壳的声音：啪啪啪……嘿，松花蛋！孩子们明天就会回来，因为八月十五到了。那些年，因为年轻体会不到大家庭的温馨，因为工作太累，还因为……对了，后来厂子复产了，我们又回去了，继续干过去的活儿，只不过身边时不时地会走过一个安全生产或产品质量监督员，他一句话不说，只拿眼睛找毛病，找不到毛病，他似乎就算完成任务了。所以，那人来回走的次数渐渐变少，车间里的气氛仿佛又回到了从前。那面雪白的墙上又挂上了红旗，难忘的80年代啊……

噢，我记起来了，还差点儿忘了，过了中秋节，静荣要来看我，我好像又有盼头了。翠萍走过来，说："姨，累了吧。来，我扶你去吃饭。"翠萍伸只胳膊，立在椅子旁，等她慢慢站起来。

39 蹚过水洼是坦途

　　人生就是这么不可捉摸，说好了要去二姐家，她们都在等着呢，没料到的事情突然发生了——魏福良病危！怎么办？黎元说："不如这样，你照样去二姐那儿。我去福良那儿，分头行动。大概福良一时半会儿还走不了。看完二姐，你再赶过来。谁叫我们是老伙计，多年的战友啊。"

　　"行，就按你说的办。"一个向东，一个向西，而保姆呢，黎元说让她在家看门吧，这也很重要。

　　向东的客车与向西的客车同时发车，都在一个车站里，他们就此分手了。静荣有些担心，黎元这么大岁数了，一个人出门，行吗？还不如当初叫素花跟着，可他执意不肯，看得出战友情的分量啊。一接到信儿，他就像热锅里的蚂蚁，坐立不安，平时他可是连那间卧室都少出。静荣想，这车倒是很舒服，一点儿噪音没有，跑在平坦的高速公路上，稳稳当当，过不了多久，二姐的家门就出现在眼前了，想想，还真有点儿激动。

　　老战友，我来啦！黎元将目光望向窗外，那里有几棵树倏然掠过，还有那些田野，那些农民，仿佛梦中到过的铁营洼，那里可没有这么肥沃，只不过心中的向往罢了。许久没回去了，洼地现在什么样？还是记忆中的模样吗？恐怕那记忆一辈子都抹不掉，还有那些战斗的青春岁月。

　　淑梅和淑香来接站了，车门一打开，她们就跑过去，站在下车旅客的两边，急切地希望看到小姨的身影。旅客快走完了，还不见她下来，咋回事？说好了是这趟班车呀。正在这时，司机师傅从驾驶座上探过头，说："你们是那位大姨的亲戚吗？她晕车，躺在后面车座上呢。"啊！两人几乎同时登上车厢，急匆匆来到小姨身边。淑梅小声喊着："小姨，小姨，醒醒。"淑香也在叫："小姨，到站啦。咋了？快睁开眼啊。"静荣迷迷糊糊地睁开眼，望到了四道关切的目光。"小姨，小姨慢点儿。"她们去扶她。她勉强地坐起来，说："我没事。"

　　福良的儿子思村在客厅里接待了黎元，他感激地说："黎叔叔，还劳您亲自过来。"黎元说："我没事，思村，你父亲在哪儿？我现在就要见他。"思村说："在医院呢。"黎元说："带我去医院。"思村说："好的，好的，黎叔叔，您稍等。"思村媳妇丽霞提着饭盒从厨房走出来，看到黎元，叫一声："黎叔叔好！"黎元不解地问："你这是？""送饭。"黎元问道："给谁？福良现在还能吃饭？""不能，他神志不清醒了，黎叔叔。""那送给谁？""我姥姥，黎叔叔。""你姥姥？什么时候来的？"黎元感到意外。"五年多了，我爸爸一直照顾着她。她从江苏那边乡下过来，人生地不熟，还多亏了爸爸呢。"丽霞不无感慨地说。黎元问道："她现在在哪儿？在医院吗？她的岁数可不小了。""是在医院，黎叔叔。姥姥今年九十六岁。""啊，这么大年纪了。"黎元感到很惊讶。"她执意要留在医院，说啥也不走。她说：'你们看，这儿挺舒服，不用惦记我，你们都累了好多天了，回去好好睡一觉。看，那边还有一张空闲的床呢。福良又不能动，我只是看着那根管子和瓶中的药，这有啥难的，等药打完了，护士拔了针，我就去那边躺一下，放心吧。'"黎元很感动，一时说不出话来，心想：这个福良为啥没跟我说呢，他一定是把丈母娘当亲娘了，所以老人家才这么感激，她一定知道他的好。不然，闺女没了，她还千里迢迢跟过来，也许她心里想：福良权当就是我的亲儿子吧。"黎叔叔，黎叔叔，咱们走吗？"他们在催促，黎元回过神来，琢磨着："是啊，别把正事忘了。"

静荣到了二姐家，姐妹俩抱头痛哭了一场。为啥哭呢？谁也说不清。哭罢了，静兰看看静荣的脸色，说："听说你晕车？真的吗？这可不是闹着玩的，很难受。我也晕车，那滋味我知道。"静荣点点头，一副若无其事的样子，轻声说："都好啦。""歇一会儿吧，等等咱们就吃饭。"二姐很关心她。她眯着眼睛躺在床上，厨房那边正忙活着呢，她仿佛又嗅到了曾经的馨香。饭前，二姐把她叫起来："静荣，过来，到窗下去。"二人来到窗下，看什么呢？静荣正在想，忽然一抹绿色隔着玻璃映入眼帘：哟，这是菜园子吗？

福良似乎很安静，他的鼻子上吸着氧，里面好像有一层雾气，罩着蜡色的脸，吊瓶在往他的血管里输着液，他的身子僵硬冰凉，黎元通过握着的那只手就能感觉出来。思村的姥姥在那边床上睡着，轻微的呼噜声传到了他的耳朵里，他握着福良的那只手潜意识地用了一下劲，他仿佛感到那只无意识的手回谢了一下，不再那么僵硬冰凉了，氧气罩子上面的那双眼睛好像轻轻动了一下。福良是睡着了，还是醒着呢？那边，老太太醒了，她盘腿坐在床上，孩子们正在忙着给她摆饭盒。黎元不得不暂时放下那只已经握暖的手，去和老人家打招呼。走到床前，他恭恭敬敬喊一句："老姐姐，您可好啊！"她一下瞪大了眼睛，瞧了瞧他，说："你是谁呀？""您不认识我，我是福良的老朋友——黎元。""噢，你就是黎元，老听福良说起，就是没见过面。你多大岁数了？""八十啦。""噢，都八十啦，和福良岁数差不多，看上去挺健康的，在哪儿高就啊？""老姐姐，不高就啦，离休了。""嗯，那好呀，享清福了，俺们福良本来也是享清福的，谁料到会成这个样子。"话似乎谈不下去了，黎元找了个借口，说："老姐姐，快吃饭吧，孩子们都给您准备好了。"她挪着腿慢慢下床，挪到床沿那儿，丽霞去扶她，她摆摆手，继续朝下挪，小脚快着地了，她说："不用搀，我还不老。黎同志，你也过来吃点儿吧。"这时，思村和丽霞才想起来：黎叔叔还没吃饭呢。思村说："丽霞，我陪黎叔叔去吃点儿饭，你在这儿守着吧，等会儿给你捎点回来。"

那片菜园子很茂盛，架上挂着的，棵上吊着的，地下长着的，参差着一圃的绿色。吃过午饭，静兰和静荣又来到窗下，在这儿说说话感觉很惬意。静兰坐在她常坐的那把椅子上，旁边又摆了一把，静荣坐在上面。这时的太阳很温暖，窗户开着，微风从两边探进来，秋风秋韵荡足了整个屋子，中间的大玻璃仿佛吮足了阳光，她们氤氲在暖意里，正满眼苍翠地享受着秋色。静兰渐渐进入梦乡——这是在哪儿？那棵老槐树长满了翠绿的叶子，正迎着荒风摇晃，横扫低凹的街道和低矮的土坯房，村子上空似乎孕育着一场秋雨，那些乌云如同倒扣的铁锅压在乡亲们躲闪不及的眉梢上，沉郁的灰色调子仿佛在场院里、胡同中游走。家家都关紧了院门，而房门却开着，那些秋粮一粒粒的仿佛自己飞进了屋内，落到了空空的瓷缸内，大姐小妹都在地上跳，想抓一把看看这些都是啥粮食。而娘却站在缸边欢喜得展开衣襟，瞧瞧有没有粒儿落进来。爹在炕头上支起了脖子，咳喘着，不肯倒下倔强的头。那只大黑狗朝着空中叫几声，一捧粒子落下来砸在它头上，它吱吱叫着夹起尾巴躲到柜子下面。几只老鼠从角落里偷窥，它们在想：嘿，这下好啦，有吃的来了。大哥唯恐那口缸装不下，跑去院子要搬另一口，可是咋也搬不动。她们停止了跳跃，急匆匆奔过去帮助大哥搬那口大缸。突然，有一个声音在院落的上空说："不要贪得无厌，粮食是宝贵的，应该懂得分享，你们是不是想全家吃饱就万事大吉了……"那股风似乎一下变凉了，直刮进我的内衣里面，打了一通寒战，鸡皮疙瘩呼呼地鼓起来，像沾满了一身小米粒，我撒腿就往村外跑。老槐树在身后笑，因为那万片轻摆的叶子被风搔痒，我真有点儿气急败坏，一个劲儿向前冲，两腿仿佛离开了地面，飞起来了。啊，村子在脚下，老槐树在脚下，古井在脚下，还有光秃秃的田野。哦，那是什么？怎么看上去像一片大洼落在了脚下呢，本来它就在那儿的呀，只不过是我的梦幻世界跌落了，它们融为一体，分辨不出哪是真实的自己，哪是荒莽的洼地。飞呀飞，任脚下飕飕生风，让目光极目远眺，忽然一片沼泽出现了，眼睛一眨，飞了过去，高坡横在那儿，几乎要撞上了，急速扇动两臂，就像扇动无形的翅膀，爬高，一阵风似的擦着坚实的沙土飞过。我这是要到哪儿去，仿佛无目的，一个声音告诉我：你是飞不出去的，洼地沼沼，荒原茫茫，凭你一己之力怎么能穿越呢？快停下来，地面上或许有你驻足的地方，要不然你会腐烂在空中……去你的，我想停，倒是能停得下来呀。不就是一捧黄土一洼泥沼嘛，我早看得出下面已经没有落脚的地儿了，倒不如飞得自在。我的精神世界也将跌落了，过去的一切已不可收拾，前面的路还有多远啊，飞在这无路可寻的荒野得自己找出路。一颗枪子飕地从洼地的边缘飞来，它穿透云层恰巧打在我的胸膛上，鲜血像飘忽的水滴坠落，倘若落到地面上或许就是一场血雨，但它们都停留在半空中。我忍痛朝下望去，仿佛看见了一队鬼子兵的钢盔在地面上闪着贼光，其中一个鬼子说："上面是什么？八路的秘密武器吗？开火！"鬼子们都扬着脖子朝天举枪，顿时，密集的子弹飞向半空中那片飘摇的血云……

这是县城内比较奢华的一个餐厅，它的楼上就是一家四星级酒店，吃饭的人不少，白色的桌布一尘不染。散座都摆在平台上，脚下铺着褐色地毯，就餐的人有的三四个一桌，有的两三个一桌，正在静悄悄地吃，没有高声喧哗，只有悠扬的音乐。思村和黎叔叔找了一个靠窗的位置，抬眼望去，外面秋风正紧、落叶纷纷，仿佛透明的天空只有些许白云悠荡。黎元说："思村，不用来这么高档的地方，吃饭嘛，随便找家小店就行。""黎叔叔，不是有意挑了这家酒店，是因为这儿离医院近点儿。再说楼上还可以休息，挺方便的，吃完饭您就上楼歇着，咱们边吃边聊。"顿了一下，他又说："黎叔叔，来点儿酒吗？""不用，不用，现在不喝酒啦，上了年纪享受不了那东西了，再说等会儿还要去医院。"黎元真的很饿了，说话的时候他嘴里一直在嚼着，他觉得有点不好意思，急忙咽下那口饭，抬眼静静瞧着思村，说："侄儿，我也住平房，一直住着，它不是陈旧，是一种沧桑，一捧怀旧情结。人老了，还是它养心啊。""叔叔，你们这代人和我们这代人有很多代沟吗？也不尽是，反正在思维、喜好、选择、做事上存在差别。""差别？是有点儿，我想是经历不同，思想就不同吧。你看你父亲，多么孝顺，现在有几人做得到呢，这或许就是所谓差别。孝顺不单单是义务、责任或什么，应该是人类之本能。""黎叔叔，您说得很好，我很感动。"外面的风好像停了，落叶不再飘飞，它们默默附在地上给路人做垫脚石。

静荣在路上，她告别了二姐一家，急匆匆踏上东去的客车。望着窗外游走的世界，想起了姐姐给她说的那个梦。那个梦就像离奇的故事一样，在心中激起波澜。终于，她想到，这是一个预兆吗？难道她感到来日不多了吗？不管怎么说，总觉得挺苍凉的。客车在高速公路上疾驶，它背着太阳走，光线射进后排的座椅，照亮乘客五花八门的后脑勺，前排座椅落在阴影里，那条灰白分明的线如同隔开了阴阳两个世界。她朝前望着，仿佛一股死亡的气息攫住了心，她闭上了眼睛。这是幻觉吗？不是精神衰弱的老毛病，这种痛苦已经跟了她快一辈子了。也难怪，她是老生子，又是双胞胎，胞妹夭折了，她活了下来，可身体一直不好。那惨烈的战争年代再度给了她不可逆的身心创伤。有时，她老是这样想：能活到这个年纪已经很不错了，这要感谢来之不易的和平年代。说来不容易，养育了五个儿女，他们都很出息，这仿佛是安慰她心灵最有效的一剂药。说起来，她比黎元小六岁，他们曾是抗战伉俪，他们结合的那条红线似乎就是革命情结。现在他们都老了，不知何时死神就会找上门来，但他们都不会害怕。只要情绪平和，就会坦然面对死亡。话说回来，不是一点儿不怕，只不过那种恐惧被从容掩盖了。黎元曾说："等咱们死了，是埋在老家的祖坟上，还是买块墓地下葬呢？依我看都行，不过祖坟因为公路开发已经挪地方了，祖魂好像失散了，那就买块墓地吧。"她说："怎么都行，反正你埋在哪儿，我就埋在哪儿。你要先走了，我随后就到。"客车不知不觉已经进站了，她准备下车，看到一个年轻人正在下面等她。谁呀？哟，这不是福良的儿子思村吗？

县城大道上红绿灯也不少，前面红灯，车子停下来，静荣在后座上留意到思村的脸色一直沉郁着，她问："思村，你爸怎么样了？"思村望了一眼后视镜，悲痛地说："阿姨，我爸走了。""啊！这么快，他的遗体放在哪儿？""医院太平间的冰柜里。""思村，我得去医院看他一眼，就往那儿开吧。""哎，阿姨。"

告别了老朋友、老战友，回到家黎元和静荣心情沉重。他们在卧室里休息，保姆敲门了，叫他们吃午饭。黎元说："我看到魏福禄了，他就站在亲属的那排队列里，遗体告别一结束人就不见了。"静荣说："是啊，我也看到了，看样子他好像过得并不好，人很憔悴不说，还穿了一身邋遢衣服。""唉，世事难料啊，随他去吧，人各有志，强求不得。"黎元有些感触，他把腿移过去，奔拉到床沿边，叹口气，说，"走，去吃饭。"

院门突然被打开，一个人急匆匆地走进来，到房门口停了一下，然后走到里面去。

"黎元、静荣，我来啦！"

他们都抬起头，朝那个方向瞧，一个女人站在餐厅门边，一只手里提着一个袋子，愁眉苦脸。

"兰凤婶？这不是兰凤婶吗，你咋来了？"静荣放下筷子，急忙过去招呼她，当她拉起兰凤婶的那只手的当儿，她哇的一声哭起来："黎元、静荣你们可要为我做主啊……"

手一松，袋子落到地上。

"先别哭，坐下慢慢说，怎么了？到底怎么了？"静荣拉着她的手，一同走到椅子那儿坐下。保姆递过来一杯水："先喝口水吧。"黎元说："兰凤婶，有事你说，难道还有解决不了的问题吗？"她咕咚咚喝完一杯水，倏地从椅子上站起来，又坐下，再站起来，再坐回去："这个该死的！挨千刀的啊！"哭声又起，凄凄泣泣。

哭完了，肿着眼皮，她又说："你们可不要笑话俺，俺这就把那该死的做的孽说给你们听，俺不活了，不过了，俺要和他离婚……"

"离婚？和谁？魏老三吗？过够了，到底为啥呢？"静荣很有些不解。

兰凤婶鼻子一酸，又要哭，可这回止住了，终于说出了心里话——

原来是她的男人有外遇了，还不止一个，那些女人都是同村的。其中那个走得最近的是一个后邻的寡妇，她男人病死了，独守空房十多年，年方四十来岁，生过两个孩子，但都没有活过十岁就随他们的父亲而去。女人很寂寞，平日她很少出门，把自己关在房里做女工，纳了一簸箩鞋底，绣了几丈刺绣，纺了半箱子纱线。做这些干啥呢？就为压住那不断冒出来的欲望。时间久了，似乎这些活儿不好使了，那期盼被爱的欲望愈发强烈，蠢蠢欲动的手和情欲撩动的心迫使她丢掉那块绣了一半的手绢，在她奋力朝床头上一撩时，那只绣花针不知怎的扎进了掌心，鲜红的血滴落，污染了仅绣完一只鸳鸯的白手帕。她默默地哭泣着，白手绢仿佛飘了起来，那只鸳鸯活了……

这个寡妇躺在床上不吃不喝。傍晚时分，彩霞将窗棂染红了，几只麻雀落在窗台上，啾啾的叫声仿佛昭示什么。忽然，她听到有人敲门，欣喜地光着脚跑向房门，一个中年男子站在外面，仔细一瞅，她喊出了他的名字："振林哥！"

振林哥对她很关心，又是给她包扎，又是给她倒水做饭。他觉得这个小媳妇很是可怜，家里没有男人，也没有孩子，日子过得这么凄凉。平时很少见她出门，对她的家事不了解，往后得多关心关心她才是。寡妇有人疼了，她仿佛找到了被爱的感觉，一个男人主动上门了，不管他当初来干啥，反正他很疼我，知冷知热的，这样的男人要抓住。两人不谋而合，一来二去，他们好上了。有一日，恩爱过后，她问他："振林哥，那天你为啥突然来敲门呢？"他回答："香梅，事情是这样的，我老婆在家做针线，怎么也找不着顶针了，眼看着一床被就要纳完了，缺了顶针咋办呢？忽然她想到了你：一是因为你离得近，一条胡同住着；二是因为她知道你老在家做活，一定缺不了顶针，于是她便叫我来找你借。""那后来呢，你迟迟不回去，她没起疑心？""说来凑巧，我刚出门，铁柱嫂子就来了，她们说话来着，一直聊到天黑，那事儿全忘了。夜里我回去，她一下想起来了，说：'借的顶针呢？'我说：'嗨，别提了，香梅家的院门关着，咋也敲不开，估计去走亲戚了。我就往回走，在胡同口那儿碰到了老木，他非要拖我到他家喝两盅。'""她信吗？""爱信不信，反正她后来再没提这事。""你可真能编！不编咋办？难道实话实说吗？她要知道了咱俩的事还不得吃了我！""哈哈……"

"哎，你说这个老三，老糊涂了，怎么干出这样的事，都六十的人了，心还这么花花。"静荣在替兰凤婶抱不平。她这一说，兰凤婶又要哭，眼圈儿红了，鼻子一酸，哽咽了一下，说："静荣，你说我该咋办呢？都这把岁数了，离婚恐叫人笑话。不离，我又咽不下这口气！""可是，兰凤婶你说那几个是咋回事？""咋回事，这个花花肠子吃着碗里的、想着锅里的，他好像尝到了甜头，净招惹少妇。对了，其中有一个并不是寡妇，人家男人都找上门来了。要不我还蒙在鼓里呢。他说：'兰凤婶你要小心呵，那香梅可不是省油的灯，弄不好叫她赖上你们家振林，别看她平时良家妇女的一副嘴脸，她要是翻了脸，恐怕你们就要遭殃了……还有俺家素祯，他是上辈，怎么下得了手呢？要不是看您兰凤婶的面子，我决不会放过这小子！'"黎元插一句话："够丢人的！"兰凤婶说："黎元，给我找个律师吧，打官司不是需要写诉状吗？我一个乡村妇女衙门朝哪开都不知道，咋打官司。""不是衙门，是法院。"黎元解释说，"你可得想好了，上法院闹离婚可不是闹着玩的，官司会很长，你要是真想离，协议离婚也是个好办法。""黎元，他不去，说啥不离婚，还口口声声说：'兰凤，小宝贝，我哪舍得你呀，咱都过了快一辈子了，少来夫妻老来伴，我还指望与你白头偕老呢。'呸！狗嘴里吐不出象牙来，我还能继续和他过吗？做梦吧，全村都知道了，我还是要脸面的！"说到这儿，兰凤婶又说："你们猜他说啥？他说：'兰凤，不是我花花，我也是男人，你不行了，说啥不让干那事。你说我咋办，我总不能冲着老鼠洞撒气吧。兰凤，原谅我吧，以后不敢了。'""呸！狗改不了吃屎。"静荣说："那你们非要离啦。""非离不可！"黎元插一句："回去好好想想，不要太冲动，要是离了婚，恐怕振林叔就要废了，他很可能会破罐子破摔，你真忍心弄到这地步？""这、这、这……"兰凤婶一时没了主意，离也不是，不离也不是，这可咋好啊……

后来，兰凤婶终于平静下来。静荣说："兰凤婶，静静心，先吃饭，以后的事再说。"

吃完饭，静荣有意避开那个话题，问兰凤婶："到这儿来之前没去静兰家吗？"她回答："去了，她住院了。""住院了，怎么又住院了，啥病？""听淑梅说是老病，心脏不好。""那你见到她了吗？""见到了，我握着她的手和她说话来着。她的手可真光滑啊，像绸缎。虽然她的脸色蜡黄，有气无力的。""后来呢？""后来我就来了这儿，临走，她说：'告诉静荣，不用担心，老毛病了，养养就好了。可我看得出，她说这话的时候用尽了力气，嘴巴哆哆嗦嗦。'"静荣心中惦记："哎，二姐呀，你遭罪了，这可咋好？不行，我得去趟二姐那。"她心里明白，二姐不是第一次住院了，恐怕凶多吉少，还是尽快成行吧。

秋天多雨，而且多风，这个秋季仿佛与以往不同，老天脸色多变，才十月，寒气就有点儿逼人了。那天，兰凤婶是冒雨赶路的，叫她住下，她不肯，说啥也要回去。也难怪，她心中有事，住下了也不踏实。黎元和静荣已和她沟通好了，尽量不要离婚，离婚不是好事，都过了半辈子了，将就一下算了。但不能过分，只要真心感化魏老三，他会回心转意的。

客车越往西走越接近伤心之地，仿佛那些窗外流转的蒿草稀树都是她如影随形的伴侣，农人在贫瘠的田地里劳作，他们在收获庄稼，稀疏的玉米地和散散落落的棉花棵儿，宛如生疮长疤的头顶，藏不住肥沃富饶的风水。这里的村民都习以为常了，仅靠种庄稼过活已是穷途末路，只好另想出路。所以，这里的集市多，有的就赶在荒郊野外的洼地里。这里外出打工的也多，年轻人都不着家，上了年纪的老人与没有什么本事的妇女们就成了这穷乡僻壤的留守者。这里的编织业很流行，家家户户的老人与妇女没有不会的，原料是柳条和玉米叶，还有针与线，到时供销社来收购成品，村中的街道上便堆满了各式各样的柳条制品、纱线编织的像渔网似的针织品。偶有在外打工的村里女孩儿看出了门路，编织品、针织品也挣不少钱，在外闯荡劳心劳力还有风险，还不如回乡干编织呢，于是，她们辞职返乡了。那个香梅别看她有点儿水性杨花，可她做一手好刺绣。我就曾见过，有一柳条箱呢。她口口声声说："这个我不打算拿它卖钱，存着留给赏识它的人儿……"呸！荡妇。客车有些儿颠簸，车厢里的人有的在左摇右摆当中抬起腔、伸长脖子朝前望，原来是修道呢。挖掘机、推土机停在路边，修路工人们身着黄马夹、头戴安全盔在那儿忙活，客车只好停下来。刚下过雨，道路有些泥泞，路旁的水沟里有积存的水，披着水珠的半青半黄的草望着湿地打蔫儿。一个修路工走过来，说："师傅绕绕道吧，这里过不去。"

这条道司机跑熟了，知道哪段路可以绕过去，他一边打着方向盘准备掉头，一边不情愿地嘟囔："倒……倒车！"走这条道要穿过两个村子，虽是柏油路，但年久失修，已是坑坑洼洼。客车像一条爬行的蛇，匍匐前行，颠簸的车轱辘从那个浅坑扭出来又陷进另一个水洼里，客车上的人被晃得都有点儿昏昏欲睡了。兰凤婶没敢眯上眼睛，似乎目光在追随着一道艰难的回家路，只要望到那片村庄那个院子才会放下心来。该死的老三，不知道在干啥，他真的能像黎元和静荣说的那样回心转意吗？我不企求他认罪，只希望他悔改，要不然再斗下去，只有两败俱伤、鸡飞蛋打。身边连个孩子也没有，怎么养老呢？如果有几个孩子的话，嗨，只怨我不会生！我是说如果，如果是那样，我会另作考虑，大不了同孩子们一起过，要个糟烂老头子干啥。

前面就是村子，小路变得更加狭窄泥泞，两旁的民房红砖红瓦，墙上的宣传画如同某个蹩脚画家遗落的丹青，孩子们玩耍的眼神不约而同地瞧向这辆从不进村的客车。老大娘手中的一支拐杖朝客车指划着，旁边的几位扭头朝这边望，没忘了屁股底下的马扎也随之挪了挪。兰凤并不感到新奇，因为司空见惯。车轮碾过湿滑的路面，穿过村子，在村口一棵参天老槐那儿被一辆牛车挡住了路，司机没有按喇叭，恐惊扰了村民，惹祸上身，他只是轻踩油门，跟在那辆蜗牛爬似的牛车后面慢慢行驶。前面的赶车人并不紧张，不慌不忙地赶着车：嘚嘚、驾驾！那辆古老的车上没有反光镜或后视镜，他如果听声音也会知道后面有一辆大家伙，可他自顾自地吸着烟，腿搭在车辕上，似乎很消遣。司机有点着急了，本来就因为修路绕行耽误了时间，下午还要跑一班呢，如果这么磨蹭，天黑也到不了啊。他又要骂娘了，可那股火气冲上来又被憋回去。他想：出了麻烦，就更麻烦啦。一个南方人说话了："前面的是什么玩意？像乌龟爬。我还有生意在那边呢，如果买卖耽误了，他们赔得起吗？"然而兰凤不吱声，她清楚乡下人就这个德性，他们的生活不像城里，闲散得很呢，就是天上下刀子，他们也会自认下不到自己头上，照旧该干啥干啥。如果是天上掉馅饼的话，那就有的瞧了，他们会奋不顾身地抖擞开衣襟去接，或搬出大箩筐大簸箕搁在院子里盛现成的。这叫啥来着，噢，小民意识，兰凤这么想着。但也有不同，乡下人也有许多老实本分的，既朴实又能干的也不在少数。就说俺那个冤家吧，他一去东北许多年，仅靠一己之力闯关东，实在不易，吃过多少苦受过多少累自不必说，就那相思也够他熬的，怨不得这阵子他那么花心呢，想把失去的都补回来？挨千刀的，这次原谅了你，看你下次还敢犯？如果真的又犯了，那么对不起，拜拜！那辆牛车还在霸占着小路，赶车人是有意的还是无心的？管他呢，出了村口，前面就是野地，司机师傅一踩油门，客车猛地冲向了空地，围着那牛车绕了个大弯儿，跑到了前头。赶车人在尘土飞扬之中站到了车辕上，举起鞭子指着客车屁股，似乎在骂，但听不到。客车走远了，人们往后一望，那小子依然一个架势地待着，那牛车好像也不动了，老牛在呼扇着鼻子一个劲儿打喷嚏。哈哈哈……

　　客车走了一段相对平整的路。哎，眼前这个村子我好像从没见过，这么整洁漂亮，按说不应该不知道呀。从这里到魏家庄不过十几里路，它就在铁营洼的边上，乡里乡亲的，忽然一块石碑闪过车窗，上面写的啥呢，她在大脑里搜索刚刚掠过视线的记忆，嗯，是、是、是……想起来了，是"黄博庙"，怪不得越瞧越眼熟呢，原来是振林他大姐住的那个村子。有几年常来这里看望大姐，自从振林下了关东就来得少了。后来大姐去世了，从此再没来过这里。这班车是直达耿家集的，不叫绕道儿还不从这儿经过，真是凑巧啊。久违了，黄博庙。据说这里过去很风光，历史上大概是清朝乾隆年间出了一位大人物，叫黄博，时任宰相什么的，因此这片土地一度很富饶。这位大人物去世后，人们为了纪念他专门建了一个庙，就叫黄博庙。后来，村子里的族长建议把村名也改成黄博庙，真的就改成了。清朝末年，这个村败落了，经过连年战乱更是民不聊生，十里八乡的数这个村要饭的多。乞讨到人家门上，主家赏几块硬干粮或一碗稀粥，末了，会问一句："哪儿人啊？"要饭的手颤抖着回答："黄博庙。"

　　进了村子，客车没有停下来，但开得很慢，不是因为道路拥挤，而是缓行在整洁的大路上看景点。宣传画一溜儿悬挂在墙上，不像是蹩脚画家的遗作，倒像是资深画家的涂鸦。街上看不到闲散聊天的村民，也没有孩子满街嬉闹玩耍，就是连四处游荡的狗猫都瞧不见，偶尔走出院落来到街上的村民大都衣衫亮丽、精神抖擞。再往前，有一片高大森严的房舍赫然出现，从外面就能看出那辉煌的气势，客车缓缓经过，旅客们都不免赞叹几声，好大的庄园啊。兰凤记得，她曾到里面参观过，有门庭森严的建筑、松柏参天的绿荫、古色古香的家具。振林曾跟她说："看看人家这才叫家呢，咱那只能叫窝。你看看，兰凤，看看人家是咋过的，这才叫风光八面啊。""行了，该干啥干啥吧，羡慕有啥用，这不过是死人住过的房子，有啥好看的！"老三不说话了，他可能是被死人吓坏了转身就跑。我在后面喊："老三，跑啥呀，还没看完呢。"想到这，她扑哧笑出声来。车厢里的人都冷眼瞧她：这有什么好笑的，敬畏才对呢。看你这模样，恐怕住不起！

　　车终于上了正道，绕了这么一大圈子，没有十里，也有八里，不然早就到家了。一直走十多里就是终点站——耿家集，再从那儿跑三里路，我的村魏家庄就是了。刚刚看到有辆客车开过去，那准是去县城的，如果要进城去看静兰，就坐那班车。静芝过世那年，亲戚朋友到得齐，唯独缺少振林，那时他还在东北呢。回来后，他说："遗憾啊，没能见静芝最后一面……"可见，他还是个有良知的人，有良知的人也可能犯错吗？那得看犯的啥错，伤天害理的事是不能干的，那会遭报应的。老三，他到底算个什么人呢，也可能他去东北待的时间太长，我们之间有隔阂了。哎，我还是了解他太少了，怪只怪老天作怪，好好的夫妻为何硬要天各一方呢？如果当时家乡不那么穷，他也不会只身闯关东。他只知他的不易，怎晓得我的为难呢？夜深人静的时候独守空房，就那样我也不曾红杏出墙不是？我要是想养汉那倒很简单，年轻时咱的模样俊着呢，嫁给了他，一朵鲜花插到了牛粪上。他拿着馍馍不当干粮，狗东西，真是气死我啦！

　　客车到站了，不知不觉家乡就在眼前，望着这熟悉的村庄，仿佛已离去好久了。兰凤没有驻足休憩，急匆匆往家赶，三里来地在她脚下生风似的，转眼就来到自家院门前。她推开房门，首先看到的是一桌子菜，旁边还有一壶酒。正在踯躅之间，她男人从门后闪出来，蹦到她的跟前说："兰凤，俺知道你今儿一定回来，一桌子的好菜都准备好啦，等你来吃呢。来，咱们喝一盅！"

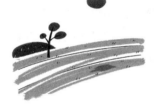

　　黎冬在黑板上写满了粉笔字。写的什么呢？是十首诗。谁的呢？一位知名诗人的藏名诗。什么是藏名诗呢？就是诗人把他的友人的名字隐含在诗里边，既有意象又有韵味，情景交融。黎冬问："上节课我们讲到了唐诗宋词，大家还记得吗？谁来说说，陆游的《钗头凤》是写给谁的？"她话音刚落，一位男同学蓦地站起来："老师，是写给他表妹唐婉的。他们青梅竹马、两小无猜，却未成眷属，可恶的封建制度！"

　　"很好，坐下。"

　　"谁再说一说对苏东坡《赤壁怀古》的印象？"

　　"老师，我来说。"一位女同学坐在那儿没有站起来。旁边的男生说："刘倩，牛啦，和黎老师平起平坐了。"教室里传出哄笑声，这时严校长从窗户朝里瞧一瞧，并未看到什么乱象，欣慰地笑一笑，然后继续顺着走廊迈着四方步走了。忽然，身后又传来嗡嗡的笑声，他停住了步子，欲转身走回去，却没有，只是斜身朝那扇窗户瞅一瞅："搞什么呢？"

那位女生被同学们取笑，感觉有点儿不好意思了，脸上红红的，却很冷静。"老师……"她站了起来。

"坐着说吧，一个样儿。"黎冬安慰着。

"不，老师，是我失态了，不怨他们。现在可以说说我的印象了吗？"

"印象？什么印象？"黎冬被弄糊涂了，但很快清醒过来，"是啊，是啊，印象！说说吧。"

"一句话，那就是大气磅礴、情景交融、真实感人、诚恳隽永。"

"很好，请坐下。"

黎冬接着说："历史课为什么要讲授古诗词呢？因为唐诗宋词是中华文化的瑰宝，修身养性，所以我们要结合中国历史来讲，它是五千年中华文明不可或缺的一部分。大家如果学好唐诗宋词，就等于握住了开启传统文化之门的一把钥匙……好了，同学们，请往黑板上看。"

上面写的啥呢，大家的目光聚过去——

田源空莽一倩影，
密林深处万象生。
若知钓饵岸崖肥，
千军万马一渔翁。

多年同窗不了情，
一朝铁掌弄清风。
横流风骨谁人拾，
整装无须看铜镜。

塞外青坡绿妆台，

涉足莽茫冻地外。
遥望滨海存星州，
鱼翔浅底贵人来。

延边塬坡青草长，
渤海岸崖新衣裳。
望风傲骨三千里，
长缨在手何须慌。

亘古一瞟多蹉跎，
今有培根栋梁来。
王者不惧风雪在，
一笑江湖有英才。

七月流火不烧人，
还盼同窗有佳音。
最是蝉鸣高天阔，
玉桥华树存绿荫。

晴日春风竹一支，
笑看乱云飞流时。
高天悲歌自落泪，
人生不倦君莫迟。

眼中一珠相思泪，
挥洒到头人不知。

若问儿时寸光阴，
把酒当歌林鸣之。

人生本无是与非，
英姐挥鞭马上催。
秀闺之中放眼望，
自有杰人照天飞。

桃李不解金秋梦，
只缘蝉雀闹繁荣。
劝君刀下生劲风，
百川万里自有情。

附言：

夜来无事，热浪熏心，
遥望友情，把根留住。

　　黎冬在讲台上扫视了一下聚精会神的学生们，心灵仿佛被融化了，一股温情悄悄爬到额头，她手里捏着的那支粉笔已被那些诗消耗了近一半，她用那支粉笔头指向黑板，说："同学们，这些诗请记下来，对每首诗的意象、风格以及藏名进行解析。好啦，下课！"

　　黎冬从车内透过车窗望着外面的世界，秋色正浓，高天流云，树影苍劲，估计那个万物凋零的冬天就跟在车辖辘的后面，随时都可能降临。但她的心情舒畅，不啻是秋韵在召唤，还有那些沉潜心底的秘密。路很宽阔，五车道并行的车辆如同五架风车顺畅地流淌。高楼遮住了公路上各奔东西的心绪，足迹踏乱它仿佛屹立不倒的阴影，走过去，前面豁然开朗，十字路口不再是归心似箭的屏障，因为绿灯时间够长，耐心够足，她那辆白色的丰田在路面上划了一道弧线，左转弯的车辆连成一串，拐过了路口，径直向北开去。

前面红灯，车辆都停下来，她忽然对刚刚过去的那堂课思考起来：我这样授课对吗？那些诗并不是知名诗人写的，是我自己写的，目的是让学生们更多地了解不同风格、不同意象的创作理念。诗里面的十个人名都是我的好友，所以附言说夜来无事，热浪熏心，遥望友情，把根留住。热浪？是啊，那时还是夏天。

当车停泊在干休所大院停车场的时候，已是中午的阳光照暖秋色的时分，她怀揣一颗孝心，走向那个院落、那间大房子。

父亲正在卧室里静静地休息，这段日子一来，他的身体很不好，肺心病严重，已很少出门了。

"爸爸。"她一边叫着一边坐到对面的床沿。

"来啦。"

"嗯，刚下课。"

"你妈妈去你二姨那了，说你二姨在医院里，病得不轻。你抽空也过去看看吧。"

"知道了，爸爸。"

二姨病危。家人刚把她从医院接回家，上午看情形无大碍，下午突然病情恶化，家人急忙叫了"120"，急救车上她停止了呼吸。前一天大夫查房，说："典型的老年病，心肺功能衰竭，住院治疗也没有什么好办法，回去慢慢调养吧，明早你们就可以去办出院手续。"听了医生的话，子女把她接回家，才不到一天工夫人就没了。

年轻的三姐妹——二姨的三个女儿肿着眼皮张罗着明天遗体告别的事，二姨唯一的儿子负责开车接亲戚。静荣坐在床沿望着对面那张空床，伤心不已。兰凤婶在旁哭泣着。另外的三姐妹——静荣的三个女儿忙前忙后安抚着从老家赶来的亲戚们。黎夏和黎明去了医院，代替二姨的家人落实明天的丧事所牵扯到的事宜，包括场地租用、化妆师、花圈以及挽联。大姨家的两个儿子戊寅和庚辰刚刚赶到，坐的就是兰凤在路上遇到的那辆客车，车是按点发的，心里再急也要按部就班。一进门，他们就哭开了，紧接着那些从老家来的女人们也哭起来。淑梅想去劝她们不要哭了，静荣说："让她们哭吧，哭出来心里就好受了。"

　　入夜，一场秋雨仿佛洗净了浑浊的世界，太平间的冷柜里那具皮肤光滑的遗体仿佛已经沉睡了八十三年。然而，那些时光却在她经历的人生中醒着，这儿就是驿站，生命之旅都会在此短暂停留，无论那些精彩乐章或低沉曲调在此都是休止符。从此，天地之间不再有无谓的争夺与厮杀，莽原漫漫，生命的希望只留给那些曾经奋斗过的人们，这是大自然的安排。生命可以不朽吗？不朽的不是生命，是生命所赋予的爱，宇宙万物只有爱是永恒的。仿佛这场秋雨就是爱的使者，它在滴落屋檐滋润土地的时候惊醒了一位沉睡的人，晨曦初露，她在等待那个时刻。

41 那棵软枣树
NAKERUANZAOSHU

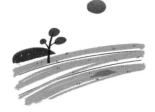

　　黎元在卧室里坐不住了，他想到户外走走。阳光很温暖，花儿很鲜艳，唯独缺了一位孤独老人的爱抚。他艰难地挪着步子，墙与门框似乎成了他的帮手，走到了门廊那儿，墙角的那棵软枣树果实累累，在秋风摇曳中向无助的老人问候，缺什么也缺不了那溜他心爱的月季花儿，它们依然是那么娇艳，这都是老伴的功劳。她接过了他的水壶，用爱心浇灌。

　　他站在那儿，屋檐上还遗留着昨夜的秋雨，心想：有人给我搬把椅子就好啦，那么，我就可以像秋雨一样在宁静院落里沉浸了。但四下里并没有人，仿佛只有她们留存的气息，一点点弥漫开来。

　　嗨，老了，不中用了，想当年可不是这个样子，那时横刀立马……一只麻雀落在了枝头，打断了他的思绪，那鸟儿喳喳叫着，点着小小的脑袋，四下里张望，它看到了一位老者独自站在屋檐下，它停止了鸣叫，两只爪子在枝丫上跳几下。它不明白，过去这儿都是有位老太太进进出出，还有其他人来来往往，今儿为何只留下他一个？末了，它想明白了，噢，她们都去给他买东西了，继而，展翅飞去，空中依稀传来恋恋不舍的余音。嘿，可爱的鸟儿，他欲像它一样展翅飞，不由自主地抬起一条腿，正当再抬起另一条腿的时候，身子失去了平稳，跌倒在门廊里。

干休所大门口，一个身影慌慌张张地往里走，他低着头，迈着快步，突然，一个声音从门卫室开着的一扇玻璃窗中传出："谁？干啥的？"

来人停下来，原地未动。

穿制服的门卫贺师傅走出来，问："喂，老伯，说你呢，去里面找谁？"

那个人抬起头并转过身来，一张苍老而憔悴的脸暴露在那名门卫面前，他低声回答着：

"黎元，我找黎元哥。"

"请等一下，我打个电话问一问。"

贺师傅走进门卫室，电话那头没人接。他感到奇怪，按说他们家是不离人的呀。再打，还是没人接。他走出来，说："电话没人接，你找黎主任有什么事？"

"我来看望他，同志。我是他的亲戚，还有静荣嫂子。"

"你最近有没有来过？"

"没有，上一次……上一次来过，都好多年啦。"

"不对呀，按说他家里应该有人啊。这样，老同志，咱们一起去看看吧。"

"哎。"

走在路上，贺师傅问那名陌生人："你叫什么名字，老伯？"

"魏福禄，铁营洼的。"

"铁营？这我倒是听黎主任说起过，他很怀旧，人老了，忘不了那些曾经奋斗过的岁月。"

在门廊里他们发现了昏迷不醒的黎元。门卫慌张地说："快打电话，通知他的家人，还有120，快打呀，你的手机呢？"

"我没有，曾经有一个，坏啦，没再买！"

"还是我来打吧。"

黎元在输液，他躺在病床上依然昏迷不醒。魏福禄和那名门卫站在旁边，焦急地等待他的家人到来。已是午后了，他俩谁都没有吃饭，那导管中的点滴不紧不慢地流进患者的血液里，在这个时刻唯有时间最宝贵，时间就是生命。

大夫走进来，他一只手里握着听诊器，伸出另一只手翻开病人的眼皮瞧一下，接着戴上听诊器，去听患者的心肺。然后静立着，仿佛在思考一个更好的治疗方案。过了一会儿，他转过脸，问道："病人的家属还没到吗？"

"快啦，快啦，在路上，刚才我和他们联系过了。"门卫贺师傅也着急，今天他当班，还有一位，不过那一位是新来的，不太了解大院的情况。

"那好吧，在这儿细心守着，家属一到马上通知我。"

医生走了，后面的两名女护士快步跟上。

静荣和孩子们终于到了，大家都快急死了，正赶上路上堵车，这真是屋漏偏遇连阴雨啊。

医生问静荣："您就是患者的老伴吗，大姨？"

"对，是我。"

"大叔犯病的时候身边为何没人呢？多亏了这两位师傅，他们及时送医院抢救，不然后果不堪设想。"

"都怨我，都怨我！我本以为他没事，所以疏忽了。"

"现在没事了，病人的情况稳定了，不过并不是说没有危险存在，还要经过一段时间的治疗。病人身体太虚弱，往后一定要留意，身边不能离开人。"

"知道啦，大夫，谢谢了。"

"没啥可谢的，这是我的工作。对了，那两位师傅好像还没有吃饭。"

"是吗？这真是……黎明过来，你陪他们吃饭去，这里有我们呢，快去！"

谁曾想贺师傅不去，说要急着回去值班，那里离不开人。

魏福禄说："贺师傅是个好人，老干部们有这么一位尽心的人照料，是福气啊。"

黎明说："谁说不是呢，我父亲就常夸他，说你看人家老贺做事尽职尽责、一丝不苟。"

"哎，我为啥遇不到能帮我的好人呢，恐怕是命里没有。这不是总算遇上一位算是爱我的人啦，我想和她结婚。她不嫌弃我，我也很爱她，可就是手头没有票子！"

"啊，福禄叔，您都多大年纪啦？"

"多大也得有个伴儿，不然孤苦伶仃的，死了也没人知道。"

"福禄叔您真想结婚呀，没钱可以借嘛。"

"借？是啊，我本想借来着，来你父母这里就是想借钱的，不曾想遇上这档子事，我咋好意思开口呀？"

"需要多少？福禄叔，您说。"

"不多，三千。"

"三千？三千就能把婚结啦，那敢情好，我借给您。咱爷儿俩先吃饭喝酒。来，福禄叔，我敬您，干！"

魏福禄酒喝多了，又得到这样的敬奉，心里的话藏不住了，那可是沉潜多年的秘密。什么呢，他终于向酒桌上的老侄子吐露了——

当年在温店，是他放走了弟弟魏福贵；抗战那阵子，曾干过给日本人偷偷送信的事；福贵的那个陪女是他干掉的，不过是老三要他这样做的；还有和尚那个工地失火也与他有关……

说完那些话，他端起一满杯酒一口干下去，流着泪又说："老侄子，你说我算不算个坏人？我自己都看不起自己，我有罪啊。我对不起黎元哥、静荣嫂。对不起……我是一心想悔改，可老天不给我机会，让我像鬼一样地活着。请贵人给俺指一条明路吧，不要再在风烛残年遭折腾啦……"

他的哭声与话语似乎很真诚，可是谁能听得到呢？走廊里清洁工已开始拖地板，吧台上的射灯也熄了，后厨里的厨师都找个角落或旮旯偷偷睡一小觉。

黎元三天后醒来，可已经不能下地了，这意味着他的余生只能与床铺为伴了，大脑时而清醒，时而糊涂。医生说这是轻微脑出血的后遗症，虽然轻微但位置很关键，因为在脑干上。

就这样，光阴流转，秋去冬来了。

眼看着年关就要到来，一向照料黎元的保姆辞职了。快过年了，再上哪里去找人呢？静荣愁，老黎身边不能缺了人，他的身子重，我一个人还真有点儿费劲，不给他翻身又怕生褥疮，还有喂饭、拉尿、日常护理。孩子们都太忙，大事可以，小事就指望不上了，不是他们不孝顺，他们个个孝顺，可他们也有家呀。再说老大老二老三都有第三代了，老四老五也快了，养老不只是嘴上说说，得有孝心啊，这一点孩子们都能做得到。

黎元是个理想主义者，经过了战争的洗礼以及生存的磨难，使他的意志更加坚强。虽然他已老了，但是从没放弃自己的信念。作为一个老人、一名战士，在他生命垂危的时候，还没忘记人生该怎样书写，大爱的世界不曾有半点虚假，一个人或一群人，终其一生做不到、做不完的事，有一支神来之笔就可大功告成。这不是吹嘘，也不是矫情，因为那支笔握在人民手中。此刻，他流连的心依稀站在那些心爱的月季花下，用血液去浇灌，让生命开花，然而，这一切仿佛与己无关，那些似乎是英雄的壮举，而自己不过是一名寄宿在干休所大院里的老人，就像那棵软枣树，依附墙角，望着那些迎风摇曳的鲜花礼拜。

二○○五年的春节，仿佛时间的脚步驻足在一个特定时刻，爆竹声中送走了一位世纪老人，大年初三的深夜，黎元离开了。

黎夏的车库里摆放着去世的亲人们的相片，这里没有祠堂，却有比祠堂更深远的意义。那些遗照像历史一样陈旧，又如同生命似的鲜活，爷爷奶奶、姥爷姥姥的画像仿佛用心经历的蹉跎年代，绝非瞬间闪烁的镜头能够捕捉到。袅袅青烟弥漫着深沉的敬意，那株香火燃烧着昼夜不歇的哀思。作为长子的黎夏每日必在这里跪拜上香。今儿五姊妹弟兄到齐了，外面有一盏路灯亮着，把一片光洒在半掩着的车库门的波纹间，父亲的"五七"就在这天，再过去，就是清明了。他们都跪着，各自在心里默拜沉思。

黎春在三姐妹和两兄弟中是最能体会先辈们生活不易的人，她和共和国同龄，爷爷奶奶、姥爷姥姥在她记忆中刻骨铭心，还有大姨和二姨。那一年，她只有四岁，在魏家庄待了半年多，铁营洼的荒莽与萧瑟、清凉的风与飘逝的雨，在她这样的年龄仿佛是沐浴，是洗礼。她很听话，从不到处乱跑，总是喜欢依偎在姥姥的怀里听她讲故事。姥姥有一肚子的故事，似乎总也讲不完，那些大鼓书给了她滋养，她要把它有意无意地传授于外孙女。有一次，姥姥讲完了，黎春好像没听够，问姥姥："姥姥，杨四郎为啥要当和尚呢，他不想妈妈吗？后来他见到妈妈了吗？快讲呀，姥姥。"姥姥抚摸着她小脑瓜上长长的辫儿，慈祥地对她说："春儿，好啦，这一次都讲完啦，你下一次听啥呀。你想想，你不也是好久没有见到爸爸妈妈了吗？他们工作忙，叫你跟着姥姥，你心里乐意吗？你想爸爸妈妈了吗？"黎春抬起小脑袋，懵懂地望着姥姥衰老的脸，说："姥姥，我乐意，就是晚上睡觉的时候看着那盏煤油灯的火苗儿一闪一闪的，就想爸爸妈妈啦。"姥姥说："乖孩子，现在是冬天，等到春暖花开了，你就见到爸爸妈妈啦。"黎春似信非信地说："真的吗？姥姥，我可是很久没见他们啦。他们在干吗，为啥老不来看我？"姥姥说："快啦快啦，不信你问问那只树上的小鸟，它会告诉你。"黎春高兴地挣开姥姥的怀抱，跑到门口那儿，抬头望着树枝间停留的那只麻雀："小鸟，小鸟，爸爸妈妈啥时候来看我？"小鸟扑棱扑棱翅膀，飞走了。她垂头丧气地走回来，钻进姥姥的怀里，说："它飞了，姥姥，它不肯对我说。"姥姥说："它对你说啦，那叫声你听到了吗？"黎春说："听到啦，它一边飞一边叫呢。""这就对了，等着吧，爸爸妈妈就会来的。"

过了几年，姥姥和二姨她们一起住，二姨家又成了她常去的地方。二姨家的四合院就像一个温暖的港湾，还有那老城墙。城墙下，草丛里，她和淑梅姐、淑香姐一起玩，玩够了，跑回家去，刚进过道就闻到一股玉米饼子的味道，空气中还掺杂着炒虾酱的那种浓浓的腥和淡淡的咸。今中午又吃这个？小黎春真有点儿熬不住了，但她嘴上不说，只在心里想。吃饭的时候，她看到两个姐姐啃着饼子嚼着虾酱和萝卜条儿，吃得那么香。二姨递给她一个白馒头，说："春儿，你还小呢，特殊优待！还有姥姥，她老了，也特殊优待！"她咯咯笑起来。两个姐姐并不攀伴，继续吃她们的，但那咀嚼的速度明显放慢了，还不时地瞅一眼她手里的那个白馒头。也难怪，她们还是孩子呢。

夜里她和姥姥一起睡，她喜欢同姥姥一起睡，习惯了。不知一夜姥姥为她盖几次被子，她睡觉不老实，总是蹬开被子。有时，二姨会过来，告诉姥姥："春儿睡熟了，别忘了给她盖被子。这孩子，白天那么乖，到夜里总那么不消停。"

有一次，大姨家的戊寅哥和庚辰哥来了，大姨带他们来的，那是春天。他们穿着旧衣服，土里土气，头发里还有虱子，光脚穿着破布鞋，露出的脚腕子一层黑黢黢的皴。开始，她有点儿不适应，玩着玩着就好了起来。城墙上长着一棵不知什么名的草儿，还开着白色的花儿，她要摘，可够不着，她说："戊寅哥哥你抱着我，把我举起来，我想去摘那几朵漂亮的小白花。"他二话没说，一下子就把她举过了头顶："春妹妹，够到了吗？"

他们走的时候，黎春真有点恋恋不舍。大姨说："春儿，我们还会再来的，说不定还要去你家呢，喜欢吗？""喜欢，喜欢，可爸爸妈妈老不在家咋办？"她说着说着，眼泪儿乎落下来。"乖孩子，爸爸妈妈不在家，你给我们做饭吃呀。"大姨在逗她。她开心地跳起来："行啊，行啊……"

　　黎夏此刻正想着在爷爷奶奶家的那段经历。那年我五岁吗？好像是，因为那年二大爷家的庆生哥五岁，我和他同岁，不过他比我生日大点儿。爷爷奶奶跟着二大爷一家过日子，那日子过得真够辛苦的，能有口饱饭吃就不错了。有一次，爷爷奶奶私自决定给小夏熬点儿绿豆大米粥，粥熬好了，盛到一只大黑碗里。我端起来就喝。奶奶说："慢点儿，别烫着，放在那儿冷一冷，这些都是你的。"二大爷下地回来，将锄头往过道里一丢，跨进院子，抬头看到了坐在小凳子上的黎夏和他面前的黑碗，他慌慌地走过去瞧，问道："这是哪儿来的？我的天爷爷，你们咋偷偷地给他做这个吃，不是还有野菜团子嘛。这么金贵的东西，就只有那么一点点啦，我还想留着应急呢。"爷爷奶奶都不说话，躲开他那张气急败坏的脸和唠唠叨叨的嘴，走进自己屋里去，身后突然有一声巨响，回头一瞧，他一脚踢翻了那只腌咸菜的黑瓷罐。

　　自从那件事以后，我心里真是恨透了二大爷。庆生哥并不知道发生了什么，继续拉着我往村外跑，他说："夏子，豆子地里的蝈子又开始叫啦，咱去抓几只。我有两个小笼子，你一个我一个，放进蝈子，每天都能听到叫声，咱往后就用不着老往豆子地里跑了，你说好不好？"

　　豆子地里热浪蒸人，大概还是夏天吧，也可能已是秋天了。我记得棉花地里的棉花像一朵朵停留在那儿的白云，我们都光着膀子、赤着脚，庆生哥一头钻进豆子地里，躲在豆棵下听，他一只手里抓着一个小网子，小网子是用二大娘蒸干粮用的笼布做的。我手里也有一个。少了两块笼布，二大娘也许还不知道，因为近两天没开火，净啃凉窝头凉团子来着。他听到了不远处有一只，再远点儿还有一只，那边的地头也有。我还没看清是咋回事呢，他已捕到了三只。我泄气地坐在地里，那豆棵儿没过了我的头顶，脊梁上仿佛针刺似的，一条小腿上还流着血，不知何时让荆棘划破了。我独自待了一会儿，忍不住支起身子抬头望，庆生哥从那边跑过来，沿着豆子地边的田埂，两条小腿跑起来像小狗那么欢实，跑到跟前，他骄傲地举起两只小笼子，说："夏子，捕到啦，四只！走，咱们回家。"

我夜里睡不着，这些天发生的事让我这小脑瓜有点儿吃不消。我躺在爷爷奶奶的中间，土炕上，右边是爷爷，左边是奶奶。爷爷身材高大，打起鼾来也很响。奶奶似乎被吵醒了，发现我还没睡着，心疼地小声说："夏儿，睡不着？来，奶奶搂一搂。"奶奶搂着我，像妈妈，我都有点儿忘记妈妈的怀抱是啥滋味了。奶奶在我耳边悄悄说："夏儿，想爸爸妈妈了？肯定想啦，你这么小就来老家吃这种苦，奶奶心疼啊。不是爸爸妈妈狠心，谁不疼自己的孩子呢？是没办法，带着你他们咋工作呢？再说，还有姐姐呢。你要是真的闷了，奶奶带着你去走亲戚，你知道闫马庄吗，你大姑姑就在那个村子里，咱明天就去。"奶奶的怀抱很温暖，她的话儿很动听，我几乎在幸福中睡去，蒙眬中，没忘了轻声回答奶奶一句："好。"

第二天一早，奶奶在房间里收拾东西，我在旁边瞧着，二大爷突然走了进来，屋里黑乎乎的，房门一开阳光照进来，但二大爷却像个大白天游荡的幽灵暴露在光天化日之下，他驼着背、弯着腿、瘸着脚，来到我面前，他说："夏儿，别怪二大爷，难啊，我都穷怕啦……"奶奶停住了收拾，没好气地说："行啦，我们要走了！"

大姑姑很高兴，娘来了，还带来一个小侄子。自从我生下来，她就没大见过我，她瞅着我，目不转睛地说："小夏子，你就是夏儿吗？让姑姑好好看看，嗨，你瞧人家城里的孩子就是不一样，眼睛这么水灵，个子也不矮，就是有点儿瘦啦。你瞧你，小小的脑瓜却透着一股机灵劲儿。"说完，她四下里张望，找人吗？谁呢？忽然，我听到她大喊一声："泥蛋！死到哪儿去啦？"

不多会儿，一个孩子跑进了门过道，他并不着急走过来，而是倚在墙角那儿傻傻地瞅，远远的，我看到他的一只小布鞋露着脚趾头，头发也是蓬乱的，上面沾着好像干枝条似的东西。大姑姑说道："泥蛋，快过来，你看谁来啦？"他不再倚墙了，快步朝这边跑，半途中裤子一下掉了下来，绊倒了，跌了个大跟头。他撅着小屁股爬起来，双手提裤晃晃悠悠地来到跟前。大姑姑望着他那一身的土，也没给他拂，伸手摸一摸他的腰，说："裤子咋掉啦？你个傻小子，让娘看看。"原来是松紧带断了。她接着说："好啦，等会儿脱下裤子，娘再给你换一条。现在你给我过来，认识认识你的表弟。"他一边提着裤子挪着步，一边叫了一声："姥姥！"姥姥说："泥蛋，这是夏子，你的表弟，从城里来的，还记得你的舅舅和妗子吗？"泥蛋用异样的眼光瞧着我，城里的孩子就这样？也没啥新奇的，不就是头发干净点儿，脸白净点儿，穿得整齐点儿嘛。不过，看样子也挺机灵，准能和我玩到一块儿……

就这样，我们认识了。平常大人们都在炕头上说话，这时节的庄稼大概还没有熟，不过离收割的日子也不会远了。大姑夫整日价进进出出、忙里忙外。他有一只坏眼，里面好像有朵萝卜花，看人时眼皮一挤一挤的，连带着那只好的眼也跟着挤。他不和我说话儿，见了面只是伸手摸一摸我的头顶，然后绽开笑容，那朵萝卜花仿佛就藏在笑脸后面。他人很好，有时他蹲在地上摊煎饼，就把我搁在双腿上，我的头比他的头还高，他看不到锅里的饼了，还有地下燃烧的那堆柴。他就把脸向一边挪，露出那只好眼，一股烟冒过来，眯了他的眼，这下他啥也看不到了。他一抛手丢了那根烧火棍，就地坐下。我还坐在他的双腿上。他不急不躁，而是从口袋里掏出一块脏兮兮的布去擦眼，渐渐地眼睛能看清东西了，他站起来，赶紧去忙活他的锅和锅里的饼。那堆火渐渐变小了，眼看着就要熄灭，那股烟就是先兆，应该早有准备啊，可这时已经晚了，他手头上没有多余的柴，要去取，还得跑到院外去。我听到他在耳边嘟囔："哎，算了，凑合着吃吧，又不会闹人。"

　　我和奶奶准备回去了。那一天，天气晴朗，大姑夫赶着牛车送我们，泥蛋要跟着去，赖在车厢里就不下来。姑姑急了，她大吼："泥蛋，滚下来！"路上，牛车走得很慢，那条弯弯曲曲的小道穿梭在庄稼地或一望无际的荒野乱草之中，那边有一座废弃的砖窑，乌鸦像几抹黑色的影子，盘踞在窑顶上鸣叫，清晨的空气像稀薄的窗纸被戳破，它渐渐有点褶皱了，余音绕梁，重新将褶皱抚平。奶奶盘腿坐在车厢内的棉被上，她慈祥地望着我，微风吹动她银色的头发和赶车人厚实的脊背。大姑夫说："夏子，啥时候再来呀？"这是他头一次和我说话。

　　黎秋仿佛没什么可追忆的，此刻她的脑子很乱，杂乱无章，就像一块挥之不去的黑幕，所有的人和物都失去了应有的轮廓与曲线。这工夫，她能和正常人一样跪在这儿就算不错了，因为她的精神分裂症已经得了很久了。那年，父亲被流放滨北农场去放牛。母亲带着两个女儿、一个儿子被迫遣返老家。没想到那年月故乡的生活会那么苦，唯一能填饱肚子的只有地瓜面窝头，那时她十六岁，弟弟妹妹还小，尚不懂得苦难的真正意义，而她懂了。她常想：为什么偏偏我被赶回老家，不然这会儿我就在城里工作了，这穷地方鬼地方，我一刻也不想呆！然而，没有办法，上天无路下地无门啊……终于，她精神失常了。她本来是一个好学生，年年拿奖状，月月被表扬，天天很开心，这无形之中膨胀了她的自尊心和好胜心，潜意识里埋下了傲气的种子。她觉得自己很优秀，优秀的人就应该有优良待遇与环境，自从爸爸被打倒以后，她的生存空间仿佛被颠覆了，思想中极端的自恋已初露端倪。是谁葬送了她的一生？又是什么使一个原本优秀的孩子跌入痛苦无助的深渊？一个算命先生说这就是她的命，那混乱的年代有多少怨恨与不平，许多人都挺过来了，但她没有。她不幸成了命运的牺牲品，另一个风水先生仿佛很有哲理的如是说。

　　后来，她的病情时好时坏，好的时候还像人，坏的时候就是魔。爸爸愁坏了，妈妈愁坏了，全家人都愁坏了，这么折腾什么时候是个头啊……

　　她虽然跪着，心思却不在这儿，孝心与恩情在她极度迷乱的情绪中已经毫无意义。她或许不知道为何叫她跪在那些乱七八糟的框框前面，叫跪就跪，权当在此睡一觉，她的精神状态此时正处于平缓期，没有狂躁和歇斯底里，但很难说什么时候复发，往往一个诱因的刺激会使她片刻之间癫狂起来。那一年那一日那一刻，就在她的丈夫垂死之时，她突然犯了病，在医院里大吵大闹，医生和护士都惊呆了。母亲突然扑过去，把她摁在旁边的那张空病床上，母亲的脸和手都被抓破了，她在母亲的身子底下挣扎了好半天，终于安静下来。母亲放开了手，母女俩气喘吁吁地坐在床沿，忽然，她搂住了母亲的头亲吻，嗷嗷哭起来，嘴角流着唾液，撕心裂肺地叫着："妈妈……"

　　父亲黎元是个从不信鬼神的人，无奈在别人的劝说下带着黎秋去了泰山。干什么呢？让泰山娘娘指点迷津、医病驱灾。回来后她确实好过一阵子，没出一个月又闹腾起来了。他们父女俩爬泰山受了好大罪，父亲上了年纪，而她爬爬停停，到了中天门就不走了。她躺在一块大石头上，一躺就是一个小时，仿佛在泰山神的脚下灵光显现了，正沉浸在无边的恩惠之中，突然她爬了起来，站在悬崖边上，紧闭双目，屏住呼吸，耸起肩膀，完全一副跳崖的姿势。父亲吓坏了，迈开老腿跑过去，从后面抱住了她的腰，她在挣扎、狂吼："让我跳……我要跳下去，泰山奶奶来接我啦。我看到了，看到啦……"

　　从那之后再没给她求神问佛，只那一次就够了。西医不成看中医，那些老中医一个比一个能吹，什么五服药病除，什么来找我的还没有一个看不好的，什么《黄帝内经》上说这叫邪气攻心阴阳失调，我给她开几服药，保她气顺脑静、平安无事……可就是没看好，母亲为了给她熬药已熬坏三个药罐子了。后来，实在没办法了，只好把她送进精神病院去。昨天把她接出来是为了给父亲上坟烧香，坟上过了，再来祭祖，不管她心在哪儿，孝在何方，她总归是黎家的一员啊。

黎冬的思绪很复杂，五味杂陈，恩怨情仇，一股脑儿涌进来，脑袋里成了万花筒，那些影像仿佛都带着声音和色彩，因为她最了解妈妈讲过的故事，最理解先辈的辛苦与艰难，最珍惜来之不易的和平……要说更有甚者，那就是父亲。虽然人已故去，但精神没有故去，它正在那束香的燃烧中涅槃。父亲的嘱托还响在耳边。那些年她仿佛一直沉浸在听故事和讲故事之中，听的是妈妈讲的往事，讲的是给学生们描述的历史，永恒的时间在某些地方仿佛停顿了。所以，那些精彩的故事就留下来了，但不在历史的空间里，而在流逝的时间坐标中。人很难将事情做得完美，时间也一样，因为在它失去的过程中会有不经意的记忆存在，它会将此安抚人类，告慰天空。她觉得自己做得还不够，起码没有将故事变成文字，语言正是流逝的时间坐标中某些停顿的点或线，它有能力揽住时间的怀抱，使这点或线无限放大，仿佛人来世上就为了这一点点夙愿。明年，她就要退休了，小孙子已有一岁多了，安顿下来的光阴正是实现梦想的语言憧憬。

她记得和母亲重回故里的情景。妈妈说："冬儿，你陪我来姥姥家我很高兴，虽然老人已故去，但洼地还在，村庄还在，人情味儿还在。我们这次来不为别的，就为找回记忆。"我说："是啊，妈妈，这里不光有亲情，还有忘不了的往事。"兰凤婶听说静荣来了，急急忙忙地奔了过来，见面就说："哎哟，我的侄女，在城里住惯了咋舍得到俺这乡下走一遭呢？"母亲笑了笑，说："想你啦，不行吗？"兰凤婶听着高兴，一边解白围裙一边说："我正在忙饭呢，听说你来啦，赶紧跑过来。你瞧，围裙还系着呢。"妈妈拉着她的手，亲切地说："兰凤婶，我们就住在这老房子里了。这里有娘的影子和儿时的记忆，还有……""哎，静荣，那可不行，这老屋好多年不住人啦，也没有修补，咋能住这儿呢，去我家吧，家里除了那个死老头没别人。"兰凤婶坚持着自己的意见，她们坐到了炕沿那里。"你们和好啦？"母亲淡然一笑。"啥叫和好了，凑合着过吧，都这把年纪了还瞎折腾啥，不叫你们出面劝和，我还真不会放过他！"兰凤婶的身材依然苗条，盘头上的银钗闪着光，脚上绣花鞋的鞋面有两只鸳鸯，鞋帮上有两朵蓝花、两朵红花，黑色的底子透出细腻的布质，她坐在那儿的姿势就像媳妇刚刚出嫁的样子。"我看咱村的变化也不小，土坯屋都成瓦房了，街道也清洁平整多了，村支书现在是谁呢？"妈妈的体型有点儿瘦削，但隐约可见年轻时的优雅。"魏书香呀，就是那个过去给老财主魏义仁干长工的儿子，还记得吗？""记得，他岁数可不小了。"兰凤婶说："今年五十六了，在老地主家干活那会儿他爹三十多吧。""对啦，魏福禄来过，正巧碰上黎元跌倒，他和门卫把老黎送去了医院，要不是及时抢救，就危险了。""是吗，他还有这好心？真是看不出，这小子一辈子不务正业，他现在干啥呢？""能干啥，给人打工呗，好像他相中了一位老女人，还要娶她呢，也难怪，他一生未娶，这回也可能是真心的。"母亲说。"老不正经的。"兰凤婶说。她们聊着，不知不觉天就要黑了，老屋有一股阴气，虽然已经打扫过。这里的一切还保持着原样，只是院子里的那棵老槐树长得更高大了，从村头仿佛就能望到它茂密的树冠。夜幕降临之前，有好多事物都模糊起来，包括人心，在那片刻宁静之中唯有历史的记忆在时间的流逝里醒着。

　　姥姥当年就睡在这面炕上。夜里，黎冬睡不着，她颇有感慨：有故事的人都走了，包括亲爱的父亲，母亲也是有故事的人。本来我还想借父辈们的经历写一部长篇小说来着，现在不想了，因为爸爸妈妈及家族的命运本身就是一部小说，无须赘言，它应该就是历史的一部分，让它安静地默默存在心底，就如同那些往事自然而然地沉潜一样。我是教历史的，所以历史给了我太多的感怀。我在思考：鲁迅的作品只是在讲故事吗？他的动人之处应该是教人直面人生，"横眉冷对千夫指，俯首甘为孺子牛"。红楼梦也不是在讲一个曾经荣华富贵的家族败落的故事，而是在告诉世人什么才是人生中最重要的。故事本身毫无意义，每个人都有自己的故事。请问，你能阅读得了吗？

　　母亲睡得很熟，她又回到了故乡，乡愁燃在她的梦里。洼地赋予她生命的底色，她的人生就是从这色彩中开始。这方热土生长起三株晶莹剔透的姊妹树，历经风雨、饱受沧桑，生命之花在枝头绽放，不知何时，她们悄悄褪色了、零落了，但那香如故。鲁北平原上不乏优秀儿女，历史证明，越是困苦贫瘠的土地越能造就坚韧勤劳的品格，就像家乡的那条河，流淌着、沉默着、荡漾着，生生不息……

清晨，兰凤姥姥来敲门了，说做好了早饭，来请远道而来的侄女和外孙女。她一进门就说："昨夜睡得咋样？这屋子潮，灶台又没有生火，快冬天了，你们受得了吗？"我和母亲刚洗过脸、刷过牙，那水冰凉，还有点儿咸涩的味道。母亲过去就是喝着这样的水长大的，村头的那口井留存着她童年的记忆。我初来乍到，感到不适应，一方水土养育一方人。兰凤姥姥问我："还住得习惯吗？这井水可是又咸又苦又凉的，难为你啦。家乡是比从前好了，可咋也比不了你们城里。"我说："没啥，姥姥，我受得了。姥姥，抽空您带我去大洼走走，感受一下那荒莽的美。"兰凤姥姥说："你看看你，冬儿，那有啥好看的！"

日子一天天过去，姥姥家七天的逗留带给我太多的人生感悟。临行的那天傍晚，村支书来了，自家院里的亲戚和乡亲们也来了，院子里很热闹，那盏挂在槐树枝上的汽灯像大中午明晃晃的太阳，照亮一个个朴实憨厚的脸。

黎明这时有点儿憋得慌，烟瘾上来了，他想起身到外面去吸支烟，可瞧瞧周围的哥哥姐姐们，念头打消了：还是再忍一会儿吧，这样擅自离开，似乎有些大不敬，本来我就比哥姐们做得逊色多了。虽然妈妈最疼我，打小数我最娇惯。现在想起来，爷爷奶奶的模样我记得，姥姥的模样也记得，还有大姨、二姨，唯独没见过姥爷什么样儿。妈妈说新中国成立前他就去世了，那时还没有我哩。他的心慢慢静下来，思索着：面对祖宗，我应该好好反省一下自己的人生。我荒废的光阴太多了，我要把它们找回来！

涅槃的香火带来重生的希望，它仿佛是一种象征，又似乎是一种仪式。

　　冬季的某一个夜晚，静荣坐在丈夫生前常坐的那个小沙发上，静静地要沉睡了。后来在梦中，隐隐约约就闯进了快乐的童年，娘那时候可真年轻啊，还有我那双胞胎妹妹。爹很壮实，他不像后来那么整天咳。哥哥带着我们三姐妹四处玩，村外的梨园是我最想去的地方，那水盈盈的鸭梨就如同绿色的灯笼挂满枝头。我虽然够不着、吃不到，但满嘴里已是酸甜的味道了。哥哥说："静荣，想吃吗？"我点点头。他又说："等着，我有办法。"我在旁边瞧着，看他将一根长枝条和一根短树枝绑成十字架，伸进篱笆里去够那些刚落地的鸭梨，一个、两个、五个、十个……啊，我们三姐妹欢跳起来，一只手里掐着一个，下嘴就啃，嗨呀，甜，梨汁顺着一张张小嘴流下来。哥哥说："慢点，吃没了，哥哥再给你们够！"回到家已是掌灯时分，娘做好了饭，正等着孩子们来吃呢，可看到她们几个弯着腰进门就趴到炕上去了，还哎哟哎哟直哼哼。娘感到奇怪，这是咋啦，吃啥吃坏了肚子？她问哥哥："茂田，你带她们到哪里去啦，偷吃啥东西了？"哥哥说："没去哪儿啊，就去了趟梨园，够了几个落地的梨吃，没想到……我看到她们馋，不忍心……"娘大声说："你呀，净想鬼点子，不知道那园子是老财主魏义仁的吗？叫他们家护园的看到了，就没好果子吃啦。嗨，真叫人不省心……"

　　"大娘，大娘。"睡梦中仿佛听见有人叫，她睁开眼，看到素花站在她面前。这是哪里呀？她是谁？为何站在这里？不是在魏家庄吗，还有娘和姐姐、哥哥，我怎么跑到这里来了？她糊涂了，分不清梦里梦外，可有一点让她清醒了——墙上的照片里有祖孙三代人。保姆扶起她，恭敬地说："您怎么睡这儿啊，小心着凉，还是到床上去吧。"

　　静荣躺下了，关掉灯、掩好门，她迷迷糊糊又睡着了。也难怪，这一阵子老是睡不醒似的，饭量也小了，总是仿佛生活在过去，而过去又是时而清晰、时而模糊。老黎有时也会出现在梦里，他不是现在的模样，而是挎着盒子枪，扎着皮腰带，打着裹腿儿，两眼炯炯有神，他深情脉脉地看着我。那边起了硝烟，一场激烈战斗刚刚结束，战地上尸横遍野、一片狼藉，他没受伤，只是太疲惫了。他说："静荣，咱们回家，该死的日本鬼子叫咱们消灭了，可我那些可怜的战友啊——"他回头望望硝烟下染血的尸体，突然命令道："同志们打扫战场！"隐隐地有几个人影向这边走来，走近了，原来是娘和两个姐姐。我说："娘，你们咋来啦？"她喘着粗气，说："我来给你们送饭啊。""哎，这时候哪能吃得下饭呀，快回去吧，娘，我爹还在炕上病着呢。"我在劝着娘。黎元走过来，说："大娘你辛苦啦，把饭放这儿吧。静荣怎么说话呢，大娘是一片好心……"又到夏天了吗？我咋看到墙边的月季花盛开了，那是他吗？怎么这么老了，手上的水壶喷着水，弯腰驼背的背影叫俺认不出来了。忽然，一片云从天上飘下来，云上仿佛站着一个人，是个女的。谁呀，她为何会飞？那片云就停在院子的上空，真神奇啊！我兴奋地从屋子里跑出来，站在廊下，举首仰望。忽然，那云上的人说话了："魏静荣吗？我知道是你，你愿意跟我走吗？那边的世界很精彩……"

其实现在是冬天，她终于弄明白了这个，还一直以为是夏天呢，因为她在梦里看到了那些盛开的花。可那些梦是真的吗？现在是冬天，冬天里庄稼人比较清闲，所以大姨的两个儿子戊寅和庚辰来看望他们的三姨了。静荣很高兴，她虽然有点儿糊涂，但确实很兴奋，她拉着他们的手说话："戊寅，你多大啦，都快谢顶了？你娘可是我的好姐姐。"

戊寅说："三姨，我六十多啦，您近来身体可好？"

"好，好，好着呢，吃了睡，睡了吃，能不好吗？你呢，庚辰，你比他小几岁？"

庚辰说："三姨，我比哥哥小六岁，也过六十啦。"

"哦，时间真快啊，就像坐飞船，我记得那会儿你们还是小不点儿呢，转眼都老了。"

"大娘吃饭啦，两位兄弟快过来！"

不知何时保姆已做好了饭，有清淡的炒青菜、蘑菇炒肉、羊肉汤，还有从冰箱里拿出来的炸好的鲜红的大虾。嘿，这一桌饭够意思，起码招待亲戚不掉价儿。

保姆说："两位兄弟，我和大娘都不喝酒，你们兄弟俩喝吧，别客气。"

说着，她给他们满上酒。还没等喝酒动筷子呢，黎明急匆匆地走进来，激动地握着戊寅的手，又握起庚辰的手，说："听说你们来啦，我回来看看。您好，戊寅哥。您好，庚辰哥！"

保姆说："明兄弟，来得正好，正愁没人陪两位兄弟喝酒呢。"

黎明一边说一边举起酒杯："两位表哥，远道而来辛苦啦。来，我代表妈妈敬你们。"

那年夏天格外地热，持续一个月的暑天，让动者汗津津，静者不思饭。三姐妹中最后一位，魏静荣，悄然去世。悲恸只属于她的家人们。如果说还有什么，那就是新的三姐妹和另外新的三姐妹的重逢。她们是：黎春、黎秋、黎冬和赵淑梅、赵淑香、赵淑芹。大热天，连鸟儿都眷恋林荫，鱼儿深游不露水面，猫儿找个车底纳凉打盹，蝉鸣不倦。那个干休所大院的树荫丛中，席地坐着六个人，那间老房子里不久前送走了一位八旬老人，床上的被褥干干净净、整整齐齐，或许她就是望着那张墙上的全家福安然长睡的，这一睡断绝了半个多世纪的苍茫人生。林荫下默默哀思的两组三姐妹，她们是新生代的继承人，因为亲情、因为纪念、因为生活，她们重聚一起，把个心绪诉说。

黎夏、黎明和赵国华没有份儿，三个男人在老房子里留守。已是中午时分，空气中仿佛蒸腾着火，汗流浃背的六姐妹暂且告别思念与追溯，走在通往老房子的路上，仿佛似水的年华就在这些女人们的脚下流走，她们的身段和步态已显老迈，就连年纪最小的淑芹也已有了孙子，都是当奶奶、姥姥的人了，能不怀念她们？

六姐妹在院子里停下来。院墙围住了曾经不逝的往事，月季花仿佛热昏了头，叶蔓都耷拉着，软枣树在正午的阳光下打瞌睡，它的果实们倒是吸足了阳光和雨水的滋润，悄悄地在生长。

淑梅说："表姐妹中数我最大，应该想得最多。老人们都没了，但亲情还在，往后常走动，别叫祖辈的血脉断送。"

黎春说："我同意，三姐妹未了的夙愿我们来担。"

黎冬说："妈妈给我讲了很多往事，她讲了许多个日日夜夜，我觉得那些故事是在追忆真实的人生，它告诉我们这些故事不过是千千万万个家庭遭遇的一部分，人间的故事永远诉说不完，或跌宕、或苍劲、或悲惨、或喜悦、或哀婉、或豪迈……我打算把它写下来，不是简单的记述故事，而是重现历史，因为我是教历史的。如果没有祖辈们的前仆后继，我们现在的生活将黯然失色。"

黎夏这时候站在了门廊那儿，说："各位，你们在聊什么呢？外面那么热，小心蒸熟了，还不进来吹吹空调呢。"

国华附和着，说："姐妹们，有工夫说话，单挑桑拿天。秋风快起啦，到那时你们爱怎么拉就怎么拉。"

黎明有点儿不屑，说："女人们都这样，真是的，这都晌午了，还没有人做饭，我还想喝冰镇啤酒呢。"

过了一会儿，还不见有人进来，黎夏想："我去叫，不管怎么说，得吃饭啊。"他经过父母那间卧室的时候，瞥见了墙上的那张相片——父母金婚纪念。对了，他接着想到：别忘了把妈妈的遗照拿到车库去。

于是，黎夏的车库里又多了一个牌位。这样，祖辈和父辈们都有了安身立命的归宿。

42 洼地生机无限

WADISHENGJIWUXIAN

依然是夏天。人的一生中有好多个这样那样的夏天。母亲离去的那个夏天很平常，也很忧伤，只因她的讲述终止了，所以才更叫人怀念。怀念什么呢？不啻是诉说不尽的故事，还有恍然不知的四季轮回、无从握住的光阴流逝、难以拾掇的人情世故。

晚霞开始淡去，那抹五彩缤纷的珍贝褪色了，天际渐渐被一片银灰所笼罩，仿佛是落日最后的喘息，它将去睡一觉，拉一床夜色当被，当万籁俱寂的灯火熄灭了，它会在大地的另一端醒来。

在这余晖透亮之中，黎冬望一眼在那儿玩耍的小孙子，他并没有跑远，始终在奶奶的视线里，她很欣慰。天伦之乐啊，去掉工作的包袱，重拾家庭的责任，可她心态并不老，往事如烟，它凝聚了几代人含辛茹苦的一生，未来的世界将是他们的天地，她的责任抑或义务会随着时间的流逝而流逝，直到寿终正寝的那一天。几代人都是这么过来的，而且会继续，只不过内容会不同，然而殊途同归，生命与生活永恒。

归巢的鸟儿叽叽喳喳，这一夜它们或许就在那些树枝上过夜，眼前茂密葱茏的林荫有太多它们的家，这儿是家，也是故乡，因为它们不像候鸟，迁徙到哪儿，哪儿就是家。四海为家的大雁不见得就比就地筑巢的麻雀高尚，就如同漂泊的游子始终会回家探望老母亲一样。

从她居住的小区到干休所大院不过十几里，却遥遥无期，老宅荒废了，那儿曾是赖以寄托的家园，还有大洼里的故居以及梦中的城墙下面的四合院，再就是依然留有人气的老房子，这些共同铸就了平凡而不平静的历史。

那年，也是一个夏天，洼地有了生机，雨和风搅动着一望无际的蒿草在招摇。姥姥说："如果有相机，我会在这儿照张相，看看俺这家乡有多么美啊……"

可惜，姥姥连一张照片都没留下，不知是何原因，大概是不愿走进照相馆吧。那些老人们都没留下任何照片，画像倒有一张，惟妙惟肖，仿佛将故人们的灵魂都描绘出来了，就像遗留在世的古画。在黎冬她们眼里，这些画像就跟文物似的，弥足珍贵。透过那一张张慈悲的面孔，仿佛岁月的沧桑、人生的遭遇都是生活的馈赠。

微风在树梢上游走，夜的脚步渐渐逼近了，又一个平凡而深邃的夜就要降临，在这一刻，大地混沌了，人心混沌了，只有初放的华灯醒着，还有远近参差燃亮的万家灯火。

黎冬的视线里忽然没有了小孙子的踪影，他跑哪儿去啦？天就要黑了，楼上的灯光亮了，她知道那是老伴在家做晚饭呢。她心里着急，正欲起身去找，突然，一个小黑影匆匆移过来，小孙子一下抱住了她的腿，扬着模糊的小脸，说："奶奶，奶奶，再给我讲个好听的故事。"

二〇一七年一月—二〇一八年十月于小城

后记

　　历史不可逆，就像奔流的江河一样。有时，很不起眼的经历却赋予人生不同寻常的意义。三姐妹的遭遇抑或命运远去了，仿佛她们的足迹并未镌刻在大地上，但是，光阴的流失、时间的推移印证过：一个卑微的生命或许几个乃至一群，他们的背影就曾在时空中停留、游走，把纤弱的气息涂染人间。对于我来说，事实就是如此。

　　我写这本书的初衷似乎很单纯，纯洁得就似童年的心灵依偎在母亲的怀抱。

　　然而，在那些埋头写作的日日夜夜，似乎童年的身影渐渐长大，不但有了意识，而且有了思想。外面的天地与内心的世界、历史的沉重和现实的焦灼碰撞、磨砺、交融，没有什么比长大成人更让人欢喜的了，其后，慢慢融于社会，成为历史，仿佛又一个平凡无华的故事诞生了。

　　感谢苍生，尊重既往，祭奠生活，是你们使我从蒙眬中觉醒，于是，先辈们以不同的往事告慰土地、感染苍穹。

　　很多时候，你需要静下来，孤独地旅行。景物在我心中净化，情节于脑中形成，语言是一种憧憬，人物指点红尘，潜流在莽原上奔腾。古往今来，永恒的唯有时间，其余的不过是与之如影随形，相伴相生。

文字的魅力无穷，然而它与故事交合便曲径通幽、点点燃情，不消说人间万象横生。心底清澈，你总会看到独立的风景。科技在进步，以至于让人找不到退路，那光景着实叫人捏一把汗，无所适从。无论世界改变得多么快，关键是要保持内心的冷静。

文学的沉淀，艺术的流行，每每昭示着一段历史的假象，在繁荣的背后去洞悉繁荣，印象之中倒或多或少地失去了某些人情关怀。

我不知道这本书能在世间存活多久，从悲悯的视角审视它，恍若一个破土而出的新生命。不用多想了，既然存在过，就值得高兴，哪怕是昙花一现或自悯自怜。

远去了，往事。惜别了，亲情。轮回其间的灵魂是否真诚？千年一瞬，百岁不孤，无论谁走了，谁来了，生活依旧，回眸间，历史的深处隐约可见踯躅的背影。

又是不朽的四季行走天地、激荡人心的一刻，我几乎足不出户就知晓雪花挥洒在蝉鸣的枝头，绿荫流连于凛冽的风中，落叶飘零在无声的街道，春水涓流于春之怀里，一不留神，我望到了那盏亮了一生的灯。我的视线离开了"三姐妹"，去瞻仰那抹光明，就如同植根于洼地里的黄荆草，从它们的茎蔓中竖立着不逝的精神。

在这本书的写作过程中，三姐孙凤东、二表姐韩淑英给我提供了十分宝贵的素材，友人梁跃华认真细致地对文稿做了校对，还有家族中的同辈兄弟姐妹都以不同方式予以支持，在此，一并表示感谢！

N